日记的鲁迅

王锡荣 著

人民文学出版社

图书在版编目（CIP）数据

日记的鲁迅／王锡荣著．—北京：人民文学出版社，2017
ISBN 978-7-02-010288-4

Ⅰ．①日… Ⅱ．①王… Ⅲ．①鲁迅研究 Ⅳ．① I210

中国版本图书馆 CIP 数据核字（2017）第 236134 号

策划编辑　王海波
责任编辑　王永洪
装帧设计　黄云香
责任印制　苏文强

出版发行　人民文学出版社
社　　址　北京市朝内大街 166 号
邮政编码　100705
网　　址　http://www.rw-cn.com

印　　刷　北京画中画印刷有限公司
经　　销　全国新华书店等

字　　数　315 千字
开　　本　720 毫米×1020 毫米　1/16
印　　张　19　插页 1
印　　数　1—6000
版　　次　2018 年 9 月北京第 1 版
印　　次　2018 年 9 月第 1 次印刷

书　　号　978-7-02-010288-4
定　　价　58.00 元

如有印装质量问题，请与本社图书销售中心调换。电话：010－65233595

目 录

01/ 代序：
鲁迅怎样记日记?

01/ "无事"与"失记"

08/ 不值、未遇、未见、不见
——鲁迅与"闭门羹"

15/ 称呼趣谈

21/ 鲁迅称谁为"师"和"先生"?

28/ 鲁迅日记的笔误

33/ 鲁迅日记中的特殊用语

41/ 鲁迅日记中的情绪宣泄

48/ 鲁迅日记中的春秋笔法

54/ 隐语

60/ 日记中的自然景观

64/ 解开《书帐》的密码

73/ 日记所见鲁迅的爱书生活

83/ 从日记看鲁迅怎样读佛经

87/ 从日记看鲁迅怎样抄书

92/ 从日记看鲁迅怎样收藏

98/ 鲁迅与石鼓文

101/ 鲁迅捐款

107/ 参观展览

112/ 鲁迅与教育部祭孔

117/ 对不速之客的态度

122/ 鲁迅日记中的"铁屋子对话"

125/ 鲁迅日记中的诉讼案（一）
　　　——对教育总长章士钊的行政诉讼

131/ 鲁迅日记中的诉讼案（二）
　　　——与顾颉刚未能实行的诉讼

135/ 鲁迅日记中的诉讼案（三）
　　　——与北新书局的版税之争

141/ 鲁迅日记中的物价

146/ 吃饭问题

150/ 鲁迅的饮食口味

155/ 借债生活

161/ 鲁迅的失窃

164/ 两个月理一次发？

168/ 鲁迅日记中的搬家

179/ 鲁迅日记中的民俗

185/ 从日记看鲁迅的生活情趣

194/ 鲁迅与喝茶

201/ 鲁迅日记中的饮酒

207/ 鲁迅怎样过年

212/ 鲁迅日记中的日本生活方式

219/ 鲁迅日记中的亲情（一）

226/ 鲁迅日记中的亲情（二）

232/ 鲁迅日记中的思乡情结

235/ 旅行生活（一）

242/ 旅行生活（二）

247/ 鲁迅日记中的避难生活

257/ 日记所见鲁迅的牙病

262/ "濯足"是性暗示吗？

266/ 失眠

271/ 鲁迅日记最吊诡的事

278/ 从日记看鲁迅的国际交往和世界影响

287/ 后记：

　　醉心于鲁迅日记研究的人们

　　　　——鲁迅日记研究简史

代序：鲁迅怎样记日记？

鲁迅时代的文人，很多人都有记日记的习惯。比方说，他的同时代人胡适也写日记，鲁迅的弟弟周作人也记日记，他的老友钱玄同也记日记，他的冤家对头顾颉刚也记日记，记日记的人不可胜数。鲁迅还读过他自己的同乡先人李慈铭的日记。这些日记，面貌各具，风格各异。那么鲁迅是怎样记日记的呢？他跟别人的日记有什么不同呢？

从周作人留下来的日记自14岁开始，可以推知，他所仿效的大哥鲁迅一定也是从少年时期就开始记日记了。可惜现在他早年的日记丢失了，我们无缘得见。他现存的日记是从1912年5月5日开始的，也就是他三十一岁时，跟随教育部北迁北京，到达北京的那一天开始，一直记到1936年10月18日他去世前一天为止，跨度总共25年。但其中1922年日记丢失了，仅存好友许寿裳抄录的一小部分，因此仅存24年24册。

把鲁迅的日记和其他人的日记放在一起比较，你就会发现一些非常有意思的现象，也就会对鲁迅的日记发生特别的兴趣：因为它确实是与众不同的。

现在我们来看看，鲁迅的日记究竟有哪些地方与众不同。

一、文字工整、一笔不苟。

鲁迅日记的笔迹工整，是很少见的。你看别人的日记本，难免在不同情

日記

五月

五日上午十一時卅分抵天津 下午三時半車發 中途望黃土間有竹木 至丁觀覽門 夜十時抵北京宿長發店

六日上午遷入山會邑館 坐騾車赴教育部 即歸 于二弟信 夜外未半小睡

七日夜飲于廣和居 長班買易咏板煉甚聽

八日致二弟信凡三派恐或遺失遂以快信寄之

九日夜小雨 擬覽書報

十日晨九時至下午四時半 協和亦至 食于廣和居 書長班買易咏板煉書

十一日上午畀二弟信手三寄 吳齋同親偕之

十二日星期休息 晨協祝來 午萬行夜庚未年戌去

琉璃廠歷觀玄司壽肆購傅代堅表廬叢書一部七

十三日午閏報載伍與手十日吳元十一程未年不 肉誠姿惡但

多為季弟諸變知于海昌會館

十四上晨以快信寄二弟詞越事誠安

十五日上午畀范愛農信九日自杭州發

十六日下午翦菘本來 夕蔡國青來飯必去

十七日大雨置武門后逆積水沒脛行人捉夕方與季市俱至廣和居蔡國親亦先在遂共飯 夜伺士宿李市處

十八日晴 下午吳一齋來 蔡伺士張協祝未兩與季市同游園獎亭其地有造象刻梵文李便了連時物不知減夾也

十九日為阎士季市同游萬生園又與李市同游閱獎亭其地有造象刻梵文李便了連時物不知減夾也

二十日晨畀宋子佩信十二日擬發 上午畀童鵬蕊信十二自擬發

望二弟信不畢 夜畀范愛農信十二

現存魯迅日記的前三頁

况下有不同的面貌，有时字体不一，有时字迹潦草，涂改也在所难免。在上述各家日记中，周作人的字迹还算工整的，但是也难免有时涂改、潦草。而鲁迅现存整个24年日记，天天一笔不苟。再怎么忙，再怎么身体不好，他都会工工整整写好每一个字。即使是病入膏肓，艰于起座，他也会尽量把字写得笔笔工整。例如1936年10月18日的日记，虽然没写内容，只写了"十八日 星期"几个字，但也是同样工整。虽然这几个字，估计是17日夜里记日记时写下的。但是，那个时刻已经濒临病情最后爆发了：一两个小时后即病发不起。同年6月5日后，因病情严重，日记停记了，6月30日下午，病情稍稍好些，他即重新开始记日记。但是，从字迹上看，丝毫看不出有任何病态。此外，在他前几次大病期间，日记都是照样笔笔工整，一点也看不出生病。还有，他外出旅行无论旅途条件怎样困难，舟车转换，风雨交加，甚至炮火连天，他都会把日记写得工工整整。

鲁迅是怎么做到的呢？一方面，显然是他从小养成的做事严谨、一丝不苟的习惯；另外，根据鲁迅在1932年"一·二八"战争中避难期间日记的相关资料，当时战火突起，鲁迅一家紧急出走，匆忙之间，"只携衣被数事"，根本没法带日记本，我们知道他是先用另纸写下内容，等到事平回家后，重新再根据临时记录的另纸来补写日记的。据此推测，鲁迅每次外出旅行，应该也是采用此法的，在旅途中写字都有困难，自然无法写得像平时那样端正，回到家里，当然就没有这个问题了，所以我们见到的鲁迅日记字迹从来都是端端正正的。

二、书面整洁，可直接出版。

很多人的日记，因为是写给自己看，或者简直连自己也不打算看的，故难免马虎一点，将就一点。例如我馆所藏应修人的日记字迹就十分潦草，难以辨认。而胡适则是把很多来往书信都贴在日记上，弄得大小不一致，纸张不整齐。周作人的日记虽然页面要算干净的，但是也常常用些简化字、随手字，或者简称替代，很难识别。还时常会在红丝栏外写字，有时候在天地头上写字，弄得页面很不整齐。这种现象在一般人日记中几乎都难以避免，而鲁迅日记却完全没有这种"出格"的现象，就像是为出版而认真抄写的一样，一笔不苟，而且几乎从不修改。现在所能找到的修改痕迹，只有每年日记后面附录的《书帐》里有极少几处外语，可以看到有描笔。但也只是略微描了一下，没有出现墨团。此外，在记录时，极个别写错的字，他是不改的，甚至也不圈掉，只是在字旁点两点，表示此字废了。这样，就使整本日记绝对干净整洁。拿鲁迅的日记与别人的日记比较，最大的区别就在于——干净。对一般人来说，每到深更半夜，头昏脑胀，写个把错字，根本不足为奇，但是在鲁迅笔下却极少。

三、内容。

各人记日记，恐怕最大的差别在于内容的多寡。鲁迅的日记中，记载了天气、星期、日常起居、社会活动、文娱活动、购书、购物、交往、银钱来往、看病等等。虽说内容广泛，但是很简要。每条一般不超过100字，最长不超过150字，最短的，除了日期、天气之外就只有"无事"二字。

其中，天气是必有项目，除了每天开头必是当日天气外，中间还常有一天之内天气变化的记载，例如"午晴""下午雨""晚雷雨一阵"等等。包括身体感受，例如"冷""燠""大热"等等。

对于星期的记载，只写"星期"，即星期天，其余都不记。

日常起居，就是每天做什么事，包括写信收信、外出等。

社会活动，包括参加各种集会、聚会、活动等。比较重大的活动，例如参加"左联"活动、中国民权保障同盟活动，每次都有记录，而参加中国济难会、中国自由运动大同盟，以及会见李立三，这些政治色彩更浓的政治活动，是不明白记录的，而是采用隐语、借代、暗指的方式来记录，外人是看不懂的，即使有人看到了，也不能对号入座证明就是某项政治活动，这说明，鲁迅已经意识到：他的日记有朝一日有可能被人看到。这有两种可能，一是由于他的名气大，日后被仰慕者看到；二是因政治环境的恶劣，被怀有恶意的人看到。应该说在鲁迅的主观上以后者居多。

文娱活动，包括看电影、演出，这是鲁迅最主要的文娱活动。

购书、购物也是他最频繁的活动。购书最频繁，而且每笔必记，连价格都清清楚楚。有些购物是不写的，包括许广平的购物活动，鲁迅都不记。他自己购物，主要是大宗生活用品，例如煤、茶叶、大米等，那都是写明价格的，但是却从没有买肉、油、菜的记载，看来这些不属于鲁迅管。根据萧红的回忆，许广平曾告诉萧红，她身上经常备有一百元大洋，以备万一。从中可以推测，鲁迅家里的经济帐是由鲁迅主管，他每月交一笔钱给许广平，作为日常开销之用，其余由鲁迅掌控。

交往，包括亲友互相走访、书信来往、礼物互赠等。

银钱来往包括薪金收入、稿费、版税所得、借款、捐款、支付、汇划学费等。早年对薪金收入记载详细,因为薪金有个增长过程,而到1920年前后又出现日渐严重的欠薪,每次只发百分之几十、十几甚至百分之几,还有中交票等等的复杂情况,如不详细记录,根本闹不清发了多少。实际上当鲁迅离开北京的时候,教育部欠鲁迅的工资就达两年半!稿费、版税是鲁迅晚年最大的经济来源,名目多样,来源多种,所以也非常有必要详细记录。借款方面,因要记着归还,更要清晰记载,以免忘记和差错。支付则包括看病支付医疗费用、房屋顶费、出版费、制版费等;但是房屋除了顶费,还要付月租费,他却不大记录。他邀请人吃饭、看电影等,却不记录用了多少钱。看病费用也不是每次都记录,但看病是记录比较全的,基本上每次都有记载,却较少提到医生用什么药,自己买的药则记载比较多一些。只有最后一年夏天,他多次提到,医生用了一些外国药,写上了外语名称,但是,经查却很难查明这些药的药理性能等详细情况。

四、风格:简要、精炼、严谨。

鲁迅记日记,风格非常独特。有一些有趣的现象,首先当然并不是什么都记,他记的内容,有些是永远有的,包括星期日和天气。星期只记星期日,而天气是必有的项目。另外,书信也是基本有的项目,但也有遗漏。重要的节日,也常有记载,但不全。教育部放假则基本都记。本人的活动,重大活动都有,但日常小事就不一定记了。还有些习以为常的活动也不记,例如早年的到教育部上班、1920年后到各大学讲课、晚年去内山书店,都是开始时每次都记,而后来因为基本上每天都在发生,就不入日记了。

总体上说,鲁迅日记的内容和风格是有阶段性倾向的,一段时间内,所记的内容有所侧重。早年刚到北京时对风景、社会百态都有较多记载,对饮酒也有较完整的记载,情绪抒发也较多,文字总体上较感性,顾忌较少。后期记载社会状况较少,更注重具体事务记载,更加理性,对事基本不发议论,显示有所顾忌。对人则极少数仍偶有议论,但也仅有对史济行一例,斥之为"无耻之尤"。对林庚白也仅客观记载曰"林庚白来信谩骂"。1933年2月7日,鲁迅写下《为了忘却的记念》以纪念柔石等"左联"烈士,当晚他在日记里也仅写:"柔石于前年是夜遇害,作文以为记念",只是客观记载而几乎不带感情色彩。

五、篇幅。

早年日记文字总量较多，1913年以后逐年减少，到1917年后文字量更明显减少。到1920年达到低谷，仅等于1913年的一半量。以后又逐年增加。而晚年的日记则更多客观的记述，尤其是来往书信增多，社会活动增多，买书增多。这样就使日记文字总量增多，弥补了议论减少的字数。

鲁迅历年日记篇幅走势如下图：

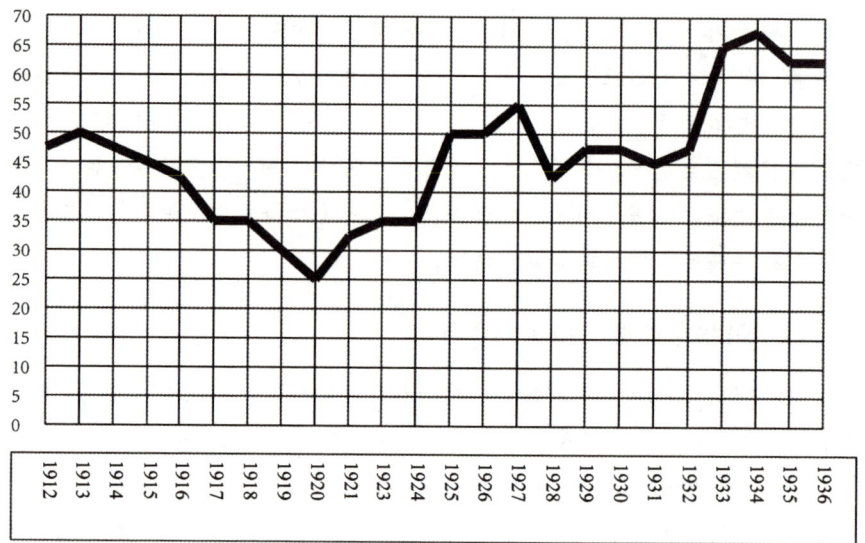

鲁迅日记历年篇幅走势图

在图中，竖轴为2005年版《鲁迅全集》中日记的篇幅页码，横轴为年份。1912年仅存5个月日记，按全年换算而得；1936年仅9个月多，同理换算。从中可见，总体呈现两谷两峰走势。1917年到1924年为第一低谷，1920年26页为最低值；1928年到1931年为第二低谷，1928年44页为最低值。分析其形成，似乎并无特别原因，基本与生活节奏有关。1920年的情形是陷入经济窘境，而刚开始到各大学讲课，疲于奔命，心情似较压抑。故多记"无事"，而使字数偏少。1928年则是刚到上海，虽不任教，但忙于应付各方邀请演讲，调整生活节奏，而文学界论争初起，心情不佳。但这也似非必然原因。

六、书帐。

鲁迅的习惯是每年日记后附一份当年所购书籍的清单。这份清单上有书名、册数、价格（或某人赠送）、购买（或赠送）日期。同一天有多种书的，只在第一种写日期。在每个月最后一种书的最下端，有一个数字，虽未明确标注，实际上是当月买书总价。在每年书帐末尾，都有一个统计，主要是两项数据：一是全年买书用款总数，二是每月平均数。

但书帐中记下的，并不全是书。除了书，还有外文刊物和碑拓。早年是把碑拓都记入，晚年是把外文刊物、国外木刻记入。而中文报刊是不记入的。

七、两个例外。

一是1927年末附录了一份《西牖书钞》，抄录的是《随隐漫录》等四种古籍中五则幽默故事，总共不到1000字。另一份是1935年末附录的《居帐》，就是友人住所地址录。共记录北平、南京、杭州、上海、苏州，及日本东京、岛根等地48个单位和个人的地址。

这个《居帐》很值得注意。因为鲁迅当时处于半隐居状态，社会环境很不安定，他还面临追捕，经常一有动静就要烧毁友人书信，外出避难。他甚至在日记里提到敏感的人名都要使用假名字，提到敏感的书都要用别人看不懂的方法记录，生怕牵连别人。而这个《居帐》实际上就是通讯录，一旦有风吹草动，相关人士就可能受到牵连。而这些人不少都是鲁迅密切的联络人，鲁迅一定不会把它放在容易看到的地方。这就是说，鲁迅认为把通讯录放在日记本里还是比较安全的！这一方面使用方便，另一方面可能鲁迅的日记本还是放在比较妥贴的地方吧。根据《居帐》中记录的地址来看，萧军萧红是刚到上海不久，而何桂馥是冯雪峰的大姨子，这个地址之所以必要，是因为冯雪峰1933年底离开上海去苏区后，其家属也回了浙江老家，鲁迅还有为冯处理稿费等相关事务，无法找冯，就需要找家属。这都表明，这个地址是1934年到1935年间形成的。

再根据这个《居帐》的排列次序看，显然鲁迅是对以往的通讯录进行了一次整理抄录而不是逐渐积累的。它是按照北平、南京、杭州、上海、苏州、日本的次序，然后又补入上海、常州两个地址，再后面是空一行，重新开始抄录北平、天津、山西运城，而后出现广东广西接连排列，最后又出现部分上海地址，看来他是从原有的地址记录本上边整理边抄录了这一份常用通讯录。按照鲁迅的通信状况，与他有书信往来的远不止这些人，很多偶然来信，他也回复了，但是却没有记录地址，可能是另有临时地址记录本，或者只是根据来信回复，根本没考虑留下地址。

鲁迅的日记看似简略，其实里面大有文章，奥妙多的是。从鲁迅的喜怒哀乐，情绪宣泄，饮食起居，生活方式，写作编辑，政治社会活动，到对各种人的称呼讲究、特殊用语、隐语，"无事"中的大事等等，可以说是一部鲁迅学百科全书。本书仅仅就笔者阅读鲁迅日记的目光所及，揭橥一二，以飨同好。无论从鲁迅生平史料研究、鲁迅的语言文字研究，或是相关历史的研究，甚至民国社会文化经济的研究，鲁迅日记都是很有价值的史料和文化研究资料，是很值得玩味的。

"无事"与"失记"

一般人记日记，通常有两种模式：一种是每天记，不管事情大小，多少记一点；一种是跳着记，或者是有可记的事就记，没事就不记；或者想到了记一点，忘了就不记。鲁迅是属于每天记的那一种，但是他又比较特别，那就是——没事要记的时候写"无事"。

让我们来看看他记的"无事"究竟是什么情况。

1912年5月29日，鲁迅的日记第一次出现"无事"的记载。从这时到次年上半年，差不多每隔半个月就有一次"无事"的记载。在之后的几年里，每年大约都有十几二十次"无事"。事实上在现存的二十四年鲁迅日记里，每年都有多次出现"无事"的记载。据我的统计，总共竟达608次，平均每年25.3次。其中最多的一年是1920年，达到117次，而最多的一个月是1920年9月，共16次。就是说，一个月里竟有半个月以上"无事"！记载最少的是1934年，只有两次。有的年份每月都有，连续记载最多达两年多，从1919年到1921年，甚至1923年也是每个月都连续不断出现，这还不包括丢失的1922年日记。连续不出现"无事"记载的最长间隔是从1934年7月到1935年3月，为八个月。

鲁迅的日记几十年基本没有间断过，直到1936年10月18日病势沉重的最后时刻，也不忘记下当日的日记，虽然只写了"星期"两个字。一般他即使没事也会做一个记录。这样的记法，与完全不留痕迹相比，还是告诉了人们一些信息：本人认为没有需要记录的事，而不是忘记写。这除了说明鲁迅做事的认真，还能说明什么呢？

考察鲁迅日记的"无事"，可以发现，"无事"记载出现的频率呈很明显的起伏状。集中表现在两个高峰期。第一个高峰：从1919年到1921年；第二个高峰，从1930年到1932年。从1912年到1918年，一般每年在二三十次，到1919年迅速攀升至61次，1920年到达峰顶117次，1921年又降为60次，之后逐年下降，1924年下降到仅7次。从1924年到1929年基本上每年都只有个位数，1930年突增到31次，1931年达到46次，为第二个峰顶。1932年又下降到21次，1933年起下降到个位数。之后直到1936年去世，都维持在个位数。

这样明显的起伏是什么道理呢？很奇怪。经过仔细考察，我发现，大体上可以认为，"无事"出现多的时候，多半是比较空闲，感到无聊的时候。第一个"无事"高峰的1920年，这时教育部开始欠薪，随着家庭经济状况的日益窘迫，矛盾日渐显露，鲁迅不得不开始到各大学兼课以补贴家用。这对一向小心翼翼维护"兄弟怡怡"家庭氛围的他来说，是一个很大的打击，他茫然无措，陷于迷惘。经常出现"无事"的状态，可能与此有关。

第二个高峰的1931年，正是"左联"五烈士被害后，左翼新文化运动由高潮走向低潮的时候。在花园庄避难期间，就有接连几次"无事"。那么，怎么解释1930的上升呢？那年不是"左联"刚刚成立，鲁迅似乎很忙的时候吗？其实，仔细考察，可以发现，1930年上半年"无事"很少，主要集中在下半年。这就是说，鲁迅虽然在2、3月接连参加了"左联"和"自由大同盟"，还四出演讲，甚至中共领导人李立三都来要求他发表声明支持武装暴动。但经过第一波的热潮后，鲁迅遭到了通缉，并且左翼内部的矛盾和弱点也逐渐暴露，因此当别人还在闹腾腾地喊口号的时候，鲁迅已经比别人更早冷静下来，陷入深思了。同时也不妨说，他又一次感到了无聊。

此外，还有1927年夏秋间。那时他在广东已经弄得很无聊，辞职后，住在白云楼，"无事"就多了起来。尤其是9月份。从1日起，4、6、9、22日都是无事，还有不少日子虽然没写"无事"，其实也没记什么重要的事。

再看几个低谷期。1912年到1918年间，鲁迅刚到北京不久，虽然教育部很无聊，但是他自己还是有不少事可做，交游既广，学问也做了不少，除了创办历史博物馆、京师图书馆，也学佛、抄古碑和整理古籍，感想也多，所以这一时期的日记内容丰富，议论恺切，最有可看性。

第二个低谷期，从1924年到1927年，分别为7次、4次、9次、9次。本来1924年后属于鲁迅思想发展的低谷期，正是写《野草》的时期，为什么日记反而显示相反的迹象呢？其实，这时正是女师大风潮时期，鲁迅支持学生运动，频频参加各种集会。此外，他的著、译、编活动，以及指导青年开展文学社团活动，都全面铺开，接触大批青年，所以很少有"无事"的记载。1926年，鲁迅南下厦门，接着转赴广州，活动频繁，自然较少有"无事"的时候了。直到1927年下半年社会文化活动骤减，"无事"急增。

1927年10月鲁迅刚到上海，当然是很忙碌的，28、29两年虽然陷入论争，但他一直在努力钻研文艺理论，翻译外国文艺著作，精神上是充实的，也是忙碌的。因此"无事"也很少。

1932年第二个"无事"高峰落潮后，1933年左翼文艺运动抬头，当局的"围剿"也日益严紧，政治环境日益险恶，与他最为相知相契的冯雪峰、瞿秋白相继离开上海，"左联"内部矛盾加剧，鲁迅的精神生活并不愉快，身体也越来越力不从心。这时，鲁迅意识到自己的时间不多了，因此紧迫感越来越强，产生了"要赶快做"的强烈意识，加快了工作的节奏，常常抱病工作，因此工作量比前几个时期都大大增加了，"无事"的记载当然也就大幅减少了。1933年起每年都只有个位数。

但鲁迅早年所记"无事"有一个很特别的地方。我们再看案例：1912年9月2日："无事。夜书致东京信两通，翻画册一过，甚适。"刚写了"无事"，马上又有事了。但他并不涂掉，而把后来的事加写在后面。10月7日如出一辙："无事，以《或外小说集》两册赠戴螺舲，托张协和持去。晚邻闽又噪。"还是有事。1914年1月9日"无事。夜车耕南、俞伯英来谈。耕南索《绍兴教育会月刊》，以三册赠之。"4月17日："无事，惟闻参事与陈总长意不合，已辞职。"不但有事，而且还不是小事，只不过是听说的事。6月18日："无事。晚马幼舆令人送《四明六志》来，劳以铜元二十枚也。"大约这些事，本来

二十五日
二日晴晚亭後卿信
三日晴晚主峽末付八泉百
四日晴星期無事
五日雨下午等小峯信于上海寄稿寧語兰社稿
六日晴無事
二十六日
二十七日
二十八日
七日晴上午主峽深華買雛血豚菜来作饌同午餐
二十九日
八日晴午齋經三末主我末另以攝景一枚又睢晚容仲丹煙月錄四冊
三十日
三十一日
九日晴無事
九月
十日舊唐午後晴下午偕运進末窖小些相一枚夜一器唐宋傅奇合
一日晴無事

不记也可，既然发生了，也算一件事吧。大体上，这些事都不是鲁迅主动去做，而是被动应对的。

还有一个特点：在写了"无事"后又添写的事，大都在晚上。除了上面记的以外，还有例如1914年4月24日："无事。晚许季上来，夜去。"7月9日："无事。晚邻室博簺扰睡。"8月6日："晴，下午昙。无事。夜胃痛。"10月14日："无事。晚宋紫佩来。"28日："晴，无事。夜杜海生来。"1915年4月23日："晴，风。无事。夜得二弟信并三弟信，二十日发（27）。"为什么会写了"无事"后还会写上这些事呢？我想有一种可能性：就是鲁迅每天晚上记日记后，又发生了一些事，于是在第二天补记。

此外，还有在写了"无事"之后，又添写些天气等情况。1913年9月3日："无事，天气转温，蚊子大出。"1914年4月19日："无事。晚大风，小雨。"10月20日："晴，风。无事。夜甚冷。"但也都是夜里的情况。

但是，他写"无事"就真的什么事都没有了吗？实际上，不可能完全"无事"。比如说，1913年1月21日写："昙。晨微雪即止。一日无事。"这在古代小说里通常是说这一天没有发生什么事。实际上当然鲁迅不会枯坐一天，他至少会看书、写字。他抄了那么多古碑、写了那么多文章，绝大部分没有写进日记。当然，鲁迅不认为那些事值得记录。所以，他写的"无事"应该是说没有需要记的事。

还有一些，没有写"无事"，但也没有记什么内容。例如1917年7月8日："阴，晚雨。"10日："晴。傍晚雷雨。"差不多等于"无事"。在这里，我并没有把这种情况统计进来。

但还有一种情况，是更加微妙的，那就是"无事"里面有大事。

1936年4月26日下午，美国记者埃德加·斯诺在青年学者姚克的陪同下来访问鲁迅，那天鲁迅正巧与许广平、海婴一起外出看电影，没有碰到。就在同一天，另一个人物来访，却是见了面的，这个人就是冯雪峰，一个刚刚参加了两万五千里长征回来的原"左联"领导者。根据冯雪峰的回忆，第二天，即4月27日，他在鲁迅家盘桓了一整天，向鲁迅详细描述了长征的经过。而这天，在鲁迅的日记上，写的却是"无事"。就是说，他不想让冯雪峰的来访留下任何文字上的痕迹。

1917年7月下旬，突然接连出现"无事"的记载。21、26、27、28、30日，8月上旬又有6、8、11日，接连好几天。这里实际上是记载了张勋复辟风波之后的状况。风波虽然已经平息了，但原有秩序还有待于整理。

1930年12月28日"……下午校《溃灭》起",第二天记"无事",显然这表明他整天都在校对《毁灭》。又如1920年7月24日"买书架六,下午整理书籍",25日"理书",26日"无事",显然还在整理书籍。

在鲁迅的概念里,记日记本身不算是"事"。只有在特殊情况下才当作一件事来做。那就是在1932年"一·二八"期间,因为日记本没有带出火线,没法按常规记了,开始几天就没记,后来就先用其它纸记上,战事结束后专门作了补记,并在日记里写道:"补记一月三十日至今日日记"。

鲁迅自己说,他有时候把当天的事情记到上一天的空格里,有时也补记一些遗漏的事。遗漏本来难免,但有时候却是迫不得已而造成无法记载,这就要谈到"失记"了。

一是,1932年的"一·二八"战争,当时情况紧急,冲突突然发生,鲁迅一家陷入火线,来不及从容搬家,"只携衣被数事",仓促间奔避内山书店。那时,一家人席地而坐,窗子用棉被挡上,经常可以听到窗外日本兵的交谈,室内的人连大气也不敢出,晚上也不敢开灯,在黑暗中度过,日记当然是没法写了。但待了一个星期,情况越来越糟,于是下决心突出重围。在内山书店职员鎌田诚一的护送下,鲁迅一家在大年初一早晨冒着炮火转移到英租界的四川路内山书店中央支店。但在这里,同样没有一张书桌可以放,日记还是没法写,可鲁迅还是找来一些纸张,姑且先写在另纸上。直到3月19日,鲁迅一家重新回到拉摩斯公寓自己的寓所,才得以补写从1月30日以来的日记。总共48天。但是在内山书店的那几天就没法记了。事实上，因为躲在内山书店楼上，根本无法活动，与外界完全隔绝，所以，也没有什么可以写了。因此鲁迅就将2月1日到5日记为"失记"。但这补记有一个疏忽之处：1月31日遗漏了。有人猜疑鲁迅有什么故意，其实很显然，这是由于很久之后补记，忘了1月份是有31日的，后面几天都是"失记"，没有必要特地隐瞒这一天。

二是1936年6月的大病。这病从3月开始，迁延拖到5月间，呈越来越严重之势。5月31日，宋庆龄、史沫特莱请来美国肺科专家邓医生为鲁迅诊察，得出结论是：倘是欧洲人，早在五年前就死掉了。到6月5日，鲁迅再也坚持不住了，只能躺倒，无法握管了，自然就无法写日记了。之后一度几乎不起。直到6月30日，病情有所好转，能够起来写几个字了，于是再来补写这期间的日记。这就是1936年6月5日连接着30日的一段特殊日记了。这次鲁迅没有采取1932年"一·二八"后一天一天补记的办法，而是在6月5日条下写了一段概括性的记载，说明了这一段没有记日记的原因及情况。这也是另一种"失记"。

从空白处阅读内容，从"无事"处读到"有事"，也是鲁迅日记的魅力之所在。

2007年4月4日

不值、未见、未遇、不见
——鲁迅与"闭门羹"

读鲁迅的日记,常可看到一种有意思的现象:在现存的二十四年日记中,有关于吃"闭门羹"的记载200多次。鲁迅关于"吃闭门羹"的记载,大体上有四种说法:分别是"不值"、"未遇"、"未见"和"不见"。看上去只是个别字的不同,意思没有多大差别,其实不然,这几个词虽只是细微的差别,其中却是很有奥妙的。

第一种:"不值"。

"值"就是"逢",也就是碰到。"不值"是说没碰到,是被访者真的不在。

鲁迅生活的时代,通讯不便,鲁迅家也没有电话,一般的人际交往,除了书信,就是相互走动了。可是,正是因为通讯的不便,所以,当甲登门拜访乙时,如果没有事先与乙约定,就可能正值乙外出,甚至正巧就是去拜访甲了,那就很难说是否能见上面了。这种情况,在鲁迅日记里常常用"不值"或"不遇"来表示。比如1912年6月2日:"张协和、游观庆来,不值。"这很明确是没有遇上。另一种情况,如同年11月16日:"往看夏司长,索其寓居不得。……过敖家坑海昌会馆看张协和,不值。蒋百器来过,不值。"鲁迅去看教育部社会教育司司长夏曾佑,没有找对地方,又转而去看留日时期的老同学张协和,也没遇上。回到家才知道,在他外出的时候,另一位朋友蒋百器来访过,由于自己出外访友,也没碰到。要是在现在,一定先通了电话再拜访。甚至,如果事情不多,根本就不用拜访,在电话里就解决了。但在当时,人们没有更多的选择:白跑的事很难免。1932年11月,鲁迅回北平探望母病。11月15日那天,鲁迅的日记记着:"下午往北新书局访小峰,已回上海。访齐寿山,已往兰州。访静农,不得其居,因至北京大学留笺于建功,托其转达。访幼渔,不遇。"一下午拜访五个朋友和学生,居然一个也没有碰到。这些人都是对鲁迅极为尊敬的,断无故意不见之理。只好说真的不巧!

第二种"未遇"。

这与"不值"基本意思是一样的。例如,1914年1月16日:"闻季市来过,未遇。"第二天"蒯若木赴甘肃来别,未遇,留刺而去。"都很明显是鲁迅没在,一次是回来后听别人说,另一次则是从对方留下的名片得知对方来过。1927年10月5日:"访吕云章,未遇。……夜小峰邀饭……章锡琛、夏丏尊、赵景深、张梓生来访,未遇。"这是鲁迅到上海第三天,去看他在女师大的学生吕云章,却没有遇见。当晚他去赴北新书局李小峰的洗尘宴,因此几个朋友来访,当然就"不遇"了。再如1934年5月1日:"秉中及其夫人携二孩子来访,并赠藕粉、蜜枣各二合,扇一柄,未遇;午后同广平携海婴往旅馆访之,亦未遇。"当时在南京政治训练处任职的李秉中,是鲁迅的学生,这时带了夫人孩子从南京来看望老师,却没遇见。午后,鲁迅和许广平特地带着海婴去回访,却也没有碰到,两家人像捉迷藏一样,显然都是被访者不在。

但是仔细玩味,"不遇"和"不值"在语意上还是有一点极细微的差别。"不值"是确定被访者不在的,而"不遇"只是说没有"遇到",或者说没有"见到",但并不等于被访者"不在"。实际上可以是"不在",但并不排除对方虽然在被访地,而因故没能见面的。不过,对方来访而"不遇"的,按实际情况看,却是基本都不在。

第三种："未见"。

这里的情况就复杂了。从字面意思看，可以是"没见到"，相当于"不值"；也可以是"没遇见"，也即"不遇"；也可以是"没会见"，也即"不见"。从实际情况看，似乎三者兼而有之。

第一种情况如 1936 年 4 月 26 日下午："姚克、施乐同来，未见。"这天下午，青年作家姚克陪着美国记者埃德加·斯诺来访，恰巧鲁迅一家外出看电影，自然是没有见到。这里的"未见"，就是"不值"。但是，实际上从陕北来的中共中央特派员冯雪峰刚刚在前一天到达上海，就秘密居住在鲁迅家里，所以，即使在家，也是不很方便见客人的。又如 1913 年 1 月 2 日："常毅箴来过，未见。"这显然也是鲁迅不在的表示。

第二种情况如 1914 年 2 月 1 日，"午后访季市，未见，因赴留黎厂"，这里就是说没碰到，兼可从"不在"和"不见"理解。又如 1914 年 1 月 2 日："上午郑阳和、雷志潜来，未见。"次日："下午至东铁匠胡同访许季上，未见。"这里一来一去，都是既可以表示"没见到"，也可以表示"不接见"。

第三种情况 1913 年 3 月 30 日："上午王懋镕来访，尚卧未见。"这就是说"不见"了，我还没起床呢！又 1914 年 1 月 1 日："晴。大风。例假。上午徐季孙、陶望潮、陈墨涛、朱焕奎来，未见。"第二天，又是例假，上午又有"郑阳和、雷志潜来，未见。"两天都是假期，鲁迅因熬夜，早上起得晚，客人来时，他大约还没有起床。因此，这里的"未见"，实际上是"不见"的意思。

所以，"未见"总体上实际意思比较含混，因此也就比较微妙，要看具体情形而定。

第四种:"不见"。

如果说前几种写法比较客观,那么这一种就是感情色彩最重的了。鲁迅写明"不见"的记载并不多。最早的一次"不见"是在鲁迅到北京后半个月,5月21日:"上午顾石臣至部来访,谢不见。"顾石臣即顾琅,是鲁迅在南京矿路学堂和日本弘文学院时的同学,1906年与鲁迅合作编著《中国矿产志》。但鲁迅后来似乎有点讨厌他。

鲁迅为什么拒见来客,颇耐人寻味。其实,鲁迅是有自己的原则的。大约总不外四种情形:

一、来得不是时候,鲁迅正在睡觉。

1925年3月1日:"星期休息。上午毛壮侯来,不见,留邵元冲信而去。"邵元冲是鲁迅的小同乡,绍兴人。这时是国民党中央执行委员,正参与筹办《北京民国日报》,曾于2月17日邀鲁迅前去饮酒,鲁迅去了,但有点勉强,所以"一赴即归",见了面但并没有多坐,似乎该报在向鲁迅约稿。3月1日邵元冲让报社的毛壮侯去拜访鲁迅并带给他一封信,似乎还是约稿的事。当天下午,鲁迅就去报社,交寄给邵元冲的信和一篇小说《长明灯》,后来就在该报上连载。鲁迅之所以不见毛壮侯,显然还是因为这天是星期天,鲁迅要迟起。

1934年4月22日:"诗荃来,因卧不见,留笺并稿二篇而去,夜以其稿寄《自由谈》。"这个徐诗荃,是个才气横溢,却有点怪脾气的青年作家,他常托鲁迅为他推荐文稿发表,鲁迅也总是尽力而为。按许广平说,他还常要求鲁迅

晚年徐诗荃

为他抄写后再投出去,可他有时一天写上好几篇,鲁迅一个人抄不过来,还让许广平帮着抄,还抄不过来,鲁迅只得请报社找人抄,还得将原稿退回,还不能将真相告诉他。这人也真

够自我的。瞧！鲁迅还没起床，他就来访，真是不知趣。这个人后来成为著名的梵学家。

二、正忙着，没空接待。

1925年4月16日晚，后来的"左联"五烈士之一胡也频和项拙（又名亦愚）一起来访，当时他们正在编辑《京报·民众文艺周刊》。但鲁迅很明确地拒绝了他们的来访。是什么原因呢？当晚鲁迅的日记记着："校《苏俄之文艺论战》讫。"看来，鲁迅是因为急着要校对这本即将出版的书稿。

1930年1月6日又有："晚章衣萍来，不见。"2月18日："秦涤清来，不见。"24日："波多野种一来，不见。敬隐渔来，不见。"虽然鲁迅对这几位都不很感兴趣，但不见他们可能还有更重要的原因。这时鲁迅正参与发起"左联"。冯雪峰、夏衍、冯乃超等几次到他寓所谈"左联"筹备和纲领起草等问题，可能刚好碰上了，所以也不见客。

上面说的那个徐诗荃，可真是常常被鲁迅拒之门外的。1934年3月4日"晚蕴如及三弟携阿玉、阿菩来，留之夜饭。诗荃来，不之见。"这是鲁迅第一次给他"吃闭门羹"，但这次是家人聚会，徐未免有点来的不凑巧。自此以后，他每次来访，就几乎总是吃闭门羹了。可以说鲁迅由此开始讨厌他了。

三、心情不好，不想接待。

最集中出现"不见"的是在1927年4月。那时鲁迅在广州，已经搬出中山大学大钟楼，住到白云路白云楼去了。"四一五"后，鲁迅参加紧急营救学生，不果，再加上人事上的纠葛，遂于21日愤而辞职。第二天上午，中大文科学生代表四人来访，试图挽留，鲁迅知其来意，于是干脆"不见"。下午，他索性与许广平、许寿裳等人一同外出了。教务处职员黎翼墀和友人蒋径三来访都没见到他。晚上，中大校务委员会负责人朱家骅来访，显然又是极力挽留。第二天上午，中大四名学生代表再次来访，校方人员轮番来访，试图挽回局面。双方反复拉锯多次，把聘书推来推去。到5月9日，当校方派事务科主任沈鹏飞再次送聘书来时，鲁迅不予接待，以示决绝。沈遂留下聘书和校方的一封信走了。隔了一天，鲁迅再次"寄中山大学委员会信并还聘书"。鲁迅的决绝态度终于使校方死了心，在6月间正式同意鲁迅辞职。

1928年9月1日，鲁迅时在上海，"午后时有恒、柳树人来，不见"。12月8日："下午时有恒来，不见。"1929年4月14日又是："时有恒来，不见。"同一个时有恒，时隔七个月，接连三次来访，鲁迅都不见他。这是很吊诡的。这个时有恒，曾经写过《这时节》谈到鲁迅，鲁迅还写了那篇著名的《答有恒先生》，回答了关于自己思想的一些重要问题。

但仔细看看，在1929年4月前后，鲁迅罕见地接连多次不见客，并不仅针对时有恒一个人。

在此前的3月18日"李宗武来，不见"，此后的4月16日"孙席珍来，不见，留函并书四本"。仅隔一周，23日"夜林和清来辞行，不见"。再过几天，28日"上午潘垂统来，不见。……晚孙席珍来，不见"。

但此后半年多，接连发生类似情况近十次：

6月30日："丁山及罗庸来，不见。"

9月12日："上午施蛰存来，不见。"19日："朱企霞来，不见。"28日："秋田义一来，不见。"

10月10日："金溟若来，不见。"

12月24日："林庚白来，不见。"29日："夜马思聪、陈仙泉来，不见。"

这里是有一些人是鲁迅不喜欢的，例如林庚白、丁山。但并非所有被拒绝接见的人都是他讨厌的。而这里的不见，也未必是出于讨厌。何以这么集中，又不完全针对一两个人，必有蹊跷。一种可能的情形是：当时正在"革命文学论争"中，鲁迅受到严厉攻击，而他自己又陷入沉思，正在埋头读马克思主义文艺理论著作。连一个追随多时的"义子"也离他而去了，所以鲁迅不想应付这些他认为无聊的应酬。但是，无论怎么说，这样集中地出现不见客的情况，还是很少见的，也难以理解其中意味。

四、讨厌对方。

1926年2月8日："甄永安来，不见，交到张秀中信并《晓风》一本。"甄永安和张秀中都是北大旁听生，张自费出版了诗集《晓风》，由甄永安带来送给鲁迅，但鲁迅没有见甄。不知为什么，一星期后甄再度来访，鲁迅还是没有见他。其中的缘由，很难弄清了。但后来，1932年鲁迅回北平探望母亲时，张秀中已是北方"左联"领导人之一，鲁迅与他们欢谈甚久。看来鲁迅是对甄永安不大感冒。

1926年8月12日，鲁迅快要离开北京去南方了，晚上"培良等来，不见"。显然，由于向培良等与高长虹走得比较近，鲁迅对他们很失望，再加上临走前连日送别的应酬很多，自然不愿见他们了。

再来看徐诗荃。从1934年3月4日以后，鲁迅已由开始的因爱才而欣然接见，转为有些讨厌他了，可他却浑然不觉，还是常常来访。你既然如此不知趣,鲁迅也就不客气了,不是"不见",就是"未见"。3月13日"诗荃来,未见",4月22日又是不见。之后,5月4日、24日、7月29日、10月27日、11月8日,1935年1月3日、30日、3月22日、4月15日、6月1日,都有不见徐的记载。鲁迅虽然不见他,却还肯为他推荐文章去《申报·自由谈》发表。他呢,似乎也不见怪,照样来找鲁迅,见不到,就留个字条,有时还留下一点小礼物或著译。显然,鲁迅也觉得他的脾气有点古怪,太不懂人情世故,但也赏识他的才气。据许广平说,由于拒绝得多了,他也知道鲁迅是故意不见他。有一次,他又来了,许广平照样回绝他。他扭头走了,一会儿却突然又来了,手拿一束花,冲进门,直闯楼上。鲁迅也拿他没有办法,只好苦笑着接待他。事见许广平《鲁迅与青年》。

除了上面所举,还有两个人也吃到过鲁迅的闭门羹:一是孙席珍,一是日本人浅野要。

鲁迅戏称孙为"诗孩",他两次来访,鲁迅都不见他,对他多少有些不欣赏。而浅野当时就住在鲁迅家隔壁,是个记者,以"原胜"的笔名写了《转换期支那》一书,1936年10月12日持来送给鲁迅,鲁迅没有见他,可能是因为病重。一周后鲁迅就去世了。这次拒见客,也是鲁迅日记中最后一次"不见"客人的记载。

像徐诗荃那样屡被拒绝也不见怪的,还算好的。换了别人可就得罪人了。另一个来访者林庚白,自以为有点名气,特地来访,谁知鲁迅却不买他的帐,楞是不见他。他回去就写了一封信来大骂鲁迅。鲁迅理都没理他,只在日记里记了一笔"林庚白来信谩骂",算是立此存照。

鲁迅就是这样的性格。

称呼趣谈

鲁迅日记的写法有一个很特别的地方：对人的称呼粗看上去没有什么特别，其实很有讲究。大概地说，都是有春秋笔法的，褒贬、亲疏、长幼、尊卑，各有不同表达。仔细品味起来，甚是有味。

先说褒贬。最突出的一条，便是袁世凯出殡。1916年6月28日这样记着："袁项城出殡，停止办事。"这袁世凯当了83天的"洪宪"皇帝，便在四面楚歌中一命呜呼了。鲁迅直呼其名，不但不称他为皇帝，甚至连原来的总统也不称了。鲁迅日记中记载袁世凯一共有五次，三次在1912到1913年，袁世凯刚当总统的时候。第一次是1912年11月2日，"上午得袁总统委任状"。同年12月26日，袁世凯接见各部官员，鲁迅因为是教育部的官员，自然也在接见之列。这天："积雪厚尺余，仍下不止。晨赴铁师子胡同总统府同教育部员见袁总统。见毕述关于教育之意见可百余语。少顷出。向午雪霁，有日光。"那时袁世凯的倒行逆施也还没有完全暴露，鲁迅称其"袁总统"，虽然谈不上多么尊敬，但叙述还是很客观平和的。这里也没有指明究竟是谁"述关于教育之意见"，按上下文看是鲁迅所述。或许是袁世凯问鲁迅对于教育的意见，他做了简单阐述。鲁迅为此记上一笔，可见他还是重视这次接见的。到1913年10月10日，袁世凯就任总统，鲁迅日记记有，"午闻鸣炮，袁总统就任也"，这里给予了客观记载，仍称袁总统，还是怀有敬意的。而且，这天还记着，"国庆日休假……寄许季上信，又自寄一信，以欲得今日特别纪念邮局印耳"，可见，他认为这事是值得一记的。到1914年9月16日，鲁迅日记出现了一条奇怪的记载："晴。以总统生日休假一日。"称总统而不带姓氏，在这里并不是尊敬，而是重点在"总统生日"。玩其口气，就是说"总统生日，竟也可以休假"之意。是既有点不屑，又有点"姑妄休之"的味道。可是，后来这位大总统终于要"皇袍加身"，过过皇帝瘾了，于是自取其辱。所以当6月6日袁死后，鲁迅直呼其名。鲁迅倒也不是因为人家倒了霉，就鄙薄人家，实在是袁某这时既已不是总统，而鲁迅对袁也不看作"皇帝"，于是干脆直呼其名了，他的情感倾向也就尽在其中了。

再说亲疏。有一个例子同样突出。许广平最早出现在鲁迅日记中是在1925年3月11日，那时鲁迅在日记中直呼其名，因为是学生，跟其他学生一样。但到1925年7月13日，鲁迅日记提到许广平，"得广平信"，这是鲁迅在日记中第一次称许广平为"广平"。这可是一个重要的信号：称呼改变了，这里自然包含着多量的信息。以前都是称"许广平"，从这里开始，情况发生了变化，之后"许广平"和"广平"两种称呼交替出现。到1926年2月3日，又进一步，改称"广平兄"。这是鲁迅第一次把书信中的称呼搬到日记里来。到2月28日，又进一步，改称"害马"。原来，在1924年到1926年风云激荡的北京女师大风潮中，许广平因其勇敢智慧，被推为学生领袖，当选为学生会干事，也因而被当局诬蔑为"害群之马"。鲁迅反其意而用之，戏称之为"害马"。尤其令人喷饭的是，就在第一次出现"害马"三天后，鲁迅日记又有"旧历正月二十二日也，夜为害马剪去鬃毛"一语。不知底细的人一定看了莫名其妙，但若悉知原委，就会明白其中的含意，并对鲁迅幽默的语言折服之至了。原来，正月二十二日，正是许广平的生日，而所谓"鬃毛"，显然是指头发。因为既然称为"马"，就不能称"头发"，而只能称"鬃毛"了。

"鲁迅为许广平剪头发！"这真够耸人听闻的，然而是事实。鲁迅家里，有的是女士。可以说，在与周作人决裂后，鲁迅身边，除了工人就只有女人

鲁迅1935年3月11日给许广平的第一封信就称其为兄

- 16 -

了：母亲、朱安、女佣。然而别人都不去为许广平剪头发，而要由鲁迅这个唯一的绅士来为许广平剪发，不能不说是有点奇异的。鲁迅似乎并没有学过理发，而且也不见关于他为别人理发的记载，那么——可想而知，他们的关系已经达到何种程度了。而且，在许广平生日这天为她剪发，这里的意味可想而知了。这年的上半年，鲁迅日记中关于许广平的记载特别少，仅五次！但实际上，他们的联系可能不是减少而是更紧密了：很多联系不用写了。4月18日"下午广平来"，6月21日："午后托广平往北新局取《语丝》，往未名社取《穷人》。"这表明，鲁迅已经把她看作与众不同的特殊人物了。连去邮局取邮件这些杂事也请许广平做，这是亲密无间的表示。

> 鲁迅在书信中也称许广平为乖姑、小刺猬

同年8月，鲁迅准备离开北京往南方，在几次应酬中，鲁迅带有调侃的口气提到"许广平女士"、"三位小姐们"，也是亲昵的表示。9月17日，日记又有"得景宋信"，18日"寄景宋书二本"。这以后的一段时间内，鲁迅经常称她为"景宋"，次数甚至超过"广平"。"景宋"是许广平的笔名，鲁迅的称呼又一次改变说明，他们的相互了解更为深入了。同时又说明，他们的联系也更密切了。这时鲁迅在厦门，而许广平在广州。两人已分开半个多月，而书信往还不断。鲁迅得到了刚出版的一本书，就马上寄了一本给在广州的许广平。到1927年1月11日，鲁迅在厦门最后一次收到许广平的来信都称"景宋"，之后鲁迅就于16日起程赴广州，18日抵达，当天"晚访广平"，从此以后，直到终其一生，鲁迅在日记里就只称"广平"了。细察鲁迅在日记里对许广平称呼的变化，虽然只是极细微的变化，不比书信中的情感袒露，仍可以清晰地看见两人关系的发展过程。

而与之相对的另一个人，却不是这样了。

1914年11月26日，鲁迅日记："下午得妇来书，二十二日从丁家弄朱宅发，颇谬。"这里的"妇"即指鲁迅早年奉母命与之结婚的朱安，而信显然是从朱安娘家发来的。当时鲁迅一个人在北京教育部工作，没有带朱安，朱安也没有住在绍兴周家，而是回了娘家。我们不清楚信中说了什么让鲁迅气愤的话，但显然，鲁迅不用"妻"或"内人"之类的称呼，而用了"妇"这个带

有轻慢意味的称呼，你说他错也没错，但显然是刻意区别于"妻"或"太太"的，何况其中本来就表示了不满。

在鲁迅现存二十四年的日记中，提到朱安仅两次，除了上面那次外，还有一次就是1923年8月2日："下午携妇迁居砖塔胡同六十一号。"这时，鲁迅刚与周作人决裂，他决定觅屋别居。他问朱安："你是跟我去，还是跟母亲住？"朱安倒是坚定地站在鲁迅一边。她说："你那里洗洗刷刷总是要人的。"当然是跟鲁迅走。这朱安也真是够可怜的，这时虽还没有许广平，但鲁迅对她从来就没有发生过兴趣。

再来说一下长幼尊卑。第一种是尊称，例如称"先生"、"师"、"夫人"，其中称"师"是最尊的。如称三味书屋塾师寿镜吾为"寿师"，称南京矿路学堂校长俞明震为"俞师"，称章太炎为"章师"；鲁迅在日记中称"师"的，仅此三位。此外，还有几个高僧，鲁迅也是称其为"师"的，例如"万慧师"、"铃木大拙师"。称"先生"的就多一些了，例如蔡元培、吴雷川、关来卿等。而称"夫人"的，除了没有记下全名的，如"孙式甫夫人""许季上夫人""芷夫人"等，以及出于礼貌称一些外国妇女如"客兰恩夫人""汉嘉堡夫人"外，就中国人而言，称"夫人"的，只有宋庆龄一人而已。"孙夫人"，是国人对宋庆龄的尊称，鲁迅对她也是始终抱着十分敬意的。

称呼女士为"太太"，这很普遍，没有什么特别之处，不必谈了。

带贬义的称呼，鲁迅日记中是不多见的，即使鄙视对方，鲁迅也不会用轻薄或者谩骂的语言记录对方。例如对顾颉刚，鲁迅当然是有意见的，但从来没有在日记中使用他在《理水》中用的"鸟头先生"之类带贬义的称呼，都是很规范地记作"顾颉刚"。对那个冒昧来访而吃了闭门羹的林庚白，鲁迅也都是完整地记录他的名字。鲁迅在日记中表达鄙视的方法，是直接议论，或用"春秋笔法"，但称呼还是完整的，有时是用补充说明来解决。例如对史济行，鲁迅多次上过他的当，所以当后来史再一次化名来骗鲁迅时，他一眼就看出其狐狸尾巴，便在日记中记道："得史岩信，此即史济行也。此人可谓无耻之尤！"

还有一种，便是爱称，这当然都是指幼者。比如，鲁迅的忘年挚友冯雪峰一家跟鲁迅一家亲密无间，1931年4月20日，鲁迅和冯雪峰一起通宵编完《前哨·纪念战死者专号》，两家一起去合影留念。这时，鲁迅提到冯的女儿冯雪明还是"孩子"，到1933年12月5日，鲁迅日记有"下午海婴与碧珊去照相"，这个"碧珊"，就是指冯雪明。因其可爱，鲁迅按上海人的习惯昵称她为"小瘪三"，而写到日记里，鲁迅却使用了"碧珊"这两个如此典雅的字眼，令人叫绝！后来又写作"碧山"、"雪儿"，也都很优美。同样，对冯雪峰的夫人何爱玉，鲁迅也亲切地称她为"密斯何"（1934—1—7日）。这时，冯雪峰刚刚离开上海去苏区，鲁迅对其妻女倍加照顾，特地与许广平一起邀她们去看电影。在鲁迅日记里同样称"密斯"（小姐）的，还有"左联"五烈士之一的冯铿。

对一些好朋友的子女，鲁迅也常给以亲切的称呼。例如，友人马裕藻的女儿马珏，常与鲁迅通信，鲁迅日记中也称其号仲琪。很多友人，也常是称其字、号，体现了关系的深度。一般来说，越是不同称呼多的，越是关系深。凡是直呼其名的（单名除外），基本上都没有多少交情。

对周建人的孩子，鲁迅的称呼就更亲近了。周建人的大女儿周鞠子，鲁迅称她为"马理子"或"玛理"等，次子周丰二，鲁迅又记其原名"沛"，甚至写他的诨名"小土步"，都是爱称。读者也许还记得，鲁迅在他的小说《兄弟》中曾塑造了一个名叫"沛君"的主人公，或许正是来源于周丰二的名字。后来周建人在上海另娶王蕴如，1926年生下女儿周晔，鲁迅在日记里经常写她的乳名"阿玉"。1927年王蕴如生下周瑾，鲁迅写作"瑾男""瑾儿"，又常写其乳名"阿菩"。1932年周蕖出生，鲁迅又常写其乳名"蕖官"，都显示了鲁迅对兄弟的孩子们的关爱。对周作人的长子周丰一，鲁迅曾写作"丰丸"，其女"周若子"，鲁迅也昵称为"蒙"。不过，鲁迅对自己的儿子反而没有什么特别的称呼，总是称"海婴"。

对于周作人、周建人的妻子，鲁迅的称呼也是很有意味的。他通常称周作人妻为"二弟妇"，有时也称为"二弟夫人""弟妇""启孟妻"等，对周建人的妻子羽太芳子,则称"三弟妇""三太太"等,从来没有表示亲近的称呼。对于家族中人,鲁迅常以辈份或关系称呼,例如"升叔""方叔""忆农伯"等。

还有一种特别的称呼,是叫不出对方名字,只知其姓,于是记为"张某""李某",甚至用古"厶"字代替"某"字,这样可以更省笔画。例如1918年1月4日的"黄厶",至今仍然不知道这是指谁。有时也称"李生""张生","李君""张君"。还有一个特例,是鲁迅竟然把自己家的工友齐坤错记作"徐坤",这是每天都要见面的人,竟然也搞错,也许这人压根就不是鲁迅找来的,也显然没有合同之类的法律手续。"徐"和"齐"在北京话里根本就不是同音,但在绍兴话里,这两个字却是同音。可见平时鲁迅在北京家里也不讲北京话,而是按绍兴话"徐""齐"不分地叫,这可以看出鲁迅的口音和说话习惯了:"南腔北调"大约就是这么来的。

还有一个来雨生,与鲁迅同期留学日本,回国后在萧山教育界任职。鲁迅把他的名字也搞错了,把他写作"雷雨生"。这大概也是缘于乡音所误。

但是,同时也不能否认,鲁迅与这些人的关系显然比较疏远。

鲁迅使用特殊称呼,还有一种情况是用英文字母代替。这多数是为了简便,例如俄国盲诗人爱罗先珂,鲁迅记作"E君",福冈诚一写作"S.F.君"。周作人的小舅子羽太重久,其名字中,有一个读音差不多等于"H",鲁迅就写作"H君",以至前些年有人不理解,竟误以为是鲁迅的情人呢!还有两位,鲁迅写作"WW"和"Tei.W"的,这下好,没有人知道是谁了,于是至今成了谜。

2007年6月2日

鲁迅称谁为『师』和『先生』？

日记本来是给自己看的，在日记中，任何人的名字都不必冠以身份或称呼，尤其是敬称。倘在日记中加以敬称，说明敬意颇高了。鲁迅在日记中称"先生"的本就不多——这里说的"先生"不是一般与"小姐""太太"等对应的"Gentlemen"的意思，而是带有"老师"意味的敬称——至于直接在日记中称"师"的就更少了。

在鲁迅一生中，有几位终生的老师，是他所不能忘记的。例如众所周知的"藤野先生"。但是这位藤野先生却没有出现在他现存的日记中，倒是他的几位中国老师全都出现过。

第一位，当然是绍兴三味书屋的塾师寿镜吾（寿怀鉴，1849—1929）。鲁迅师从他学习还是在少年时期，是在现存日记时期之前。但鲁迅后来与他也有些过往，日记里有对他的记载。

第一次是1915年10月1日，那天晚上，有个叫甘润生的来拜访鲁迅，自报家门说，他是鲁迅在绍兴三味书屋同从寿镜吾读书的同学，鲁迅特地记了一笔："夜有甘润生来访，名元灏，云是寿师时同学。""寿师"就是寿镜吾。这只是提到，而没有直接记载寿镜吾的活动。

后来在1923年，鲁迅两次提到寿，都称"镜吾先生"。1923年1月29日，鲁迅得到寿镜吾的来信："上午得镜吾先生信。"2月9日："寄镜吾先生信。"寿镜吾写给昔日弟子的这封信，现不存。现存寿氏另一封信，是1911年5月写给鲁迅的信，是推荐某人为周家管山。

第二位是南京矿路学堂的总办（校长）俞明震（俞恪士，1860—1918）。

就是鲁迅在《呐喊·自序》里说的"坐在马车上时大抵在看《时务报》"的"新党"。他当然是鲁迅的老师了，1902年4月鲁迅等五人赴日本留学还是俞明震亲自带领去的。1915年2月17日鲁迅日记："下午同陈师曾往访俞师，未遇。"俞明震在辛亥革命后，进入民国政府任职，1915年时是北洋政府平政院的肃政史，就住在北京。同年4月10日，鲁迅再次造访俞，又不遇。第二天下午再去，终于见到了老师。但奇怪的是，扑了两次空，见面后却"略坐出"，似乎话不投机，或许只是捎什么话。1919年1月20日鲁迅日记："得俞恪士先生讣，下午送幛子一。"送挽幛，一般来说算是比较郑重的奠仪，但微妙的是称呼却变了，称"先生"，显得有点生分了。或者因为讣告上称为"俞恪士先生"吧。

第三位是章太炎(1869—1936)。1908年，鲁迅和周作人、钱玄同、龚未生、朱希祖等一起在日本跟从章太炎先生学习文字学，这对鲁迅一生影响极大。当时鲁迅等都作了详细的笔记，鲁迅、钱玄同等的笔记至今留存。鲁迅对章太炎的敬重溢于言表，虽然后期对章的落伍略有微辞，但在北京时期，鲁迅在日记中是尊称为"师"的。1912年12月22鲁迅日记："同季市赴贤良寺见章先生，坐少顷。"当时章太炎因为对袁世凯的倒行逆施极为不满，常加以抨击，袁很讨厌他，于是借故派他去满洲。这时将要出发，鲁迅和许寿裳一起去跟他话别。1914年8月22日："午后许季市来，同至钱粮胡同谒章师，朱遏先亦在，坐至旁晚归。"这时，章太炎正被袁世凯软禁，但允许弟子、友人看望。这天有不少弟子前来看望章太炎。这里不但称"师"，而且是特别郑重的"谒"师。1915年1月31日："午前同季市往章先生寓，晚归。"同年2月14日："午前往章师寓，君默、中季、遏先、幼舆、季市、彝初皆至，夜归。"这些大多是留日时期的学生。同年5月29日："下午同许季市往章师寓，归过稻香村买食物一元。"6月17日"下午许季市来，并持来章师书一幅，自所写与"。这幅字，至今还收藏在北京鲁迅博物馆，内容如下："变化齐一，不主常故。在谷满谷，在坑满坑。涂却守神，以物为量"。同年

寿镜吾

9月19日："得龚未生夫人讣，章师长女，有所撰《事略》。"仍提"章师"。鲁迅日记对章太炎的最后一次记载，是1916年10月12日："清晨三弟启行归里，子佩送至车驿，寄回《恒农冢墓遗文》一册，《神州大观》第九、第十，《中国名画集》第十八各一册，章先生书一幅。"这是说，那天三弟周建人回绍兴，弟子宋琳（子佩）送到车站。鲁迅让建人带几本书和一幅书法回绍兴。这幅书法就是上面所记章太炎为鲁迅写的条幅。这以后，鲁迅就再也没有在日记中记载章太炎了。

除了这三位称"师"的，还有几位僧人，也被鲁迅称为"师"，其实是"法师"之意。例如1916年8月4日："施万慧师居天竺费银十元，交季上"。万慧法师（1889—1959），本名谢善，字希安，四川梓潼人，是著名文学史家谢无量的三弟。他出家后，久居印度（天竺）、缅甸研究佛学。1916年友人为他旅居印度筹集善款，鲁迅也予以赞助。当时教育部门役的月工资才6块银元，10元赞助已算是高的了。

又如1934年日本佛学大师铃木大拙（1870—1966）来华参观佛迹，到上海后，由内山完造引见鲁迅。5月10日："上午内山夫人来邀晤铃木大拙师，见赠《六祖坛经·神会禅师语录》合刻一册一帙四本，并见眉山、草宣、戒仙和尚，斋藤贞一君。"现在这照片还在鲁迅的照相册里呢。同样的僧人，有的称"师"，有的却称"和尚"，是何道理呢？如果说"师"要比和尚更高级的话，1926年10月厦门南普陀寺公宴太虚和尚（1890—1947）时，鲁迅日记10月21日："晚南普陀寺及闽南佛学院公宴太虚和尚，亦以柬来邀，赴之，坐众三十余

章太炎

章太炎书赠鲁迅的条幅

人。"太虚也被称为法师,鲁迅却称他"和尚"。仔细看看年龄,就会明白:太虚年龄比鲁迅小九岁(一说八岁),所以不能称之为"师"了。当然,"和尚"其实也是尊称。鲁迅在给许广平的信中说,这天在南普陀寺,众人要请鲁迅与太虚并列上坐,鲁迅坚决地推掉了。

此外称"先生"的就比较多了,大约有十来位。

在日记里,最早提到的"先生"是当时教育部社会教育司的司长夏曾佑(穗卿,1865—1924)。鲁迅对他很敬重,这倒不是因为他是司长而鲁迅是他手下的科长,而是因为他是一个很有学问的前辈。鲁迅进教育部时是三十一岁,而夏曾佑已经四十七岁了。鲁迅第一次在日记中提到他是1912年8月20日:"上午同司长并本部同事四人往图书馆阅敦煌石室所得唐人写经,又见宋元刻本不少。"不提名字而直接称司长,更显尊重。事实上恐怕得说是夏带他们去的,而且他们一同去看的是敦煌石室的唐人写经,这是很难得的,所以,鲁迅记录时的态度是怀着敬意的。到当月31日,教育部次长董恂士招饮于致美斋,夏和鲁迅、许寿裳等都参加了。9月5日,鲁迅等一批同事又跟夏曾佑前往国子监巡视。后来夏就经常叫鲁迅陪他去各处视察,包括建图书馆,举办儿童艺术展览会等等。11月16日,鲁迅曾前往拜访夏,但没有找到夏的居所。25日,鲁迅将自己的《域外小说集》送给夏。12月12日,鲁迅和许季上等专门前往夏曾佑的寓所拜访:"与许季上等访夏司长于兵部洼寓所,留约一小时。"还是称夏司长,且用"留"字表示敬意。

夏曾佑可说是个怪人,放达不羁,喜欢豪饮。看来他对鲁迅颇为赏识,经常把鲁迅叫到他家,说是商量工作,但也常常就是去饮酒。1913年2月18日:"下午同沈商耆往夏司长寓,方饮酒,遂同饮少许;"最有趣的是,有一次星期天,上午鲁迅应邀到夏曾佑家,一到就被招呼一起喝酒,结果一直喝到下午还没个结束的意思,鲁迅实在受不了了,逃了回去。他日记中记:"上午得戴芦舲简招往夏司长寓,至则饮酒,直至下午未已,因逃归。"(1913—5—11)这位夏先生喜欢在家里办公,经常叫上几个人去他家谈工作,鲁迅也是常去的一个,尤其是当时教育部正在筹办京师图书馆,夏是主管领导,而鲁迅是主办人员之一。但后来此公也做了一件让鲁迅等对他大失所望的事。同年9月28日孔子生日,鲁迅日记有:"星期休息。又云是孔子生日也。昨汪总长令部员往国子监,须跪拜,众已哗然。晨七时往视之,则至者仅三四十人,或跪或立,或旁立而笑,钱念敏(勖)又从旁大声而骂,顷刻间便草率了事,真一笑话。闻此举由夏穗卿主动,阴鸷可畏也。"教育部总长汪大燮(这时蔡元培已辞职)命令全体职员去国子监祭孔,当时就有很多人反对,但因为是部令,不得已去了,结果却是一场闹剧。这一方面反映出当时即使在教育部内部,也有很多人反对祭孔,并不像现在有人说的,好像从"五四"才开始"打倒孔家店",其实这可比"五四"早了整整六年呢!这是值得回味的。

同时也可知道,当鲁迅得知这一闹剧系由自己的顶头上司夏曾佑所发动,感到不可思议,因而称之为"阴鸷可畏"了。但夏却似乎并不以为意,相反,他对鲁迅似乎还挺器重,还是照样招呼鲁迅等一起饮酒,一起去琉璃厂买书,筹办图书馆。直到1916年2月29日鲁迅还去他家。之后八年间相互没有通过声气,直到夏谢世。1924年5月1日:"下午夏穗卿先生讣来,赙二元。"8日下午,鲁迅还亲自"往吊夏穗卿先生丧",鲁迅还是对他称"先生",保持了敬意。夏曾佑曾经拟过一副对联:"帝杀黑龙才士隐,书飞赤鸟太平迟。"鲁迅曾书写过这副对联,但因为其中所用典故太冷僻,所以鲁迅批了一句:"故用僻典,可恶之至",虽是骂语,但实际上既有调侃的意思,也含着钦佩。

另一位被鲁迅称为"先生"的是陶念卿(1865—1925),绍兴人,名传尧,当时是京师图书馆分馆主任。他是鲁迅的同乡前辈,比鲁迅大十六岁,鲁迅对他也很敬重,所以称其为"先生"。

第三位被称先生的是好友许寿裳的长兄许寿昌(1866—1921,字铭伯),同样来自绍兴,比陶念卿仅小一岁,也可称长辈。鲁迅与这位比他大十五岁的友人交往非常融洽,经常去他处吃饭聊天,还一起外出买书,逛小市,意气极为相投,有时甚至许寿裳没有兴趣的事,他和鲁迅倒都有兴趣,两人完全是"忘年交"。据说,他生了病,会首先叫人去问问鲁迅,是看中医还是看西医。在鲁迅日记上对他的记载,从1912年到1921年,总共达216次,真正可谓"过从甚密"。鲁迅似乎有个倾向,年轻时喜与前辈交往而且很融洽,晚年则喜与晚辈交往而且同样融洽。鲁迅在日记中提到他,称"先生",显示了对他的敬重。

第四位被称先生的，还是一位绍兴前辈——章介眉。这也是个在历史上留下痕迹的人。说起来，他与鲁迅还沾点亲带点故——鲁迅有个姑祖父叫章介倩，就是章介眉的同辈族人，算起来他还是长鲁迅一辈呢！这人的故事是，辛亥革命时绍兴著名的"女侠"秋瑾被害，他因为曾是浙江巡抚张曾敫的幕友，甚至有人说他是告密者，于是在辛亥革命成功后，绍兴新政府就将他逮捕，他当时采用"毁家纾难"之法，捐献田产，逃脱了制裁。后来一混一混，竟然又得了机会，获任袁世凯政府的财政咨议、财政部秘书等职务。袁世凯死后，他也丢了官，在北京闲住。1916年10月6日："下午章介眉先生来。"不知何事。过了几天，10日鲁迅也"往大荔会馆访章介眉先生，不值。"也不知何事去拜访他，不料扑了个空。但以后却再也不见对章的记载。

第五位，还是浙江老乡——徐以孙（1866—1919），仍是同乡前辈。鲁迅对他的记载，集中在1918年5月到8月，次年12月徐就去世了。其中前面有几次鲁迅未称其"先生"，但到后来就完全称之为"先生"了。

第六位是晚清著名学者俞曲园（1821—1907）先生。鲁迅与俞平伯相熟，俞曲园就是俞平伯的曾祖父。鲁迅日记1923年11月10日："李小峰、孙伏园来，并交俞平伯所赠小影，为孩提时象，曲园先生携之。"鲁迅日记提到俞曲园，也就这么一次，但是尊敬之情还是溢于言表的。

第七位是吴震春（宁雷川，1868—1944），浙江杭州人，晚清进士，翰林院编修，民国政府成立后，长期在教育部任职，与鲁迅同事。他也比鲁迅年长十三岁，学问丰赡。鲁迅与他来往虽不算密切，但也常有往还。有时还托鲁迅买书，也互相走动。一直到鲁迅到了上海，他还曾到上海来访。鲁迅日记开始提到他时，直称吴雷川，后来却慢慢改称先生了，可见他在鲁迅心目中的地位是逐渐得到敬重的。

第八位就是著名教育家蔡元培（1868—1940）了。晚清进士，翰林院编修，民国成立后任教育总长（即部长），后任北京大学校长等职。蔡是绍兴同乡，也是前辈，对鲁迅多所提携。早年他是光复会发起人之一，鲁迅也是该会成员；他当教育总长后，第一批任用的人里就有鲁迅。以后一直到晚年，鲁迅都得到他的照应。鲁迅逝世后他任鲁迅先生纪念委员会主席，1938年《鲁迅全集》出版时，他年近七十，还以前辈身份为之作序。此公可谓长者风范，对鲁迅并不以后辈而有所轻慢。鲁迅对他敬重有加，每提必称先生。只在1927年他参加"清党"活动时，对他略有微词。

第九位，则是一个争议人物——日本医生须藤五百三（1876—1959）。日本冈山人，1905年在日俄战争中曾任军医，1917年退役后，到上海开设须藤医院。他是内山完造的同乡，所以担任内山书店的医药顾问，当鲁迅与内山相熟后，他也开始为鲁迅及其家人治病，鲁迅逝世后，家属曾怀疑他的医治有问题，对此学术界至今有争议。开始他是为鲁迅的儿子海婴治病，因为同是在日本学医出身，他可算是鲁迅的前辈，在接触中与鲁迅谈得很投机，虽然晚年有人提醒鲁迅提防此人，但鲁迅仍以朋友之道坚持让他诊治。在日记中，提到他时混称医士、先生，有时直称须藤。

第十位，还是日本医生，叫坪井芳治（1898—1960），日本东京人，医学学士。三十年代在上海篠崎医院任儿科医生，因为常给海婴治病，与鲁迅成了朋友。他的年龄并不大，比鲁迅小十七岁，本来应该是后辈，但大约因为是医生，受到敬重，鲁迅还是称他为先生，有时也称坪井医生、坪井学士。

在秘不示人的日记里称"师"和先生，是怀着真切敬意的。有幸在鲁迅日记里获此殊荣的，也就如上十人而已！

未出现在鲁迅日记中的藤野先生

鲁迅日记的笔误

鲁迅博闻强记，记性总体上属于强的。但人非神仙，记忆力总有个限度。实际上，鲁迅在写作、讲演、书信中的记忆错误也所在难免。而记日，由于本来只要自己看得懂，知道是怎么回事，就可以了，与旁人无涉。所以即使采用简称、略记，甚至代称、代指，都无不可。倘如提到某人，少写一字，也可以不算写错。例如，钱稻孙记作"钱稻"（1914-5-9），魏福绵记作"魏绵"（1916-5-8），都可以不算笔误。但是若将张三写成了李三，就是误记了。还有的时候，记忆或者并没有错，但在深夜疲倦之时，笔下不知不觉写错也是有的。还有一类，本来也没有记错，但因为写的急了点，漏落一两个字，虽然也可以看作简称，但是按照鲁迅一贯认真严谨、一丝不苟的书写习惯，不应该是这样的，因为这些若是简称容易造成人名混淆。例如1929年4月27日的"夏农"，固然可以指夏康农，但也可以是指夏征农，这两人都与鲁迅有来往，倒底是指哪个呢？抑或还真有一个叫"夏农"的？其实这是笔误了，根据当时的交往情况，显然是指夏康农。还有，将"黎锦明"写作"黎明"，完全可以误为另一个人，如果不加考证，还真不敢断定就是指黎锦明呢！同样，1933年7月18日的"罗桢信并木刻五幅"，也显然是指青年木刻家罗清桢来信并寄来木刻作品，但若不知道有这么个人的话，还真不好断定。

鲁迅还曾把儿子的名字写作"海"，"须藤先生来为海诊"（1933-10-21），这显然是指为海婴诊。少了个"婴"字，虽然我们仍可明白是指海婴，但显然鲁迅不会故意这样写，而且也从来不这么写。如果这还可以勉强说是简称，那么另一处就是不可能的了1933年10月22日："下午蕴如及三弟携官来。"这个"官"，当然不是官僚的"官",而是周建人、王蕴如的女儿周蕖,乳名蕖官。这里的"官",是对小孩的昵称,周建人、王蕴如有几个女孩,都简称"某官",究竟是指哪一个呢?当时蕖官仅一岁,离不开大人,所以这次周建人夫妇带来的,显然是蕖官。

还有一种,是将专有名词颠倒了写,这也并非有什么隐情而故意如此,也不是记忆的错误,真是最典型的笔误了,因为意识中并非如此。举几个例子,鲁迅早年在北京时常在一家名叫"益昌"的饭馆吃饭,有一段时间还与几个朋友在该店合伙包饭,每天几菜一汤,固定金额。这是极熟的名字,当然不会记错,但有一次鲁迅却将饭馆名字写作"昌益"(1917-5-6),这显然是手脑配合出现了瞬间差错,以至手里写的跟脑子里想的不一致。这类例子还不止一处,例如将《敬乡楼丛书》写成了《乡敬楼丛书》(1932-4-4),将德国人汉堡嘉女士写成了"汉嘉堡",将春阳照相馆写成了"阳春"照相馆,将日本助产士津岛文女士成"岛津女士"(1936-8-5),因为日本人姓氏既有"津岛"也有"岛津",所以记混了。好在从当时的日文报纸上看到的医院广告里有她的名字,可以证明是"津岛"而不是"岛津"。同样的例子还有将尚佩芸记作"尚芸佩"(1933-2-1),将尚振声写成"尚声振"(1933-2-16),这都是实有的人物,不用查证的。

除专有名词外,其他词语也有写颠倒的,例如1925年11月23日:"午访韦素园,其在寓午饭。"从字面上看,好像鲁迅去时,韦素园正好在家吃饭。其实,鲁迅显然不是这个意思,而是说,韦素园招待鲁迅在他寓所吃午饭。那么,这里的"其在寓午饭"应该是"在其寓午饭"。又如1934年11月26日:"九夜时体温三十六度七分。"分明应是"夜九时……",是由于"九"这个核心内容抢先映上脑际,于是抢先写了出来,

还有一类是真的记忆错误,甚至将自己家的地址写错。鲁迅北京的住所阜成门内西三条胡同写成了"西四条胡同"(1923-

景云里17号

-29-

11—16），大约因为那里离北京西四牌楼比较近吧。在上海时又将景云里 17 号错写成 19 号，鲁迅开始是住弄底的 23 号，因为那里紧邻隔壁弄堂大兴里，通宵有人搓麻将，住了一年多，鲁迅终于不能忍受吵闹，就搬到了这栋楼的口上第二户 18 号（1928-9-9），过了不久又搬到 17 号（1929-2-21）。这栋楼共七户，即从 17 号到 23 号。第一户应是 17 号，鲁迅却在日记里写作 19 号，按许广平和周建人的回忆都是 17 号，可能是由于原与周建人一家同住 18 号，后因 17 号人家搬走，鲁迅与许广平就迁居到了 17 号，也许鲁迅把 17 号与 19 号的方向弄反了吧。

还有将姓氏记错的。例如，将沉钟社社员陈翔鹤写作"杨翔鹤"（1924-6-11），将北大学生李人灿写作"张人灿"（1924-6-21），将李遇安写作"杨遇安"（1925-3-8），将梁文若写成"李文若"（1935-7-3），把胡今虚写作姚今虚（1933-10-9）。1935 年 7 月 7 日"晚五时季市长女世瑄与姚君结婚"，事实上，许世瑄的丈夫名叫汤兆恒，"姚君"乃是"汤君"之误。还有一类是由于读音而混淆的，例如将胡萍霞误为"吴萍霞"（1924-10-13），将汤振扬（汤增敫）错成杨振扬（1928-10-18），将金肇野错成金肇祥（1934-12-17），如果不是因为与木刻有关，也可能被误为另一人。这些都是因吴语读音相近。更绝的是 1935 年 7 月 20 日："郑惠贞女士来。"这个"郑惠贞"其实叫成慧贞，是周建人妻王蕴如的女友，经常来往。在吴语里郑与成、惠与慧是完全谐音的，所以三个字里倒有两个是错的。将日本人尾崎（秀实）误为"大崎"（1934-8-24），可能是由于这两个姓氏的日语读音相近。而将娄如煐错成娄如焕（1935-6-18），或许是由于字形相近吧。

还有一种笔误是重复写了某个字。例如"午得得征农信并《读书生活》一本。"（1935-1-16）显然多出一"得"字；"丸山来来并持交……"（1923-11-14）接连两个"来"字，也是笔误了。这种情况的出现，常常是由于前一个"来"字正好写到上一行的末尾，于是在下一行开始的时候，紧接着又多写了一个"来"字。

还有一类错误更有趣，是将后面的内容错到前面了，可以称为意识转移。例如，1923 年 11 月 16 日，"……使吕二连信于连海"，本来是要写"送信"，却写成了"连信"，因为后面马上要提到"连海"，在写到吕二时，意识已经转向受信人连海，不知不觉中把"送信"写成了"连信"。还有一个例子，1926 年 8 月 1 日，"访凤举，被邀往德国晚店夜饭"，"晚店"显然是"饭店"之误，因为接着将要写吃晚饭，当写"饭店"时，意识已经移到"晚饭"上了，于是不知不觉把"晚"字提前了。还有一次，同一天里复同一个人信有两次，却没有收到信的记载，显然也是笔误。1928年9月6日："午后复陈翔冰信。……复陈翔冰信。"如果不是重复书写，就是把前面的"得陈翔鹤信"错成了"复"信。按照鲁迅一般来信必复的习惯，前面那个"复信"可能是"得信"。因为当鲁迅写日记的时候，来信已经回复过了，当写到来信时，意识便已转移到复信上去了。这种现象，说明鲁迅的书写速度跟不上意识的速度，表明了一种思维敏捷而体能下降的状况，也表明鲁迅是一个性急的人。

还有一种误记，是将时间搞错，以至至今无法确认其真正含义。例如1924年10月15日，"上午后段绍岩信"，1925年11月10日，"上午后女师大讲"，究竟是上午还是午后，真是无法辨别。前者可能是"上午得段绍岩信"之误。而后一个就只有靠查女师大的课程表才能弄清了。1929年的一个记载更让人莫名其妙，9月7日："下午得淑卿信，九月三十日发。"日子刚刚过到9月7日，却已经收到了9月30日发的信，显然是8月30日之误。

还有一种情况，是写错书名。将《籑喜庐丛书》写成了《篆喜庐丛书》(1912-5-12)，又将《浮世绘六大家》错成《浮世画六大家》(1932-10-25)，将夏征农寄赠的自作小说集《结算》错成《决算》(1935-6-7)，将西谛（郑振铎）所赠《世界文库》错成了《西界文库》(1935-7-1)，估计也与寄赠者西谛的"西"字联系了起来。最后一次是在1936年10月14日，也就是鲁迅去世前五天，萧军来，赠送了萧红的《商市街》一书，鲁迅却记作《商市场》了。

-31-

鲁迅晚年一般不将亲友赠送的书记入书帐，而且这时病已很重，书帐也只记到10月13日为止，所以从书帐上看不到鲁迅是否也记错。但显然，鲁迅真没注意到这本书竟不叫《商市场》而叫《商市街》。

最后一种，就是纯粹的笔误了。例如1928年4月14日，"午后同方仁往书店浏览，午在五芳斋吃面。午后……"，两次写"午后"，显然不妥，前面那个尤其不对，怎么可能在"午后"之后又出现"午在五芳斋吃面"呢？所以，《鲁迅全集》中将它校改为"午前"，是正确的。还有，1933年1月17日，鲁迅在民权保障同盟开会时，请蔡元培为他写一个条幅，蔡欣然命笔，写下了两首七绝，鲁迅却记为"七律二首"。还有"中天场"显然是"中天剧场"（1925-5-4）；"涵芬楼景宋文《六臣注文选》"（1931-11-13），显然是涵芬楼景宋本《六臣注文选》；"中央研究所"是"中央研究院"之误（1933-1-25）；"百卅回本《水浒传》"实即百廿回本（1924-2-16），纯粹的笔误。此外的一些笔误多为漏字，唯有一处错得离奇，1934年8月19日："午后诗荃来，并卖去再版《北平笺谱》二部。"这里是犯了主语转换的毛病了。来访并买《北平笺谱》的是徐诗荃，而"卖"去该书的是鲁迅。如果换成"买"，主谓语才统一。

精到如鲁迅，毕竟也有打盹的时候，尤其是深更半夜，经过一天的紧张劳累，任何人到这时都筋疲力尽，昏昏欲睡，笔下走神也是在所难免的。鲁迅坚持每天即使再劳累，也总是一笔不苟地写好日记，已经是常人难以企及的了，且是给自己看的日记，出现这些误漏，实在算不得什么。

鲁迅日记中的特殊用语

鲁迅日记的写法，传承多种来源，但最后形成的风格，却是独特的。不但记录方法不同，而且用语也很特殊。我初读鲁迅日记的时候，对这些用语感觉深奥而别扭，但又觉得新奇。爱挑刺的，讥为"半文不白"，甚至说是"不通"。其实乃是少见多怪，读多了，知道了一些出典和来源，不但不觉得别扭，反而是韵味多多了。曾经有编辑因为感觉不大通而擅自给鲁迅"改正"的，那才叫"无知者无畏"呢，殊不知鲁迅那才是更有学问的用法。

这里我们来分门别类做些介绍。鲁迅日记的用语特殊，在各个方面都有表现。大体上可以从天气、动作、物名、数量词及其他语词几方面来解读。

一、天气用语

昙——多云到阴。鲁迅在日记中写到多云天气的时候，常用到的是"昙"字。昙字本意是密布的云，但与"乌云密布"概念还是有区别的，前者是多云，而后者成了阴天。杨慎有诗《雨后见月》，"雨气敛青霭，月华扬彩昙"，这里的云还没有到十分密集的程度。而陆云的《愁霖赋》说"云昙昙而叠结兮，雨淫淫而未散"，看上去就是阴天，甚至是雨天了。鲍照《游思赋》有"望波际兮昙昙，眺云间兮灼灼，乃江南之断山，信海上之飞鹤"之句，是说江南的山层叠起伏，像大海的波浪。可见昙昙是说很厚的云。

霰——1913 年 1 月 7 日："下午雨霰。"霰字本意是雪珠，亦称软雹，是水气遇冷凝结成的不透明的冰粒。鲁迅以他的古文功底，记载得简洁明了，用一个字说明了一切。

霁——1913年5月25日，"雨一陈即霁"。霁字本意是雨停止，引申为风雪停止，云雾消散。《辞海》还有"天气放晴"一语，稍嫌过度。王充《论衡》，"于是风霁波罢"，只是停歇而已，并非逆转。1913年10月18日的一条记载："昙，午后霁。"这里说的就是"云雾消散"的意思。

晛——1913年1月15日"上午晛"，9月25日"下午忽昙忽晛"。晛，指天色从灰暗到明亮，实际上是指云层从密集到逐渐消散，现出日光的过程。《诗经·小雅·角弓》有"雨雪浮浮，见晛曰消"。杨基的《春风行》诗中则有"今朝棠梨开一花，天气自佳日色晛"之句。在江南的老农中，至今还常用"晛"字来描述"云开"到"日出"的过程。

晦——1913年4月30日"下午晦"。晦字原意为天色昏暗，是说白天将尽，天色昏暗，不是夜晚而天有暮色，又叫"晦冥"。《史记·龟策列传》就有"正昼无见，风雨晦冥"句（白天看不见，风雨交加，天色昏暗），韩愈《谢自然》有句"白日变幽晦，萧萧风景寒"。所以才把一个月的最后一天称为"晦日"，把不明白称为"晦涩"，把白天和黑夜合称"晦明"的。引申开去，还有昏聩糊涂，草木凋零，隐藏等含义。

燠——1914年9月2日，"颇燠，夜有雷"。"燠"，音"yù郁"，又读"ào奥"，是暖和之意。《诗经·唐风·无衣》有"不如子之衣，安且燠矣"，《礼记·内则》有"问衣燠寒"。但北京9月初的天气，怎么说"暖和"呢？这里鲁迅可能是指夏末秋初的闷热，所以才"夜有雷"。

霾——1915年2月27日："大风，霾。"意思是浮尘天。北京的春天早就常有浮尘，并不是到了这几年才有。与霾相连的，还有沙尘暴。从鲁迅的日记里我们知道，沙尘暴也并不是近来才有的。鲁迅日记1912年10月4日："风挟沙而昙，日光作桂黄色。"这说的显然就是沙尘暴。

鲁迅对于天气的用语很特殊，也比较难懂，却很简洁精到，反映了鲁迅深厚的学养。

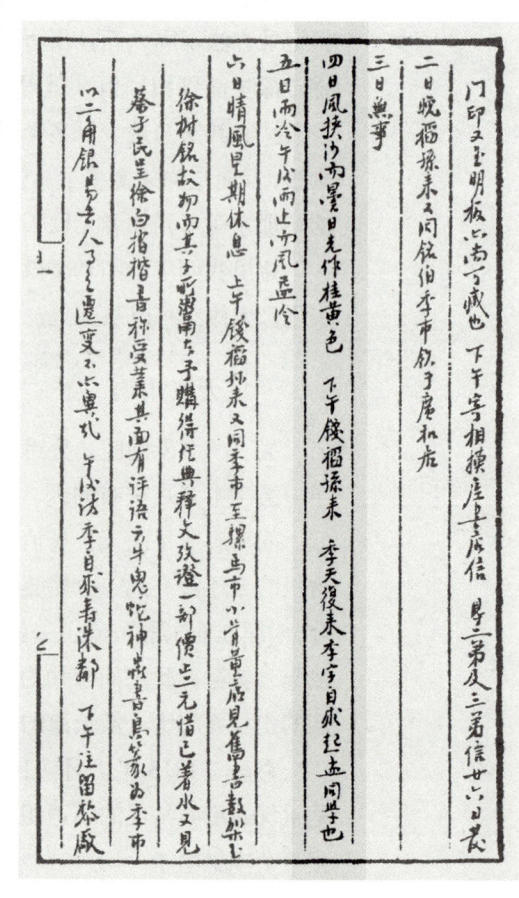

二、动作用语

写——抄写,缮写。1913年8月17日:"终日在馆写书。"这里的写书并不是写作,而是抄写古书,"馆"是指绍兴县馆,鲁迅早期在这里抄录了很多古书。鲁迅经常用"写"字表示绘画、抄录、誊写的意思。

最——撮。1915年1月22日有"夜最写邓氏《墨经解》"的记载,《墨经解》是《墨经正文解义》的简称,清代邓云昭撰。鲁迅曾抄写其正文部分,没有抄注解。"最"是"撮"的别写,"最写"即"撮写",也即摘录、选录。

见——在古汉语里有两种读法和用法。一读"jiàn件",原本有看见、遇见、会见等意思,又有"被""被加以……"的意思。鲁迅经常有"见赠""见谅"的用法,就是被赠与,被原谅之意。1912年7月23日,"俞英崖以吴镇及王铎画山水见视",是"给我看"的意思。1912年9月21日:"季市搜殿试策,得先祖父卷,见归。"归是归还,许寿裳在故宫中发现了鲁迅祖父周福清的科举殿试试卷,还给了鲁迅。1914年12月25日:"上午稻孙来,以《哀史》二册见借。"是说对方借书给鲁迅。见字的这种用法,通常带有敬意,是"承蒙"的意思。因此,"见归"就是"承蒙归还","见视"就是"承蒙给我看","见谅"就是"承蒙原谅","见赠"就是"承蒙赠与","见借"就是"承蒙借给"。

"见"字还有另一种读法,"xiàn现",是通假字,与"现"字相通。1914年10月26日,"……不足,与见钱",就是"现钱"的意思。

值——值字有五个义项,一是价值,二是值得,三是逢、遇到,四是当值,五是数量值。鲁迅用值,一般多用逢、遇之意,"不值"意为"不遇",这在前面已经谈到过。1912年7月10日:"下午与季市访蔡子民于其寓,不值。"1915年6月16日:"访许寿裳不值。"都是没有碰到的意思。但偶然也用"值"表示价值,1912年9月1日:"计银十二圆,佐以一木匣,不计值也。"木匣是附送的,不计价。

诣——到达某处。有一个现成的词语"造诣",是说学业达到的境界。鲁迅多用"到达"的意思。1912年7月10日,"上午十时诣夏期讲习会述《美术略论》",是指到达讲习会。

赙——奠仪,吊唁赠款或礼物。鲁迅早年在教育部,有同事或家属逝世举丧时,通常都会赠送一份赙金,表示心意。数量一般不大,一至二元,不会超过五元。教育部时期,鲁迅前后送赙金约十余次,后来离开教育部,这种事就少了,但所赠赙金数量却更多。为鲁迅画封面的陶元庆病逝时,鲁迅给了三百元为他买墓地,柔石牺牲时鲁迅给家属一百元作为遗孤的抚养费。

鲁迅逝世后，许寿裳等老朋友及曹靖华、台静农等弟子都给了鲁迅家属一百元。

振——赈，就是救济。常用的词是"赈灾"。从鲁迅日记看，他常常为受灾民众捐款。在教育部十四年十余次捐款赈灾，使用的绝大多数是"振"字。如1912年11月12日，"付温处水灾振捐二元"。其实，现在常用的"赈"，原本应该是"振"，后来为了表达以钱物救助之意，写成了"赈"字。

博簺——博塞，古代一种有输赢的游戏。1914年7月9日，"夜邻室博簺扰睡"。估计这不是古代那种博塞游戏，而是指打牌、搓麻将、推牌九之类。

谭——谈。古代两字相通，鲁迅经常用"谭"代替"谈"字。1914年12月15日"谭至二时顷"。鲁迅还有一篇译文叫《异域文谭》，也应该是"谈"字。

三、物名

泉——人们在鲁迅日记中经常看到"泉"字，从上下文看明明应是"钱"字，为什么写作"泉"呢？其实，"泉"就是钱，这来历很古远了。在《周礼》中就有《泉府》一节，后人贾公彦有疏："泉与钱，今古异名。"原来古代"钱"是叫作"泉"的。在《汉书·食货志下》里面有个说法："故货，宝于金，利于刀，流于泉。"这倒不是说"金钱乃力量的源泉"，而是说，货币的宝贵在于有黄金的价值，方便利于分割，又像泉水一样便于流通。学者颜师古注"流行如泉也"，所以又有"泉布"的叫法。《周礼》中另一处提到"掌邦布之出入"，郑玄注："布，泉也。布，读为宣布之布。其藏曰泉，其行曰布。取名于水泉，其流行无不遍。"就是说，"泉""布"都是钱，藏在家里的钱叫做"泉"，是钱的"源泉"，流行在市场上的，就叫"布"。

那么鲁迅为什么不明白写"钱"，而要刻意写作"泉"呢？难道是故作高深、卖弄学问？这首先要从鲁迅写日记的出发点看。鲁迅写日记并不是写给别人看的，所以不存在卖弄的问题。但他是近代最博学的文字学大师章太炎的入室弟子，曾在日本跟章学习文字学，对于文字游戏是很有兴趣也很有造诣的。写给自己看的，自己有兴趣这样写，只要自己看得懂，也就不去顾虑别人看了会有什么想法了。当然，从中也可以看出鲁迅对"钱"的理解。

蜇虫——即臭虫。鲁迅初到北京时，住进长发客店，夜里被臭虫咬得没法睡，只好睡在桌子上。第二天叫店里的伙计把床板换掉后，才睡上了安稳觉。但臭虫为什么叫"蜇虫"呢？或许真与它的形象比较"肥"有关系吧，这名称来历却是很久远的。在《尔雅》里就有"蜰"字，郭璞解释："蜰，即负盘，臭虫。""负盘"又是一个别名了。在《聊斋志异》里有一篇《小猎犬》，其中描写："苦室中蜰虫蚊蚤甚多，竟夜不成寝。"显然，鲁迅这用法又是学古文字学的结果了。

鸠——鸽子。鸽不是鸠，但是鸠鸽是同科鸟类。1913年12月24日："晚季市贻烹鸠一双。"1933年鲁迅为日本人西村真琴画的"小鸠图"题诗，"鸠"就是指鸽子。

卓——桌。1912年5月5日鲁迅到北京后住在长发客店，被臭虫咬得睡不着的时候，睡在桌子上，而桌子就写成了"卓"，这是古文的"通假"用法。初读者会觉得不解和别扭，但"卓"在古文里就是"桌"。

冒——帽，也是通假字。1914年5月15日，"往观音寺街买草冒一顶"。

夫容——"芙蓉"的通假字。1912年12月12日："崔白刻丝《一路荣华图》，为鹭鸶及夫容，底本似佳，而写片不善。"

师子——狮子。1912年12月26日提到的总统府所在地"铁师子胡同"，显然是"铁狮子胡同"。有人或许怀疑鲁迅写了别字，其实古文本来写作"师子"，后来为了表示动物才加上了反犬旁。古代把斯里兰卡叫做"师子国"，因为该国以狮子为象征，其国徽以狮子图案构成。鲁迅在"书帐"里写到"狮"

鲁迅为西村真琴所作"小鸠图"题诗

字也都写成"师"。

鹜——鸭。鲁迅凡提及鸭子,都写作"鹜"。成语中有"趋之若鹜",王勃《滕王阁序》中有"落霞与孤鹜齐飞",都是指鸭子。这是一种比较书面的用法,不大常见。

加非——咖啡。鲁迅经常将咖啡写作"加非"或"加菲"。1914年12月7日:"午后同齐寿山出街饮加非。"1930年2月16日:"午后同柔石、雪峰出街饮加菲。"

摩菰——磨菇。1915年3月13日,"寄二弟信一函,摩菰一匣约一斤半"。

四、数量词

数词——在鲁迅日记手稿里,常用"百"表示一百,百字上面加一横表示二百,百字上加二横表示三百。而二十、三十、四十鲁迅也写作"廿""卅""卌"。1916年9月2日"子佩还邵款卌元"。四十写作"卌",一般是不太常用的。

枚——原意为树干,引伸为计量单位,从条状物体延伸到扁平物体以至于各种形状的物体,有"根""个""张""片""只"等意思。现在多用于计量条形物体,例如"一枚别针"。鲁迅使用"枚"字更宽泛,用法也更多样。1913年7月13日:"为丰丸买碗四枚。"碗通常以"只"论,鲁迅却用"枚"。鲁迅"枚"的用法很大程度上受到日文的影响,在日语里,"枚"也是计数单位,基本只表示扁平物体的数量,意为"张"或"片",鲁迅也多这样用。1913年12月24日,"帖四种二十二枚",是"张"的意思。1913年8月24日,"钱一枚,……铜圆五枚",这倒是中文里常用的。

两——双。两既是数词也是量词。表示数量时是数词,例如"两个苹果"。表示计量单位时是量词,例如"二两油"。但现代汉语一般不用"两"表示"双",例如"一双鞋"不说"一两鞋",但鲁迅却说"鞋一两"。1912年12月21日"购履一两",就是"购鞋一双"之意。1916年12月2日,"至孝顺胡同为芳子买革履一两",是买皮鞋一双。1917年11月25日,"二弟妇寄与绒袜一两",这时鲁迅在北京,周作人也到了北京,周作人的妻子羽太信子从绍兴寄来袜子一双给鲁迅。将"双"写作"两",似乎有点别扭,但"两"字原本就有对应的两侧合称的意思,也就是有"双"的意思。如,"并世无双"也可以说"并世无两"。所以,鲁迅用的是更古的用法。

番——张。这不是汉语,而是日语,约等于"枚"。1918年2月6日:

"裘子元之弟在迪化，托其打碑，上午寄纸三十番，墨一条。"这是说，寄去三十张纸，让对方去拓印古碑。

要——条。1916年1月2日，"往观音寺街买绒裤二要，三元"，这里的"要"同"腰"，每条裤子有一腰，故以"腰"来计算裤子的数量。

区——座。1918年8月9日："下午以银一元得小铜造象一区，沈氏物。""区"犹言"座"，"一区"就是"一座"。

匕——匙。1915年1月27日有服药"一匕"的记载，这是"匙"的一种写法，不能说是简化，也不是通假，而是一种示意字。

五、其他语词

均言——"均"即古"韵"字，"韵言"指韵语，这里指律诗。1912年7月10日，范爱农落水横死，19日，鲁迅在听到范爱农死讯后，悲痛难抑，写下了五言律诗《哀范君三章》。他在日记里写作"均言三章"。

或外——域外。鲁迅多次写到自己早年与周作人合作翻译的小说集《域外小说集》，都写成《或外小说集》，实际上是写了"域"的古体字。

旨——脂。1912年12月31日，"肴质而旨，有乡味也"。肴是菜肴，质是简单（质朴），旨是脂，有滋味。这句是说，菜肴虽然简单，但是很有滋味，有家乡菜的感觉。

约言——合同。合同是外来名词，在民国初年还没有广泛使用。鲁迅日记1914年6月28日提到与文明书局的"《炭画》约言"，当时周作人还在绍兴，他翻译了波兰显克微支的小说《炭画》，寄给鲁迅，由鲁迅出面与上海文明书局签订合同，于当年出版。所谓"约言"，就是出版合同。

豫——预。"豫""预"相通。现在通常写作"预备""预先"，而鲁迅习惯用"豫"代"预"，写作"豫备""豫先""豫支""豫约"等。1912年12月16日，"上午豫支本月俸一百元"。或许因为鲁迅自己的名字是"豫才"，所以大体上凡需用"预"的地方，多数用了"豫"（当然并非绝对）。

大册阑——大栅栏。北京有个地名叫大栅栏，就在前门外，知名度极高。鲁迅早年到北京后，也常到这里游览、喝茶、购物，但是他的写法却有些特别。1917年12月16日："又至大册阑买食物归。"这个大册阑，就是大栅栏。这其实是借代用法，一种简化的记录方法，不明白的人就看不懂了。

厶——某。1918年1月4日："黄厶来属保应考法官。"这个黄某人来找鲁迅为他作保。当时规定参加文官考试要有政府官员作保，所以鲁迅曾应很多人的要求为之作保。但这个黄某大概鲁迅连他的名字都不大清楚,所以就用"某"来代替,而鲁迅写作"厶",实际上就是"某"的古体字。同月10日,"赠李厶一元",就是"赠李某一元"。

直——价、值,这是通假字。鲁迅提到"价值"时,一般不用"价值"的"值",而用"曲直"的"直"。例如1915年5月10日:"杨莘耜交来向西安所买帖……自得十种,约直二元。"这里的"直"就是"值",也就是"价"。

醵——聚。1923年5月10日:"有人醵泉为秦汾制屏幛,给以一元。"秦汾是当时教育部参事,有人发起集资(醵泉)为他制作一个屏幛(屏风),向鲁迅募集,鲁迅资助了一块大洋。"醵泉"即"聚钱"。

其实类似的情况还有很多,鲁迅是个语言大师,他的日记语言虽极简略,但是细细品来却意趣盎然。

鲁迅日记中的情绪宣泄

鲁迅自己说他的日记只是"信札往来，银钱收付……例如：二月二日晴，得A信；B来。三月三日雨，收C校薪水X元，复D信。"似乎没有什么情绪可言。其实不然，仔细看就会发现，鲁迅的日记也有不少情绪的表现。大体上说有这样几类：

一是感慨世事。二是议论人事。三是心绪的宣泄。

鲁迅1912年5月5日到达北京，第六天（5月10日），日记写到：

> 晨九时至下午四时半至教育部视事，枯坐终日，极无聊赖。

这之前，鲁迅只记载在5月6日去过教育部一次，"即归"，好像只是去报个到。10日似乎是第一天上班。但是却得到这样一个糟糕的感觉。那时教育部刚刚开张，大约一切还没有走上正轨，所以几乎无事可干。但鲁迅是怀着满腔热情来"视事"的，见此情形，觉得极无聊赖，显出他性情的一面。

更值得注意的是他对于世事的感慨。

1913年10月1日："写书时头眩手战，似神经又病矣。无日不处忧患中，可哀也。"按照目前所掌握的资料，鲁迅似乎并没有神经系统的疾病。他为什么说自己神经有病了呢？事实上在这段时间，鲁迅经常有头昏目眩的症状，而且常常感冒。更值得注意的是鲁迅那句："无日不处忧患中，可哀也。"忧患什么呢？那时正是"二次革命"失败（9月14日），革命力量溃败，袁世凯用尽种种手段,玩弄权术,紧锣密鼓筹备大总统选举。五天后,所操纵的大总统正式选举就将举行,他当选"合法"总统势成定局。反动势力已占明显上风,革命党人莫不忧心如焚,恐怕这才是鲁迅真正的忧患所在。

另一个例子。1912年6月27日:

> 下午假《庚子日记》二册读之,文不雅驯,又多讹夺,皆记拳匪事,其举止思想直无以异斐、澳野人。齐君宗颐及其友某君云皆身历,几及于难,因为陈述,为之瞿然。

《庚子日记》是清代高枬所著,现有1904年刊本,记载1900年(庚子)的义和团事。当时称义和团为"拳匪"。鲁迅看后觉得其中记载义和团的举止、思想十分落后野蛮,有如非洲、澳洲的土著民。鲁迅的好友齐宗颐(寿山)和他的友人都说自己也曾亲身经历,还差点遭难。鲁迅听后,感到震憾。他当时虽在南京读书,但必然也有所闻。从这则日记看,勿庸置疑,鲁迅对义和团的评价完全是负面的。

另一则更加令人感慨。1912年10月6日:

> 上午……又同季市同至骡马市小骨董店,见旧书数架,是徐树铭故物而其子所鬻者……又见蔡孑民呈徐白摺,楷书,称受业,其面有评语云:牛鬼蛇神,虫书鸟篆。为季市以二角银易去。人事之变迁,不亦异哉!

徐树铭是湖南长沙人,清道光27年(1847)进士,曾任翰林院编修、浙江学政等职。一度是浙江的乡试官、会试总裁,1900年去世。这里说的蔡元培呈徐树铭的"白摺",就是当年蔡元培参加乡试时的考卷。蔡元培在呈给徐树铭的试卷里自称"受业",就是自称学生,但是徐树铭却在卷面上批道"牛鬼蛇神,虫书鸟篆",把蔡元培贬得一钱不值。现在徐树铭已经过世,而蔡元培已经成为教育总长,让鲁迅对世事的变迁感慨良多。

另一则,反映出鲁迅对底层劳动民众的深切同情和对社会不公的愤慨。1913年2月8日:"上午赴部,车夫误碾地上所置橡皮水管,有似巡警者及常服者三数人突来乱击之,季世人性都如野狗,可叹!"据记载,鲁迅去教育部上班常呼人力车,对他常坐的人力车夫很是照顾,给的车资比常人多。车夫误碾了地上的水管,竟遭到如此残暴对待,鲁迅的感慨归结为社会冷酷的"世纪末"心态,并斥为野狗,未免激烈。但也可以看出他难能可贵的平等观念。

另一则记载,直到晚年鲁迅还曾谈及,就是国人面对月食的态度。1912年9月26日:

>　　七时三十分观月食约十分之一,人家多击铜盆以救之,此为南方所无,似较北人稍慧,然实非是,南人爱情漓尽,即月真为天狗所食,亦更不欲拯之,非妄信已涤尽也。

这段议论很有意思。从对月食的态度中,鲁迅得出的却是对于南方人更加苛刻的评论。1932年,鲁迅在北京演讲时曾专门说到,"一·二八"事变时,避居上海租界,停战后搬回北四川路,谁知局势突然又紧张起来,原来是因为碰到月食,市民放起了鞭炮,日军就以为是中方军队来袭了。两次说到面对月食的态度,鲁迅都把批评的对象设为上海人或南方人,这只能说,鲁迅确是严于内省的人,因为他自己也是南方人。

但另一则记载却不免表现出鲁迅的偏颇了。1912年7月30日:

>　　下午赴中国通俗教育研究会,傍晚乃散。此会即在教育部假地设之,虽称中国,实乃吴人所为,那有好事!

仅从字面看,"乃吴人所为"就没有好事,这也未免太偏激一些。按该会于这年4月在上海成立,发起人有于右任、王正廷、居正、袁希涛、马君武、章太炎、张謇、黄炎培等三十八人,宋教仁、吴稚晖、马相伯、蔡元培等都是"赞成人",理事有黄炎培、沈心工(叔逵)、杨秉铨、史锡鬯、伍博纯等五人。按说其中各地人物都有,而且都是国内一时俊杰,连鲁迅的老师章太炎、乡前辈蔡元培都在内,怎么说是"吴人所为"呢?原来其中的核心人物是五位理事,理事中黄炎培、沈心工、伍博纯都是江苏人,而伍博纯更是鲁迅的熟人,江苏武进人,比鲁迅大一岁,当时为教育部社会教育司第三科科长,鲁迅是第一科科长。伍博纯在通俗教育研究会里负责编辑《通俗教育研究录》,显然是该会的核心人物。看来鲁迅对这位贵同事本来并不怎么感冒。但是到了8月6日,却有这样一条记载:"伍博纯来劝入通俗教育研究会甚力,却之不得,遂允之。"后来,鲁迅还担任该会的小说股主任,渐渐认真起来,

又飯于便宜坊 收十九日民興日報一分 雨

二十九日陰典事 夜雨聞董侗士亦表育部次長

三十日晴午戊収二十二及二十三日民興日報各一分 下午赴中國通俗教育研究會偽晚乃徹山舍卯在教育部假地設之雜儀中國實乃夫人所為那有妙事 晚侗士未

飯于李市之室

三十一日晴 午戊雨

八月

一分 倚晚晴

一日午戊福如来

二日陰 晨寫 收十六日民興日報一分又報九日文三分 晚素文卅戴未 蔣抑尼未

信十六日發 下午錢稲孫未

二十五日陰曆中秋也 下午錢稲孫未

飲談至十時返室見園月寧光皎然如故御马未初含家們以月餅祀之不嘉即月亮為天狗所食此更不獄拖之那妄信之滕盡也

二十六日陰晨寫三弟信 下午廿一日民興報一分 晚張協和未 七時下分觀月食約下分

三人家多擎鋼琴以戲之西南方而無何戰北八稍慧越覺那見南人受情濡

二十七日晴 下午收二十二日民興報一分 得二弟雨寧小包内全家寫真二校又三弟妇抱毫儿寫真一校或盛寫真三枚又擦手巾雙唐文桂枷采合涕二同士西付部 晚飯于勸業塲上

之小有天董侗士幾稲孫許李敖有首圍式不甚通口有雨謂紅樓有六不美也

在该会发挥了不小的作用呢！可见，他刚开始时对该会的议论并不怎么公道，自己后来的行动也否定了先前的议论。

另一则记载与此相关联，1914年1月31日：

> 夜邻室王某处忽来一人，高谈大呼，至鸡鸣不止，为之展转不得眠，眠亦屡醒，因出属发音稍低，而此人遽大漫骂，且以英语杂厕。人类差等之异，盖亦甚矣。后知此人姓吴，居松树胡同，盖非越中人也。

隔壁来客深夜喧哗扰民，鲁迅的结论竟然是"盖非越中人也"，显出地域文化观的局限。还有几次则是"闽人"来访邻居，造成噪声。1912年8月12日，"半夜后邻客以闽音高谈，猖猖如犬相啮，不得安睡"；9月18日记，"夜邻室有闽客大哗"；20日"邻室又来闽客，至夜半犹大嗥如野人，出而叱之，少戢"；10月7日，"晚邻闽又嗥"。说来人吵闹像狗咬，用"嗥"来形容其声，这未免过分激烈了。而且反复交代"闽客"，总似乎有点地域歧视的感觉。

1912年7月19日："晨得二弟信，十二日绍兴发，云范爱农以十日水死。悲夫悲夫，君子无终，越之不幸也，于是何几仲辈为群大蠹。"这里由范爱农之死而引发的议论，则是由论世事而进于论人事了。

范爱农是鲁迅留日时的旧同学，但命运不济，鲁迅离开家乡后，范仍留在故乡。虽然他也很想外出，鲁迅也很想帮他的忙，奈何还没有得到机会，他却遽而去世了。鲁迅深为叹息，称之为君子，将他的死视为浙江的不幸。后来还写了《范爱农》一文怀念他。在另一面，鲁迅对横行乡里的何几仲辈，则恨恨不已。何几仲（？—1937），名寄重，当时是"中华自由党"绍兴分部的骨干成员。"自由党"即鲁迅在《阿Q正传》中描写过的挂着银桃子的"柿油党"，显然鲁迅本来对他也并无好感。在鲁迅笔下，似乎范爱农之死将使何几仲辈幸灾乐祸。

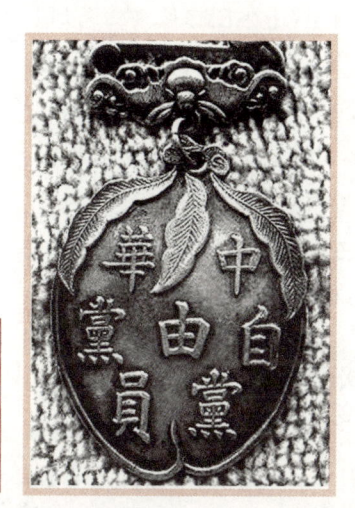

1913年12月26日：

> 下午雷志潜来函，责不为王佐昌请发旅费，其言甚苛而奇。今之少年，不明事理，良足悯叹。晚又有部令，予与协和、稻孙均仍旧职，齐寿

中华自由党党徽

山为视学，而胡孟乐则竟免官，庄生所谓不胥时而落者是矣。

在这一段记载里，既有对于一个青年对自己无端指责的感慨，叹为"不明事理，良足悯叹"；又有对不善钻营、不会拍马溜须的同事被免官的同情。三十二岁的鲁迅，"愤青"的色彩还很浓的呢！

另一面，对一些沽名钓誉的人物也有讥评。1913年1月13日：

> 收五日《越铎报》，有孙德卿写真，与徐伯荪、陶焕卿等遗象相杂厕，可笑，然近人之妄亦可怖也。

孙德卿

孙德卿（1968—1932）是绍兴的名流，早年参加反清革命，是同盟会、光复会成员，辛亥革命后，鲁迅的几个学生创办《越铎日报》，他也是支持者之一。但革命成功后，他可能多少有些以功臣自居了，在《越铎日报》上居然刊登出他的照片，跟徐锡麟（伯荪）、陶成章（焕卿）等烈士的遗像并列，鲁迅觉得又可悲又可笑，尤其觉得可怖——因为小有功劳就居功到把自己与烈士并列，其狂妄令人恐怖。

另一个与此相似的例子是1913年5月18日："上午田多稼来，名刺上题'议员'，鄙倍可厌。"田多稼，说起来可以算鲁迅的同乡，浙江萧山人，当时是众议院议员。他把议员身份印上了名片，让鲁迅十分鄙视。这种名片在今日更是常见，例如"××级××员"，已经司空见惯，以今日的眼光看，或许鲁迅自己有点迂阔了呢！

对于一些人的荒谬言行，鲁迅觉得不屑与之争持的，常以极简略的片言只语给以一击。如"上午得童鹏超信，十三自越发，谬极"（1912-5-20）；"上午赴本部职员会，仅有范总长演说，其词甚怪"（1912-9-6）；"范总长辞职而代以海军总长刘冠雄，下午到部演说少顷，不知所云"（1913-2-5）；"《说文解字附通检》……是扫叶山房翻本，板极劣"（1914-10-25）；"晚陈仲箎作函借泉，而署其夫人名，妄极，便复却"（1915-7-18）；"观电影，曰《诗人挖目记》，浅妄极矣"（1927-1-24）；"买《汉画》两本，价一元三角，甚草率，欺人之书也"（1927-11-30），都是这类例子。

大约在鲁迅日记中对于人的议论，最严厉的还要算对史济行的记载。1935年3月2日："得史岩信，此即史济行也，无耻之尤。"1935年4月21日："午后得史岩信片，即史济行也，此人可谓无耻矣。"两次提到此人，都疾言厉色，咬牙切齿。因为此人专行诈骗名人稿件，然后把自己打扮成名人的朋友，再去招摇撞骗，欺骗更多的人，从中渔利。鲁迅在日记中记此一笔，也是"立此存照"的意思，此人的行止实在令鲁迅愤怒。

有时鲁迅在日记中写上一言半语，也是为了宣泄自己的情绪。1916年7月18日："作札半夜，可闷！"大约这天晚上鲁迅接连写了不少封信，觉得很累，所以发此慨叹。

有时虽是身边小事，但有所感也就记上一笔。1912年7月3日："下午与季市浴于观音寺街之升平园，甚适。至琉璃厂购明袁氏本《世说新语》一部四册，二元八角，尚不十分刓弊，惜纸劣耳。"出去洗了个澡，感到舒服，写上一句；买了一部书，印得还好，只是纸太差，也会发一句感慨。

总之，从鲁迅的日记中，可以读到一个性情中人，一个充满感情、忧愤深广无处宣泄的人，这就是真实的日记的鲁迅。

不过，到后期，鲁迅的日记就很少情绪宣泄了。最严厉的就数对待史济行了。其次就是对林庚白。1929年12月24日："林庚白来，不见。"这种"不见"还有不少。林庚白因而恼羞成怒，26日写信来谩骂，说鲁迅是段祺瑞执政府成员，是新式名士等等，还写了《讽鲁迅》诗。对此，鲁迅仅以"林庚白来信谩骂"一语记之，更加冷峻，更加内敛。鲁迅已经不是十年前的"愤青"鲁迅了。

鲁迅日记中的春秋笔法

鲁迅日记记事，简单概括。初读鲁迅日记，也许会觉得单调无味，但若知道许多日记背后的故事，就会发现，鲁迅的日记是很有味道的。在不露声色的简单记载中，隐含着丰富的内容和强烈的感情色彩，用一句老话叫作"微言大义"，也就是"春秋笔法"。

先看对袁世凯的记载。1913年10月10日："午闻鸣炮，袁总统就任也。"客观的记录，也是含有讽刺意味的。到1916年6月28日："袁项城出殡，停止办事。"冷冷数字，显示了对这个做了八十三天皇帝梦的独夫民贼的蔑视。

对有些人和事鲁迅是直接贬抑的，就以当时对教育部的几位"总长"也即部长的记载来说，1912年9月6日："范总长演说，其词甚怪。"如何的"甚怪"没有具体说，但当然不是什么好话。1913年2月5日："范总长辞职而代以海军总长刘冠雄，下午到部演说少顷，不知所云。""不知所云"四字也就透出冷意，语中含着讥讽。对另一位总长陈振先这样记载，1913年4月20日："得本部通知，云陈总长以中央学会事繁，星期亦如常视事，遂赴部，则无事，午后散出……"叙述很客观，得到上级通知，因总长忙，星期天照常上班，所以把部员也一律叫来，可是结果是什么事情都没有，吃完午饭就放假了。这几句简

唐绍仪

- 48 -

略叙述就把一个颟顸、专断而惯于作秀的官员嘴脸描绘出来。同样,1925年12月1日:"午后往女师大开会,后同赴石驸马大街女师大校各界联合会,其校之教务长萧纯锦嗾无赖来击。"萧纯锦带领一帮人来冲击会场,鲁迅用了"嗾无赖来击",虽语气平静,但谴责之意无可置疑。

1912年6月,当时的总理唐绍仪是同盟会员,主张实行责任内阁制,而总统袁世凯主张总统制,两派争持不下,袁派强横,唐派决定退出内阁,6月21日唐率先辞职,蔡元培等也跟着辞职;当时袁世凯还装模作样地挽留,到7月1日,因蔡元培再次提出辞职,7月9日召开的临时教育会议竟将他力倡的美育删除,鲁迅感到非常郁闷。在日记中记着:"闻临时教育会议竟删美育,此种豚犬,可怜可怜!"用词激烈,可以说愤懑之情溢于言表了。

秉笔直书,客观的记载中直接表达立场,是典型的史家笔法。

对有些事情,必须加以说明才能清楚的,鲁迅会稍为详细地记载。1930年9月10日:"下午收靖华所寄《十月》一本,《木版雕刻集》(二至四)共叁本,其第二本附页烈宁像不见,包上有'淞沪警备司令部邮政检查委员会验讫'印记,盖彼辈所为。""烈宁"即列宁,邮政检查扣掉了列宁像,鲁迅以"盖彼辈所为"愤怒地表达了对当局的邮件检查的不满。

另一处,对于兄弟反目这个应该是更加复杂的事件的记载,却在简单中包含了丰富寓意和情感。1923年7月14日:"是夜始改在自室吃饭,自具一肴,此可记也。"这里记载了鲁迅和周作人从"兄弟怡怡"的融洽到"兄弟参商"形同路人的突变。为什么要自己一个人单独吃饭,他只用"此可记也"四个字记述,可谓五味杂陈。因为与弟媳妇的冲突说来不足为外人道,但这实在让他极为郁闷。当时到底发生了什么,

-49-

一直到今天，也没有人知道。尽管还没有与周作人直接冲突，但隔阂已经产生了，这四个字隐藏了这个千古之谜的全部秘密。过了五天（19日）："上午启孟自持信来，后邀欲问之，不至。"这里，又以一个客观的记载表明了自己的无辜。关于这事的后续记载，是1924年6月11日："下午往八道湾宅取书及什器，比进西厢，启孟及其妻突出骂詈殴打，又以电话招重久及张凤举、徐耀辰来，其妻向之述我罪状，多秽语，凡捏造未圆处，则启孟救正之，然终取书、器而出。"这次记载有强烈的感情色彩，对事实的记述还是极为简略，但观点十分明确：对方是"骂詈殴打"，周作人妻"述我罪状，多秽语"，而"捏造"的定位十分明确，是非也尽含其中了。

鲁迅善于用一个词语来显示褒贬，这正是"春秋笔法"的神髓所在。1928年8月24日："立峨回去，索去泉一百二十，并攫去衣被器十余事。"这就是所谓"义子"的故事。1926年鲁迅到厦门大学任教时，有一个学生，名叫廖立峨，对鲁迅表示十分敬佩，与鲁迅过从甚密。后来鲁迅到广州，他也转学到广州，再后来鲁迅到上海，他又来到上海，还带了女朋友。他说没有地方可去，鲁迅就留他们在自己家里住。廖对外自称鲁迅的"义子"，但是到1928年，"革命文学论争"发生，他的同学、熟人大多倾向创造社、太阳社，他感到鲁迅有些孤立，于是决定离开鲁迅返回广州，还对鲁迅说，"人家说我跟这样的人住在一起"。临走时说没有路费，鲁迅只好资助他120大洋，这不是个小数目；又说没有衣被用具，鲁迅也只能无奈相助。在日记中，鲁迅用了"索"和"攫"两个字，轻轻一笔，描画了这位"义子"的不齿

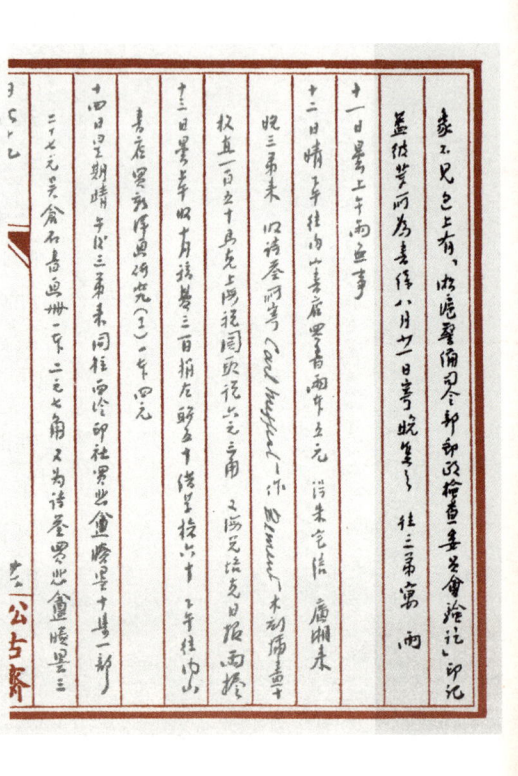

- 50 -

行事。

1916年11月30日日记,"估谩去一元"。这个记载很有意思,极为简单,但内容却很丰富。"估"就是商人,是指古玩店铺的人,多半是掌柜。上门来推销商品,花言巧语让鲁迅买了他的东西,"谩"就是哄骗。鲁迅虽然知道他是连蒙带骗,但钱数不多,也便不跟他计较了。

另一种情形,是以直接记事来显示褒贬。1913年6月20日:"车过黄河涯,有孺子十余人拾石击人,中一客之额,血大出,众哗论逾时。夜抵兖州,有垂辫之兵时来窥窗,又有四五人登车,或四顾,或无端卒卧人起,有一人则提予网篮而衡之,旋去。"这里记载了一群孩子扔石头击伤旅客,"众哗论逾时";辫子兵横行,"无端卒卧人起"。在简短的记叙中我们分明看到一幅混乱的社会图景。有时鲁迅的语言完全不含褒贬,1913年12月12日:"陶书臣自越来部,交至二弟函,……陶云来应法官试验而不知次第,乃为作书,令持以询蔡国亲。少顷返云,托病不见,但予规则一册。"同乡陶书臣到北京应试文官考试,但不太了解相关情况,鲁迅就写了一封信,让陶拿着去向蔡元培的从弟蔡国康打探。但是蔡却没有给面子,称病不接见客人,只是给了陶一本规则,意思是让他自己去看。这也是颇吊诡的事,鲁迅记载时没有丝毫贬责之意。但是,读者还是可以从中感受到人情的冷暖。客观的记录将褒贬尽存其中,是典型的春秋笔法。

有时候,鲁迅也并非什么都要说透,只是做一个"立此存照"的客观记录。1916年6月9日:"得二弟信,三日发,经绍卫戍司令部检过,迟到。"1930年4月29日:"上午得上海邮务管理局信,言寄矛尘之《萌芽》第三本,业被驻杭州局检查员扣留。"虽是客观记录,却透出对当局的强烈不满。又如1915年2月20日:"下午往留黎厂,书籍价昂甚不可买,循览而出。"书价高,只能看,买不起,一家一家商铺看过即出。

对于个人的心情记录,也是这样。蔡元培辞职时,宣布任职到1912年7月14日止,当天鲁迅日记:"下午偕铭伯、季市饮于广和居,甚醉。"15日:"上午至教育会傍听少顷。下午部员为蔡总长开会送别,不赴。"鲁迅不是不感兴趣,而是感到郁闷,与其说他不愿凑这热闹,不如说他不忍见此伤感场面。

这些相关记载,都含而不露,但是内涵丰富。

也有的时候,所记之事也许真的只是一件事,无所谓褒贬。1927年1月11日:"午后往厦门市中国银行取款,因签名大纠葛,由商务印书馆作保始解。"鲁迅只是简单记述了经过,其中也是有故事的。鲁迅平时签名都写"周树人",而这次鲁迅收到的汇款,收款人写的是"鲁迅",鲁迅在签收时仍写了"周树人",邮局人员不知道"周树人"就是鲁迅,于是不让取款,这就陷入了尴尬。最后鲁迅请商务印书馆作保,才算解决了问题。

还有一种情况,本身是有很多内容的,只是鲁迅出于某种考虑,既不想详细记载,也无法多写。例如1926年3月25日:"上午赴刘和珍、杨德群两君追悼会。"当时的鲁迅悲愤交加,但仍不多写一字,尽在不言之中。1926年4月22日:"得田间山信,骂而索旧稿,即检寄之。"作者投稿,因为没有采用而来信谩骂,对此鲁迅只有找出来稿寄还他,不想再与他有任何瓜葛。

有时在客观的记录中暗含褒贬。1926年11月17日:"下午校中教职员照相毕开恳亲会,终至林玉霖妄语,缪子才痛斥。"这是在厦门大学发生的事情,内中也是有故事的。原来,林语堂的二哥林玉霖当时是厦门大学的学生指导长,他在恳亲会上说:"我们的老校长(指林文庆)好比家长父亲,教员好比年长的大哥,同学好比年幼的弟妹,整个学校,就像一个大家庭。"作为一个新时代的高等学府的老师,却以封建伦理来谈论师生关系,鲁迅斥之为"妄语",理科教授缪子才实在听不下去,先鲁迅一步站起来予以痛斥说:"我们都不是妇人孩子,怎么可以这样比喻呢?"鲁迅明显是赞同缪的意见的。

1933年1月11日:"下午往商务印书[馆]访三弟,即同至中央研究院开民权保障同盟[会],胡愈之、林语堂皆不至,五人而已。"说胡、林"皆不至"已经含有贬义,再加上"五人而已",就更明显地表明了对两人"皆不至"的不满。又如1936年7月7日:"得陈仲山信,托罗茨基派也。"在提到陈仲山的时候,特别加上"托罗茨基派",是一种很严重的贬责。1916年5月7日:"周友芝来,多发谬论而去。"发了什么谬论,没有交代。但用了"谬论"二字,是非也就跟着定格。

对于一些友人、熟人,鲁迅在记述中也时有褒贬。1912年5月22日:"晚顾石臣来,纠缠不已,良久始去。"顾石臣,就是跟鲁迅同时赴日本留学的顾琅,1906年他们两人在日本合作编著了《中国矿产志》,应该说还是有旧谊的。但这里说他"纠缠不已",必有难缠之事,鲁迅没有交代,或许这时此人的行止已经有点令人讨厌了。1916年11月30日:"又文殊般若碑侧题名一枚,似新拓,《校碑随笔》谓旧始有,殊不然也。"买到一幅文殊师利菩萨碑拓片,但鲁迅觉得似乎是新拓的,而商务印书馆的张元济在他的《校碑随笔》一书中说是旧拓,鲁迅认为他说得不对,口气在敬与不敬之间,或兼而有之，其中真意，唯作者自知。

　　鲁迅日记是不拟示人的，为什么还要用春秋笔法呢？如果说晚年因声名卓著，环境恶劣，因而有所顾忌，那么早期没有这样的顾忌，何以也要这样呢？我想不外这几种原因：一是因为这是传统表达方式的结晶，讲究"微言大义"的"春秋笔法"，读书人常以此为豪；二是鲁迅原就习惯于使用简练、客观、含蓄的语言来记载事物，借助于"太史公"的史笔记载史事；三是鲁迅既然给自己的日记规定了这样简练、客观的书写方法，也就按此笔调书写了。最后，那就是到后期鲁迅也有了防备万一的意识，所以更加隐晦了。

隐语

鲁迅在《马上日记·豫序》中说，"假使写（日记）的人成了名人，死了之后（其日记）便也会印出；看的人也格外有趣味"，而鲁迅自己的日记，则"无所谓面目，更无所谓真假"。但是，鲁迅的日记并不是真的毫无秘密。从实际的记述来看，也不全是无所顾忌的。尤其是后期，在当时激烈的社会矛盾中，鲁迅也投入了社会文化活动，他不知道什么时候会遭遇无端查抄或被捕，因此他后期的日记，并不能直抒胸臆，至少在有意无意中有所保留。有时采用春秋笔法，有时连春秋笔法也不解决问题，就得用隐语了。

举个最典型的例子，鲁迅在日记中凡是记载到马克思列宁主义的书籍，常常会采用缩略的方式记载，尤其书名中出现的"马克思""列宁"等字样，都会被省略。比如，1930年6月3日："晚往内山书店买《法理学》一本，一元八角。"事实上这本书是《马克思主义与法理学》。1928年3月20日的《经济概念》，其实是《马克思的经济概念》；《民族社会国家观》是《马克思的民族、社会及国家观》。同月14日的《阶级斗争理论》是《马克思的阶级斗争理论》。同年9月3日的《艺术论》是《马克思主义艺术论》，这样的例子很多。可以明显地看到，凡是出现"马克思"字样的地方，鲁迅都尽量抹去了。这当然不是为了考虑在自己死后日记被人阅读，那么是为了省力少写几个字？这不是鲁迅的风格，只要看他写了那么多的书帐都一笔不苟，就会觉得鲁迅写日记及书帐，简直是当作休闲享受的。鲁迅抹去"马克思"的名字，显然是由于当时政治环境不容，只要被查出"私藏"马克思主义的书籍，就会有性命之虞。鲁迅这样做就是考虑万一日记被查抄，不至于作为"共党"

的证据。所以把真正的书名隐藏起来，只有他自己看得懂。

准确地说，这还只是把事情的一部分真相"隐藏"起来，是"隐文"，不是真正的"隐语"。真正的隐语是通过一种隐晦的、暗示的表达方法，把一些人事写得只有自己看得懂。

鲁迅日记中最频繁出现的隐语，大约就是对于人名的记载了。

1931年2月7日（这天正是"左联"五烈士柔石等被杀害于龙华的日子，不过鲁迅当时还不知道这个噩耗），"下午收神州国光社稿费四百五十，捐赎黄后绘泉百"。这个黄后绘究竟是谁呢？现实中并没有叫"黄后绘"的人。当初我参加注释鲁迅日记时，曾有人怀疑这是对"左联"五烈士成员的代称，因为当时"左联"五烈士正被捕狱中，鲁迅也参加了营救。从逻辑上推断，这虽然不无可能，但没有任何证据证明这就是指"左联"五烈士，真是难倒了几代研究者。后来是孙用先生苦思冥想，忽然想到一句古语"绘事后素"，意思是绘画的时候，要先用素描打底绘样，然后再上颜色，就是"绘事"后于素描。这样，"黄后绘"就可以解为"黄素"，而黄素恰恰正是当时一个被捕的左翼剧联成员的名字。他于1930年的秋天被捕，这时亲友正在设法营救。那就是说，鲁迅出资一百元是为了营救黄素！虽然这个结论也没有百分之百的证据，但是按鲁迅的习惯，出于安全考虑，用古语的含义来代称时人，是很有可能的。

另一个鲁迅捐款营救的记载也是一个谜。1931年2月16日，鲁迅日记有："夜收水沫书店版税七十三元六角，付南江店友赎款五十。"其实并无什么"南江店友"，这里指的大概就是不久前被捕的柔石等"左联"成员。柔石等被捕后，鲁迅一直在试图营救，直到这时，柔石等已被杀害十多天了，鲁迅还在捐款设法托人营救。之所以不直写其名，当然也是为了避免危险。

通常被鲁迅把名字隐藏起来的人，多半有点秘密。例如冯雪峰，他当时是中共地下组织与鲁迅的联络人。从1928年起就与鲁迅交往甚密，1930年与鲁迅一起发起成立"中国自由运动大同盟"和"左联"，曾任"左联"党团书记，1933年前往江西瑞金，后来参加长征，1936年再次回到上海，得到鲁迅的帮助重建地下党组织。这样一个秘密人物，鲁迅在日记里对他的记载就非常隐秘了。多数情况下都是写他的化名、笔名，甚至代称，连冯雪峰自己也未必看得懂。如1932年3月7日："下午往北新书局，遇息方，遂之店茗谈。"这里的"息方"，其实就是冯雪峰，"息方"是"雪峰"的吴语谐音，半音之转而已，有时又写作"雪方"。冯雪峰还有笔名丹人、洛扬等，鲁迅在日记中提到他，就变换着来写。丹人写为"端仁"，洛扬写为"乐扬"，都是吴语的谐音。

比鲁迅小十八岁的瞿秋白，鲁迅引为知己，但瞿是个"危险分子"，随时可能被捕，所以鲁迅经常使用隐秘的代称。1932年9月1日："午前同广平携海婴访何家夫妇，在其寓午餐。"看上去只是很普通的一次访友。而实际上，这个"何家夫妇"就是中共领导人瞿秋白夫妇的代称。何是"何凝"，瞿秋白的笔名。写作何家夫妇，即便日记被人看到，也不会有什么嫌疑。在另一处，鲁迅记："治馔六种邀乐扬、维宁及其夫人夜饭……"（1932-12-11），这里的"乐扬、维宁"就是冯雪峰、瞿秋白。此外鲁迅还用"何君""惟宁""它""疑父""疑冰""宁华""文尹"等来指代瞿秋白，其中的"文尹"是瞿妻杨之华的笔名，其余都是瞿秋白的笔名和笔名的演化。直到瞿牺牲后，鲁迅两次提到他时才用了"瞿君"。

其他被鲁迅隐写了姓名的例子还有，1936年1月29日，"明甫来，饭后同访越之"，这里的"明甫"就是茅盾，而"越之"应是胡愈之。当时胡愈之是中共秘密党员，从香港回上海办事，鲁迅和茅盾一起用餐后前往胡愈之处拜访。胡愈之比鲁迅小十五岁，跟茅盾同年。鲁迅去拜访他，应该说是"屈尊"的，大约是因为胡的秘密身份，不便出来会见。1981年版《鲁迅全集》日记卷注释的时候，因为没有十分的把握，就没有把"越之"确定为胡愈之，但实际上，当时除了胡愈之能有鲁迅、茅盾联袂拜访的礼遇，别人还会有谁呢？在吴语里，"越之"与"愈之"同音，应该就是胡愈之。

此外，将胡风的笔名"谷非"写作"古飞"；将美国女记者史沫特莱，写作"史美德"，也都是用的隐语。这些做法，说明鲁迅所处的社会环境确实是很凶险的。

有时同时记载几位友人，鲁迅就会特别注意，给每个人都用上化名，以免牵连。1934年2月13日："下午同亚丹、方璧、古斐往ABC吃茶店饮红茶。"这天正是除夕，这几个人也均非等闲人物，"亚丹"是曹靖华，著名翻译家,是鲁迅早年创办的"未名社"成员,这时刚从苏联回国不久。"方壁"即茅盾,"古斐"就是胡风,两人都是"左联"主要领导人。这样的几个人在一起,当然不能公开姓名,所以全部用了化名。

应该说是出于文人的雅好,鲁迅喜欢用拆字法,将人名拆开来写,更让人看不懂。如1933年7月5日:"得疑仌及文尹信,并文稿一本"。这个"疑仌",不加考证是绝难参透的。其实,看旁边的"文尹",就会明白,这个"疑仌"就是瞿秋白!因为"文尹"是杨之华,而"疑仌"就是"凝"字拆开的结果。"凝"当然就是"何凝"也即瞿秋白(《鲁迅杂感选集序言》署名)。两点水的另一种写法是"仌",就是古"冰"字,后来从"疑仌"又转化为"宜宾"(吴语"冰"、"宾"同音)。

瞿秋白还有一个署名是"魏凝",是录写两首古诗给鲁迅时用的署名。鲁迅从"魏凝"又化出"维宁",以至转为"宁华",这就根本没人看得懂了。"宁华"大约是"何凝"(或魏凝、惟宁、维宁、惟宁)和"之华"之意,应该是包括了杨之华在内的。

将曹靖华写作"古安华",也是用拆字法。"古"是"曹"的草体字变过来的,只是形近,完全没有意义上的联系;"安"即"靖",过去有"靖安"的说法;只有"华"是原来名字中的。内山完造,鲁迅写作"邬其山""邬其山生"等,是由于"邬其"是日语"内"的读音,"邬其山"就是"内山"。

这样曲折的记法,恐怕要破解是绝难的了,即使让瞿秋白、冯雪峰、胡愈之、曹靖华这些当事人自己来读,都未必读得懂的。经过几十年诸多学者皓首穷经地考证之后,只能破解一部分,就算当时鲁迅日记被查抄,当局也是断乎破解不了的,可见鲁迅的谨慎。

其实最重要的隐语,不是人名,也不是书名,而是事件。就是把一些重要的事情,写得看上去毫无内容。例如,1934年1月4日:"晚宜宾来。"这个记载看似极为简单,记载方法也极平常,但是却有重要的内容。正如上面已经揭示的,"宜宾"就是瞿秋白。那么他来又如何呢?这段时间他们来往密切，他来访也不算特别。其实，这次瞿秋白来，是来向鲁迅告别的，他将离开上海去苏区。他们的心绪都很感伤，几年的亲密来往将告一段落，瞿秋白此去吉凶难卜（事实上将是永别），所以鲁迅要特别记一笔。但是他不能有任何特殊的表示，只能轻轻一笔记下，便于自己查对。如果要查对的话，就要参酌五天后的"夜得宜宾信"。离这次告别之前最近的一次记载是1933年11月10日，那次是"得宜宾信并稿两篇"，显然还是住在上海的时候。

还有一例也很典型，但是记载方法稍有一点特别。1936年7月16日："得李秉中信，即由广平复。"平时一般来信，鲁迅都是自己亲自回复，这个李秉中，又是鲁迅过去颇为欣赏的学生，鲁迅还参加过他的婚礼，以往通信中谈到的内容也很私密，这次为什么自己不亲自回

呢？或者因为鲁迅当时病重，这不假。但是这期间鲁迅给别人不是照样写信，文章不也照样写，翻译不也照样翻，书不也照样编吗？真实的原因，其实是鲁迅不愿、或者说不屑亲自回他的信。因为他的信乃是代当局来"劝降"的。就在过后几天，鲁迅与人聊天时谈到这事说，"被我用硬功顶了回去"。所以，鲁迅这里记载的由许广平复信，分明表示一种鄙视。而且鲁迅这样的记载，也有其用意的，用这种特殊的记载表示其中含有隐情。这也只有鲁迅自己看得懂了。

还有一些更加隐秘的记载法。1930年2月13日，"晚邀柔石往快活林吃面，又赴法教堂"。这条记载确是有点奇怪的，"快活林"是一家中餐馆，在南京路河南路口附近，而离那里最近的法国教堂在四川南路（当时叫天主堂路），他们去那里干什么呢？鲁迅从来不去教堂的呀！实际上，这是去参加中国自由运动大同盟的成立大会。柔石也是同盟的主要发起人之一。大会是秘密举行的，后来所有报道，都没有披露开会地点。据所有当事人的回忆，这个成立大会是在一座教堂里举行的。不过到底是哪座教堂，却又众说纷纭了。基本集中在两座教堂：一座是九江路的英国圣公会教堂，一座是北京西路（近成都路）的圣彼得堂。但两座都不是法国教堂。还有开会的日期，根

据会议发表的宣言，是 2 月 15 日。但当时的记载有几种说法，说 13 日、14 日、15 日以至 16 日的都有。开会的时间是下午开到晚上 7 点。按照鲁迅日记的这则记载，鲁迅和柔石 13 日晚在南京路吃了面，又去了一座教堂。据此可以认为，这天他们就是去参加成立大会的。

但鲁迅的记载确实让人摸不着头脑，只有深入了解了事情的经过，才能知道个中原委。鲁迅这种模糊的记载，是更加隐秘的保密手法，鲁迅自己当然是一望而知的。这就是鲁迅日记的隐秘记载法。

类似的例子还有 1930 年 5 月 7 日的"晚同雪峰往爵禄饭店"，单看这一条，到某饭店吃饭再平常不过，而实际上，他们是去会见当时中共的最高领袖李立三。当时中国社会矛盾极为尖锐，中国革命正从低潮走向高潮，李立三主张采用"一省或数省首先取得胜利"的苏联夺取政权模式，举行城市起义，他希望鲁迅出面发表宣言支持他的主张。所以特地秘密地把鲁迅请到地处闹市的大饭店（爵禄饭店在西藏中路近汉口路处，现莱福士广场附近）去谈这事。鲁迅在冯雪峰的陪同下前去，当然并不同意发表这种宣言。这件事是绝密的，如果不是解放后冯雪峰自己回忆出来，那是任谁也不会读懂鲁迅这条记载的。之所以要这样隐秘，自然还是为了安全。

其实鲁迅日记还有很多记载的隐秘，至今没有解读出来。包括人名如"黄后绘""南江店友"等，其实也还是有疑点的，不能百分之百地坐实。至于有人因某些记载难以索见，而任意解释和臆测，那就更不妥了。例如前几年有人对鲁迅日记中的"濯足"臆测为某种隐秘的性活动，就走过了头，变成胡猜了。甚至还有人把鲁迅在 1932 年遭受"一·二八"战火时无法记日记而后来补记的"失记"，说成是有不可告人的秘密，无端揣测鲁迅是否秘密当了一回汉奸，那就真是对鲁迅毫无根据的诽谤了。

2009 年 2 月 21 日

日记中的自然景观

　　初看鲁迅日记,语言非常平实简略,迹近电报,但是仔细看却有一个令人意想不到的发现:就是对风花雪月的描写。

　　从现存鲁迅日记的第一天(1912年5月5日)就可以看到这样的描写:"途中弥望黄土,间有草木,无可观览。"这是他坐火车从天津到北京途中的所见所感,写出一种悲凉的气息。

　　同年7月27日:"晚与季市赴谷青寓,夔和亦在,少顷大雨,饭后归,道上积潦二寸许,而月已在天。"语言简略,但让人依稀看到在古老的北京城,夜间一场大雨过后,街头几个人在黝黑的街巷里涉水行走。没过脚背的积水还没有退去,一轮皓月已经重新当空照耀了。从鲁迅日记可以看到,鲁迅似乎对月色特别敏感,在日记里记载月色最多。1924年6月16日:"午暴雨,遂不赴世界语校讲。下午霁,整顿书籍至夜。月极佳。"暴雨过后的月色也许特别让人有感觉,这天下午到晚上鲁迅整理书籍到很晚,也许完工后才发现月色极好,跟自己的心情正相吻合,所以记了一笔。鲁迅日记里还有关于中秋月色的记载,1917年9月30日:"旧中秋也,烹鹜沽酒作夕餐,玄同饭后去。月色极佳。"这似乎是钱玄同来鼓动鲁迅参加新文学运动的聊天的开始。这天是星期天,又适逢中秋节,鲁迅兴致很好。其实这天来访的先后有七个人,但留下吃晚饭的只有钱玄同。中秋月色是有寓意的,它既表达一种思乡的情结,同时也是一种心情,能让鲁迅注意到月色非常好,可见谈话也是愉快而投机的。1931年9月26日也是中秋:"传是旧历中秋也,月色甚佳,遂同广平访蕴如及三弟,谈至十一时归。"临时知道是中秋节,月色很好,于是兴致勃发，"遂"与许广平相偕，走访弟弟一家，聊天直到近半夜才回。鲁迅还多次记载月食，如1920年10月27日、1924年2月20日都记载了月食，后面这次正逢正月十六。

2013年，人们都被北京的雾霾困扰了，而沙尘暴更是让北京城日色无光。但沙尘暴现象由来已久，我们会发现在鲁迅早年日记里已经有关于沙尘暴的记载了！1912年10月4日："风挟沙而昼，日光作桂黄色。"以往每年北京春秋所谓"扬沙日"，就是沙尘暴袭来之时。开始是天色越来越黄，那是沙尘暴到来前的征兆，后来大量沙尘刮到上空，又降到地面，称为"扬沙"。鲁迅日记中所记，正是扬沙日当天，沙还没有沉降下来时候的天气状况。

鲁迅还常常记载刮风。1912年10月27日："夜微风，已而稍大，窗前枣叶薮薮乱落如雨。"这是深秋的夜晚，坐在窗前听风，从微风到渐渐增强，造成枣叶纷纷落下，响声有如下雨，描写极为生动。还有写冬日阳光下的风，1912年12月1日："风而日光甚美。"时为冬天，虽然有风，但日光却很美。1915年3月3日："夜大风撼屋，几不得睡。"

还有写海边的台风。1926年9月10日："下午风，雨。……夜大风雨，破窗发屋，盖飓风也。"这是在厦门，鲁迅刚来不到一星期，就遇上了台风。第二天，鲁迅在给许广平的信中说："昨夜发飓风，拔木发屋，但我没有受损害。"1926年12月8日："夜大风，天气骤冷。"12月的厦门，还是常有台风光顾。毕竟是12月了，尽管是在南方，风后天气骤冷，令人感到寒意。1927年7月24日："夜大风雨，盖海上有飓风。"同样是台风，这时是在广州。

-61-

南方的暴雨也来得突然。1927年8月30日:"黎明暴风雨,时作时止终日。"到9月25日又是"下午暴风雨"。这时鲁迅还有两天就将离开广州。10月1日,鲁迅和许广平坐船在海上航行,日记记载是:"晴,傍晚暴风雨一阵。"根据9月30日下午离开汕头的时间计算,10月1日应该在台湾海峡、厦门、福州一带航行。这是海上突来的暴风雨。

鲁迅还写过都市的暴雨。1913年9月25日:"下午忽昙忽晛,旁晚雨一阵。"写了北京秋天的阵雨。1928年7月21日,"骤雨一阵即晴";1933年7月19日"午后大雷电,风雨,历一时而霁",这都应该是夏天来去匆匆的雷雨了。

春天也会有大雷雨,1930年4月10日:"下夜大雷雨彻夜。"这好像是该年第一场豪雨。但到夏天,这种大暴雨就可能引起街道积水,北京如此,上海同样不能避免。1931年7月19日:"下午大雷雨,门前积水尺余。"仅过了没几天,7月24日:"晨大雨,门前积水盈尺。"这种雨,上海现在也常常碰到。鲁迅当时住在北川公寓的三楼,楼下地面积水竟然达一尺多深!他的青年友人冯雪峰家就住在鲁迅家楼下的半地下室,不知又当如何狼狈了。

但鲁迅家也没能幸免。这年的暴雨似乎特别多。8月25日:"昙,大风,午大雨至夜。寓屋漏水,电灯亦灭也。"当时鲁迅住的三楼正是顶楼,屋顶漏水,连电灯都灭了,事态够严重!

还有梅雨。1933年6月16日:"昙而闷热,午后雨。"这是典型的江南梅雨。一是阴,二是闷热,三是时时有雨。当时鲁迅搬到大陆新村才两个月多,6月30日又有"绵雨彻夜"。

鲁迅对雪也特别敏感。他曾写过题为《雪》的散文,既写了暖国的雪,又写到朔方的雪,在日记里同样有这样的描写。1913年1月15日:"晨微雪如絮缀寒柯上,视之极美。"那是鲁迅生平度过的第一个北方的冬天,也是第一次看到北京的雪,不禁发出了由衷的赞美。九天后,又写道:"雪而时见日光。上午寄二弟信（六）。晚雪止，夜复降，已而月出。"把北方快雪时晴的天气三言两语就活灵活现地写了出来。他也写到南方的雪，1933年3月5日："大风而雪，草地及屋瓦皆白。"这场雪，在上海应该说是很难得的，因为已经是3月份，第二天就是惊蛰节气了！

解开《书帐》的密码

鲁迅日记每年结束的时候都有一篇《书帐》，记着哪天买了什么书，多少钱。每月有小结，年末有总计。这个书帐初看起来很枯燥，比流水帐还简单，纯粹就是一个清单。鲁迅的日记本来就够枯燥的，书帐就更没人看了。

其实，这个《书帐》可是个宝贝，里面的名堂可多了，包含着许多密码等待解读！毫不夸张地说，书帐中隐含了一部鲁迅的读书史，也包含了鲁迅日常中一些饶有意趣的事情，还可以照见鲁迅的人生道路，甚至时代风云的动向。

密码一：书帐记了哪些书？

鲁迅记日记，从一开头就有记书帐的习惯，一直到1936年10月逝世，没有一年断过。尽管1936年6月连日记都暂停了，后来也没有补记，但书帐上还是补记了重病期间买的书。1912年5月鲁迅到达北京，他的书帐题为《壬子北行以后书帐》，这说明在北行以前也是有书帐的，只是因为北行了，原来的日记本留在老家没有带，所以从北行开始重新记录。

这一年，书帐记的几乎全是古籍和画册，还有就是拓片。但是实际上，这年的日记里还记了一些外文书，书帐里却并没有记录。如7月4日收到三弟周建人从绍兴寄来的《近世地理》一册，同月8日收到二弟周作人寄来的法国高更《NORNOR》（《诺阿·诺阿》）一书和德国冯特《Einfuhrung in die Psychologie》（《心理学入门》），8月7日收到周作人寄来"复氏《美术与国民教育》一册，福氏《美术论》一册，均德文"，这些都没有记入书帐。

看来因为这些都不是自己买的书,所以不记。还有一些书同样不是自己买的,也没记入。例如鲁迅到北京的第一天,就到绍兴会馆拜会友人许铭伯,得到《越中先贤祠目》一册,也没有记入书帐。同样,7月8日得到上海通俗教育研究会赠送的《通俗教育研究录》,书帐也没有记载。还有报纸杂志也都是不记的。

但是不久却有了把赠送的书籍记入书帐的情况。1913年书帐,就记有10种别人送的书,而且就连周作人在绍兴买的书,也记上了。甚至把从别人那里要来,后来又送人的书,也记在书帐上。

鲁迅一般在每月最后一条买书记载的旁边写明本月买书金额的小计,在年末则作一个简单的全年买书金额统计,有时还加几句跋尾,发几句感慨。从1913年起,鲁迅书帐又出现了一个微妙的变化:开始出现佛经。其实1912年也有佛经,不过只有一种《观无量寿佛经图赞》。到1913年就增加到《法苑珠林》《劝发菩提心文》《等不等观杂录》《折疑论》《大唐西域记》《释迦谱》等6种。1914年出现了佛教书籍的井喷之势,达到131种,而其它书刊总共才73种。从书帐的记载来看,鲁迅买佛经集中在1914年4月到10月,这显然就是鲁迅集中攻读佛经的时期。对鲁迅的知识结构进行分析,发现鲁迅几乎读过佛教所有各派的经典。纵观鲁迅一生,阅读佛教书籍主要在这短短的半年之中,真如许寿裳所言,"用功很猛"!

而到1915年又突然几乎没有佛经了,只有年初的《因明入正理论疏》一部二册,以及后来友人许季上赠送的《金刚经嘉祥义疏》二册。代之而起的是金石拓片,这年收藏拓片就达657枚,而书刊仅76种,其中还有22种是金石类书籍。这显然就是鲁迅转向抄古碑的时期了。到1916年,书帐中拓片的数量和比例都进一步增加,这年总共购买拓片1120枚,而书刊仅45种83册。为什么呢?原来1911年两江总督端方在镇压保路运动中被杀,他是个大收藏家,他一死,家里就把他的收藏品逐渐散出来了,光是端方一家的拓片,鲁迅1916和1919两年中就收了近千种。1917年,鲁迅收藏拓片达到1796种,其中仅《龙门全拓》就1320种!而这年所买书刊却只有13种57册!

1918年,鲁迅参加了《新青年》的编辑活动,自己也开始写小说,投入五四新文化运动。但是这一年,鲁迅书帐中仍然记载了570枚拓片,而书刊记载却比实际所得还要少。例如,8月31日"上午得丸善信并《法国文学》一册",10月14日"上午二弟往日邮局取《佛教之美术及历史》一册",

这都是从日本买来的,"丸善"即日本著名的丸善书店,但书帐中却没有记这两种书;同年12月31日记"东京堂寄来书籍二本",在书帐里也没有具体的书名,事实上这年托日本书店买的书还有好几种,都没有具体记载。鲁迅之前之后的书账均不是这样,显示出这时期书帐以拓片为主,忽略书刊。1919年收拓片949种,而书刊仅14种23册。

到1920年,情况又有变化。这年,拓片仍然是主角,但是数量却明显减少,仅68枚,然而书刊更少,8种26册。其原因则是解开鲁迅书帐的另一个密码,我们另说。

鲁迅热衷买拓片的状况,一直维持到1924年,虽然也渐渐出现古籍重新多起来的现象,但是直到1925年的书帐,才基本不见拓片的踪影。实际上,从1920年以后,鲁迅开始到各学校兼课,重新开始研究文学史和小说史,并兼及文艺理论。他一边教书,一边写出了《中国小说史略》,1923年8月出版了上册,1924年2月出版下册。之后又翻译日本厨川白村的《苦闷的象征》《出了象牙之塔》。1925年在《京报副刊》征求"青年必读书"时,鲁迅提出了"我以为要少——或者竟不——看中国书"的惊人意见,这时他的藏书也向这方面倾斜了。所以这时期的书帐就呈现拓片、古籍和日文文艺理论三类书共存的现象。不过,说到日文的文艺理论书,其实并不全是日本人的著作,其中不乏西方文论,涉猎面很宽,这也为他写杂文带来不少资料和感悟。到1926年,就出现了日文书与中文书等量齐观的现象,外文达76册。从品种上说,1927年的日文书已经超过了中文书,而1928年的外文书达219种,中文书仅44种! 1929年则是204比5! 1930年外文书刊达289种,345册,中文仅8种,虽然其中有一部《百纳本二十四史》。而这289种外文书,日文占了170种,西文占了119种,其中包括英、法、德、俄等语种。内容上就更繁杂,包含了各种科学门类。

1931年保持了这种格局。外文204种,中文27种。内容则涉及各种画册、画论、书法、美术理论、戏剧、美学、诗论、文学史论、马克思主义理论、伊索寓言、小说、传记、随笔、词典,还有政治、社会学、民族学、语言学、植物学、生物、昆虫等等,甚至还有汉学研究,可谓种类繁多,内容丰富,但重点是文学、艺术。鲁迅晚年买书的喜好和倾向,基本如此。

1932年,情况又起了变化。除了日文书以外,西文书就明显减少了,而中文书却明显增加起来,达到95种。中文书的内容大体上以文学史、书画和古文字研究为多。这里透露出一些有意思的信息。一是,鲁迅晚年曾有重写中国文学史的心思，曾经想回到北平去专事文学史写作。这是研究鲁迅晚年思想和行动的一个重要信息。但是，究竟是什么时候产生这想法的呢？他曾在1935年前后与人谈起这事，他说自己"曾经"这么想，那就是说，也有可能是早几年已经开始起意了。现在我们从这份书帐上，就可以看出端倪来了，在1932年前后大量买进中国文学史方面的书籍，有可能鲁迅这时就起意回北平了，虽然后来没有成行。还有一个现象，从1931年起，流寓日本的郭沫若接连出版了多部古文字研究专着，第一部由李一氓代为赠送，之后，鲁迅对郭氏接连出版的新书几乎是见一本买一本。连带着，这一时期鲁迅还买了不少古文字研究、考古学书籍。有人说鲁迅买郭沫若的书是为了了解论敌的底细，以求知己知彼，这说法恐怕不是很站得住。因为鲁迅确实是在关注这些问题。

1933年，这种格局并没有发生大的变化，只是此起彼伏，外文书又有所增长。中文书籍有45种，西文书17种，日文书136种，日文还是占最大比重。1934年的中文书进一步增加，达到174种，西文书减少为16种，日文为247种。1935年的中文书为98种，日文113种，而西文仅5种，已难觅踪迹了。鲁迅的最后一年，情形仍然不改，日文书92种，中文书42种，西文仅8种。

密码二：鲁迅买书花多少钱？

酷爱买书的鲁迅，竟然会有的年份急剧减少买书的数量，这是什么原因呢？

回答这个问题，我们要从鲁迅买书的花费谈起。在1912年的书帐末尾，鲁迅有一段话，道出了他买书的经济考量：

审自五月至年莫，凡八月间而购书百六十余元，然无善本。京师视古籍为骨董，唯大力者能致之耳。今人处世不必读书，而我辈复无购书之力，尚复月掷二十余金，收拾破书数册以自怡说,亦可笑叹人也。华国元年十二月三十一日灯下记之。

当时,鲁迅刚到教育部任职,买不起房,单身住在绍兴县馆里。他的薪金每月仅八十元,后来才慢慢增加的。还要寄回绍兴,剩下的还要积攒起来买房。从这段话里,可以看到鲁迅的内心实在有些苦涩。

到 1913 年的书帐末尾,鲁迅又写了一段话:"本年共购书三百十元又二角二分,每月平均约二十五元八角五分,起孟及乔峰所买英文图籍尚不在内。去年每月可二十元五角五分,今年又增加五分之一矣。十二月卅一日灯下记"。这里鲁迅有一处笔误,1912 年买书金额为 164.382,从 5 月算起,月均应为 20.5 元,与 1913 年的月均 25.8 元比较,应是增加了近五分之一,这是另外的话。这年尽管经济还是窘迫,但是鲁迅买的书却渐渐多起来。此后的几年,最少的是 1914 年,177.834 元。到 1915 年是 432.9630 元,1916 年 496.520 元,1917 年 362.450 元,1918 年是用"券"488 元,合"见泉三百元"。这里出现了一点情况,购物不用大洋,而是用"券",这种"券",是指中国银行或交通银行所发的钞票,由于当时国库空虚,这两种货币被禁止兑现,造成贬值,488 元约等于 300 元,明显是贬值到六折了。实际上,这是在告诉我们,当时国家经济状况出了问题。从袁世凯称帝闹剧后,国家政治混乱,总统换得像走马灯一样快,经济江河日下,到这时已经快撑不下去了。

1919 年,发生了巴黎和会及五四运动等一系列事件,国家进一步混乱,各机关都开始欠薪。而鲁迅又适逢家里迁居,鲁迅把老家的房卖了,在北京八道湾买了房,一大家子迁居北京,经济上雪上加霜。于是鲁迅开始到各部委、学校兼课,但是各学校经济状况同样不乐观,也开始欠薪。

在这种情况下,鲁迅的购书经费自然是捉襟见肘了。到 1919 年全年买书用"券"才 248 元,折合大洋就只有 148 元左右了。到 1920 年更惨,鲁迅自己在书帐末尾写了:"总计用券五一.五元,六折合见泉三〇.九元,又见泉二八.九元,总合用泉五一.八元。"用鲁迅后来的话说,就是"时方困悴,无力买书"。这大概是鲁迅一生中买书用钱最少的年份。到 1921 年,买书又增加到 137.19 元;1922 年 199 元,又有增加。但 1923、24、25 三年,买书又减少,这似乎与兄弟反目有关。直到 1926 年才恢复到 1916 年以前的水平,400 元。

南下以后,鲁迅的经济状况快速上升,1927 年开始,买书逐年增多,1928 年 500 多,1929 年 800 多,到 1930 年更是达到 2404.5 元。这是有原因的:一方面,从 1929 年鲁迅通过律师跟北新书局交涉版税后,北新补交了2万多元版税，经济上突然宽余起来，再一方面，这年鲁迅买了不少外文书，其中仅一部德文的图画丛刊《创造者》，就高达370块大洋！又托人向德国珂勒惠支本人购买了11枚木刻，用去120元！还买了一部百纳本《二十四史》，也有270元。须知当时15元就可以供一个四口之家过一个月的温饱日子了！

1930年以后，购书金额明显下降，但是也保持了一个相当高的额度。1931年1447元，1932年693元，1933年739元，1934年878元，1935年又增加到1026元，1936年10月19日鲁迅去世，日记没有记完的，连10月的买书金额统计也没有做，但这年还是买了567.1元。可见，晚年鲁迅经济上宽裕了很多，买书已经不怎么算计金钱了。所以，看上去鲁迅晚年收入不菲，但是他的开销也是很大的，仅买书平均一年就要花费一个半月至两个月的收入。

密码三：看出人际关系。

鲁迅晚年，买书是一大宗开支。其中最大量是购自内山书店。鲁迅曾说，内山做生意，是要赚钱的，但不卖朋友。实际上，内山书店还真是从鲁迅那里赚了不少钱。比如，1935年2月16日，鲁迅日记："午后内山书店送来《貔子窝》一本，《牧羊城》一本，《南山里》一本，共泉八十元。"这几部书，是日本人在我国辽宁做的考古调查报告，都是一巨册精装本，而且看不出对鲁迅有多大用处，然而价格非常昂贵。但这是内山书店送来的，鲁迅当然是照单全收了。不过，由于是送来的，并不能看出是鲁迅自己选的，还是内山推销的。鲁迅晚年，这种书还是很不少买的。当然，鲁迅知道内山做生意是要赚钱的，即使是内山推销，鲁迅出于情面难却而买了，也是一个愿打一个愿挨，无可厚非的。

书帐中还记载了很多人赠送给鲁迅的书，这在早年一段时期基本是不记的，只有个别重要的记载了，例如许铭伯先生赠送给他的书。但是后期凡别人赠送的，往往写明"某人寄赠"或"某人持赠"等等。

密码四：文字密码。

鲁迅的书帐还有不少地方藏着密码，不经说明，是不易读懂的。

特别写法1、用西文拼写俄文。

1931年3月13日，鲁迅收到未名社弟子曹靖华从苏联寄来的三本书，其中有一本《Osvoborhd Don Kixot》，这是什么书呢？英文里没有这书，也不是法文，但是只要懂一点俄文，用俄语一读，就会知道，这其实是用英文写的俄文《Освобождённый Дон Кихот》，就是《解放了的堂·吉呵德》，是苏联卢那察尔斯基写的剧本。还有一本，也是异曲同工，1932年1月11日，鲁迅在日记正文中记"得靖华所寄小说一本"，查书帐，是《Andron Neputevii》。这又是莫名其妙的书，只有了解鲁迅曾经翻译苏联《不走正路的安德伦》，才会从"Andron"知道，这本书就是《Ондрон Непутёвый》，是苏联聂维洛夫的小说。

1932年6月7日收到曹靖华从苏联寄来《Th.A.Steinlen画集》，这是俄文书《Теофиль Стейнлен》（《史太因林画集》）。鲁迅学过俄文，但是程度不高。好在俄文有个特点，就是拼写和读音一致，哪怕不认识，也可以读出来。鲁迅可能书写俄文不甚方便，因此用英文拼写俄文。或许鲁迅也曾意识到他的日记也许有一天会被人翻检，这也是对白色恐怖的防范吧。

类似的还有苏联卢那察尔斯基的剧本《浮世德与城》、艾弗罗斯的《契呵夫〈三姊妹〉在莫斯科艺术剧院演出剧照》等。《浮士德与城》，俄文《Фаустигород》，鲁迅却写成《Faust

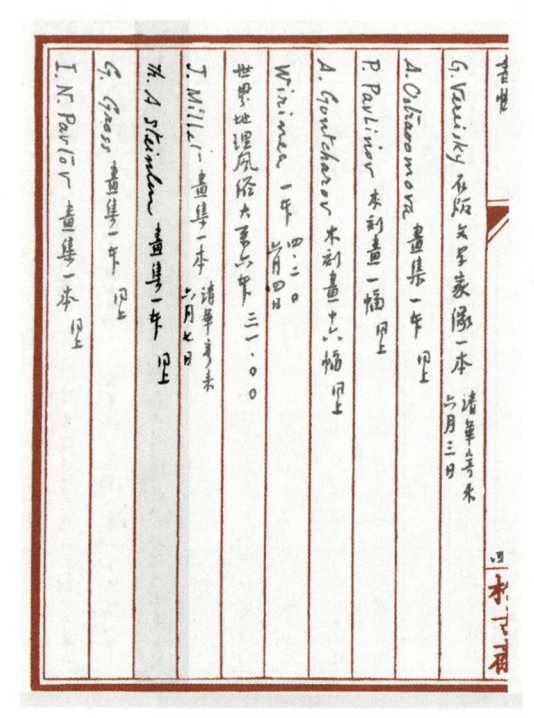

I Gorod》，这是英文和拉丁文的组合，前半是浮士德的准确写法，后半只是俄文读音。《三姊妹》就纯用英文字母拼写俄文的读音。甚至鲁迅自己的《阿Q正传》，有一种俄文本译名是《Правдивое жизнеописание》(《真实的传记》)，鲁迅纯按俄文读音写作《Pravdivoe Zhizneopisanie》，变成既不是英文也不是俄文了，只有既懂英文也懂俄文的人才能悟出来。这类情况还有，将高尔基的《底层》写成《HaDne》，将《作家传》(《Писатели》)写成《Pisateli》,将别德内依的《没工夫唾骂》(《Плюнутьнекогда》)写成《Plunut Nekogda》。

还有一种情况是直接用英文写俄文书名。如苏联阿多拉茨基编的《历史唯物主义》，是苏共党校和共产主义大学的教材，鲁迅写作《Hist. Materialism》。还有多种画集，鲁迅都是直接用英文拼写出名字，然后再加上中文的"画集"两个字，形成中西合璧。由于当时中苏关系紧张，凡是苏联的东西都有极大可能性被查禁，另一种可能是鲁迅确实只懂不多的俄文，所以用这样的方法记载，估计两者兼而有之吧。

特别写法2、用中文写外文书名。

鲁迅平生最后一年书帐的最后一本书，写的是《西葡记》。这是10月13日"上午内山书店送来"的。这是什么书呢？找遍鲁迅藏书也不见这样一本书。当年我参加注释鲁迅日记的时候，就很感困惑，到各大图书馆去找，还是没有。最后，我在鲁迅的日文藏书目录中发现一本，叫做《えすぱにや·ぽるつがる記》，翻成中文是《西班牙·葡萄牙记》，这才恍然大悟，缩略一下不正是《西葡记》吗？

还有一本书，鲁迅写的是《Marc Chagall》，马尔克·夏加尔是法国很有名的画家，但查遍鲁迅藏书和各大图书馆，还是不见踪影。最后还是在鲁迅藏书目录中发现了一本日文书《マルク·シアガル画集》，正是《Marc Chagall》！我后来还特地到鲁迅的藏书中把这本书找出来加以查证，证明确是这本书！

特别写法3、缩略与隐语。

在白色恐怖严重的时候，写着"马克思""列宁""苏联"等字样的书籍都有可能被查抄，甚至一些俄文的书报。鲁迅在自己的书帐上，都有意无意地回避。例如，将俄文的《文学报》写作《文报》，将俄文《文学百科辞典》写成《文学辞典》，将苏联叶菲莫夫创作的《为保卫苏联服务的漫画集》写成《Epimov 漫画集》等等。1928 年 3 月 20 日鲁迅从内山书店买的《マルクスの經濟概念》，翻译过来就是《马克思的经济概念》，日记中却记作《经济概念》。关于这一点，前面的《隐语》一篇多有谈到，这里不再重复。

尽管是最私密的个人书写，也从来没有准备发表，鲁迅也并不是毫无顾忌的。

日记所见鲁迅的爱书生活

一、访书的痴迷

1912年12月31日，中华民国元年的最后一天，鲁迅在整理完一年来买书的清单后，写下了这样一段话：

> 审自五月至年莫，凡八月间而购书百六十余元，然无善本。京师视古籍为骨董，唯大力者能致之耳。今人处世不必读书，而我辈复无购书之力，尚复月掷二十余金，收拾破书数册以自怡悦，亦可笑叹人也。华国元年十二月三十一日灯下记之。

这段话真是读来令人感叹不已。鲁迅从这年5月5日抵达北京，开始了他十四年的"京官"生涯。他的日记也从这时开始保留下来。从他的日记中，我们可以清楚地看到他买书的情况。当时，鲁迅的月薪是80元，还要寄回绍兴养家。在这种情况下，每月花20多块大洋买书，看得出鲁迅对当时社会的怨气，颇有"愤青"味。这时鲁迅刚刚三十一岁。但是，他买书却几乎达到了痴迷的程度。

看鲁迅买书，觉得书商真是容易赚钱：他不大挑剔。1913年1月4日："晚留黎厂肆持旧书来阅，并无佳本，有尤袤《全唐诗话》及孙涛《续编》一部，共八册，尚直翻检，因以五金买之。"书商拿来的书，虽然没有好的版本，鲁迅却还是挑了两部稍为可以看看的买了。

-73-

1913年6月29日："上午书贾持旧书来，绝少佳本，拣得已蠹原刻《后甲集》二册，不全明晋藩刻《唐文粹》十八册，以金六元六角买之。"明明知道绝少好的版本，却还是挑了已经蛀坏的和不全的两部书买下来，花的钱还不少。那时，6元钱是教育部门卫一个月的全部工资。

更有甚者，没事去逛琉璃厂旧书市场，没有好书可买时，会感到不尽意。1914年2月1日鲁迅是这样过的："……盘桓于火神庙及土地祠书摊间，价贵无一可买。遂又览十余书店……"想买书，又嫌贵，却又不甘心，竟一连逛了十多家书店！这是什么心态呢？过了一个星期，同样的一幕又再现了，2月8日："……同至留黎厂观旧书，价贵不可买，遇相识甚多。出观书店，买得新印《十万卷楼丛书》一部百十二册，直十九元。其目虽似秘异，而实不耐观，今兹收得，但足以副旧来积想而已。""旧来积想"四个字，把鲁迅的心理揭示得淋漓尽致！原来花19块大洋买了一大摞书，也没多大用处，纯粹只是为了满足自己曾经渴望得到这部书的夙愿而已。甚至自己也明明知道这点，但还是要买，"买书"这件事已经成了"瘾"。这种心态简直是太"另类"了，为买而买，一个大大的学问家，为满足自己的"小小心愿"一掷十数金！

1921年2月3日："收去年十月分奉泉三百……还齐寿山百元，寄日本其中堂信并泉四元四十钱购书。"一拿到工资马上就做两件事：一是还钱，二就是买书，而且是汇款到日本去买书。

鲁迅通过日本书店买书，也是有瘾的。1914年3月9日："为许季上寄藏经书院五角买《续藏经目录》，为二弟寄丸善一元买本年《学灯》。"不仅自己买，还为别人代买。1914年10月1日："寄日本东京乡土研究社银三元。"他还喜欢买日本出版的杂志，而且是越来越热衷。到后来，大约日本人也被弄糊涂了，鲁迅订的书竟会重复寄，1917年2月13日，"丸善寄来《系统矿物学》一册。"次日，鲁迅将该书寄给在故乡的三弟周建人。到19日，"丸善又寄一册至"，鲁迅注道"盖错误"，于21日寄还。

到晚年，经济上更宽裕，买书也就更随意了，那时内山书店经常送来一大册一大册的精装书，有些也未必是鲁迅预订的。内山完造知道鲁迅喜欢这类书，鲁迅也有意成全他的生意，他明白，"他做生意，是要赚钱的"，他更看重的是他"不卖朋友"，所以明知昂贵且未必一定有用，也总来者不拒。最奇怪的是，鲁迅有一次竟在一家鞋店里买了一本书。

鲁迅买书的品种也宽泛得很。例如，1934年1月20日鲁迅买日本《岩波全书》中的《细胞学》《人体解剖学》《生理学》（上）各一本，每本八角。

这显然不是给三弟的,而是自己早年所学,还没有忘情。可是到这个月底(31日)又买《鸟类原色大图说》,那是精装本,简直不知道他买这书有什么用。

有时候,朋友间会为了买书发生"争执"。1912年10月1日鲁迅记载:"前与稻孙往留黎厂,见小字本《艺文类聚》一部,稻孙争购去,今忽愿还我,因还原价九圆受之。此书虽刻版不佳,又多讹夺,然有何义门印,又是明版,亦尚可藏也。"钱稻孙也是教育部同事,两人争购同一部书,买到手又想让出。鲁迅虽然买书不少,可因为经济困窘,并没有什么好的版本,偶然碰到一部明版书,虽然刻得并不好,字迹也不大清晰,但是有清代名家何焯的藏书印,就觉得很珍贵了。

有时候,鲁迅也会发出"买这么多书干什么"的自问。1913年3月16日:"下午整理书籍,已满两架,置此何事,殊自笑叹也。"但是,爱书人对书的痴迷,是无法用常理来解释的。

二、读书的享受

买书是为了读书,读书是鲁迅的人生一大享受,我们看鲁迅是怎样读书的。

1912年7月11日:"收小包一,内P.Gauguin:《NoaNoa》……夜读皋庚所著书,以为甚美,此外典籍之涉及印象宗者,亦渴欲见之。"这个小包,是周作人从故乡绍兴寄来的。皋庚(P.Gauguin)就是高更,法国著名的印象派画家,他曾经在南太平洋的塔西提岛上居住,还娶了当地的毛利族姑娘为妻。他的《Noa Noa》(《诺阿·诺阿》)一书就是记录当时生活的回忆录。从鲁迅的记述中,可以看出鲁迅读到这书时的兴奋,而且"渴欲"读到其它有关印象派的书,对印象派的浓厚兴趣似乎就是从这时开始显现的。直到1921年后对这书仍念念不忘,甚至搜集了不同语种的版本,打算翻译过来,连广告都登出来了,终因身体不好,以及常为他人打杂,没能如愿。

有一次,天很冷,鲁迅感冒了,"首重鼻室

似感冒，蒙被卧良久，顿愈，仍起阅书"（1913—1—6）。蒙头睡了一觉之后，感觉好多了，于是又爬起来看书。病稍好就要看书，可见看书已成为鲁迅人生的第一需要。

鲁迅把看书当作一种精神调节。1912年9月2日："夜书致东京信两通，翻画册一过，甚适。"写完了信，翻翻画册，感觉舒服极了。享受读书的乐趣，真是读书之佳境！

为了有个良好的读书环境，鲁迅喜欢僻静的住所。1916年5月6日："下午以避喧移入补树书屋住。"那时鲁迅住的绍兴县馆常有客人借住，这些来客又常常亢奋得很，吵吵嚷嚷，喝酒赌博，打闹嬉戏，甚至通宵达旦，弄得鲁迅无法工作。经多次交涉，效果不佳，只好敬而远之，自己搬到里院的补树书屋去住。目的只是为了能安静读书。

鲁迅晚年住在上海，1929年5月回北平探亲，25日，他到孔德学校去访旧友马隅卿，同时也不忘了顺便看看该校所藏的旧书："往孔德学校访马隅卿，阅旧本小说，少顷幼渔亦至。"这马隅卿，就是著名的版本学家马廉（1893-1935），当时是孔德学校的教务长；而"幼渔"就是他的二哥马裕藻（1878-1945），是鲁迅的好友。兄弟二人合称"二马"，就是当时北大"三沈二马二周"中的"二马"。

到后来，鲁迅读书的范围更加宽泛了。1934年6月6日："托商务印书馆买来《"Capital" In Lithographs》。"（石版画《资本论》）这是英文书，鲁迅不是很能读懂，但他买来倒不尽是为了研究《资本论》，而是为了其中的石版画。这书中的画是很有意思的，都是德国著名漫画家格罗斯对《资本论》的图画解读。鲁迅特地托商务印书馆从英国买来，似乎也不尽是为了玩赏，我怀疑他是想翻印的。但他对画册特别感兴趣，倒是真的。

三、品书的发现

读书的享受，倘若仅止于消遣，那也不过是书蠹虫而已。鲁迅的读书，

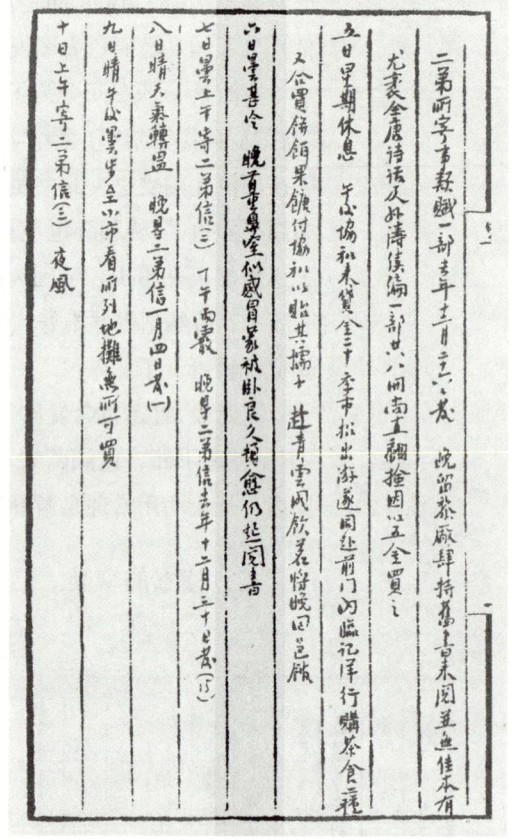

常带着一定的目的，即使是"随便翻翻"，也有一定的倾向。更可贵的是，鲁迅在读书时目光敏锐，常能触类旁通，有所发现。

1912年9月8日，鲁迅日记有一段极有意思的记述：

> 阴。星期休息。上午同季市往留黎厂，在直隶官书局购《式训堂丛书》初二集一部三十二册，价六元五角。会微雨，遂归。……午后晴。翻《式训堂丛书》，此书为会稽章氏所刻，而其版今归吴人朱记荣，此本即朱所重印，且取数种入其《槐庐丛书》，近复移易次第，称《校经山房丛书》，而章氏之名以没。记荣本书估，其厄古籍，正犹张元济之于新籍也。读《拜经楼题跋》，知所藏《秋思草堂集》即近时印行之《庄氏史案》，盖吴氏藏书有入商务印书馆者矣。

这一段记载，其实就是鲁迅的读书笔记。星期天，鲁迅跟好友许寿裳一起逛琉璃厂，在当时很有名的直隶官书局买了一部丛书，有32册，一大摞。刚巧下起了小雨，于是赶紧回家去（鲁迅住所距琉璃厂不太远）。下午，天放晴了，鲁迅便把上午买的书翻出来读，边读边考证起了书的版本，发现这书原本是晚清绍兴著名的学者章学诚所刻，但后来书版转到了苏州人朱记荣手上。朱氏将它调整后，就用自己的名义刊刻了，不再用章学诚的名字。读到这里，鲁迅不禁发起了议论。说他刻了这书，这书就没了。连带地，鲁迅还谈到张元济，对他编印的新书也表示了不满。

1912年8月20日，鲁迅作为教育部社会教育司第一科科长，陪同司长夏曾佑及本部同事四人一起"往京师图书馆阅敦煌石室所得唐人写经，又见宋人刻本不少"。那时，敦煌石窟所藏唐人写经被发现并收归京师图书馆不久，该馆由教育部社会教育司管理，鲁迅所在的第一科又是分管图书馆、博物馆的，这批典籍当然就在鲁迅掌管下。大家对于这批"奇货"当然都想先睹为快，于是相约前去。这种翻阅当然只是很粗略的，观赏性质的，但已经很饱眼福了。鲁迅又注意到其中有不少是宋元刻本，说明这批书卷并非限于唐代，后代陆续还有入藏。

在1927年的日记所附《书帐》结尾，鲁迅还专门写了一篇读书笔记《西牗书钞》，里面只是摘录了一些古籍中的人物轶事，不知其用意。主要内容：第一段是严元照的《蕙榜杂记》记载傅青主的一段闲散生活记事；第二三段是龚鼎臣《东原录》两段记载"艺祖"即赵匡胤的轶事；第四五两段是陈世崇《随隐漫录》、元佚名《东南纪闻》关于村人拾"松毛"判例的两段相似记载。

这些内容很散漫，鲁迅抄这些，不知道是出于什么目的。但第一段中有一："语极萧散有味，录之于此"，看来这也正是鲁迅抄录它们的动因吧。根据其情调推测，可能是鲁迅在广州后期寓居白云楼时，闲来读书所记。

晚年鲁迅在上海时，日记中很少记到读书，他的生活节奏大大快于早先了。但实际上，书是不能不看的，记得也含蓄了。例如，1934年6月1日："紫佩寄来重修之《芥子园画传》四集一函，又代买之《清文字狱档》七及八各一本，共泉一元。"《清文字狱档》全称《清代文字狱档》，共九辑，北平故宫博物院编印，1931年至1934年分期出版。这是一批珍贵的清代档案史料集。过了几天，鲁迅大约读到了其中第八辑（1933年7月出版）中关于"冯起炎注解易诗二经欲行投呈案"的记载，6月10日，鲁迅就写了《隔膜》一文，主要通过引用冯起炎冤狱，痛陈人心隔膜的可悲。显然，这就是读这书的发现了。到12日又记："得燕寓旧存《清代文字狱档》（一至六辑）六本，子佩代寄。"显然是鲁迅读到这书后，又写信叫宋琳寄来的。这部书是1932年11月鲁迅北上探亲时，好友沈兼士送给他的。当时还只出了六册，鲁迅没有带回上海。可现在读了宋琳寄来新出的第七、第八册，有所收获，于是想看其它各册了，就请宋琳寄来当时沈兼士所赠的前六册。果然，到7月10日，鲁迅又写了《买〈小学大全〉记》一文，谈的还是《清代文字狱档》里的事，只是这回引用的是第六册，说明他已经读了这书。

四、无书的无奈

鲁迅虽然热衷于买书，但也常常面对无书

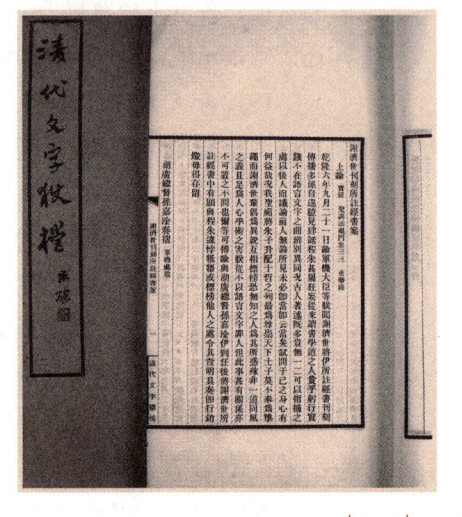

的无奈。这有几个原因：一是鲁迅经济一直不宽裕。二是他涉猎太广，无法都买到手；三是有些买的书在兄弟决裂时被周作人拿去了。

我们看鲁迅的日记，刚到北京时，已经出现买不起书的现象了。1912年10月21日："晚书估持旧书来售，不成。"为什么不成？多半是因为价格谈不拢，小半是因为书的质量不佳。我们看另两处记载就会知道，1914年2月1日："……赴留黎厂，盘桓于火神庙及土地祠书摊间，价贵无一可买。"又1915年2月20日："下午往留黎厂及火神庙，书籍价甚昂不可买，循览而出。别看书肆，买《说文句读》一部十四册，价四元。"很显然，鲁迅不买主要还是因为太贵买不起。后来还是买了一部比较便宜的《说文句读》。

再如，1913年1月18日："午后往留黎厂书肆，见寄售敦煌石室所出唐人写经四卷，墨色如新，纸亦不甚渝敝，殆是罗叔蕴辈从学部窃出者。每卷索五十金，看毕还之。"东西是好东西，但是太昂贵了，价钱也不必谈，只好"看毕还之"。

说来令人怃然，鲁迅有时为了买书不得不卖书。这事恐怕知道的人不多。我们还是看日记。1921年4月7日："卖去所藏《六十种曲》一部，得泉四十，午后往新华银行取之。"这时正是鲁迅经济上最拮据的时候，各单位都欠薪，家里周作人一家又奢侈，周作人还生病。鲁迅甚至开始借高利贷（本月12日从义兴局借钱200元，利息一分半）。鲁迅卖书得了钱以后干什么用呢？换小说。这时鲁迅正在北大等校开讲中国小说史，急需关于小说的参考书。鲁迅将《六十种曲》卖掉后，陆续买了《青箱杂记》《投辖录》《五余读书廛随笔》等古代小说

旧影 京师图书馆

笔记等，以及部分佛经。

　　最后，经济上终究无法承受，许多书只好不买，但又要用，怎么办呢？只有借。鲁迅在北京时，从日记可以看到他经常去图书馆借书的记载。那时鲁迅在教育部社会教育司工作，负责博物馆、图书馆等事业，新建的京师图书馆还是鲁迅负责筹建的，他去借书自然方便。鲁迅在教育部还参加筹建过一个通俗图书馆，也常去借书。该馆馆长不仅和鲁迅熟悉，鲁迅有个杭州时期的学生，叫宋琳，后来也在该馆工作，所以常通过他向该馆借书。

　　对这个自己化了不少心血筹建起来的国家图书馆，鲁迅是抱有感情的。后来在上海，被"围剿"和人事纠葛弄得心力交瘁的时候，他颇想离开上海，回到北京（这时已改称北平）去做学问，写《中国文学史》。那原因之一，就是京师图书馆的藏书丰富，借阅方便。

　　根据北京鲁迅博物馆的藏品记录，现存鲁迅藏书有一万多册，可是在鲁迅日记上看到的，远不止这个数。有不少在日记上记载的，藏书里却没有，这是什么道理呢？

　　我们来看一个历史记录。鲁迅日记1912年7月11日记载，"收小包一，内P.Gauguin《Noa Noa》，W.Wundt：《Einfaehrung in die Psychologie》各一册……"。8月7日又有："晚得二弟所寄小包，内复氏《美术与国民教育》一册，福氏《美术论》一册，均德文，一日付邮。"当时鲁迅刚刚到北京教育部工作，而周作人在绍兴老家。鲁迅经常收到周作人寄来的书，也经常给周作人寄书，一寄就是一包。这次收到的书，都是周作人从德国邮购来的。为什么周作人从德国买来书又寄给鲁迅呢？原来，那时周作人刚从日本回国，与日本书店的关系比较密切，鲁迅买日本书都由周作人转寄来。但后来鲁迅就经常自己从日本邮购了。再后来周作人也到了北京，兄弟俩买的书常常不分彼此。

　　有一部书，叫《雅雨堂丛书》，鲁迅原有一部，后来在北京又买了一部，其中有不少缺页，鲁迅花了半个月时间把它抄配齐了，也寄给了在绍兴的周作人，后来这书就成了周作人的了。

1923年7月兄弟俩决裂了，鲁迅一怒之下搬走了，藏书都没拿走。第二年6月，实在没法忍受无书的日子，鲁迅决定回去拿，谁知周作人夫妇竟然大打出手，鲁迅有些书就留在那里没有拿出来。这是鲁迅后半生抹不去的内心创痛。

五、爱书的精细

鲁迅的爱书，是出了名的。很多人都回忆过鲁迅是怎样的爱书，碰到邮寄书籍的事，鲁迅总喜欢亲自打包，而且打包技术可称一流。我们从日记上，也可以看到他爱书的精细。

鲁迅在日记里写到处理书籍的事很多，最突出的就是装订旧书，他喜欢自己装订旧书。

1912年10月13日："星期休息，腹仍微痛。终日订书，计成《史略》二册，《经典释文》六册。"头天晚上他肚子"大痛良久，殊不知其何故"，而第二天竟然在肚子仍在微痛的情况下，装订了一整天的书。但也就装了8册，可见工夫的细致。第二天又"晚丁《经典释文》四册，全部成"。（后来这书也让周作人拿去了）26日更加入魔了："夜修订《述学》两册，至一时方毕。"装订两册书，到半夜一点才完成，简直痴迷了。

接着11月30日有这样的记载："自二十七日起修缮《埤雅》，至今日下午丁毕，凡四册。"四本书，竟然订了四天！

装订的活全由自己做，总有点力不从心，于是请书店来订。1913年9月14日："上午本立堂书贾来持去破书九种，属其修治，豫付工价银二元。"到12月29日："晚留黎厂本立堂伙计持前所托装订旧书来，共一百本，付工资五元一角五分。惟《急就章》装订未善，令持归重理之。"竟然足足装订了三个月！要求还挺高，装订质量不好的，退回重订。这样的事还不止一次。装订了还不算，还要做书夹。1914年1月15日"作书夹五副"，对书的爱护真可说无微不至。1920年7月24日："买书架六。下午整理书籍。"第二天还是整理书籍。原来，这时鲁迅刚迁居八道湾不久，还来不及理书。当时周建人的儿子沛因病住了好久医院，鲁迅跑前跑后，没有消停过。这时刚出院，才有时间来整理藏书。

这之后，鲁迅一面托人修理改订，例如让学生宋子佩到京师图书馆去改订，他还托直隶官书局订过书；一面也经常自己动手修订旧书。他自己穿线，自己装订，甚至自己做书帙，在日记里都有记载。1923年2月10日夜、11日上午"制书帙二枚"，12日"重装《金石存》四本，制书帙二枚，费一日"。5月19日"重装旧书三部，共十二本讫。饮酒"。做完了工，一高兴，还犒劳了自己一回。同年6月18日，"连日重装《授堂遗书》，至夜半穿线讫，计十六本，分为两函。"为这部书，竟花了好几天工夫。

鲁迅的修书工具

直到离开北京，这习惯也没有改变。1927年8月12日，鲁迅已经快要离广州了，住在白云楼，还饶有兴致地自己装订买来不久的《六醴斋医书》。

后来到了上海，大多是买新书和洋装书，旧书买得少了，也就很少再自己修订书，但也没有完全改变这个习惯。1933年12月10日"夜修订旧书三种十本讫。胃痛"，居然支撑着病体在装订旧书。至今上海鲁迅故居里还保存着一套修书工具。

直到晚年，鲁迅日记上竟然还有把书寄到北平去托宋子佩找人装订的记载。1935年12月10日，鲁迅寄书四部给宋，"托其付工修整"，到1936年1月11日，就得到宋寄回来的四部12册修好的书。

如今爱书、买书、藏书的人多了，但爱书到鲁迅这种地步的，恐怕还不多见。

2007年写，08年10月3日改

从日记看鲁迅怎样读佛经

鲁迅的好友许寿裳曾经说过,"鲁迅从民三开始,研究佛经,用功很猛,别人赶不上"。他认为鲁迅思想中受佛家的思想影响不少。有一次鲁迅对他说,"释迦牟尼真是大哲"。

那么鲁迅究竟是怎样用功研究佛经的呢?鲁迅在他的文章里不大谈起,但日记上的记载却是最详尽完整的。

鲁迅日记中出现佛教书籍的记载是很早的,从1912年5月5日到达北京——也就是现存鲁迅日记的第一个月——就开始有了。1912年5月24日:"梅君光羲贻佛教会第一、第二次报告各一册。"这是鲁迅对佛教书籍的第一次记载。梅光羲(字撷云)当时是中国佛教会及中国佛学会会员,同时也是教育部秘书,因此与鲁迅相熟。第二天,鲁迅就买了《观无量寿佛经图赞》一册,这是鲁迅日记中记载的第一本佛教经典。到10月19日,又是梅光羲"赠《佛学丛报》第一号一册"。第二年4月7日,友人许季上赠《劝发菩提心文》《等不等观杂录》各一册,9月16日鲁迅就寄给了在绍兴的周作人。同年,鲁迅还买过《大唐西域记》(1913—11—26)和《释迦谱》四册(1913—12—14)。

不过,鲁迅读这些书只是读佛经前的"预习",真正投入地大量阅读佛教经典,是从1914年4月开始的。

据鲁迅日记1914年4月18日:"下午往有正书局买《选佛谱》一部,《三教平心论》、《法句经》、《释迦如来应化事迹》、《阅藏知津》各一部。"第二天是星期天,他又去有正书局买《华严经合论》三十册、《决疑论》二册、《维摩诘所说经注》二册、《宝藏论》一册，共银六元四角又九厘。第一天买的书中，除《法句经》外，其他大体上也属于比较外围"佛教书籍"，而不是经书。第二天买的就基本上都是经书了。这个现象是有意义的：鲁迅并不限于佛教某一宗派，而是从外围入手，逐渐接触经典。这说明，鲁迅是从研究的立点，而不是信仰的立点，逐渐切入佛教经典的。这是鲁迅与许多读经者的最大区别。

5月15日，鲁迅再往琉璃厂文明书局买《般若灯论》《中观释论》《法界无差别论疏》《十住毗婆沙论》等，这些释经之书对于理解佛教的基本哲理具有重要的意义。

31日，又往有正书局买《思益梵天所问经》《金刚经六译》《金刚经、心经略疏》《金刚经智者疏、心经靖迈疏》《八宗纲要》。这里主要涉及《金刚经》和《心经》，同时也关注全部八个主要宗派。

似乎是一个多月的读经已经让鲁迅欲罢不能。6月3日，鲁迅"下午往有正书局买佛经论及护法著述等共十三部二十三册"，其中包括《大乘起信论》三种，《发菩提心论》《破邪论》《护法论》《折疑论》《一乘决疑论》等著名经典。仅过了三天，鲁迅又买了《心经、金刚经注》等5种6册，《贤首国师别传》《佛教初学课本》各一册。这表示，鲁迅已经读完了前面所买的书。又过三天，他将6日买的《释迦谱》《贤首国师别传》《选佛谱》《佛教初学课本》等佛教入门书籍寄回绍兴去。看来，在鲁迅的影响下，周作人也开始读佛经了。后来还有多次寄佛经的记载。

7月4日，鲁迅又买了《四十二章经》等3种合本、《贤愚因缘经》。这次距离上次买经已近一月，显示在泛读之后进入了精读。11日，又买"阿含部经典十一种"，包括《过去现在因果经》《楼炭经》《四谛》等七经合本，《阿难问事佛》等二经合本等。仔细查阅鲁迅日记，可以发现一个规律，从这时开始，鲁迅以差不多每十天为一个周期，买上十几册佛经，细细研读。到年底，前后八个半月中，他已经购买了佛教书籍136种236册——接近每天一册！

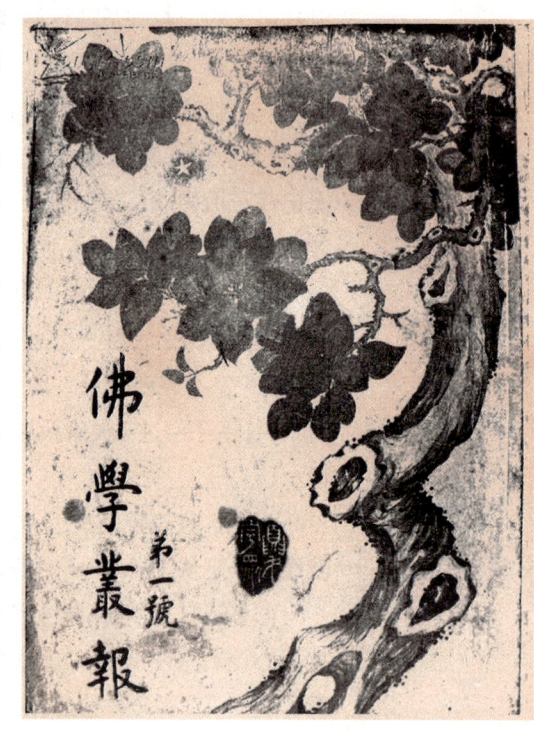

《佛学丛报》

《佛学丛报 第一号》

鲁迅不但买经看，还向人借佛经来看。7月31日他向许寿裳借《高僧传》一部，8月7日还《高僧传》，又借《弘明集》。当时许寿裳也在读经。

　　说到这里，还要回过头来，问一个问题：鲁迅怎么想到要读佛经的呢？这可能与章太炎有关。鲁迅在日本留学时，章太炎就曾倡言佛学，不过那时鲁迅好像并没有马上对佛经发生兴趣。鲁迅读经的直接动因好像与挚友许寿裳（季巿）的堂兄许季上有关。开始就是许季上送给他几本佛经，然后又多次借经书给他，还陪他上书店去买经。许寿裳也曾代他去书店买经。1914年9月26日，鲁迅上午拿了工资，下午就请许季上陪他去书店买经。

　　买经、读经，这还不够，还出钱刻经。也是适逢其会，鲁迅的母亲过两年就要六十大寿，鲁迅便出资请南京的金陵刻经处，刻了一部《百喻经》作为给母亲的寿礼。鲁迅自己也抄写佛教书籍，1914年9月13日，"从季上借得《出三藏记集》残本，录之，起第二卷"，到27日"写《出三藏记集》至卷第五，竟。"后来，鲁迅所藏佛经迅速积累。11月，许季上反过来向鲁迅借佛书看了。12月，鲁迅以"支那本藏经"中的"情"字二册赠送给许季上。

　　但是令人困惑的是，正当鲁迅三天两头买佛经，跟朋友谈佛经，甚至出钱刻佛经，入迷地钻在佛经里的时候，进入1915年，买经之举却戛然而止了！除了1月10日买《因明入正理论疏》，2月8日周作人寄来《经律异相因果录》外，全年基本上就没买过佛经！

　　从日记上看，似乎鲁迅从1914年10月起就开始转向了，这时虽然仍然在买佛经，但书帐上更多出现的已经是《陶渊明集》《坡门酬唱集》等文学书籍和《墨经正文解义》等学术经典书籍了。在佛经方面，只有刻成《百喻经》后到处分赠的记载了。就是说，鲁迅集中买佛经、读佛经，主要在1914年4月中旬到10月底这短短的半年期间。这大大出乎以前我以为鲁迅读佛经集中在1913到1915三年间的印象。

1914年书账中关于佛经的部分记载

那么鲁迅的读经，有什么特点吗？有什么倾向吗？有的。

第一，全面。鲁迅读经，包括了佛教所有主要经典，而并不像很多人那样专注于某一宗派。一般说的佛教八大宗派：三论宗（法性宗）、法相宗（瑜伽宗）、天台宗、贤首宗（华严宗）、禅宗、净土宗、律宗、密宗（真言宗），鲁迅都涉及了。著名经典如《金刚经》《心经》《大乘起信论》《四十二章经》《华严经》《阿育王经》《阿含经》《肇论》《瑜伽师地论》《维摩诘经》等等。

第二，集中。如前所述，在半年左右的时间内集中阅读大量佛经。而且在读经期间，几乎不看别的书，埋头于佛经，甚至日夜钻研。他买经的频率之高，数量之大，阅读之快，都是罕见的。所以许寿裳才说"用功很猛，别人赶不上"。

第三，注重佛理。相对于佛教经典来说，鲁迅似乎更注重阐发佛理的论著。正因为如此，他才需要买更多的佛教书籍，而不以经书为限。

这些特点的形成，实际上都是由于鲁迅读经的出发点不仅在于通晓佛理，更在于研究佛教的精神及其思想史价值。至于鲁迅从佛教中读到了什么，吸收了什么精神，受到什么影响，如何利用佛教文化，这在鲁迅的作品中其实时有所见，说来话长，但这是另外一篇文章——甚至一本专著——的任务了。

2007年8月6日

从日记看鲁迅怎样抄书

记得十多年前，碰到一位台湾学人，说起读书，他说，鲁迅读书不如杨逵多。此言一出，令我大跌眼镜。此公大约不知道，在1920年代鲁迅与"学衡"派、与章士钊的那场关于白话与古文的交锋，在鲁迅的步步紧逼下，身为教育总长，号称学问大师的章氏和"学衡"派诸公无言以对。说到学问家，尤其是所谓"国学家"，现在人们常常只知道王国维、章太炎、陈寅恪、钱锺书这些人，这大约更多是从学术成果而言的，而要说学问的功底深厚，读书的广博，鲁迅是决不输于上述各位的。杨逵在台湾也许算得博学，但与鲁迅相比，还是不能望其项背的。

鲁迅自己曾说："别人我不论，若是自己，则曾经看过许多旧书，是的确的，为了教书，至今也还在看。因此耳濡目染，影响到所做的白话上，常不免流露出它的字句，体格来。但自己却正苦于背了这些古老的鬼魂，摆脱不开，时常感到一种使人气闷的沉重。……孔孟的书我读得最早，最熟，然而倒似乎和我不相干。"(《写在〈坟〉后面》) 实际上，鲁迅的学问功底之深厚，是当时学界莫不叹服的。在文字学、文学、历史、宗教、社会学等方面——中国传统文人的知识结构大体如此——鲁迅的见解深刻，要更胜一筹。在鲁迅那时，除了更早的王国维、章太炎两大家以外，同时期的学衡派、胡先骕、章士钊等在鲁迅面前不得不趋避下风。至于后来被尊崇的钱穆、陈寅恪等人，当时还轮不到发言，更不用说钱锺书了。

鲁迅是怎样做学问的呢？我们从鲁迅的日记里，可以窥见一些端倪。

从日记的记载看，鲁迅的做学问大体经过了这样的路径：早年开始抄古书——研究佛经——研究金石书画——小说史——文学史——文艺理论——美术理论——哲学理论——文学史。

很多人都知道鲁迅曾经抄古书，却不明白到底是怎么回事。

实际上，鲁迅从留学日本回国后不久，就开始了国学研究。这本来是一个疑案，鲁迅在日本时，还是一个热衷于翻译介绍外国文学的"窃火者"，刚回到国内就立即开始旧学研究，此中原由这里暂且不谈，但种种事实表明，鲁迅"沉入古代"是从回国不久就开始了。目前最早的记载大约是1910年左右开始抄录的《古小说钩沉》。12月在绍兴抄郝懿行《晏子春秋》和《蜂衙小记》，1911年1月在绍兴抄《南方草木状》《岭表录异》和《桂海虞衡志》等。从1912年2月到南京教育部，鲁迅就开始抄写《沈下贤文集》，同年5月到北京后，生活相对安定，而世事无聊，鲁迅又花费更多时间在抄书上，直到1918年写《狂人日记》后，投入新文化运动。这六年中所抄之书有《谢沈后汉书》《谢承后汉书》《意林》《说郛》《台州丛书》《易林注》《石屏集》《后汉书补逸》《云谷杂记》《沈下贤文集》《典录》《志林》《出三藏记集》《墨经解》《秦汉瓦当文字》《嵇康集》《百砖考》《尔雅补郭》《遂初堂书目》《青琐高议》《王右丞集笺注》等二十余种。后来还整理出了《唐宋传奇集》等。据粗略统计，鲁迅抄录的古籍现存的就有5092页！

鲁迅抄的书很杂，有史书、志书、书目、文字学、诗文集、野史、传记、小说、杂记，以及佛教经典，道家、墨家经典等等，甚至有考古、山川地理、草木虫鱼之类。如此宽广的内容范围，令人觉得简直是随手拈来，根本无法捉摸他的思路。鲁迅在抄书的同时常常请人装订抄稿或装订抄录的底本，有的还是家藏的旧书。难道他只是为了整理旧书吗？显然不是。其中一

鲁迅所抄 古籍一斑

定有他的道理。

鲁迅自己曾经在《古小说钩沉·序》里解释自己抄写古书的缘由和思路说："余少喜披览古说，或见伪敚，则取证类书，偶会逸文，辄亦写出。虽丛残多失次第，而涯略故在。大共锁语支言，史官末学，神鬼精物，数术波流……"这就是说，鲁迅从小说入手，逐渐扩展到各个方面。抄写并不是一种纯粹消磨时光的工夫，从成果看，鲁迅从抄写中收集了资料，不仅为日后写出《中国小说史略》《汉文学史纲要》这样的专著做好了充分的资料准备，而且在这里也梳理出了自己的史识，为自己以后犀利的史评打下了扎实的基础。

从鲁迅日记的记载看抄书，是很有启示的。1912年8月2日："录汪文台本《谢沈后汉书》一卷毕。"鲁迅抄录《后汉书》，其实从南京教育部时期就开始了。他抄的《后汉书》有两种：《谢承后汉书》和《谢沈后汉书》，到北京后继续抄。《谢沈后汉书》已散佚，鲁迅抄出一卷，也只有十六条。接着鲁迅就抄《谢承后汉书》，到15日就完成了。后者篇幅很长，有八卷（后鲁迅厘定为六卷），排成书有202页，不可能在短短两个星期内抄完，大约是在南京时已抄录了部分。当晚，鲁迅抄完后又读赵蕤《长短经》，见"内引虞世南史论，录之"。到9月22日，又有"下午自《全唐诗》录出虞世南诗一卷"。之后10月10日抄《经典释文》2页，16日抄《北堂书钞》（11月24日又补抄），11月又开始抄配《雅雨堂丛书》，共15页。

1913年1月1日："夜以汪氏、孙氏两辑本《谢承书》相校，尽一卷。"《谢承书》就是《谢承后汉书》，鲁迅用了两种版本来校勘。

《后汉书》完成后，鲁迅又开始抄《意林》，不但自己抄，还叫弟弟帮着抄。1913年4月6日："下午得二弟信，附所抄《意林》四叶，三十一日发。"这是叫周作人从别的版本中抄出，寄到北京来汇齐。

这之后，就更是接连不断抄书了。1913年6月1日："昨今两日从《说郛》写出《云谷杂记》一卷，多为聚珍版本所无，惜颇有讹夺耳，……"紧接着，1913年6月3日："夜补写《台州丛书》两叶。"这是5月25日得到周作人寄来的残本。第二天："夜补写《台州丛书》阙叶四枚。"第三天又补写两页。据鲁迅藏书记载，这部书共20册，当时他收到的仅为18册残本。后来鲁迅自行抄配补齐了所缺的两册，还补抄了原有18册中的缺失，才配齐了全书。这也可见鲁迅做学问的方式与效率。

《台州丛书》刚抄补完，第二天（1913—6—6）立马去图书馆"别借宋本《易林注》二册……夜写《易林注》",又开始抄补《易林注》。《易林》是汉代焦延寿所著,佚名注。接下来的几天,天天抄,甚至"终日写《易林》",到 6 月 12 日,就"夜抄《易林》卷第十三毕",到 15 日:"下午抄《易林》卷第十四毕。"两册书抄完了,他就回乡探亲去,到 8 月 7 日回京,14 日又开始抄,17 日:"星期休息。终日在馆写书。"到 25 日:"夜钞《易林》毕,计'卷七之十'四卷,合前所钞共八卷。"

25 日抄完《易林注》,27 日又开始抄《石屏集》。这是《台州丛书》中的一种。到 9 月 16 日:"夜影写《石屏诗集》卷第一毕,计二十七叶。"到 10 月 1 日:"夜抄《石屏集》卷第三毕,计二十叶。写书时头眩手战,似神经又病矣,无日不处忧患中,可哀也。"并没有任何人催逼,却要抱病抄写,真不知道是为了什么。11 月 16 日:"夜钞《石屏集》跋二叶毕,于是全书告成,凡十卷,序目一卷,总计二百七十二叶,历时八十日矣。"这里虽然没有发更多感慨,但其中况味也尽在字里行间了。

1914 年 1 月 3 日,鲁迅"以银二角买《纪元编》一册,以备翻检",这很可能与他抄古书有关,因为在抄书时,经常需要查阅。2 月 15 日,鲁迅又开始"写孙志祖谢氏《后汉补逸》起",3 月 14 日"傍晚写谢氏《后汉书补逸》毕,计五卷,约百三十叶,四万余字,历二十七日",可见其艰巨。抄写完的书稿要装订,因此 15 日"午后赴留黎厂托本立堂订书",纸也用完了,笔也写坏了,"又至荣宝斋买纸笔共一元"。

抄完《后汉书补逸》的第三天,又"晚录《云谷杂记》起"。到 3 月 22 日:"夜写张清源《云谷杂记》毕,总四十一叶,约一万四千余字。"《云谷杂记》抄写完后,过了半个月,4 月 6 日:"夜坐无事,聊写《沈下贤文集》目录五纸。"《沈下贤文集》是鲁迅 1912 年春在南京工作时已经抄写的。这时,显然是枯坐无聊,就拿出抄稿来誊清。第二天"无事,夜写《沈下贤文》一卷",到 9 日就"夜写《沈下贤集》第二卷了",11 日第三卷写毕,12 日第四卷写毕,16 日傍晚第五卷写毕,17 日写完第六卷,19 日写完第七卷,23 日夜写完第八卷,27 日写完第九卷,5 月 17 日写完第十卷,24 日写完第十一卷,当夜"写《沈下贤文集》第十二卷并跋毕,全书成。"前后整整 50 天,基本上是天天抄。

1914 年 7 月 1 日:"下午小睡,起写《典录》至夜。"下午睡了一会,养精蓄锐,然后一气呵成,抄写到深夜。这就是鲁迅的生活,也就是他的做学问方式。

一边抄,一边就开始做辨识工夫。《说郛》中的《云谷杂记》内容有不

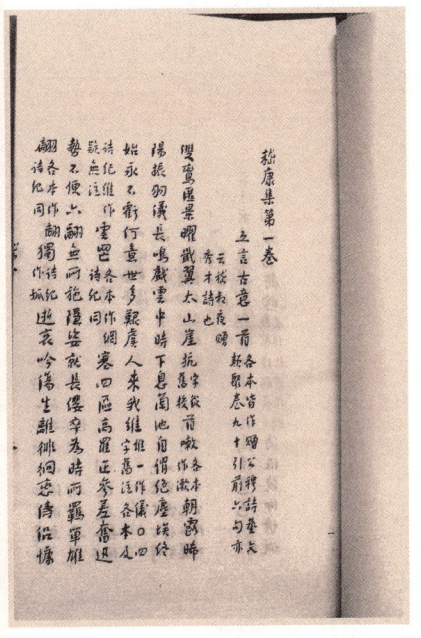

少是清代武英殿"聚珍版"的《说郛》所没有的，只是文字有不少缺失。其中有一则关于上虞"五夫村"的记载，鲁迅认为很准确，在日记中写道："内有辨上虞五夫村一则，甚确。"事情是这样的：上虞有个"五夫村"，有人说就是当年秦始皇封松树为五大夫的地方，这其实是有疑问的。因为秦始皇封松树显然应该在山东泰山。《说郛》的《云谷杂记》中《五大夫》一则，说上虞"有焦氏墓于此，后五子皆位至大夫，因而得名。"鲁迅以敏锐的眼光肯定这则记载应该是准确的。鲁迅做学问并不是做死学问，而是边抄写边做考证。他考证《□肱墓志》《吕超墓志》和《徐法智墓志》，以及古代小说版本的演变，都是在抄写中有所感悟，有所发现。

鲁迅在抄书中做学问，最典型的个案莫过于校勘《嵇康集》的经过。这书鲁迅最早于1913年9月23日："往留黎厂搜《嵇中散集》不得，遂以托本立堂。"一个"搜"字表明他是有意识在寻找这本书。没有找到，就于10月1日到京师图书馆"借《嵇康集》一册"，还注明"是明吴匏庵丛书堂写本"。找这书干什么用呢？到15日，出现这样一条记载："夜以丛书堂本《嵇康集》校《全三国文》，摘出佳字，将于暇日写之。" 20日校完，"作短跋系之"，这就是后来收入《嵇康集》的《嵇康集跋》。接着就开始抄写，后来他又用黄省曾、汪士贤、程荣、张溥、张燮等刻本，以及类书等加以比勘，直到1924年6月才整理完。在厦门、上海时，又曾屡次加以整理校勘，前后历经二十二年，一共作了十次校勘，才校定完成，使之成为迄今最为完善的文本，还写下了五篇关于《嵇康集》的序跋考证。鲁迅并不以"嵇康专家"称，但人们大约不知道鲁迅对《嵇康集》竟然有这么深的研究吧！这就是堪称国学大师的鲁迅的做学问和风范！

鲁迅后来读佛经、弄金石、都是这样深入扎实，所以又成为事实上的佛经专家、金石专家，他抄录的金石文字、图像也是汗牛充栋，只不过他不为外人道，人家不知道罢了，因而才会生出台湾人士所称鲁迅读书不如杨逵的议论来。

从日记看鲁迅怎样收藏

鲁迅日记上有一个记载，我怎么也看不懂。1923年9月14日："午后往东单牌楼信义洋行买怀炉炭，又买五得一具。"这"五得"是什么？我至今还没有弄明白。甚至请教当今最负盛名的收藏家，也答不上来。

我最初读鲁迅日记的时候，因为很实用地为注释而注释，就专注于鲁迅的社会活动和文学活动，以及人际交往方面，并没有注意到鲁迅与收藏的关系。后来慢慢发现鲁迅日记中除了藏书以外，还记载了不少古人古物，及收藏品，有些还是字典上也查不到的怪字。于是开始有意识地考察这些怪字和收藏品。先是从北京、上海的鲁迅故居藏品中找到不少名物例如古代土偶、碑帖。不查不知道，一查吓一跳，鲁迅的收藏品出乎意料地多，在我那时的眼里可说是"惊人"，而且品类繁多，很多物品连名字也叫不上来，更不用说用途了。而现在回过头来再读鲁迅日记，就发现鲁迅日记中与收藏有关的记载还真不少。

鲁迅显然喜欢收藏。1912年5月一到北京，鲁迅就被琉璃厂吸引住了。日记载，他第一次去琉璃厂是在到京一周后。5月5日到京，12日第一次逛琉璃厂，"下午与季市、诗荃、协和至琉璃厂，历观古书肆"，买了一部古书，以后这里就成为他常去的地方了。在北京十四年，去的最多的地方，就要数琉璃厂了。开始鲁迅住在菜市口南的南半截胡同，离琉璃厂很近，到教育部途中，只要稍稍弯一下，就是琉璃厂。去东城、北城，基本上都可以经由琉璃厂走。所以鲁迅日记中对琉璃厂的记载三天两头就会有。

有时候，鲁迅不写琉璃厂，而写"火神庙"，甚至写成"花神庙"——

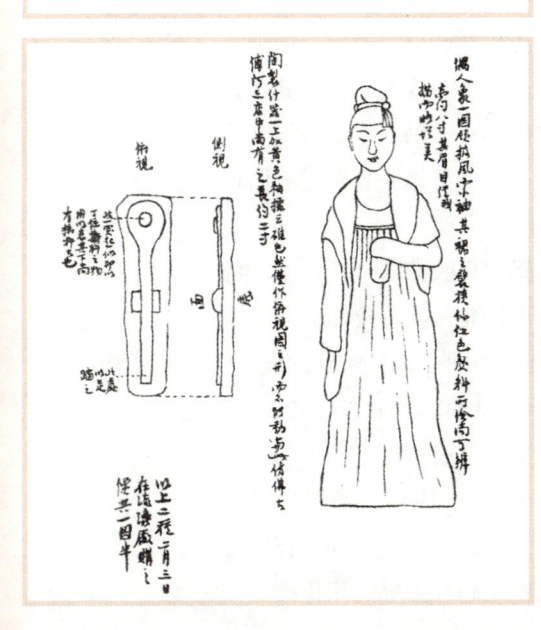

那是刚到北京不久,大约是听同乡友人不标准的北方话说到"火神庙",就讹成"花神庙"了。火神庙是琉璃厂街东端的一座小庙,那里实际上演变成了古玩市场。日记中有时还提到"海王村""厂甸"等,也都是琉璃厂的一部分。还有很多时候,鲁迅只提到店铺名,如"清秘阁""宜古斋""德古斋"等等,也都是琉璃厂的店铺。

除了琉璃厂,还提到"小市"。一说"小市"即"晓市",是自由交易的文玩市场,形式常是地摊,跟现在的潘家园古玩市场有点相似。往往是天不亮就有交易,有些东西可能来路不明,所以要趁天不亮交易。当时北京至少有两处小市,除琉璃厂外,护国寺也有小市,也离教育部不太远,鲁迅也去逛过。

至于所买的东西,那就更有意思了。除了买书、买碑帖、画册、古玩、纸墨等等,还买玩具。1913年2月6日是大年初一:"午后即散部往琉璃厂,诸店悉闭,仅有玩具摊不少,买数事而归。"从初一到初四,几乎天天去。初四记:"午后赴琉璃厂,途中遇杨仲和,导余游花神庙,列肆甚多,均售古玩,间有书画,然大抵新品及伪品耳,览一周别去。"有时毫无目的也要去逛逛。1913年1月2日:"赴留黎厂循览书画骨董肆,无所获。"1913年1月9日:"步至小市看地摊,无所可买。"2月18日:"复游火神庙,历览众肆,盘桓至晚方归。"

出土的殉葬品也在鲁迅搜购之列:"又购北邙所出明器五具,银六元,凡人一、豕一、羊一、鸷一、又独角人面兽身物一,有翼,不知何名。"(1913—2—2)次日"又购明器二事:女子立象一,碓一,共一元半。"这些东西,鲁迅后来还曾描摹其形,图稿现存。鲁迅买东西常常是很偶然的,1913年2月5日:"午后同齐寿山往小市,因风无一地摊,遂归。过一骨董肆,见有胆瓶,作豇豆色,虽微瑕而尚可玩,云是道光窑,因以一元得之。"1915年9

鲁迅手绘 | 明器图

月16日："午前往留黎厂买古矢镞二十枚,银三元。"这些古箭镞买回来后,鲁迅也逐一加以描绘,这些图稿现在还保存在国家图书馆。还有大量石刻,也都是在琉璃厂淘来的。1915年11月27日："得《薛山俱、薛季训、乡宿二百他人等造象》拓本四枚,云是日本人寄售,原石已出中国,索价颇昂,终以六元得之。"拓本四枚就要六块大洋,是很昂贵的了,但鲁迅还是不惜工本买下来,还进行了描摹,这些拓本也都保存下来了。前些年,我到日本,看见在东京国立博物馆里就有中国的造像石和碑刻,或许就在那中间吧？在鲁迅的收藏中有将近一千件是原两江总督端方生前的收藏品,他逝世后流散出来,鲁迅也是在琉璃厂搜购到的。

从鲁迅日记中看到的收藏品,种类繁多,除书刊外,举凡书法、绘画、碑帖、金石、工艺品、明器、兵器、佛经、瓷器、钱币等等,可说应有尽有。在上述各大类中,又分为多项小类,总共小类可达四五十种。例如书法一类中又可以分为文稿、书信、诗稿、题款等。绘画中又有中国画、版画和西洋画三大类,其中尤以中西版画最为众多,达一万两千多件。在西洋画中又有油画、水彩、水粉、素描、速写等等。在金石中,又分为碑铭、造像两大类。其中还包括砖刻、瓦当、篆刻等等。至于工艺品就更繁杂了,小类更多,例如古镜。1915年3月1日记载："夜季自求来,赠鼯鼠蒲桃镜一枚,叶上有小圈,内楷书一'马'字,言得之地摊……"后来鲁迅到西安讲学时,曾买过一种四喜镜。鲁迅还曾赠送一面古镜给北京历史博物馆。

鲁迅的藏品中还有一些非常特别的。比如鲁迅家里收藏着几把椅子,特别厚实,甚至显得笨重。那是北京"模范监狱"里囚犯做的,鲁迅的弟子宋琳在模范监狱工作,鲁迅就是托他买来的。还有一件同样来自监狱的藏品,是1934年同乡弟子许钦文从监狱里出来后赠送给鲁迅的,是浙江杭州的"模范监狱"狱囚用牙刷柄磨制的一根牙签,这令人想起"铁杵磨成针"的典故。再如剪纸这种小品,一般人不注意,鲁迅却也有收藏。1930年鲁迅就通过友人在德国收集来两张剪纸画,一直收藏着,至今尚存。鲁迅还描摹德国书籍中的图案、花边等,有十七页、三十多幅,大概是想在编书时用作插图或

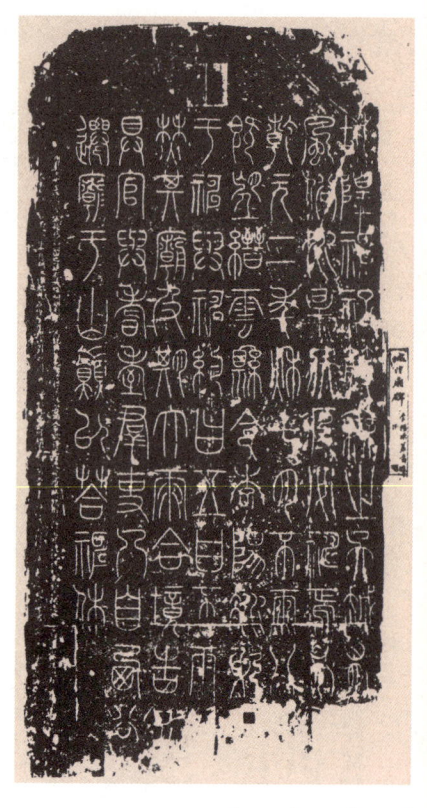

鲁迅收藏的城隍庙碑

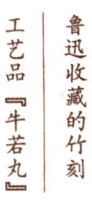

装饰的。

鲁迅的藏品中也有免费捡来的，1924年8月9日，鲁迅在西安讲学归途中，坐船"抵函谷关略泊，与伏园登眺，归途在水滩拾石子二枚作记念"。由于西行难得，途中捡石子收藏，也有其特殊意义。

2004年，广东某拍卖公司传出信息，拍卖鲁迅收藏的普洱茶膏。介绍资料说，这是清朝宫廷用的普洱茶，精装一盒共十块，是"鲁迅和许广平共同珍藏数十年"的珍品，由鲁迅之子周海婴先生提供其中一块拍卖，重量是3克，最后以12000元的价格成交。相关资料没有介绍这批普洱茶鲁迅是从哪里得来的，但鲁迅日记中是有关于普洱茶的记载的。1935年9月26日："下午……莘农同来并赠普洱茶膏十枚。"莘农即姚克（1905—1991），是一位才气横溢的作家、翻译家，也是鲁迅与美国作家埃德加·斯诺联系的翻译者。鲁迅非常赏识他，当时他从北平回上海，带给鲁迅一盒茶膏。我们不能确定这盒茶膏就是此次拍卖的茶膏，但是姚克送的是十枚，而周海婴收藏的恰恰也是十枚，数量正相合，也许可以据此推测吧。

鲁迅收藏的品种既多，来源也各种各样，大体上有这样几种途径的来源：

一是在店铺、小市、集市直接购买。在北京时，逛古玩市场是鲁迅的日常消遣。有时没有任何目的，也要去逛一圈，看看有没有可买的东西，还时常与友人三五成群一起去。

二是商人上门推销。由于鲁迅常去逛商铺，与店家熟稔了，于是经常有上门推销的。最可叹的是鲁迅的同情心还换来了帖估的纠缠。1916年6月22："晚有帖估以无行失业，持拓本求售，悲其艰窘，以一元购《皇甫驎墓志》一枚。"鲁迅看他可怜，出于同情心，买了他一枚拓片。可那人尝到了甜头，第二天又来了，这回鲁迅不再买了，23日："下午帖估来，不买。"但鲁迅毕竟纠缠不过对方的软磨硬泡，24日："晚李估来，买造象三种，二元。"鲁迅在北京时，购买古玩很热衷，后来遭遇经济危机，各单位都严重欠薪，鲁迅也减少了购买，但还是忍不住。1921年10月，正是欠薪很严重的时候，鲁迅拿到一笔发还的捐赠费六十元，当天就去买拓片了，第二天又再买，简直如饥似渴。后来鲁迅到了南方，似乎兴趣也有所转移，不大买古玩了，事实上南方古玩也比北京少得多。到上海后，更是极少购买，但也有例外。1930年10月11日，鲁迅在内山书店买"日本别府温泉场所出竹制玩具二事：一牛若丸，一大道艺人，共泉一元五角。""大道艺人"现已不存，也不清楚是什么东西。牛若丸却是日本古代平安朝著名武士的乳名。这是件竹刻艺术品，表现了牛若丸英勇无畏收服骄横的弁庆荒法师的故事，至今还存放在上海鲁迅故居的书房兼卧室里。

三是托人从外地、外国收集来。1918年2月6日："裘子元之弟在迪化，托其打碑，上午寄纸三十番，墨一条。"裘子元的弟弟裘子亨当时在新疆督办公署工作，鲁迅托他拓碑，还寄去所用的纸和墨。到1920年3月，裘子亨就寄来部分碑拓，鲁迅选了四种收藏。友人史沫特莱是德国《法兰克福日报》记者，与德国女版画家珂勒惠支相熟，鲁迅就托她向作者购买版画原作，每件大约要10块大洋，当时1马克约等于0.86元。

四是朋友赠送。1917年5月，友人杨莘耜去山东济宁，鲁迅就托他搜集当地的汉画像，杨氏到了济宁，收集到鱼山书院所藏汉画像拓片，就马上给鲁迅寄来。几天后，杨氏又在曲阜寄给鲁迅一枚汉画像拓片。月底，杨氏又寄来拓片一束十八枚，是当时济南的山东金石保存所藏石拓片，显然他已到了济南。这些拓片对鲁迅来说都是十分难得的，鱼山书院是旧名，当时已改成一所小学了。1917年10月5日，鲁迅密友许寿裳拿来一枚砖拓片，刻的是"龙凤"二字，是当时在政务院任职的陈汉弟（仲书）先生所赠。鲁迅鉴定为东魏时物，那"龙凤"两个字是刻上去的，而不是印的。砖的尺寸很大，陈汉弟是以一百二十元钱买来的，这是一份厚礼。

五是向朋友索要的。鲁迅身边的朋友不乏才情横溢之辈，例如陈师曾(1876—1923)，就是陈寅恪的哥哥。他与鲁迅从南京矿路学堂到日本弘文学院都是同窗，回国后两人又在教育部同事，友谊笃厚。鲁迅多次向他索要书画，他还为鲁迅治印多枚。1914年12月10日："陈师曾为作山水四小帧，又允为作花卉也。"到次年2月2日："午后陈师曾为作冬华四帧持来。"陈师曾的艺术造诣极深，他对鲁迅可说是有求必应。鲁迅的《会稽郡故书杂集》封面也是请他题写的。此人若假以天年，必定是一代巨擘。可惜他在1923年照料感染伤寒病的继母时，不幸被传染，猝死于南京。鲁迅日记记载陈师曾送给鲁迅的画共10幅，现存9幅。另一位刘立青则是周作人在南京水师

琉璃厂旧貌

学堂读书时的同学，后来担任陆军部修浚宜渝滩险处处长。鲁迅在日记中提到要他作画的事是1914年11月22日："午后刘立青来，捉令作画。"一个"捉"字足显两人的亲密无间。鲁迅的友人中还有齐白石、沈尹默等，都是艺术大家。

1913年2月15日："前乞戴芦舲画山水一幅，今日持来；又包蝶仙作山水一枚，乃转乞所得者，晴窗披览，方（仿）佛见故乡矣。"这两幅画均保存下来，鲁迅在欣赏这些江南山水时，感到了浓浓的乡情。

鲁迅也买过假货。1912年5月12日，这时鲁迅刚到北京一周，日记就有"晚散步至宣武门外，以铜元十枚得二花卉册，一梅，一夫渠，题云恽冰绘，恐假托也"的记载。过了一天，懂行的友人来一看，也定为伪作。1917年11月10日："往……德古斋买汉画象拓本二种，一元，拓活洛氏旧臧，近卖与欧人，有字，伪刻。"注意到是伪刻，但为时已晚。同年12月8日买"《永元三年梁和买地铅券》、《延兴三年王君□专墓志》拓本各一枚，盖并伪作"，大约也是买回来才发现有假。1919年12月31日，鲁迅"得墓志专（砖）四块，一曰'大原平陶郝厥'……"，五天后，"又往留黎厂，因疑'郝厥'专是伪作，议易'赵向妻郭'专。"可是第二天，琉璃厂古董商就又来换了一块砖去，可见东西还是不靠谱。1923年2月28日："买……石门画象二枚，六元，其一为阴，有'建宁四年'云云题字二榜，乃伪刻。"有时候，买了假货还能换一件，有时就只能自叹倒霉了。后来大约这些伪作都被扔掉了。

鲁迅与石鼓文

2006年夏天，有关部门要在上海郊区著名的青浦曲水园里建立石鼓文书艺苑，筹办其事的唐金海老师曾问我：鲁迅与石鼓文有没有关系？我当时答道，好像没什么关系。我的根据是，据我所知，鲁迅没有在文章或书信中谈论过石鼓文。石鼓文是秦代的石刻文字，因刻石外形似鼓而得名，这是中国最早的石刻文字，现存石鼓仅有十个。不久，青浦曲水园里建成了石鼓文书艺苑，放置了十个仿制的石鼓，并篆上了相应的石鼓文。开幕式时，我也去看了。当时就在想，鲁迅是否真的与石鼓文没有关系呢？我有点怀疑自己了。我得承认，我并没有彻底细查所有的资料。

回来后，我仔细一查，发现不对了。鲁迅虽然没有留下谈论石鼓文的文字，但他实际上是接触过石鼓文，看到过真石鼓的，而且也留下了关于石鼓文的文字记载。早在1912年5月，鲁迅随教育部从南京搬迁到了北京。8月被正式任命为教育部社会教育司第一科科长，这第一科，正是主管博物馆、图书馆等社会文教事业的。从6月间开始，鲁迅就积极考察相关各单位，着手筹建国家博物馆、图书馆。从他的日记上，可以看到不少这类记载。就在这年的6月25日，鲁迅为筹建中的国立历史博物馆选址，视察了东城成贤街的国子监和孔庙。鲁迅日记这天记着：

> 午后视察国子监及学官，见古铜器十事及石鼓，文多剥落，其一曾剜以为臼。中国人之于古物，大率尔尔。

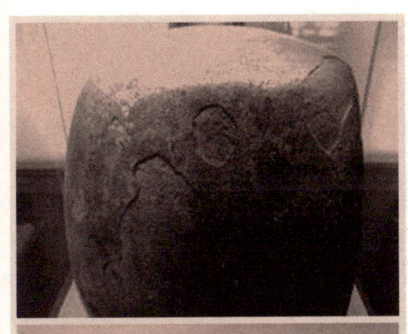

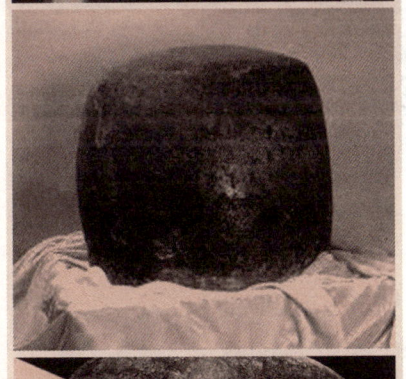

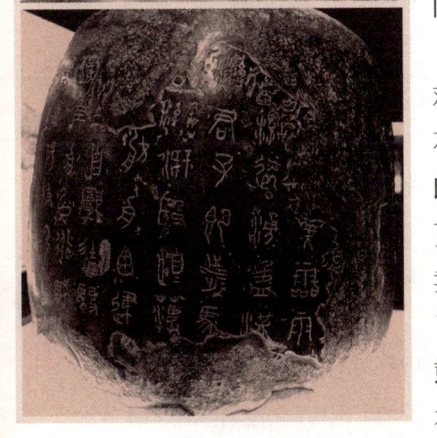

这里明明白白写着，他看到了保存几千年的石鼓原件。用时髦的话来说，就是与石鼓"零距离接触"，对石鼓的状况看得很清楚：石鼓上刻的文字剥落得很厉害，有一个石鼓还被从顶部挖了一个坑，成了石臼。由此鲁迅发出了对于中国人不爱惜古物的痛切感慨。我很惭愧，以前竟然没有注意到这个记载，向唐老师提供了错误信息。

国子监又称太学，是元明清三代国家最高学府。学宫即孔庙，与国子监毗邻，中间有边门旁通。在这条街上靠近孔庙和国子监的附近两端，立着"文武百官至此下马"的石碑。当时这十个石鼓保存于学宫，一般人是不容易见到的。鲁迅作为教育部筹办中国第一个国立历史博物馆的主要负责人视察这里，才有机会观看了石鼓。后来几经周折，博物馆是建成了，却又搬到了故宫的午门楼上。1949年后，这里建成了首都博物馆。

当时鲁迅不仅观看了石鼓，还买了石鼓文拓本。参观后第二天，6月26日，鲁迅日记有："太学守者持来石鼓文拓本十枚，元潘迪《音训》二枚，是新拓者，我以银一元两角五分易之。"这是说，看守太学的人拿来十页石鼓文拓本，另外有两页是元代潘迪的《石鼓文音训》，卖给鲁迅。看来鲁迅在头一天视察的时候就对石鼓发生了极大的兴趣，故向守护者提出要买石鼓文拓本的。石鼓共十个，所以十枚就是全份石鼓文拓本。鲁迅买下拓本加两页《音训》只用了一元两角五分，是因为这是"新拓者"，新拓因原石风化，有所剥落，字迹更加模糊，所以不怎么值钱，如果是旧拓，就不是这个价格了。潘迪是元代元城人，《中国人名大辞典》说他："博学能文，历官国子司业，集贤学士。有《易春秋学庸述解》、《格物类编》、《六经发明》。"他的《石鼓文音训》不见于《四库全书总目》，《中国丛书综录》亦不收，或许因太短而不成卷之故。

后来，鲁迅还买过研究、阐释石鼓文的书。1915年3月8日，鲁迅在琉璃厂买了一部《金石契》四本，附有一册《石鼓文释存》，并于4月8日寄给了当时还在绍兴的周作人。4月13日周作人日记就有"得北京九日函，

石鼓

又八日寄书一包，内《会稽掇英总集》四本、《金石契》五本"，即包含了《石鼓文释存》在内。现在此书不存于鲁迅藏书，想必是1923年鲁迅离开八道湾时，没有拿出来，变成周作人的了。这部书，是清代张燕昌所撰，附于《金石契》一书后。但同样不见于《四库全书总目》及《中国丛书综录》。

石鼓文拓本

同年9月30日，鲁迅还买过一种与石鼓文有关的文献。这天日记记载："午后同汪书堂游小市，买得《石鼓文音释》二枚，直六铜元，拟赠季市。"据记载，《石鼓文音释》有两种文本，一是明代杨慎的文本，一是民国徐昂的文本。徐昂的文本迟至1944年才开始出版，所以鲁迅看到的肯定不是徐昂的文本，而是杨慎的文本。杨慎的《石鼓文音释》共三卷，但鲁迅在北京小市上买的《石鼓文音释》只有"二枚"。三卷书怎么只有两张纸呢？我没有读过，不敢武断，但总是令人奇怪的。据《四库全书总目》，杨慎的三卷书中，第一卷是石鼓原文，第二卷才是"音释"，第三卷则是"今文"。如果仅指第二卷，则内容少得多，或许便有可能印在两张纸上了。

鲁迅用六个铜元买下了这份《石鼓文音释》，准备送给好友许寿裳。但鲁迅后来有没有送呢？日记却没有记载。恰巧在后来几天的日记中，并没有许寿裳来访的记载，等到后面有了关于许寿裳的记载时，却不见提起这事了。估计应该是送了，而日记忘了记录吧。

2007年2月28日

鲁迅捐款

  鲁迅早年的捐款情况没有记载，从保存下来的鲁迅日记看，粗粗统计，从 1912 年到 1936 年几乎每年都有捐款。唯一没有捐款记载的是 1928 年，但就在这一年，鲁迅日记有所谓"义子"离他而去，索要 120 元及衣被数事，之后却没有还的记载，这恐怕也可算作捐款了。这样一算，鲁迅是年年都有捐款。

  这个统计令我吃惊。鲁迅的生活是动荡的，在这二十五年中，鲁迅移居南北四城，10 次搬家，6 次避难，始终处于不安定中。然而他却还能连年捐款，虽然未必每次很多，也许还有当时风气的原因，但是无论如何，对任何人来说，这都不是简单事。

  从我的粗略统计来看，见于日记的捐款，总计 57 次，其中有 13 次是给私人的，其余都是给社会及团体的。这里还不包括那些同事或其家属病故后的吊唁奠仪。

  鲁迅捐款的对象，最多的是灾区。那时候，天灾人祸不断，最多的是水灾。鲁迅捐赠过的水灾有"温处"水灾（1912—11—12，"温"是浙江温州，"处"是处州，即今浙江丽水），还有湖北（1914—12—30，1919—9—26）、广东（1915—8—11）、江西（1915 年 11 月 4 日）、顺直（顺天即北京，直隶即河北，1917—9—27，1921—6—11）、天津（1917—12—26）、河南（1919—3—26 日）等处的水灾。最离奇的是，1921 年 6 月 11 日刚捐过直隶水灾，7 月 18 日就有捐直隶旱灾的记载！而且每次捐的都是十五元，比一般捐赠高得多！此外，还有几次没有写明是什么灾害。鲁迅离开北京以后，这类捐款就少得多了。

其实，并非后来的自然灾害减少了，我们还经常可以在当时的报刊上看到关于自然灾害的报道，可说是大灾小旱接连不断。究其根源，可能因为早期鲁迅是政府官员，经常要面对这些社会民生问题，捐款可能是按规定执行的。后来离开北京，离开政府部门，与社会距离似乎远了一点。同时当然也说明作为政府官员的鲁迅，确实对底层民众的遭遇是很同情的，是逢募必捐的。

但是鲁迅更注重的还是捐赠给社会，例如捐赠北京贫儿院。1912年10月24日，"捐贫儿院银一元"，后来他还向该院认捐每年3元，1919年3月2日，"寄安定门内千佛寺北京贫儿院明信片，认年捐叁元"。日记上还记载有为"北通州兵祸"捐的救济金。

在这方面，最突出的例子当然是为"五卅"捐款了。1925年6月5日："午后林卓凤来，为上海事募捐，捐以五元。""五卅"之后，上海又酝酿了"六三"，到6月5日时，风波还没有过去。林卓凤是鲁迅在女师大的学生，她出面为上海"五卅"惨案死伤者募捐，当然是出于义愤。当时一般的捐款都是一元二元，鲁迅捐五元算比较高的了。到1925年7月15日："午后往师大取去年五、六月薪水六十二元，又九月分四十元，付沪案捐四元五角，又八元。"这天下午，鲁迅去北师大拿了久欠的部分薪水（拿到的竟然是一年多以前的薪水），当即又再次为"五卅"捐款。一般的捐款，都是一次捐过即止，这次却是先后三次，总计捐款17.5元。虽然不能算多，但这时正是鲁迅深陷"经济危机"的时候，家里刚买了房，急需用钱，而教育部和各学校都严重欠薪。鲁迅拿到薪水，钱还没有捂热就捐赠出去，足以说明鲁迅对这次事件的重视和对罹难者的深切同情。

同样，在广州，"四一五"事变中不少学生被捕，鲁迅当日即为之捐款，"下午捐慰问被捕学生泉十"（1927—4—15）。当时社会矛盾极为尖锐，左右派别搏杀异常激烈，国民党右派得势，被捕的都是左派，而鲁迅的行为无疑是旗帜鲜明地站在左派一边，这是有生命危险的举动，但是鲁迅就是

北京贫儿院

敢作敢为。

1930年6月7日，鲁迅"捐互济会泉百"。这又是鲁迅捐款的另一重要用途：营救革命者。这类捐款大概都集中在上海时期。这个"互济会"全称是"中国革命互济会"，原来叫"中国济难会"，是一个专事营救被捕的革命党人的组织。"四一二"后，很多革命党人被无辜捕杀，一批知识分子就成立了这个组织来营救。据宋庆龄等回忆，鲁迅从广州到上海不久，就与这个组织发生了联系。"互济会"的联络人王望平就来找过鲁迅，之后鲁迅曾多次为之捐款，有些是没有记载进日记的。1931年2月7日："下午收神州国光社稿费四百五十，捐赎黄后绘泉百。"这时鲁迅的收入状况比在北京时期强多了，所以捐款数量也多了，一次就捐一百大洋。这个黄后绘，在前面的《隐语》一篇中讲了，可能是暗指左翼戏剧家联盟的黄素（1895-1971），他是著名戏剧团体南国社社员，也曾与鲁迅一起参加过中国自由运动大同盟的活动，1930年秋被捕，后经营救出狱。想鲁迅所捐的一百大洋，应该也是在营救中起到了作用的。

仅过了九天，2月16日："旧历除夕也……付南江店友赎款五十。"这里的"南江店友"应是指柔石等，他们于1月17日前后被捕，实际上已于2月7日深夜被秘密杀害了，但文化界到这时还没有得到任何消息，还在设法营救。这天是大年三十，鲁迅惦记着被捕的友人，捐助了五十元。然而，过了不久，鲁迅就知道柔石等被害的消息，倍感沉痛。4月间消息辗转披露出来，接着鲁迅就为柔石张罗后事。鲁迅想到柔石家属，想到他的孩子，设法为之筹集救济款，到8月15日日记有这样的记载："夜交柔石遗孤教育费百。"

对于友情，鲁迅是很看重的。青年画家陶元庆，是绍兴同乡，善画，曾为鲁迅设计封面，《彷徨》《坟》《朝花夕拾》等封面都是他的作品，鲁迅十分赏识他。1929年8月10日，鲁迅得到同乡后辈许钦文来信报告陶元庆病逝的消息，非常痛惜。9月8日日记："下午钦文来，付以泉三百元，为陶元庆君买冢地。"许钦文也是陶的挚友，他到处为之募款建墓，鲁迅不但捐助一大笔钱，还多次关心事情的进展情况。后来，由许钦文在杭州西湖边上为陶元庆买了一块墓地落葬，鲁迅才安心。

鲁迅在北京时，曾遇到旧友单新斋到北京谋职无着，即"劝之归，送川资十元"（1913—9—2），这人是鲁迅在南京矿路学堂求学时的同学。又如1915年8月31日，"王屏华中风落职归，助三元"。同事王屏华，江苏太仓人，当时是教育部社会教育司第二科主事，因中风，丢了职位，只好回乡。鲁迅十分同情他，也捐助三元。

由于鲁迅富于同情心，经常捐助别人，有些脸皮厚的，也就直接来向鲁迅索要了。1913年5月，一个叫钱允斌的，是鲁迅在浙江两级师范学堂时的学生，说是学费没了，来向鲁迅要去十元钱，也不知是借是讨，反正鲁迅知道这钱是有去无回的了，所以干脆在日记中写道："钱允斌来，索去十元，云学资匮也。"（1913—5—6）

还有更出格也更为人所知的，就是本文开头提到的广东学生廖立峨的事了。当时廖追随鲁迅奉之如父，鲁迅到厦门他追到厦门，后来又从厦门追到广东，再从广州追到上海，以至住到鲁迅家里白吃白喝，以儿子自居。待到鲁迅遭围攻，他感到鲁迅没有利用价值了，便断然选择离开，但临走还要去120元钱和衣被等物品。鲁迅对他真是无语了，在日记中写道："立峨回去，索去泉一百二十，并攫去衣被什器十余事。"（1928—8—24）一个"索"字，一个"攫"字，把心中的厌恶和不屑尽诉笔端。

如果说以上这些还都是有交情或"有过"交情的人，那么鲁迅还有很多次捐款是给毫无关系者，完全出于对社会底层普通人的同情。1914年12月25日，"同馆朱姓者尚无棉衣，赠五元"。当时同住绍兴县馆内的朱某，到12月底还没有棉衣，鲁迅看他可怜，送给他五元钱。仅仅过了三天，鲁迅自己刚拿了工资，就"颁当差者八元"，所谓"当差者"就是那些拉车的、打短工的"下人"。还有一天，鲁迅"助人五百文"，就连对方姓名也不记了（1915—2—22）。

鲁迅还有不少捐款是针对社会文化事业的。1924年7月，鲁迅应邀到西安讲学，还受邀观看当地民间戏剧社团"易俗社"的表演，该社致力于保存传统文化，又努力求得戏剧革新，鲁迅与同去的学者们对此十分欣赏，由鲁迅执笔，题写了"古调独弹"的匾额。临走，鲁迅对友人孙伏园说，"我们把陕西人的钱留给陕西吧"，除去买了一些古玩外，鲁迅向该社捐款五十元（1924—8—3），该社成员都很感动。

同样出于对社会文化的关心，鲁迅也曾向宗教机构捐款。例如1914年6月，鲁迅曾经捐资刻印《百喻经》，7月就有向佛教经典流通处捐款的记载，1914年7月27日："捐入佛教经典流通处二十元，交许季上。"还有对于基督教机构的捐款，1916年教育部同人吴雷川（1868—1944）创办"景教书籍阅览所"，鲁迅捐四元（1916—2—26）。"景教"是唐代对传入我国的基督教中一个教派的称谓，后来也用以代指基督教。吴雷川比鲁迅大十三岁，说得上是前辈了。他后来曾担任教育部常任次长，鲁迅常以"先生"称之。对吴雷川创办的这个基督教书籍阅览所，无论从社会文化的角度，还是从个人关系的角度，鲁迅当然是支持的。

鲁迅南下以后，1926年12月在厦门曾捐助平民学校和浙江同乡会，1927年3月、4月在广州曾两次捐助广州社会科学研究会各10元。1930年7月6日参观上海的"时代美术社展览会"，"捐泉一元"。9月13日"上午收《十月》稿费三百，捐左联五十，借学校六十"，一拿到稿费，立刻捐款。1932年6月26"同广平往春地美术研究所展览会，买木刻十余枚，捐泉五元"。这几个社团，都是左翼文化社团，鲁迅对他们的捐款，是家常便饭，有时甚至不记入日记。1933年3月18日，"下午往青年会，捐泉十"；1934年9月7日，"捐世界社泉十"；1935年7月30日，"上午捐中文拉丁化研究会泉卅"；1935年10月3日，"午后复唐诃信并捐全国木刻展览会泉二十"，这些都是对一般社会团体的赞助，鼓励那些努力于文化建设者。

那么，是否所有的捐款都是出于主动或自愿的呢？也不是。例如1918年11月26日，"捐于欧战协济会卅"就是出于被动。第一次世界大战结束后，美国总统威尔逊倡议成立欧战协济会，协助处理各国战地善后事宜，为此发动世界各国募捐，中国政府认捐1.7亿元，但政府并没有拿出钱来，而是发动国内各界捐款。首先是规定所有公职人员凡月薪在百元以上者，必须捐当月工资十分之一。当时鲁迅工资

安葬捐款　鲁迅为李大钊

是 300 元，所以必须认捐 30 元，可以说是摊派的。还有 1915 年 11 月 19 日，"认北京冬季施粥捐三元，总长所募"，既是教育部总长所募，当然类同摊派，也是没有商量的。

经常有各种捐款活动，也是当时的社会风气，各单位组织募集甚至在街头募集。对于这种捐款方式，鲁迅通常都不拒绝。他经常是在街头偶遇募集并捐款，例如自然灾害"急赈"，"童子军"募捐，都是二话不说就捐的。一次朋友晚上来谈天，顺便就让鲁迅买了"慈善救济券二条"（1918—9—12）。在上海时外出看电影，路遇童子军募捐队募捐，鲁迅当即认捐一元（1935—11—10）。

根据很多人的回忆，鲁迅还有多次捐助文学青年，都没有记入日记，例如鲁迅捐助刚刚从东北漂泊到上海的萧军萧红，那是掏空口袋的捐助。还有更多的是鲁迅为营救被捕青年所付出的大笔捐款，都是无私援助，不加记载的。据我的粗略统计，鲁迅一生的捐款，应该在 10000 元银元之巨。

鲁迅绝非富豪，但确实是一个乐善好施者，因为他的救国救民的志向，因为他的解民于倒悬的怀抱。

2009 年 2 月 16 日

参观展览

鲁迅这人，不爱凑热闹，不喜欢看戏，不爱逛公园。除了教书，业余就喜欢逛书店，和朋友聚会，以及看电影，此外就很少去公众场合了。去南京夫子庙、北京劝业场、东安市场都是为了买日常用品。在上海由于政治环境日益恶劣，又有许广平在，鲁迅就连买日常用品也不大去了。像北京天桥、上海城隍庙那种地方他是几乎从不去的。在北京时还常去逛逛小市，淘古玩，在上海连这也"戒"了。鲁迅一生，参观展览也并不算多。据日记记载，前期在北京十四年，共参观展览7次，平均两年一次；后期在上海九年，参观展览20次，一年大概两次。

鲁迅参观展览的最早记载是1914年4月15日在北京，"至孔社观所列字画书籍一过"。这次参观的背景不太清楚，似乎并非主动去参观，用"一过"带有应付的味道。第二次，是同年10月24日："下午与许仲南、季市游武英殿古物陈列所，殆如骨董店耳。"两位许先生都是教育部职员，也是鲁迅平时交游甚密的好友，这次参观似乎有公干的味道。武英殿原是清政府收藏古籍的所在，清帝退位后，仍住在宫里，一直住到1924年。但部分区域如午门城楼、武英殿、文华殿等已转由教育部管理，武英殿改成古物陈列所，是教育部办博物馆的一种初期尝试。这次参观给鲁迅留下的印象显然是，根本不像个博物馆，倒像是古董店。鲁迅是教育部主管博物馆事务的，对于博物馆的理念，是有个人主张的，对当时那种简单的陈列手段，自然感到不甚满意。

后来，鲁迅还参观过两次类似的展览，都与皇宫有关。一次是1916年

武英殿古物陈列所

2月20日，也是与许季市，还有他的伯父许铭伯、儿子许世英一起，到西华门内的传心殿参观历代帝王像，及书法绘画和少量刺绣。这次不像是公事，但也不知因何缘故会与许家老少三代一起去看这个展览。展览似乎也不甚专业，展品有点混杂。

1917年10月，周作人已经到北京大学任教了。10月7日记："上午同二弟至王府井街食饼饵已，游故宫殿，并观文华殿所列书画，复游公园，饮茗，归。"这天兄弟两人游兴甚浓，上街游了吃，吃了游，又参观书画，又游公园，喝茶。这文华殿，是皇家收藏文玩古物的地方，鲁迅以历史博物馆筹备单位负责人的身份，自然不难进去参观。

之后，近九年中，鲁迅极少看展览，据其日记记载，只有三次：1924年5月2日在中央公园参观中日绘画展览，1926年3月15日在美术学校看林风眠个人绘画展览，同年6月6日到中央公园看司徒乔画展，花九元钱买了两小幅。之后不久鲁迅就离开了北京。这三次参观展览传达出一个令人瞩目的变化，与之前的古玩、古书画展览完全不是一个类型，两次个人画展，一次国际交流展，都是新型绘画展。林风眠、司徒乔是现代绘画宗匠，后来都享有很高的声誉，当时还只是初露头角，作品也都是西洋风格。鲁迅不仅去观看，还选购作品，可谓慧眼识人。至于中日书画展，也是一个新事物，要知道这是八十多年前的中日书画交流展览啊！在"五四"以后，中国抵制"日货"的呼声很高，当时又处于1925年"五卅"运动之前的气氛中，但民间的文化交流却还是在默默地进行。

这之后，鲁迅在厦门、广州的一年中，竟没有看过一次展览，这与当地的文化背景和氛围及鲁迅的心情和经历不无关系。1927年10月鲁迅携许广

鲁迅的日记

平到了上海，12月17日："午后钦文来，并同三弟及广平往俭德储蓄会观立达学园绘画展览会。"钦文即许钦文，是鲁迅的同乡后辈，在北京时就与鲁迅过从甚密，鲁迅的小说《幸福的家庭》副题是"——拟许钦文"，可见其关系了。这时鲁迅与许广平及三弟周建人同住在景云里23号，许钦文来访，他们便一起前往俭德储蓄会观看立达学园的绘画展览。这俭德储蓄会是当时上海很有声望的一个民间储蓄组织，由于经营有道，在虹口与闸北的交界地带劳卜生路（今罗浮路）盖了大楼，里面设施良好。当时匡互生创办的立达学园有绘画系，借这里举办展览。这里距离鲁迅住的景云里大约两站路，沿宝山路步行向南，十几分钟可达。

这是鲁迅在上海第一次参观展览。之后，参观活动逐渐多起来，最多的一年达到5次。对这些数据作一点简单的梳理和排列，可以得到一些带有启示性的结果。

从年份看：1928年3次，1929年2次，1930年1次，1931年5次，1932年3次，1933年2次，1934年1次，1935年没有，1936年2次。

从类型看：参观个人展览9次，团体展览11次。参观中国金石书画展览10次，其中绘画6次，木刻4次；外国书画展览10次，其中西洋画2次，版画2次，日本绘画6次。

从时序看：前三年，基本上都是个人展览（7次参观中占了5次）。后六年以团体展览为多，13次中有9次团体展览。

从地域看：在11次团体展览中，国内展览占大多数，

故宫传心殿

参观券　古物陈列所

- 109 -

为8次；国外展览3次，分别为日本、德国、苏联各一次。其中的德国版画展览还是鲁迅参与筹备、予以支持的。而个人展览的情况正好相反：在9次个人展览中，除司徒乔的2次外，全部为外国人的展览，其中又以日本人为多，有5次。西方人2次。

以上还不包括鲁迅自己举办的展览。

这些统计数字虽然显得枯燥，可是却包含了太多的意味。它反映了鲁迅的趣味、理念和追求，也反映了当时的展览业状况，以及书画展览的整体面貌。当时，各种各样的展览还是不少的，尤其在上海这个得风气之先的大都市。但泥沙俱下，质量良莠不齐，大抵不能引起鲁迅的兴趣，即使去看了，也会感到上当。

这里就有一个现成的例子，1932年7月14日鲁迅日记："往无锡会馆观集古书画金石展览会，大抵赝品。"鲁迅对江苏人，尤其是无锡人，并无好感。有一次他在日记里说"……盖吴人所为，那有好事！"而且梁实秋、杨荫榆都是无锡人，更增加了他对无锡人的不良印象。这次前去参观，恐怕使他对无锡人的观感更增负面印象。而且对这类骗人的展览和骗人的广告也更加讨厌，对"瞒和骗"的时代锢弊更加深恶痛绝。

鲁迅喜欢在展览上订购展品。根据鲁迅日记的记载，仅上海时期在展览会上订购的展品，就有三十余件。1932年6月26日鲁迅在左翼美联组织的"春地美术研究所"举办的展览会上一次就"买木刻十余枚"，有的待展览结束后即由主办方送到鲁迅处。而在苏联版画展览会上订购的3幅苏联版画，苏方决定赠送给鲁迅。

鲁迅后期对版画很有兴趣，参观的版画展览总共有6次，都是在1931年以后。相比之下，他自己举办或参与举办的版画展览倒有4次，真是占了不小的比例。可见他人举办又能给鲁迅带来启发的版画展并不多。实际上，不少的版画创作者和展览主办者都与鲁迅有关系，或受到鲁迅的影响。如一八艺社、春地美术研究所、MK木刻社、第二回全国木刻流动展览等，都与鲁迅有密切的联系。第二回全国木刻流动展览就是在鲁迅指导下举办的，鲁迅给了他们很多指导意见。此外，有好几次鲁迅在参观时还捐款给这些左翼美术组织。这都显示了鲁迅在倡导版画方面的主导地位和对中国新兴版画创作的支持。

说到鲁迅指导办展，还有一次不愉快的经历。这就是1935年的全国木刻联合展览。其实就是"第二回全国木刻流动展览"的前身，即第一次流动展览,当不叫"流动展览"而叫"联合展览"。鲁迅曾热情地给予了很大支持,但当这个展览在上海举办的时候,举办者邀请他去参观,鲁迅却没有去。既不是生病,也不是忙,而是不悦。这原因,是由于举办者去邀请了另一位艺术家叶灵凤为他们写宣传文章,而叶对版画也确实有兴趣,于是就发表了《欢迎全国木刻联合展览会》一文,感觉倒是他在倡导这个活动一样。当时叶灵凤是以"用鲁迅的《呐喊》当手纸"而出名的,倾向于右翼,是"左联"的对立面人物。所以当鲁迅看到叶灵凤写的文章后,就倒了胃口,再也不想去参观这个展览了。而且此后明显冷淡、疏远主办者"平津木刻研究会"的唐诃等人了。

2007 年 5 月 19 日

鲁迅与教育部祭孔

时下，孔子又成了时髦话题。有人说"五四"反孔子反错了；有人说鲁迅也曾参加祭孔，可见鲁迅并不反孔，云云。

说到鲁迅参加祭孔，倒是确有其事。那是在1913年到1924年间，当时鲁迅在教育部担任社会教育司第一科科长。每年在成贤街国子监举行的祭孔仪式——"丁祭"，鲁迅基本上都受指派前往参加仪式，而且还是在最核心的岗位。奇怪的是，如果说1919年的"五四"运动打倒了"孔家店"，那么为什么在此期间，而且直到五年以后的1924年鲁迅还会去参加祭孔呢？

且看鲁迅日记上有这样的记载。

1913年9月28日："昨汪总长令部员往国子监，且须跪拜，众已哗然。晨七时往视之，则至者仅三四十人，或跪或立，或旁立而笑，钱念劬又从旁大声而骂，顷刻间便草率了事，真一笑话。闻此举由夏穗卿主动，阴鸷可畏也。"这是鲁迅日记上第一次出现祭孔，鲁迅到教育部已经近一年半，之前并没有关于祭孔的记载。

这位提出祭孔的"汪总长"就是汪大燮（1860—1929）。说起来，他还是鲁迅的前辈，1901年，帝俄提出要与清廷订立专约，图谋山东利益，他当时是总理各国事务衙门的官，就上书清帝，主张拒绝与帝俄签订辱国专约，因而名声大噪。1902年鲁迅留学日本时，他任留日学生监督。1905年出任驻英公使，1913年任教育总长，后来曾代理国务院总理，晚年曾创办北京平民大学。此公行事特立独行，他任教育总长后，曾有几个大的动作，一是提出废除中医，引起轩然大波，后来被否决了。再就是提出祭孔。他9月

15日就任总长，28日就命令祭孔。因为是在教育部内实施，别人无从干涉，就真的实行了。虽然他很快就于1914年2月辞职，可没想到他的几位后任竟然还继续实行了多年，到1924年才停止祭孔。

而那个"主动"的幕后推手夏穗卿（即夏曾佑，1865—1924）则是当时社会教育司司长，也正好是鲁迅的顶头上司！作为前辈他受到鲁迅的充分尊重，鲁迅日记中尊称为"夏司长"、"夏先生"，在当时教育部内部的新旧势力争斗中，鲁迅也是站在夏穗卿一边的。此公学问极好，但生性乖张，他喜欢饮酒，还喜欢叫弟子、部下一起喝，鲁迅常被他叫去陪酒，对此也无可奈何。他还喜欢故意卖弄文才，有一次，他写了一首诗，其中有"帝杀黑龙才士隐，书飞赤鸟太平迟"的句子，鲁迅把它抄下来，评道："此夏穗卿先生诗也，故用僻典，令人难解，可恶之至"！从中可以看出，鲁迅在诙谐中对他还是怀有敬意的。但在祭孔这件事上则明显表示出了对他的不满。他虽以新派人物著称，但对祭孔这个在鲁迅看来愚昧庸陋的举动，竟然会抱以主张、推动的态度，很令鲁迅吃惊，所以说他"阴鸷可畏也"！

很显然，在鲁迅笔下，这次祭孔完全是一出闹剧。这种逆时代潮流的举动，遭到了众人的一致反对。人们明显是消极抵制，只是出于行政命令，不得不服从。那个在现场"大声而骂"的就是五四新文化运动中的骁将钱玄同之兄。他曾是驻荷兰公使，1913年任总统府顾问。他还是光复会会员，与鲁迅等时有往来，显然也是与鲁迅观点一致，反对祭孔的。

第一次祭孔就这样草草收场了。此后，鲁迅日记中就常有祭孔的记载了。1914年3月2日："晨往郓中馆要（邀）徐吉轩同至国子监，以孔教会中人举行丁祭也，其举止颇荒陋可悼叹……"孔教会是陈焕章等在上海发起成立的，后来总会迁到北京，会长是康有为。"丁祭"是每年仲春或仲秋的"丁日"举行的祭祀。这种祭祀的仪式繁复，在鲁迅看来可笑之至，于是有"荒陋可悼叹"的感慨。

此后1914年秋天没见有祭孔的记载。到1915年3月，这回是连续三天记载，15日"赴孔庙演礼"，这是预演；16日"夜往国子监西厢宿"，这是准备第二天一早的祭孔，因为仪式清晨就要举行，鲁迅一大早从宣武门外的住所赶到东北角的国子监，实在太远，或赶不上仪式，所以要提前一天住在那里。17日记有"黎明丁祭，在崇圣祠执事，八时毕，归寓。"当时的祭孔，仪式搞得很隆重，分别在国子监的多个位置依次操礼，还要穿上古怪的专用祭祀服。教育部会事先发布公告，公布各司各科人员在相应位置执行任务，

三月

一日晴星期休息午收寧二弟及三弟信(十七)下午出膞馬市同步次至留黎處賞小幣四枚回梁邑及邑長于蓮垣又寫圖永通一枚廿二元 夜風

二日墨晨往鄧中錢要徐吉軒同至圖土監以九敬便中人舉行丁祭也其舉止頗荒陋丁憚歡送至胡優之處小坐而歸日已午矣 夜小雨即齋見星學二弟信芳兩譯法百倫見室之餘盡三葉全傷己畢二十七卷(下)

三日晴上午等雨契斷信付致舉不青去 晚許亦上來譚飯皮去

四日辛事

五日雨午收取皇國庫券三枚補去年八月至十月付柒俸去也晚風仍雨

每次需好几十人参加。鲁迅基本上每次都是被安排在"崇圣祠"执事,这是祭祀最核心的部位。

以后,每年春秋两季都要开演一场滑稽的祭祀剧,形式都千篇一律。1915年9月11日"午后往孔庙演礼",12日"夜就国子监宿",13日"黎明祭孔,在崇圣祠执事,八时讫,归寓。"几乎每次都一模一样,连续三天,第一天演礼,第二天晚上入宿,第三天一早执事。这之后除了1916年,每年都有祭孔的相关记载。1917年2月、1918年3月都是这样。到了1919年3月,鲁迅没有像往常一样提前一晚入住国子监,4日演礼,5日没有入住,6日"晨五时往孔庙为丁祭执事"。这么早的时间,在街上肯定不能随时叫到车,一定是有了熟悉的人力车夫,愿意起早拉活。同年9月30日演礼,10月2日"晨二时往孔庙执事,五时半毕,归。"

以后基本上都沿袭这一模式。到了1923年3月,在祭孔结束后还出了状况。鲁迅在3月23日日记中记载"演礼",25日:"黎明往孔庙执事,归途坠车落二齿。"

关于这件事,鲁迅后来在《从胡须说到牙齿》一文中,详细讲述了自己参加祭孔的情形和门牙的遭遇:

> 袁世凯也如一切儒者一样,最主张尊孔。做了离奇的古衣冠,盛行祭孔的时候,大概是要做皇帝以前的一两年。自此以来,相承不废,但也因秉政者的变换,仪式上尤其是行礼之状有些不同;大概自以为维新

者出则西装而鞠躬,尊古者兴则古装而顿首。我曾经是教育部的佥事,因为"区区",所以还不入鞠躬或顿首之列的;但届春秋二祭,仍不免要被派去做执事。执事者,将所谓"帛"或"爵"递给鞠躬或顿首之诸公的听差之谓也。民国十一年秋,我"执事"后坐车回寓去,既是北京,又是秋,又是清早,天气很冷,所以我穿着外套,带了手套的手是插在衣袋里的。那车夫,我相信他是因为瞌睡,胡涂,决非章士钊党;但他却在中途用了所谓"非常处分",以"迅雷不及掩耳之手段",自己跌倒了,并将我从车上摔出。我手在袋里,来不及抵按,结果便自然只好和地母接吻,以门牙为牺牲了。

这件事实际发生在民国十二年春,是鲁迅记错了。为祭孔而牺牲了门牙,这也可能是鲁迅那口本来就不牢靠的牙齿不断松动坠落的开始!这一年鲁迅四十二岁。这篇文章里打了引号的"非常处分"和"迅雷不及掩耳之手段",都是女师大学潮中教育部将鲁迅除名,鲁迅起诉后,教育部答辩词中的话,说对鲁迅应以迅雷不及掩耳之手段予以实行非常处分,鲁迅顺带在这里讽刺了他们。

1924 年 9 月 4 日鲁迅日记:"夜半往孔庙,为丁祭执事。"这时的祭孔都改在了凌晨,所以需要半夜就赶去参加仪式。这是鲁迅日记中最后一次记载祭孔。此后,这祭孔的闹剧也就彻底收场了。

对不速之客的态度

对不速之客，一般都不会欢迎。鲁迅同样如此，甚至更为反感，这在鲁迅的日记中有特别强烈的表示。从中可以看出鲁迅的性格和处世待人的风格。

1913年1月25日："晨忽有人突入室中，自称姓吕，余姚人，意在乞资，严词拒之。"这时鲁迅住在北京南半截胡同的绍兴县馆，一般外人很少进来。这天是星期六，一大早突然闯进个陌生人，素不相识，自称是余姚人，意思是与鲁迅同乡，开口要钱，其实余姚与绍兴相隔数十公里。时值冬日早上，外面正在下雪，鲁迅晚睡，早上起得晚，让他这样直接冲进房间扰嚷，当然很不悦。

1914年2月7日："有一不知谁何者突来寓中，坚乞保结，告以印在教育部，不甚信，久久方去。"巧得很，这天也是星期六，也是下大雪，不过是晚上。这位不速之客更加冒失，撞进来非让鲁迅替他作保。当时很多人到北京考文官，需要有北京人士作保，鲁迅是教育部官员，所以经常为人作保。就在这天前后，鲁迅多次为人作保。但作保是要承担经济法律责任的，如果被保人出了任何涉及法条的事，保人是要受牵连的。当然，为人作保尤其是为熟人作保的事是很常见的。有时鲁迅作保的人自己并不熟悉，但有可靠人士带来，自然不成问题。这位不速之客，与鲁迅并不熟悉，强行要求鲁迅为他作保，当然为鲁迅所峻拒。鲁迅不能明说拒绝，就借口说印章在教育部，没法盖章。可那人还是不相信，纠缠了很久才走。

有时是熟人带来陌生人，对此，鲁迅的脾气是开始一般不对陌生人示好，不会表现得很客气、很热络。可一旦谈得投机，以后就会非常健谈。1913

- 117 -

年1月27日："晚阮和孙来访，并偕一客姓曾，是寿洙邻亲戚云。"阮和孙是鲁迅大姨母的儿子，也即鲁迅的表兄，比鲁迅大一岁。他当时在山西做幕友，来北京时顺道拜访鲁迅。但他偕来一人鲁迅不认识，阮只介绍说是鲁迅塾师寿洙邻的亲戚。鲁迅没有问其名字，显然与他没有多交谈。这里充分显示了鲁迅的待人接物风格。

即便是熟人，如果是在早上，也有吃闭门羹的可能。有的人不知道鲁迅的生活习惯，就会感到被冷落了。1923年9月23日，"晨和森来，尚卧未晤。"还是那个表兄阮和孙，早上突然造访，但鲁迅还睡着，便吃了闭门羹。从鲁迅的《记"杨树达"君的袭来》一文可以知道，早上九点半鲁迅还没有起床。

还有一个例子也很说明问题。1924年2月17日，星期天，下午："蔡察字省三者来，不晤。"这个人鲁迅应该是知道的，虽然并不熟悉。但他来得也不是时候。这天是星期天，鲁迅不上班，这时恰好有客人在。这天下午接连有弟子宋琳、许钦文来，还有周作人的日本太太羽太信子的弟弟羽太重久来访。这些人并不是多么重要的人物，也不会有多么重要的事情在谈，再增加一位来客也不是不可能，但这位不速之客肯定是不受欢迎的——因为事先没有约定。

另一位没有约定的熟人来访，鲁迅也不予接待，1924年2月18日："晚空三来，不晤。夜成小说一篇。"陈空三是北京世界语学校的创办者之一，曾经聘鲁迅在该校任教。这天晚上，鲁迅正在写小说《幸福的家庭》，需要一气呵成，大约因此不接待来客。

最使鲁迅反感的一个不速之客，就是所谓"杨树达君的袭来"。1924年11月13日日记："上午有一少年约二十余岁，操山东音，托名闯入索钱，似狂似犷，意似在侮辱恫吓，使我不敢作文，良久察出其狂乃伪作，遂去，时约十时半。"这里鲁迅没有

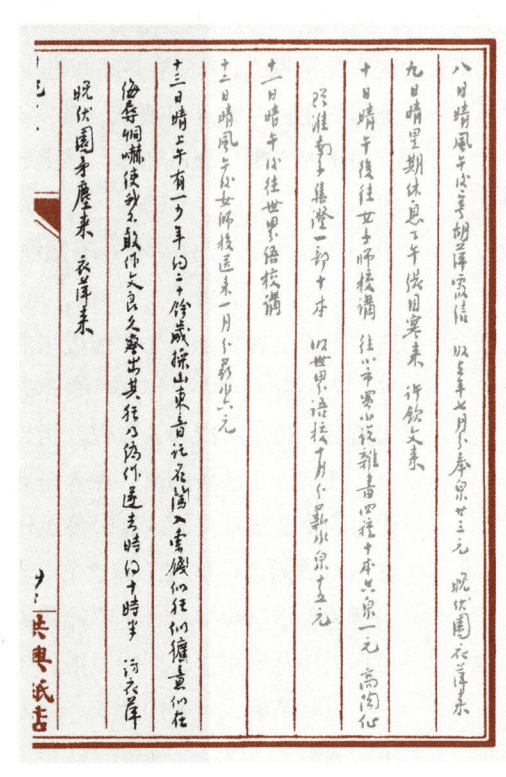

提到来者的名字,只说"托名",事实上来人自称杨树达,似乎精神不太正常,来意是向鲁迅要钱。鲁迅也知道他不是杨树达——鲁迅原就认识杨树达。但鲁迅怀疑来人是装疯,因而更加厌恶,当晚就写了《记"杨树达"君的袭来》一文作为声明。后来鲁迅了解到,这位学生真名杨鄂生,确实精神不正常,正在发病时。鲁迅听后非常抱憾,因而又写了《关于杨君袭来事件的辩正》两则予以澄清。三天后,鲁迅还得到过真正的杨树达即杨遇夫的来信,信的内容不得而知,或许与这事有关。但无论如何,这件事对鲁迅的影响是加重了"多疑"的倾向。凡是突兀的、临时的、匆忙的人和事,都会加重鲁迅的多疑。

还有些时候,虽然既不是休息时间,也不是素不相识,甚至是经常见面的老朋友,在突然来访的情况下,虽然鲁迅也会接待,但是心里却未必舒服。例如1928年7月2日:"午赵景深、徐霞村突来索稿。"鲁迅没有拒绝接待,甚至也没有婉拒的意思,但在日记中记下了一笔,虽然没有指责、批评,可仔细玩味其措辞,一个"突"字还是很明显表露了不满之意的。

这种情况,一直到老也没有改变。1936年8月29日有"上午得自称雷宁者信",虽然没有更多的褒贬,但是"自称雷宁者"的提法就传达了这样几个信息:第一,鲁迅不认识他;第二,鲁迅也不相信他真叫雷宁,因为这姓名只是"自称"的。第三,鲁迅对这封信满腹怀疑。所以,虽然只是短短的九个字,却反映了鲁迅的交友观。越到后来,这种情况越多。鲁迅晚年碰到不速之客时,由于政治环境险恶,更多是拒绝见面,时常声称不在家。1930年1月9日:"午有杨姓者来,不见。"这人显然也是突兀来访,鲁迅连对方的姓名都没有记下来。

最令鲁迅气愤的是诗人林庚白的来访。林庚白是南社社员,曾经担任中国大学和俄文专修馆法学教授,众议院及非常国会秘书长,1929年时,他是国民政府立法委员。1929年12月24日鲁迅日记:"林庚白来,不见。"到26日,就有"晚林庚白来信谩骂"。这封谩骂信历经近八十年的沧桑,现在还完好地保存在鲁迅的收藏品里。我们不妨来见识见识:

鲁迅先生:

前天去看你,一半是因为我向来喜欢找生人闲谈,一半是我对于你有不少的怀疑,所以要谈谈。并非什么"慕名",更说不上别的啊!可是你明明在家,却先要投个名片,结果是以不认识我的原因,推说上街了。真使我联想到吴稚晖自己对人家喊说"吴稚晖不在家"一样的高明！敬佩之余，得了一首旧体诗，写给你笑笑！末了我又感着四个疑问，一，鲁迅居然也会"挡驾"吗？二，鲁迅毕竟是段政府底下的教育部佥事不是？三，鲁迅或者是新式名士？因为名士不愿意随便见人，好象成了原则似的。四，象吴稚晖一流的鲁迅是否革命前途的障碍物；要得要不得？这几个疑问，请你来复吧！

讽鲁迅　　有引

余初不识鲁迅，顾以凤喜无介诣人，又每疑鲁迅近于吴稚晖一流，造访果尔，诗以讽之，鲁迅其知返乎？

鲁迅文章久自雄，痴聋如许殆成翁？

婢知通谒先求剌，客待应声俨候虫。

毕竟犹存官长气，寻常只道幕僚风。

景云里畔飘檐滴，一笑先生技未穷！

鲁迅先生以为如何？婢字也许太唐突，说不定是妻，女，妾，随便用那一个字吧！

庚　白
十二，二十六，上海

如果说，前面的内容还只是无聊，最后一句却是十足的"谩骂"了，难怪鲁迅不屑一顾。林庚白写了一封信，还不肯罢休，过了两天，又来一信，又写了一首诗：

刀笔儒酸浪得名，略谙日语果何成？

挟持译本欺年少，垄断书坊是学氓！

垂老终为吴蔡续，失官遂与段章争。

曾闻艺苑呈供状，醉眼镰锤梦亦惊。

这样的诗，未免太失格。林诗人虽然名闻诗坛，其为人格调却如此低下，难怪鲁迅

林庚白

- 120 -

的态度冷淡,令人想起鲁迅的名言,"最大的轻蔑是连眼珠也不转过去"!但当初林来访,鲁迅没有见他,恐怕还是因为是"不速之客"的缘故。看来鲁迅真要庆幸自己没有接见这个不速之客。不过鲁迅还是把这两首歪诗保存下来了,恐怕也是"立此存照"的意思吧。1933年,林庚白还给鲁迅来过一封信,鲁迅也没有回,而且连来信也没有保留。我们有理由相信,鲁迅对他的胡搅蛮缠,已经轻蔑到觉得连"立此存照"的价值都没有了。

鲁迅日记中的"铁屋子对话"

鲁迅在《呐喊·自序》中说到自己投入五四新文化运动的缘由，一个直接的动因，是由于好友"金心异"即钱玄同的劝说。鲁迅这样描写：

> S会馆里有三间屋，相传是往昔曾在院子里的槐树上缢死过一个女人的，……许多年，我便寓在这屋里钞古碑。……夏夜，蚊子多了，便摇着蒲扇坐在槐树下，从密叶缝里看那一点一点的青天，晚出的槐蚕又每每冰冷的落在头颈上。
>
> 那时偶或来谈的是一个老朋友金心异，将手提的大皮夹放在破桌上，脱下长衫，对面坐下了，因为怕狗，似乎心房还在怦怦的跳动。
>
> "你钞了这些有什么用？"有一夜，他翻着我那古碑的钞本，发了研究的质问了。

然后，两人就开始了那场著名的"铁屋子对话"。就是那次对话，使鲁迅终于投入了那场轰轰烈烈的五四新文化运动。

那么，这对话究竟是在什么时候发生的呢？鲁迅没有说。其实，鲁迅在日记中是记载了这件事的。

按照鲁迅描写的情状，"金心异"来与鲁迅进行那场对话的时候，是大热天。而鲁迅受他的鼓动开始写小说《狂人日记》，是在1918年的4月。那么对话的发生，应该是在1917年夏天。查鲁迅日记，在1917年8月9日有这样的记载：

晴。大热。下午钱中季来，谈至夜分去。

这是鲁迅在这个夏天第一次记载钱玄同的来访。钱玄同是鲁迅在日本留学时的老同学，一起跟章太炎学习文字学的。1912年鲁迅随教育部到北京，钱于1911年到北京，后在北京大学等校任教。从1913年起两人就有联系，但1916年整整一年，钱的名字没有在鲁迅日记中出现。到1917年5月13日，鲁迅得到过钱的一封信，立即就回复了。但这两封信至今没有发现，不知道两人的这次通信内容是什么。我悬揣，可能跟编辑《新青年》有关——《新青年》这时已经因销路不佳而难以为继了。到钱玄同来访时，《新青年》恰巧宣告休刊了。——这也正是后来钱来找鲁迅的原因。而且8月9日正好是"晴，大热"，与《呐喊·自序》中的记载完全吻合。此前此后都没有相同的天气记载，这就更加大了这一天的可靠性。

钱玄同

多日不见，这次谈话竟然一直持续到半夜（"夜分"）。说明两人谈得非常之深入，也非常之投机。鲁迅自己说这场对话是在"有一夜"，似乎不是第一次来时的谈话。但是，钱玄同在5月间给鲁迅写过一封信，8月9日后就开始常常来访了，应该不是无缘无故的。如果不是为了给《新青年》约稿，他没事天天跑来陪鲁迅聊天吗？根据这些情况，再参以这则日记的记载，我们可以认为，鲁迅所记载的那次历史性的"铁屋子对话"，与1917年的8月9日下午的情景最为相似，或者简直就是这一天，而地点就是北京宣武门外南半截胡同绍兴县馆的鲁迅寓所里。

这之后，钱玄同就经常来谈天了。8月17日："晚钱中季来。"27日："晴。晚钱中季来。夜大风雨。"或许因大风雨留客，两人又一次长谈。后来两人的接触就日渐频繁起来。9月30日："朱蓬仙、钱玄同来。……旧中秋也，烹鹜沽酒作夕餐，玄同饭后去。"中秋这天是星期天，从上午起就陆续

绍兴县馆补树书屋

有朋友来访。钱玄同是下午来的,一直谈到晚饭后才走。看记载,似乎他是唯一一个留下吃晚饭的客人,显然得到了比别人更优厚的待遇。

从1917年8月到1918年5月《狂人日记》发表,短短的几个月中,鲁迅日记上关于钱玄同的记载有26次之多,而到1918年底则达到64次,到1919年底则是107次!这样骤然升温的交往,正是五四新文化运动最热火朝天、风云激荡的时期。鲁迅也从一个沉于历史中,近于自我封闭、精神放逐的新文化运动旁观者,变成了一名冲锋陷阵的五四新文化运动猛将。

鲁迅日记中的诉讼案（一）
——对教育总长章士钊的行政诉讼

鲁迅一生中多次涉讼。除了早年祖父因牵扯进科举舞弊案而下狱那次事件，因为鲁迅尚未成年，也没有留下早年日记而无从知道详情，后来的几次涉讼事件，都没有正式诉诸公堂。

日记记载的正式诉讼就是他跟时任教育总长章士钊的诉讼。这事在1924年女师大风潮发生后，就开始酝酿，鲁迅坚决支持学生驱逐校长杨荫榆的行动，使教育部当局非常头疼，鲁迅当然成了章士钊眼中的刺儿头，必得拔去才解气。

鲁迅最初在日记上记载这件事很简单："我之免职令发表。"这是1925年8月14日。因为这时风潮已经十分激烈，鲁迅是校务维持会的骨干，起草了七位教授联名签署的《对于北京女子师范大学风潮的宣言》，又代学生草拟呈教育部文，还写了多篇文章揭露教育当局的黑暗。据说当时教育总长章士钊曾打算收买鲁迅，对他说："你不要闹，将来给你做校长。"被鲁迅严词拒绝了，于是章于8月12日向执政府呈报将鲁迅免职。这份呈文，鲁迅后来把它抄了下来，原文如下：

> 敬折呈者，窃查官吏服务，首先恪守本分，服从命令。兹有本部佥事周树人，兼任国立女

章士钊

- 125 -

三十一日晴 卓赴平政院納訴訟費三十元控章士釗 訪季市不在 午返寓

三弟信 下午季市來

九月

一日晴 上午往山本醫院 訪季市 下午齋野赤坪素園叢蕪靜也震來 夜劉升送來奉眉六十六元 有麟仲芑來 小酌來

二日晴 上午呂劍秋來 下午小華伏園春臺惠迭來 婉仲從來弁贈筆十支

三日晴 上午得陶璇卿詩餘文信八月二十八日台州發 等季小華信 下午漁來

夜得往子卿信一日奉天發

四日曇 上午郲卿初來 訪季市 午雲彦及其夫人來 午後常維鈞來于館

日記十四

子师范大学教员,于本部下令停办该校以后,结合党徒,附和女生,倡设校务维持会,充任委员。似此违法抗令,殊属不合,应请明令免去本职,以示惩戒(并请补交高等文官惩戒委员会核议,以完法律手绪)。是否有当,理合呈请

  鉴核施行。   谨呈
  临时执政

(一九二五年八月)十二日

  当时的政府首脑"执政"段祺瑞第二天就照准,第三天就正式宣布了,动作不可谓不快。但鲁迅动作也够快。15日就开始草拟诉状,而且不请律师,自己为自己辩护。然后马上交给了当时主管行政诉讼、复议事务的"平政院"。

  鲁迅看来是胸有成竹,这期间照样参加校务维持会的活动。而报刊上支持鲁迅的声音也此起彼伏,14日免职令公布当天,先后到鲁迅家里来慰问的就有二十二人!从15日起又有不少声援鲁迅的文章,《京报》刊登《周树人免职之里面》一文,揭露真相:"自女师大风潮发生,周颇为学生出力,章士钊甚为不满,故用迅雷不及掩耳手段,秘密呈请执政予以免职。"22日,鲁迅亲赴平政院,提起行政诉讼。8月25日,鲁迅的好友许寿裳、齐宗颐公开在《京报》发表《反章士钊宣言》,予以痛斥,并宣布,"自此章士钊一日不去,即一日不到部,以明素心而彰公道",辞职声援鲁迅。

  诉状上交后,8月31日日记记载:"上午赴平政院纳诉讼费三十元,控章士钊。"这表明平政院已经受理诉讼。其时事情越闹越大,整个教育界、妇女界都起来声援女师大学生,声讨章士钊。9月12日,平政院决定由该院第一庭审理此案。10月13日鲁迅日记:"得平政院通知,即送紫佩并附信。"这是平政院送来的章士钊的答辩书副本,要求鲁迅在五日内答复。紫佩即宋琳,是鲁迅早年弟子,后来由鲁迅介绍到北京京师图书馆工作,又兼任北京第一监狱教诲师。鲁迅这个诉讼案,曾跟他商量对策。16日,鲁迅作出了互辩。

  到次年3月案子得到最后裁决,这中间半年多,鲁迅再也没去教育部上班。不过,教育部还是多次送工资来,因为之前一直拖欠了鲁迅的工资,到1926年2月12日鲁迅日记还有送工资的记载:"夜收教育部奉泉二百三十一元,十三年一月分。"这就是说,这天拿到的是1924年1月份的工资!

  1926年3月17日,日记又有"往平政院交裁决书送达费一元。"这就是说,裁决书送达是要接收人付钱的。裁决书是3月23日做出的,这份裁决很少见,

我们把它抄录在此：

平政院裁决书

原告：周树人，年四十四岁，浙江绍兴人，前教育部佥事，住官门口三条胡同。

被告：教育部。

右原告因不服被告呈请免职之处分，指为违法，提起行政诉讼，本庭审理裁决如左：

主文：教育部之处分取销之。

事实：原告曾任教育部佥事，已历多年，上年八月间被告停办国立女子师范大学，该校学生不服解散，争执甚剧。被告以原告兼任该校教员，认为有勾结学生反抗部令情事，遽行呈请免职，原告不服，指为处分违法，来院提起行政诉讼，分由第一庭审查，批准受理。续据被告答辩到院，当即发交原告互辩，嗣又将互辩咨送被告，旋准咨复：此案系前任章总长办理，本部无再答辩之必要等语。兹将原告陈诉互辩及被告答辩各要旨列左：

原告陈诉要旨：树人充教育部佥事，已十有四载，恪恭将事，故任职以来屡获奖叙。讵教育总长章士钊竟无辜将树人呈请免职。查文官免职，系属惩戒处分之一。依《文官惩戒条例》第十八条之规定，须先交付惩戒始能以法执行。乃滥用职权，擅自处分，无辜将树人免职，显违《文官惩戒条例》第一条及《文官保障法草案》第二条之规定。此种违法处分，实难自甘缄默等语。

被告答辩要旨：本部停办国立女子师范大学委部员前往接收，不意本部佥事周树人，原系社会教育司第一科科长，地位职责均极重要，乃于本部停办该校正属行政严重之时，竟敢勾结该校教员及少数不良学生，谬托校务维持会名义，妄有主张，公然与所服务之官属立于反抗地位。据接收委员报告，亲见该员盘踞校舍，集众开会，确有种种不合之行为。校务维持会擅举该员为委员。该员又不声明否认，显系有意抗阻本部行政。查官吏服务令第一条：凡官吏应竭尽忠勤，服从法律命令以行职务；第二条：长官就其范围以内所发命令，属官有服从之义务；第四条：属官对于长官所发命令如有意见，得随时陈述；第二十九条：凡官吏有违上开各条者，该管长官依其情节，分别训告或惩戒。规定至为明切。今周树人既未将意见陈述,复以本部属官不服从本部长官命令,实已违反文官服务令第一第二第四各条之规定。本部原拟循例呈请交付惩戒,乃其时女师大风潮形势严重,若不即时采取行政处分,一任周树人以部员公然反抗本部行政,深恐群相效尤,此项风潮愈演愈恶,难以平息,不得已将周树人呈请免职等语。

原告互辩要旨:(一)查该部称树人以部员资格勾结该校教员及不良学生妄有主张等语,不明言勾结何事,主张何事,信口虚捏,全无事实证据。树人平日品性人格,向不干预外事,社会共晓,此次女师大应否解散,尤与树人无涉,该部对于该校举动是否合宜,从不过问,观该答辩内有周树人既未将意见陈述一言可知。树人在女师大担任教员,关于教课为个人应负之责,若由团体发表事件,应由团体负责,尤不能涉及个人;(二)该答辩称:据接收委员报告,入校办公时亲见该员盘踞校舍,集众开会,确有种种不合之行为云云。试问报告委员何人?报告何在?树人盘踞何状?不合何事?概未明言,即入人罪?答辩又称:该伪校务维持会擅举该员为委员,该员不声明否认,显系有意抗阻本部行政。查校务维持会公举树人为委员系在八月十三日,而该部呈请免职据称在十二日,岂预知将举树人为委员而先为免职之罪名耶?况他人公举树人,何能为树人之罪?(三)官吏服务令第二条,长官就其监督范围以内所发之命令,属官有服从之义务,但有左列各项情形者不在此限。树人任教育部佥事,充社会教育司第一科科长,与女师大停办与否,职务上毫无关系,故对于女师大停办命令,从未一字陈述,乃反以未陈述意见为违抗命令,理由何在?且又以未陈述意见即为违反服务令第一第二第四等条,其理由又安在?殊不可解。(四)该答辩谓本部原拟循例呈请惩戒,乃其时女师大风潮最剧,形势严重,若不即时采取行政处分,一任周树人以部员公然反抗本部行政,深恐群相效尤,此项风潮愈演愈恶,难以平息,不得已呈请免职。查以教长权力整顿一女校,何至形势严重?依法免一部员,何至用非常处分?且行政处分原以合法为范围,凡违反法令之行政处分当然无效等语。

理由:依据前述事实,被告停办国立女师大学,原告兼任该校教员,是否确有反抗部令情事,被告未能证明,纵使属实,涉及文官惩罚戒条例范围,自应交付惩戒,由该委员会依法议决处分方为合法,被告遽行呈请免职,确与现行法令规定程序不符。至被告答辩内称原拟循例交付惩戒，其时形势严重，若不采用行政处分，深恐群相效尤等语，不知原告果有反抗部令嫌疑，先行将原告停职，或依法交付惩戒，已足示儆，何患群相效尤，又何至迫不及待必须采用非常处分。答辩各节并无理由，据此论断，所有被告呈请免职之处分系属违法，应予取消。兹依行政诉讼法第二十三条之规定，裁决如主文。

  第一庭庭长评事　　邵　章（印）
  第一庭评事　　　　吴　煦（印）
  第一庭评事　　　　贺　俞（印）
  第一庭评事　　　　延　鸿（印）
  第一庭评事　　　　周贞亮（印）
  第一庭书记官　　　孙祖渔（印）

中华民国十五年三月二十三日

  裁决书发出的时候是1926年3月，著名的"三一八"惨案刚刚发生不久，当事的教育总长章士钊也早已经下台了。

鲁迅日记中的诉讼案（二）
——与顾颉刚未能实行的诉

鲁迅日记记载的第二起诉讼案，是他与顾颉刚的没有起诉的诉讼。实际上，这场官司只是停留在口头上和"声称"阶段。顾颉刚只声称要打官司，并写信让鲁迅在广州等候他起诉。而鲁迅不予理睬，只是发表了一个声明，明确拒绝顾的要求，然后就去了上海。

鲁迅日记对这件事只有寥寥几条简单记载。1927年7月31日："上午得顾颉刚信，二十五日发。"8月1日："午后复顾颉刚信。"8月5日："上午寄朱骝先信索顾颉刚函。"8月8日："得朱骝先信，附顾颉刚函。"单看这几条记载，简直看不出什么名堂。但把来回的几封信一看，就会明白事情的严重了。

鲁迅7月31日得到顾颉刚的信，全文如下：

鲁迅先生：

顷发一挂号信，以未悉先生住址，由中山大学转奉，嗣恐先生未能接到，特探得尊寓所在，另钞一份奉览。

敬请大安。

颉刚敬上。十六，七，廿四。

"另钞"的信，就是他刚刚发出，通过中山大学转给鲁迅的信：
鲁迅先生：

颉刚不知以何事开罪于先生，使先生对于颉刚竟作如此强烈之攻击，

- 131 -

未即承教，良用耿耿。前日见汉口《中央日报副刊》上，先生及谢玉生先生通信，始悉先生等所以反对颉刚者，盖欲伸党国大义，而颉刚之所作罪恶直为天地所不容，无任惶骇。诚恐此中是非，非笔墨口舌所可明了，拟于九月中回粤后提起诉讼，听候法律解决。如颉刚确有反革命之事实，虽受死刑，亦所甘心，否则先生等自当负发言之责任。务请先生及谢先生暂勿离粤，以俟开审，不胜感盼。

敬请大安，谢先生处并候。
中华民国十六年七月廿四日

顾颉刚

同样的信，之前还有一封已经寄到中山大学去了，8月5日，鲁迅写信给中山大学负责人朱家骅（骝先），三天后就收到了朱寄来的顾颉刚信，所以，鲁迅手边有顾颉刚两封同样的信。

鲁迅在收到顾直接寄来的信后，第二天就写了回信。这封回信，后来由鲁迅自己收入《三闲集》发表：

颉刚先生：

来函谨悉，甚至于吓得绝倒矣。先生在杭盖已闻仆于八月中须离开广州之讯，于是顿生妙计，命以难题。如命，则仆尚须提空囊赁屋买米，作穷打算，恭候偏何来迟，提起诉讼。不如命，则先生可指我为畏罪而逃也；而况加以照例之一传十，十传百乎哉？但我意早决，八月中仍当行，九月已在沪。江浙俱属党国所治，法律当与粤不异，且先生尚未启行，无须特别函挽听审，良不如请即就近在浙起诉，尔时仆必到杭，以负应负之责。倘其典书卖裤，居此生活费慕昂之广州，以俟月余后或将提起之诉讼，天下那易有如此十足笨伯哉！《中央日报副刊》未见；谢君处恕不代达，此种小傀儡，可不做则不做而已，无他秘计也。此复，顺请著安！

鲁迅。

鲁迅没有署日期，但从日记上知道，这回信写于8月1日。

两人的关系怎么会弄到这样呢？早年在北京时，他们曾为"语丝社"同

- 132 -

人。鲁迅是新文学的巨子，而顾颉刚是历史学界的新秀。1924年，鲁迅等组织"语丝"社，顾也参加了该社的一些活动，还跟随鲁迅弟子常维钧到鲁迅家中拜访。1924年10月12日，鲁迅日记记载，"下午顾颉刚、常维钧来"，而顾颉刚日记则有，"与维钧同至鲁迅先生处"。虽然后来顾逐渐接近现代评论派，对周氏兄弟日渐疏远，实际上，后期顾已经对周氏兄弟大为不满，并决心与《语丝》决裂，但表面上还并没有起大的冲突。

后来在北京曾发生过一起陈源攻讦鲁迅《中国小说史略》抄袭日本学者盐谷温的风波，鲁迅奋起还击，一时闹得纷纷扬扬。事实证明，陈源的攻讦是不实的，胡适也站出来为鲁迅洗刷，陈源因此被公认为污蔑和造谣。其实，陈源指责鲁迅的抄袭，并非自己发明，是有人给他提供了假消息，从而害他陷入窘境。顾颉刚后来自己在日记中透露，他就是给陈源提供假消息的人："鲁迅对于我的怨恨，由于我告陈通伯，《中国小说史略》剿袭盐谷温《支那文学讲话》。""陈通伯"就是陈源，而顾颉刚提供给陈源的这个假消息，究竟是别人提供的还是他自己造出来的还不好说。

可笑的是顾颉刚一面偷偷向陈源"揭发"鲁迅抄袭，而且在日记里大骂鲁迅兄弟，另一面却仍与鲁迅保持着友好关系。1926年1月30日，陈源发表致徐志摩信，首次公开攻击鲁迅抄袭，鲁迅第二天就还以颜色，两人遂势同水火。1926年5月上旬，鲁迅和顾颉刚都收到林语堂邀请，准备前往厦门任教。5月15日，顾颉刚与傅彦长、潘家洵一起拜访鲁迅，6月15日，鲁迅还收到顾寄来的《古史辨》一册，7月9日顾颉刚写信给胡适还提到鲁迅将于8月底前往厦门，7月28日顾与鲁迅一同前往即将同去厦门的沈兼士家商量厦门大学国学院的工作，8月5日鲁迅又收到顾寄来的《孔教大纲》一本，两人的关系似乎热络得很。顾颉刚说鲁迅对他的"告密"行为十分怨恨，从这些记载看，似乎看不出一点痕迹。如果鲁迅知道他的行为，绝对是会轻蔑到连眼珠子也不朝他转的。看来，这时鲁迅还不知道他做了这等事。

目前尚不清楚鲁迅是什么时候得知此事的。在厦门大学，二人都在国学院任教。鲁迅对厦门大学当局有很多不满，直至最后拂袖而去。顾颉刚虽然也对厦门大学有所不满，但是他的表现却让人觉得他是跟当局站在一起的。因此在鲁迅与厦大的矛盾中，顾颉刚是夹在中间的。鲁迅觉得他为人浅薄，喜欢耍手段，争权夺利，两面三刀，所以对他颇为不屑。11月间，鲁迅从学生孙伏园那里得知广州中山大学将聘自己，也有意聘顾颉刚。但当时顾似乎正忙于在厦大培植亲信、大展拳脚。直到鲁迅离开厦大的时候，两人基本处于井水不犯河水的状态。鲁迅离开厦门时，顾还去船上送行。但到1927年2月11日，顾颉刚就在日记里挑明了真相："鲁迅对于我的怨恨，由于我告陈通伯，《中国小说史略》剿袭盐谷温《支那文学讲话》。"这表明，至少顾颉刚自己觉得，这时鲁迅已经得知了他的"告密"行径。

鲁迅到中山大学后，初时只是忙乱，有点不堪重负的感觉。但到3月间，中大决定聘任顾颉刚，鲁迅就表明了"顾来我走"的态度，中山大学却想两全，实际上是坚决要聘顾，鲁迅便惟有辞职一途了。这时又发生了"四一五"事件，鲁迅便义无反顾辞职了。校方幻想挽留，再三劝说，还想出了让顾去上海等地买书来避免与鲁迅正面冲突的办法，但鲁迅哪里肯听，去意已决。校方还不死心，多次送来聘书，双方拉锯了两个月，因鲁迅执意要走，态度决绝，校方才作罢。就在这中间，5月11日，孙伏园编辑的武汉《中央日报副刊》刊登《鲁迅先生脱离广州中大》的报道，其中引用了鲁迅致谢玉生的信，信中说："在厦门那么反对民党，使兼士愤愤的顾颉刚，竟到这里来做教授了，那么这里的情形，难免要变成厦大，硬直者逐，改革者开除。而且据我看来，或者会比不上厦大，这是我所得的感觉。我已于上周四辞去一切职务，脱离中大了。"

顾颉刚开始不知道这个消息，到6月18日才得知这一报道，但是他却并没有立即采取什么行动，直到7月下旬才写出要求鲁迅在广州等候审判的信。为什么会这样呢？实际上6月间顾颉刚还听传闻说鲁迅将回中大复职，而他自己的去向未定，到7月才得到鲁迅最终脱离中大的消息，这样，顾就确定进入中大了，《中央日报副刊》中所说全都成了事实，也是让顾觉得向鲁迅叫板的时机成熟了吧？

鲁迅的回信给了顾颉刚重重的一击，他没再采取什么行动。1932年，鲁迅的《三闲集》出版，其中收入了鲁迅的《辞顾颉刚教授令"候审"》，全文刊出了顾颉刚致鲁迅的两封挑战信，和鲁迅的回信，还原了历史现场，也定格了顾颉刚这场只有"声称"而未能实行的诉讼。但顾颉刚并不服，鲁迅逝世后，顾颉刚多次试图推翻这个案子，而且坚持称鲁迅抄袭，在"文革"中更因此而饱受批判，也受了很多冤屈，但是无论如何，顾颉刚在这件事情上的所作所为，却难以得到世人的认同。

2012年12月15日

鲁迅日记中的诉讼案（三）
——与北新书局的版税之争

在鲁迅的日记中，有一个没有走上法庭的诉讼案件，这就是鲁迅与北新书局的版税纠纷。

鲁迅日记1929年8月5日："午李志云、小峰邀饭于功德林，不赴。"鲁迅有时候不愿赴宴，尤其那些不太相知相熟者的邀请，鲁迅是常常不去的。但是，这两个邀请者可不同一般人。李志云、李小峰是堂兄弟，李小峰是北新书局的老板，这请客者实际上是北新书局。北新书局的名字是由北京大学学生组织的"北京大学新潮社"缩略演变而来。早年，鲁迅的书有好几种是"北京大学新潮社"出版的。后来，北大学生李小峰牵头组建了书局，就取名为"北新书局"，当时还称"北京北新书局"，1927年迁移到上海，改称"上海北新书局"。书局迁移到上海以后，鲁迅的所有书几乎都由它出版，差不多成了鲁迅专用的出版社，关系之密切，非同一般。

可是，这样的关系，现在怎么连请饭也不去了呢？莫非鲁迅真的是喜怒无常，难以捉摸？

我们再看下去。这事过了一个星期后，鲁迅采取了一个突击行动，在短短的半个月里密集出击，把李小峰打了个措手不及。

第一天（8月12日），鲁迅日记有："晨寄小峰信，告以停编《奔流》。……下午访友松、家斌，邀其同访律师杨铿。晚得小峰信并版税五十，《奔流》编辑费五十。"鲁迅这封信，后来倒并没有被销毁，而是收进了《鲁迅全集》，信的口气很严厉：

> 奉函不得复，已有多次。我最末问《奔流》稿费的信，是上月底，

- 135 -

鹄候两星期，仍不获片纸只字，是北新另有要务，抑意已不在此等刊物，虽不可知，但要之，我必当停止编辑，因为虽是雇工，佣仆，屡询不答，也早该卷铺盖了。现已第四期编讫，后不再编，或停，或另请人接办，悉听尊便。

这样严厉的口气，在鲁迅的书信里着实少见，况且是对自己关系密切的弟子。这不是鲁迅惯有的态度，其中是有原因的。

鲁迅把自己的书交给北新书局出版，开始这位年轻的老板李小峰是非常勤恳敬业的，对鲁迅也很尊重，每个月支付稿酬都很及时，信誉很不错。后来鲁迅离开北京，书局也迁移到了上海，鲁迅到上海后，也从不去催问版税之类，而且自己的新书仍继续交由书局出版。但是，后来书局却逐渐拖欠作者稿费，甚至偷偷克扣鲁迅的版税，在《北新》等刊物上还出现了遗精药广告之类与刊物性质不相符的内容，鲁迅越来越不满。最终鲁迅给李小峰写信，李小峰居然两星期毫无音信，使鲁迅忍无可忍，对他发起了总攻。

当天下午，鲁迅就与两个年轻友人张友松、党家斌一起，访问了律师杨铿，这是一次法律咨询，是正式起诉之前的一个步骤。那封信实际上已经是"哀的美顿书"了！

当天晚上，李小峰总算回信了。显然，鲁迅的严厉口气让他害怕了，随信送来100元的版税和编辑费。

但鲁迅已经开弓没有回头箭了。第二天（8月13日），鲁迅日记记载："友松、家斌来，晚托其访杨律师，委以向北新书局索取版税之权，并付公费二百。夜家斌来，言与律师谈事条件不谐，以泉见返。"鲁迅愿意出资200大洋，请律师出面与北新交涉。但是鲁迅委托的两个年轻人没能跟律师谈妥，把钱返还了。

第三天（14日）："下午家斌、友松来，仍托其往访杨律师，持泉二百。"再次以200元委托律师。

第四天（15日）："午后得友松信并杨律师收条一纸。晚得小峰信并版税泉百，即还之。"律师已受理此案，由他代理出面与北新书局交涉。这时李小峰已感到事态严重，所以又送来100版税，还写了信，估计是做一番检讨吧。可是，鲁迅却把钱退回去了。本来这钱就是收了也没什么，但是，既然已经委托律师出面交涉，就暂时停止与北新的一切来往了。

第五天（16日）："上午得杨铿信。……夜友松、修甫来。"律师动作也很快，已经回复了一个意见。当晚，两个帮助鲁迅处理此事的年轻友人张友松、党家斌（修甫）又来鲁迅处商量。

第六天（17日），"下午访友松、修甫"。鲁迅亲自跑到两个年轻人那里去商量这件事。

第七天（18日）："夜友松、修甫来。"

第十天（21日）："友松、修甫来。"

第十二天（23日）："午后访杨律师。……友松来。"这是把多次与两个年轻人商量的结果告知律师。晚上，其中一个又来鲁迅家商谈。

第十三天（24日）："晚友松来。"这位张友松对这件事最为热心，最为积极。他们又商量了一些细节。

第十四天（25日），"午后同修甫往杨律师寓，下午即在其寓开会，商议版税事，大体俱定，列席者为李志云、小峰、郁达夫，共五人。"在杨律师的交涉下，双方终于坐下来当面谈判了。这实际上是一种庭外和解，因为如果正式诉讼，北新方面必败。大家都清楚这一点，所以只需庭外调解就可以达成协议。北新书局方面特地从杭州请来了既与书局熟悉，又与鲁迅友善的著名作家郁达夫来从旁调解。谈判的结果是好的，双方议定：（一）之前北新书局拖欠的款项，总共应偿还鲁迅版税20000余元，当年分四期偿还共8000多元，次年继续偿还其余欠款；（二）当前保存在北新书局的著作纸型，作价548.5元由鲁迅收回；（三）此后鲁迅著作仍可由北新出版，但是必须加贴版税印花，并每月固定支付版税400元；（四）鲁迅继续编辑北新书局出版的《奔流》，每期稿费仍由书局交由鲁迅转发给作者。

应该说，鲁迅对谈判的结果还是满意的。所以：

第十五天（26日）："夜小峰、矛尘来，矛尘赠著一包。"李小峰在鲁迅的另一位弟子、"语丝社"同人章廷谦（矛尘）的陪同下，前来拜访鲁迅。章廷谦是鲁迅的老乡，平时过从甚密。他还带了一点茶叶来，显然是来做和事佬的。看来，事情已经得到了圆满解决。这天，距鲁迅向北新书局发起"总攻"恰好十五天！

但是，又过了两天（28日），在此事按协议步骤解决的过程中，却突然出现了一个不愉快的插曲。鲁迅日记载："小峰来，并送来纸版，由达夫、矛尘作证，计算收回费用五百四十八元五角。同赴南云楼晚餐，席上又有杨骚、语堂及其夫人、衣萍、曙天。席将终，语堂语含讥刺，直斥之，彼亦争持，鄙相悉现。"

这是怎么回事呢？原来，李小峰是满怀着歉疚，给鲁迅送来谈好的作价

548.5元收回的以往著作纸型。然后，双方前往南云楼参加李小峰作东的和解晚宴，还请了好几个老朋友一起来调和气氛。席间本来气氛尚好，但即将结束时，林语堂却语含讥刺地说了几句怪话，引起了鲁迅的极大愤怒。据记载，当时林语堂说鲁迅是受了小人挑拨而与李小峰较真。他所指的，就是帮鲁迅为这件事跑前跑后的两个年轻人，张友松、党家斌。

林语堂为什么这么说呢？原来，张友松（1903—1995）是湖南醴陵人，1927年从北京大学毕业后，曾经在上海北新书局担任编辑。1928年8月4日，在李小峰宴请鲁迅的席间认识鲁迅。不久他脱离北新书局，在鲁迅的支持和帮助下，与其他人共同创办春潮书局，编辑出版《春潮》月刊，鲁迅曾撰稿支持它。当时鲁迅和郁达夫合作编辑《奔流》月刊，张友松曾协助鲁迅做过校对工作。党家斌（字修甫）则是张友松的中学同学，当时正借住在张友松家。看来张友松对北新是存有不满的，而且了解一些北新书局的内幕，所以告诉鲁迅一些情况并协助鲁迅与李小峰交涉。从事情的结果来看，他是主持了公道的（党家斌是协助他）。而林语堂则认为他出卖了原来的老板李小峰，是一种背叛。但是，即使李小峰是张友松的原雇主，难道就应该帮着他隐瞒拖欠、克扣鲁迅版税的行为吗？再说，林语堂"语含讥刺"，在鲁迅看来这是针对自己的。无论是针对自己还是针对张友松，林语堂都是偏袒无理一方，所以鲁迅听了不禁怒从心头起。据回忆，当时鲁迅是拖起一把椅子就要向林语堂砸过去，被大家硬给劝住了才没有造成事态进一步恶化。

之后，进入执行期。9月3日，鲁迅日记："得友松信并铅字二十粒。"这就是前面谈好的，以后再出版鲁迅的书，要在版权页贴上版权印花。什么是版权印花呢？就是在每本书的版权页上贴上一张作者的名章印花，是一张常规邮票大小的宣纸，上面除了有作者的名章外，还有代表这本书的一个字，例如《呐喊》就印一个"呐"字，《彷徨》就印一个"彷"字。我们在鲁迅后期著作的版权页上经常可以看到这样的印花。这里的"铅字二十粒"就是准备印在版权印花上的鲁迅各种著作的简称。这是请人刻后，拿来让印刷厂去印在版权印花上的。

9月11日日记："午后修甫来，托其以译著印花约四万枚送交杨律师。"这是鲁迅已经找印刷厂印好了版权印花将近40000枚，就托党家斌代为送交杨律师。9月16日日记："上午得杨律师信。……午后寄修甫、友松信。……夜修甫及友松来，并赠糖食三合。"杨律师收到了鲁迅给他的版权印花，这是回复。当天下午鲁迅就把杨律师的来信事告诉了张、党。当晚两人即来看鲁迅,也是一种庆祝。

9月21日日记,"午杨律师来,交还诉讼费一百五十,并交北新书局版税二千二百元,即付以办理费百十元。午后寄友松信。……晚康农、修甫、友松来,邀往东亚食堂晚餐。假修甫四百。"这是北新书局退回的第一期版税。鲁迅立刻就通知张友松、党家斌和他们的另一个朋友夏康农,当晚,他们几个人一起到附近日本人开的"东亚食堂"小聚,这是真正的庆祝。律师还退回诉讼费150元,鲁迅原来交给他200元,大概因为算鲁迅胜诉,律师仅收了50元。律师实际上是从退回款中提成5%。到10月14日日记,"午杨律师来,交北新书局第二期板税泉二千,即付以手续费百十。"这次付的手续费超过了5%。11月22日鲁迅日记:"杨律师来,并交北新书店第三次版税千九百二十八元四角一分七厘。"这次不满2000元,差了71元多,而且没有提到律师费。到了12月23日,鲁迅又记:"下午杨律师来并交北新书局第四期版税千九百二十八元四角一分七厘,至此旧欠俱讫。"这是协议中规定的,从9月开始,当年分四期退还的积欠版税,到年底全部支付完毕,共8,056.834元。

1930年,继续归还其余欠款。2月18日日记:"午杨律师来并交北新书局版税二千。"3月23日:"杨律师交来北新书局版税千。"4月26日:"杨律师来并交北新书局所付版税千五百。"6月6日:"午前往杨律师寓取北新书局版税泉千五百。……收小峰信并版税支票一纸,千百八十元,廿五日期。"其中还缺5月份,之后,7月7日:"上午付北新书局《呐喊》印花五千枚。"9月4日:"午后往杨律师寓取北新书局版税七百四十。"同月17日:"午后往杨律师寓取北新书局版税泉七百六十元,尚系五月分。"还款的节点又开始出现不太及时的现象。10月15日:"得李小峰信并八月结算版税支票九百八十元,又现泉三元一角二分。"12月27日:"晚杨律师来并交北新书局六月份应付旧版税五百。"

又开始有拖欠现象了，到 12 月底才付清 6 月份的款。这一年，鲁迅共收到欠款 10,163.12 元。两年共退还欠款 18,219.954 元。

之后就进入正常的支付期，就是新出版的著作的版税。每个月一般 400 元左右，1931 年 2 月 3 日就"晚得小峰信并版税泉四百，鱼圆一皿，茗一合。"这就是正常的版税额。而在 1927 到 29 年中，每月的版税越来越少，几乎只有 200 元上下，克扣了 50% 左右！

但是鲁迅与北新的关系并未就此结束，本月 15 日，鲁迅又"收北新书局收回《而已集》纸版费四十六元"。这是鲁迅又把《而已集》让北新继续出版，把纸版仍给北新，所以北新支付这笔钱。1933 年，鲁迅的《两地书》还是交由北新化名的"青光书局"出版。

一场庭外调解的师生诉讼就这样落下帷幕。

2012 年 12 月 16 日

鲁迅日记中的物价

　　鲁迅的日记可说是鲁迅生活的百科全书。它不仅记载了鲁迅的日常起居，也记载了鲁迅的经济生活。可以说，要研究鲁迅的经济生活，对鲁迅日记是要好好考察一番的。比如对鲁迅的稿费标准，有人说每千字 30 元，有人甚至说 90 元！其实在鲁迅日记里都有记载。还有鲁迅的收入是多少，日记里也有记载。有人说鲁迅在上海有那么大的房产云云，其实鲁迅在上海根本就没有房产，他的日记中连自己怎么租房都有记载。通过鲁迅日记中记载的物价情况来看鲁迅的经济生活是很有味道的。

　　鲁迅日记中记载最多的物价，当然是书价。但这个太复杂，很难比较。总体上早期的价格低一些，一方面币值不同，另一方面鲁迅当时收入较少，也买不起太昂贵的书。到晚年，他的收入多了，手头宽裕，买书也随意一些，例如买一些大部头的书，以及从欧洲进口的高价书。早年买书多是以"角"来计算的薄本，晚年却有这样的记载。1930 年 4 月 27 日："由商务印书馆从德国购来《DIESCHAFFENDEN》第二至第四年全份各四帖，每帖十枚，又第五年份二帖共二十枚，下午托三弟往取，计值四百三十二元二角，每枚皆有作者署名，间有著色。" 4 月 30 日接着就有："收诗荃所寄在德国搜得之木刻画十一幅，其直百六十三马克，约合中币百二十元。又书籍九种九本，约直六十八元。"到 5 月 13 日又有"汇寄季志仁书款一千法郎，合中币百二十一元。"短短的半个月左右，买书就花了 673.2 元！

　　买书是个无底洞，1930 年统计的买书款是 2404 元。而早年买书少的时候一年只有几十元，如 1920 年全年买书仅有 51 元多，这完全是看经济状况而定的。

在日常生活方面，1912年开始的鲁迅日记中，就有几个人在饭店搭伙吃饭的记载。

1913年9月4日起，鲁迅和王屏华、齐寿山、沈商耆三位同事开始到"海天春"饭馆包饭，"系每日四种，每人每月银五元"，这仅是中午饭，四个人，四样菜，每个人每个月出五块大洋，除去星期天，每月约26天半，合每人每餐0.19元。1914年3月26日开始，又换到另一家饭馆："午与稻孙至益錩午饭，又约定自下星期起，每日往午食，每六日银一元五角。"合每人每餐2角5分。每月按四星期半计算就是每人6.75元，这比原来的海天春要贵多了。

在饮食方面，1913年6月回绍兴探亲途中，在上海三马路"买巴且实一房，计二十八斤，价一元半"，这"巴且实"就是芭蕉，28斤才1.5元，每斤才5分钱多一点。另外，在偏远地区物价好像也是比较便宜的。1924年夏天，鲁迅去西安讲学，归途"午抵潼关。买酱莴苣十斤，泉一元"，看来是很便宜的。

衣着方面，1912年6月11日买领结一个0.65元；"革履"即皮鞋一双，5.4元，都不便宜，皮鞋相当于鲁迅当时工资80元的6.7%。1912年9月12日"制被子一床，银五元"，而洗一床被子是三百文（1912—9—14）。1923年4月30日在上海工作的三弟建人从上海回来，第二天"三弟以外氅一袭见让，还其原价十四元"，"外氅"即大衣，鲁迅当时月工资330元，14元相当于工资的4.2%，算起来，这比十几年前的皮鞋还要便宜。

在日常生活资料方面，鲁迅难得地记下了他不同时期买煤的价格。1923年11月11日："买煤一吨半，泉十五元九角，车泉一元。"合每吨10元。而到1924年10月21日，"买煤一吨十三元，车钱一元二角。"物价涨了30%，车钱涨了20%。到了1929年，或许因为上海的物价要贵一些，煤价相差巨大，11月18日："买煤一吨，泉卅二。"也或许是煤的品种和质量有

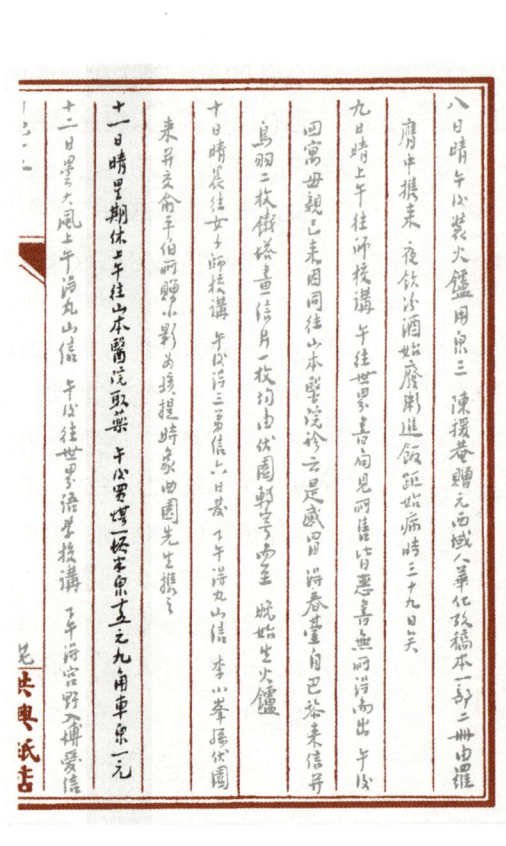

- 142 -

别的关系，比1924年涨了150%。到1930年又涨了，1月10日："买煤半吨，十七元。"这才过了不到两个月，又涨了6%！可是到1933年12月21日又："买煤一吨，泉廿四。"价格又有回落，估计是煤的品种有优劣之分。

另外，鲁迅记载的大米价格也颇有意思。

1930年6月21日："买米五十磅，五元七角。"到7月22日："买米五十磅，六元。"鲁迅家一个月吃大米50磅，1磅=0.45359237千克，约合9两多一点，50磅约合45市斤多一点。8月6日、22日、9月23日，各买米五十磅，都是五元九角。10月12日买米五十磅，却是五元。估计这也是品种质量优劣的差别吧，大体上每磅在1角到1角2分。

同期，买茶叶却要贵很多了。1931年5月15日："买上虞新茶七斤，七元。"每斤一元。这个价格，跟早年在北京时买茶叶的价格完全一致。

工人工资也有记载。1912年11月23日："院中南向二小舍，旧为闽客所居者，已虚，拟移居之，因令工糊壁，一日而竣，予工资三元五角。"也不知道是几个人干的，一天就给三元五角，看来技术活的价格还是挺高的。1935年12月1日："装火炉，用泉五。"这个价格也不便宜了。

住房是个大问题，鲁迅在住房方面的花销也是最大的。1919年，鲁迅买了八道湾11号罗姓的宅院，共9间房，房款3500元，又付中保钱175元。然后请人修缮，木工钱先后分六次支付共425元，排水管付工钱80.1元，但是"水管经陈姓宅，被索去假道之费三十元，又居间者索去五元"。临搬家，安装玻璃40元，

- 143 -

还购置了一批家具。8月4日:"午后托子佩买家具十九件,见泉四十。"总共花去4295元。实际上恐怕还不止这些,有一些花费估计是没有记入的,例如10月12日:"午后同重君及丰往西升平园浴,并至街买什物。"没说花了多少钱。为置办八道湾的住宅,鲁迅还犯了牙病,最终拔去一颗牙齿。

1924年鲁迅购买西三条21号屋,由于是旧房,仅800元。鲁迅日记1923年10月30日:"午后……同至阜成门内三条胡同看屋,因买定第廿一号门牌旧屋六间,议价八百,当点装修并丈量讫,付定泉十元。"买房很便宜,但翻新也有不小的投入,后来所付"工直计泉千廿",光修理费就达1020元。又交税45元;还付了建筑执照费2.775元等;安装玻璃14块共18.5元;铺板三床共9元;旧桌椅共五件7元,总共花费在2000元上下,但比起八道湾寓所要少用许多钱。

鲁迅在上海没有房产,住过的三处房都是"顶"的。"顶"是旧上海比较常用的一种房屋租赁方法。就是租房者向房东缴纳一笔比较大的费用,房屋的使用权就归租户了,但是租户每个月还得付房租。1927年10月,鲁迅与许广平入住景云里23号,就是顶的。鲁迅迁出后,房屋由柔石和他的好友王育和等顶下来。1931年柔石被害后,王育和等也迁出了,所以1931年5月12日日记有,"晚蒋径三来,并交王育和信及旧寓顶费五十五元"。景云里是中式旧石库门房屋,结构比较差,所以比较便宜。1930年4月8日:"下午看定住居,顶费五百,先付以二百。"当时鲁迅还在躲避追捕中,决定迁出景云里。这个新的住居就是北川公寓住所。由于这是西式公寓楼,面积也比较大,房价就贵一些了,是景云里的九倍!鲁迅的最后一处住所,是大陆新村9号。1933年3月21日,鲁迅"决定居于大陆新村,付房钱四十五两,付煤气押柜泉廿,付水道押泉四十","这里的房钱就是顶费。"四十五两"是指黄金,就是四根大金条,每条十两(十六两制),五根小金条,每条一两。这个价格,是相当贵的。按当时币制换算,大约一根小金条

- 144 -

可以兑换30块大洋，这样45两就相当于1350块大洋了！然后还要付房租，究竟付多少，鲁迅没有记载。

在医药方面，鲁迅每次看牙病的费用最贵。以1913年5月3日为例："午后赴王府井牙医徐景文处治牙疾，约定补齿四枚，并买含嗽药一瓶，共价四十七元，付十元。"补牙四颗，连带一瓶漱口水，竟然要价47元，这相当于鲁迅刚到教育部时的半个月工资了！1915年7月26日、31日、8月6日、13日接连四次去徐医师处治疗，总共支付13元大洋，这是治疗龋齿。相比之下当时拔牙反而便宜，1917年12月29日拔去龋齿一颗，付款3元，第二天又拔掉一颗，又是3元。1923年8月8日："往伊东寓治齿并补齿毕，共资泉五十。"这个价格简直令人咋舌！到1930年3月24日，"下牙肿痛，因请高桥医生将所余之牙全行拔去，计共五枚，豫付泉五十"，看来三十年代上海拔牙也不便宜，每颗牙竟然涨到了十元。而接下来安装全口的假牙也不过50元！

比较起来生活用品还稍便宜些。1934年夏天因为实在太热，鲁迅于7月14日"买电风扇一具，四十二元。"电风扇这样的家电用品在当时算是昂贵的了，但比起治疗牙齿，简直不算什么了。

旅行费用方面，1913年鲁迅回乡探亲，回程途径上海，8月1日买的从上海"向津房舱票一枚，价十元。舟名'塘沽'"。这还是"房舱"，途中房间里只有两个人。但是1932年去北平探望母亲，车票却贵多了。11月10日："往中国旅行社买车票，付泉五十五元五角。"这只是从上海到北平的单程车票，回来的时候又再次买了票，这个价格也是不便宜的。记得在1980年代，上海和北京间的特快列车价格才27元人民币，当时坐飞机也不过64元。当然，币制不同是不能简单换算的，要看当时在工资中所占比重，或者按时下的说法，按照"生活指数"来换算。所以，十年前有些考证鲁迅时代价格的论者，简单换算，说当时物价跟现在相差三十倍云云，其实也是不准确的。币制不同，社会环境不同，物价的涨跌是很难换算的。十年前说三十倍的，今天可能要说六十倍或八十倍了吧！如果仅以房价来看，那恐怕要一百多倍了吧？

吃饭问题

鲁迅早年从家乡走出,就长期过着单身生活。1912年5月来到北京教育部以后,他是怎样解决吃饭问题的,我们从日记上可以看到一些记载。

刚到北京的时候,鲁迅住在会馆里。会馆是不供应饭菜的,因此吃饭就成了问题。

鲁迅日记几乎没有吃早餐的记载,可能他习惯晚睡晚起,不一定正儿八经吃早饭,但我们经常可以看到鲁迅"买饼饵"的记载,有可能他的早餐就是简单吃点饼饵之类对付的。晚年在上海则有许广平的悉心照料,但鲁迅也是晚起,甚至睡到中午,经常不吃早饭。据许广平回忆,鲁迅起来晚了甚至直接开始工作,一直到晚上才吃第一餐。

鲁迅当时所在的教育部,据胥克强调查是有食堂的,但办得很糟,大家都不喜欢在部里吃饭。这样,不仅早晚吃饭成问题,连中午饭也有问题了。这就不难理解为什么鲁迅刚到北京时,日记上常有下饭馆、饮酒的记载了。

从第二年开始,鲁迅和几个朋友相约到教育部附近的饭馆去包饭。除休假日外,每天到固定的饭馆去吃饭,月结一次,先付后吃,饭钱几个人均摊。1913年9月4日日记:"午约王屏华、齐寿山、沈商耆饭于海天春,系每日四种,每人每月银五元。"每天一餐,每餐四种菜,平均每个人只有一个菜的量。这个价格不算便宜,但是还方便。可是仅仅过了半个月之后就作罢了。9月18日:"海天春肴膳日恶,午间遂不更往,沈商耆见返二元五角。……张协和馈煮栗一瓯,用以当饭,食之不尽。"

这以后,鲁迅的午饭又成了问题。1913年11月4日:"午同钱稻孙饭于益錩，食牛肉、面包、略饮酒。"11月7日："午同钱稻孙出市买饼饵，饮牛乳以代饭。"11月16日："出青云阁，至晋和祥饮牛乳，买饴而归。"1914年1月10日："午与齐寿山、徐吉轩、戴芦舲往益昌食面包、加非。"午饭就这样打游击似的对付了。1914年2月8日："午前朱遏先来谈，至午，食馅儿饼讫，同至留黎厂观旧书。"连来访的朋友都用馅儿饼招待。可之后在琉黎厂买书却不节约："……买得新印《十万卷楼丛书》一部，一百二十册，直十九元……"这买书款够在饭馆四个月的午餐了！

晚饭鲁迅是基本都吃的，只是吃什么就更不一定了。1913年9月28日："又云是孔子生日也……晚国子监送来牛肉一方。"祭孔之后，主办方分送祭祀的牺牲，鲁迅就拿来当晚饭吃了。好友们也经常送些食物来。1913年11月22日："晚季市贻野禽一器，似竹鸡。"其实许寿裳常常送食物来，日记上有很多记载，因为他的家在北京，又与鲁迅友情深厚。12月31日："夜伍仲文馈肴一器，馒头一盘。"这显然也是鲁迅的晚餐了。过年也是这样，1914年1月25日："祁伯冈来，贻食物二匣。许季上贻粽八枚，冻肉一皿。今是旧历十二月三十日也。"这天是除夕。有时候有的人送食物来，鲁迅还不接受，1914年元旦："杨仲和馈食物，却之。"可能关系较远或其他原因，鲁迅不想接受。1914年1月21日："朱焕奎来并送食物二包，却之不得，受之。"显然是接受得很勉强。同年1月31日："上午童鹏超送食物三事，令仆送还之。"

后来，因为经常去"益錩"吃饭，觉得这家饭馆还可以，鲁迅他们又动了包饭的心思。1914年3月26日："午与稻孙至益錩午饭，又约定自下星期起，每日往午食，每六日银一元五角。"每餐2角5分，这显然是一人份的价格。每月每人就是6.75元，这比原来的海天春要贵。

可是后来这样的包饭还是无形消失了，仍然是对付着过。1917年周作人到北京后，似乎也并没有什么改观，直到1919年母亲家人等全都搬到北京后，才开始在家里

- 147 -

做饭，结束七年的打游击生活。

1923年，鲁迅与周作人失和后，搬到砖塔胡同是朱安做饭。1924年5月迁居西三条胡同，母亲也来同住，雇用了一个女工。

1926年9月，鲁迅到了厦门，还是单身生活，吃饭又成了问题。于是几位外来的教授合起来请了一个厨师来做饭。但这厨师很不尽力，教授们很不满意，于是又采用老办法：包饭。鲁迅原先对福建菜并没有好印象，例如对"红糟"，就曾表示并不怎么好吃。不过在厦门的这些日子里，鲁迅似乎对福建菜的印象还不错，有几次在日记中提到，也觉得味道很不赖。有时候，几位教授也去市中心改善改善。这样，在厦门的伙食也算马马虎虎对付过去了。

1927年初到了广州，住进中山大学，情况有了一些改变，主要是因为有了许广平，生活上有了照料，许广平除了经常带些可口的美味佳肴来，他们还经常一起上饭馆改善伙食。而且两个月后，鲁迅搬出中山大学大钟楼，跟许广平、许寿裳合住在白云楼，这时的伙食是三人合伙，请了一位女工做。6月，许寿裳离开广州，只剩下鲁迅和许广平，吃饭更简单一些，但这样的格局一直保持到他们离开广州。

1927年9月底，鲁迅和许广平离开广州，于10月3日到达上海，随后住进了周建人所住的景云里23号。在这里，吃饭似乎已经不成问题了，这里有现成的包饭作。除了一些饭店有替人包饭的服务，还有一些专门做包饭业务的商户，他们提供菜单，客户经挑选后，他们会按时按需送上门，保质保量，营养可口。在上海的前几年，鲁迅许广平和周建人一家，就是在一起合伙包饭的。他们吃的菜，基本上是广东风味加上海本地口味。

1929年，儿子海婴出生。有了孩子，原来的生活方式行不通了。因此，鲁迅和许广平就决定请女工来做。从这时开始一直到最后，鲁迅家就都是有女工做事的。但是，因为女工做的饭菜总是不很合鲁迅的口味，所以，常常是由女工洗刷，而上灶烹制，还是许广平亲自操作。这些，在鲁迅日记上是没有记载的，但是偶有女工出现，例如王阿花、许妈。至今上海鲁迅纪念馆

- 148 -

还保存着当时鲁迅家的家常菜谱，里面反映了鲁迅家的日常饮食状况。这菜谱的基本特点是：一、广东风味加绍兴风味。在日记上，常有绍兴亲友赠送土特产的记载，而许广平做的菜常有广东风格，包括煲汤等；二、不奢侈，基本上是两菜一汤或三菜一汤，从无四样以上的；三、营养合理，通常荤素搭配，有绿叶菜，有鱼或贝类等。

但鲁迅在上海，也经常外出用餐。在日记上，经常可以看到参加宴饮的记载。这主要有如下几种情况：

一、出版社、报刊编辑部约请作者聚餐，是为了请鲁迅这样的名家为他们供稿或答谢供稿。二、鲁迅自己请客，这也有两种情况：一是老友相见，包括从各地来的各时期友人；二是鲁迅招待文艺青年，主要是为了让他们改善一下生活。三、友人招待鲁迅，或友人相互招待请鲁迅作陪。四、有人因其它事情有求于鲁迅或答谢鲁迅。

第一种情况经常有，占比很高。因为对于出版社和编辑来说，鲁迅就是他们的销路保障，鲁迅文章的贡献度可能达到50%甚至更高。例如北新书局的多次宴请，还有1932年12月上任的《申报·自由谈》编辑黎烈文，曾邀请鲁迅等文化界名作家聚餐，席间吁请大家供稿。第二种情况也不少，尤其是招待文艺青年。鲁迅知道青年们经济拮据，总是用各种不同方式为他们提供经济支持，包括请他们吃饭。这在鲁迅日记中常有记载，在鲁迅身边经常走动的几位文艺青年，如柔石、冯雪峰、黄源、萧军、萧红等，也有很多回忆文章提到。第三种情况也有一定的比例，尤以友人招待鲁迅为多。1926年8月鲁迅南下到达上海时，郑振铎、叶圣陶等都盛情招待鲁迅。1933年2月17日萧伯纳来访时，宋庆龄设宴招待，请鲁迅作陪。第四种情况相对少些，有些人出于私利和虚荣的目的，或者无聊人的请客，鲁迅可能谢绝出席。在日记上常有"某人宴请，不赴"的记载。

另外，鲁迅喜欢买饼饵、吃干点的饮食习惯一直保持到了晚年。不仅在日记上常有买饼饵的记载，而且据许广平回忆，鲁迅确实经常喜欢吃点饼干来代替早餐。

总体上，鲁迅晚年生活虽然比前期环境更险恶，不确定性更大，但是饮食方面却相对平稳，有规律，且营养科学合理，从医学、健康和养生的角度说，比前期改善多多。如果不是肺气肿的恶化，鲁迅是可以多活几年的。或者可以反过来推测，如果没有许广平的悉心照料，鲁迅或许还活不到五十六岁，而正如美国的邓医生所推测的那样，早在五年前就死掉了。

鲁迅的饮食口味

鲁迅是绍兴人，当然是绍兴口味：霉干菜、霉腐乳、霉黄豆、霉千张……

但是鲁迅一生走南闯北，在国外也住了多年，又长期在北方居住，晚年回到南方也没有到家乡去过，他的饮食口味到底怎样？在他的日记上能看到不少有趣的记载。

1912年9月1日："午饭于四牌楼之同和居，甚不可口。"同和居是北京西四路口显眼位置上的一家很有名的山东风味餐馆，历史悠久，店堂不算很大，以风味小吃著名，例如"卤煮火烧"等等。但鲁迅刚到北京，大约有点吃不惯。其实，对于南方人来说，有些北京小吃确实不容易消受。1977年夏天，我第一次到北京，也曾在同和居吃过小吃，给我印象极其深刻。那时我对北京小吃一无所知，就点了一份"卤煮火烧"，只觉得满口又咸、又涩、又怪的说不出的味道，吃得我皱眉蹙额，几乎兜肚吐出，以后再不敢碰这类小吃。看来，也不是独我有这样的感受，连鲁迅也说"甚不可口"，可见我"怕得有理"。

1912年9月27日，鲁迅日记有："晚饮于劝业场上之小有天，董恂士、钱稻孙、许季黻在坐，肴皆闽式，不甚适口，有所谓红糟者亦不美也。"在座的几个人都是杭州、绍兴人，不知怎么跑到福建菜馆去了，鲁迅觉得不甚适口，恐怕也是难免。后来鲁迅真的去了福建，对福建菜的感受似乎部分有好感而部分终究很难接受。鲁迅曾经在给许广平的信中说，"此地的菜总是淡而无味（校内的饭菜是不能吃的，我们合雇了一个厨子，……但仍然淡而无味）"（1926年9月14日信）。不久又说："此地的点心很好"（9月20日信）。

同和居

10月12日信中还说,"饭菜总不见佳,从后天起,要换厨子了,然而大概总还是差不多的罢",对伙食改善不抱希望了。

鲁迅平时工作到很晚才休息,所以熬夜时需要吃点东西,就经常买些糕点饼干之类备用,在日记中就经常有去稻香村等商店买糕饼的记载。1915年4月25日"下午往稻香村买食物",1917年7月29日"往观音寺街买饼干、糖各一合归",同年11月18日"午同二弟往观音寺街买食饵"。这个习惯,鲁迅终身没有改变。1919年冬,把母亲等接到北京后,还常常有买"饼饵"的记载。只不过买的范围有了扩大,1923年9月28日"往鼎香村买勒鲞、茶叶",10月31日"下午往骡马市买白鲞二尾,茗一斤"。更有意思的是,鲁迅常常买馒头和包子,1923年11月7日"买馒头十二枚而归",1924年1月17日"买糖包子十四枚而归",1924年4月8日"往中央公园小步,买火腿包子卅枚而归"。每次买十几个,甚至三十个包子,还真不少!这时鲁迅已经搬到砖塔胡同,只和母亲、朱安住在这里,这三十枚包子,够他们吃一阵子的。直到晚年,鲁迅对北京的食物也还是很喜欢的。1936年2月25日:"上午静农来并赠桂花酸卤四瓶,代买果脯十五合。"台静农是未名社成员,他从北京来上海看望鲁迅,特地为鲁迅代买很多果脯,这表明是鲁迅托他买的。当晚赠送给三位日本友人各三合,其余六合就没有再赠送给别人了。

后来鲁迅买食品的范围也越来越广,1924年8月8日鲁迅去西安讲学回京途中,在潼关竟然"买酱莴苣十斤",虽然只花了一元钱,但一买十斤,也好像夸张了点。

鲁迅显然很喜欢吃螃蟹。早年在北京时就有吃螃蟹的记载,1918年9月13日"夜食蟹二枚",15日又"下午食蟹二枚"。晚年在上海就几乎每年9、10月间都有吃螃蟹的记载了。其中最突出的要算1927年,那年鲁迅10月刚到上海定居,从11月2日到16日半个月中就吃了三次螃蟹,9日那晚更是"夜食蟹饮酒,大醉"。1930年10月20日"晚三弟来,同始食蟹。"半个月后11月5日:"买蟹分赠邻寓及王蕴如,晚邀三弟至寓同食。"买了螃蟹分赠别人,并给了弟媳一份,还叫弟弟来家里吃,虽说是为了照顾弟弟,但鲁迅对螃蟹的兴致之浓，也可见一斑了！当时鲁迅家住北川公寓，邻居多是不太接触的日本人，鲁迅所分赠的人，可能是住在同楼半地下室的冯雪峰。1931年秋也多次吃蟹，10月5日"晚三弟来，留之食蟹"，过了十天，15日"夜邀方璧、文英及三弟食蟹"。20日"赠内山以蟹八枚"，可见鲁迅对这"无肠公子"的兴趣不小。1932年10月27日"上午广平买阳澄湖蟹分赠鎌田、内山各四枚，自食四枚于夜饭时"，一次吃四只，不能不说鲁迅吃螃蟹的胃口很大，这使人不由想起鲁迅的那句名言："第一次吃螃蟹的人是很可佩服的，不是勇士谁敢去吃它呢？螃蟹有人吃，蜘蛛一定也有人吃过，不过不好吃，所以后人不吃了。像这种人我们当极端感谢的。"（《今春的两种感想》）这段话是1932年11月22日在北京师范大学演讲时说的，而这感想的产生，或许就在鲁迅某次吃螃蟹的时候吧？

　　除此而外，鲁迅最经常吃的，就是绍兴宁波系食品（宁绍帮）。宁波菜与绍兴菜虽各有特色，但是又比较接近，都有咸、腌、霉、臭等特殊风味。除了亲友从老家带来的，鲁迅也常常自己买一些。例如1917年11月21日："晚和孙来，交家所寄笋菜干一合。"1918年3月9日："宋子佩自越至，今日下午送来……家所寄糟鸡一合，自所买火腿一只，又贻冬笋九枚。"1919年5月13日："子佩至自越中……贻笋干一包，茗一囊。"1921年10月23日："蒋子奇来，送茶叶、风肉。"都是家乡来人所带的土特产。鲁迅还拿这些来送人，1919年5月18日："夜赠朱孝荃笋干一包。"

　　浙江友人也不时馈赠一些家乡的食品，1932年2月29日："下午达夫来并赠干鱼、风鸡、腊鸭。"7月12日："明之来并赠笋干、干菜各一包，茶油浸青鱼干一坛。"直到晚年在上海，家乡还不断有人带土特产来。其中有笋干、糟鸡、鱼干（鱼鲞）、酱鸭等等，尽管鲁迅说并不喜欢自己家乡的菜肴，但是家里的餐桌上还是不断地有家乡的土菜端上来。比如1931年7月29日："夜煮干菜鸭一只，邀三弟晚饭。"这是典型的绍兴菜，还特地邀请建人同饭，兄弟俩吃着家乡的土菜，喝着绍兴老酒聊着家常，可以暂时忘却旅人之苦吧！

别人送的，有时候还只能说明是别人的好意和喜好，自己买的，或许更能反映鲁迅的口味。从日记看，鲁迅自己常喜欢买的有饼干、葡萄、糖果等。早年喜欢买的"饼饵"之类，到晚年少了一些，但还是有，可能因为许广平在操持家务，晚间的充饥食品估计不用鲁迅自己费心了。

1929年12月8日："出街买频果、蒲陶。"我们看到日记上经常有买葡萄的记载，有一次甚至托人从天津买来葡萄，还分赠内山完造（1930—12—23），看来鲁迅是比较喜欢吃葡萄的。

还有一类是广东食物。由于许广平是广东人，所以鲁迅家的食谱上经常有广东风味的菜肴。1931年11月21日："下午邀蕴如及三弟并同广平……食三蛇羹。"1932年9月19日还有"午同往粤店啜粥"的记载，1934年4月3日有："午后与广平携海婴访蕴如，并邀阿玉、阿菩往融光大戏院观《四十二号街》，观毕至如园食沙河面，晚归。"这沙河面就是广东餐。鲁迅这时已经在上海生活了六七年，去吃广东风味显然是受许广平的影响。

鲁迅作为一个在国外生活了七年半的"海归"，他的口味受到国外的影响也是在所难免的。在北京时期就经常吃国外的风味食品，而且不限于日本食物。例如在1924至1925年间，他一度喜欢上了牛奶。1925年1月5日："下午至滨来香饮牛奶并买点心。"3月6日："下午同小峰、衣萍、曙天至一小店饮牛乳闲谈。"3月27日又"同小峰、衣萍、钦文至一小肆饮牛乳。"这段时期鲁迅似乎挺喜欢喝牛奶、吃异国食物。1924年6月5日还有买威士忌酒的记载，这是鲁迅自己买的，也许当时西三条房屋刚落成，需要招待前来祝贺乔迁的人吧。后来在厦门，也有买"绰古辣"的记载，所谓"绰古辣"就是"巧克力"。在上海，也有不少关于喝咖啡、吃冰淇淋的记载。1932年9月15日："同广平携海婴往篠崎医院诊，诊毕散步，并至一俄国饭店午餐。"至于到日本餐馆吃饭就更多些，日记有几次记载了到附近的日本饭馆吃河豚鱼。1932年12月28日有"晚坪井先生来邀至日本饭馆食河豚"，三天后，鲁迅写诗云："岁暮何堪再惆怅，且持卮酒食河豚。"虽说吃河豚鱼是江南常有的事，但是这里吃的河豚是日本料理，而且不是中国传统吃河豚的季节，日本河豚吃法是跟中国不同的。

总的来说，鲁迅一生走了很多地方，见识过国内外很多食物，也能够适应各种口味，并没有什么忌口。在北京、上海、广州这些大都市，也能融入时尚。但是最根深蒂固的，还是脱不了绍兴家乡的口味。

及三弟等同廣平往新走茂院觀電影為歐世界歡畢主持邑

酒家晚飯合三姊妻

二十二日星期日曇午幸□□

二十三日晴午往中山書□

美術會集(□)一本□

一下二元二角 夜同□

二十四日晴上午浮士英信

書目參二本 下午□

二十五日晴午以十奏末

彩乾从花士芋二筆

大戲院歡電影三劍客 說唆羅行古說篇記约主千字

十六日曇晨寄三弟信寄遠文造 嗾浮葉聖陶信

十七日曇晨寄詩筌信 寄小峯信下午浮筏等有版稅票二百

十八日晴上午寄小峯信 浮抄用信 投去歟土起

十九日曇上午在民来寄之柽濟氏兩詩日津行G正付四年文字新

闯□□ 下午往門山書店買民史纪布簽本(九五十)二下共七元

利等四倍人车三之五角 留伦英源信

二十日曇無事

二十一日曇晨寄中國書店及惮漂盧信并寄附郵票二芬 四米

宅公越中寄舒海婴之粒乾从枋鹽偉茁一合 午後雨 年邊歷小

借债生活

有人说鲁迅每月收入近两万元,这听上去颇有点吓人的样子。其实,且不说鲁迅工资根本就没有那么高,而且当时货币与现今无法直接比照。就说两万元吧,这在十年前或许算得高薪了,在三十年前更是天文数字,而到了今天,也并不算怎样多了,一个IT行业的年青人就可能超过它。

这还只是收入一端,如果考量了付出方面,就会了解鲁迅其实并非富翁了。如果继续考察鲁迅的借债状况,就会觉得鲁迅实在是个穷文人了。在鲁迅的日记中,记载了不少借债的情况。用鲁迅自己的话说,他的日记记录的是"银钱收付,书信往来",可见银钱收付是他日记的主要内容,而借债是鲁迅要格外清楚记录的。

鲁迅现存日记从1912年5月开始,前几年基本没有借债的记载,大都是每月往绍兴老家汇款,甚至向周作人的日本亲属汇款。相反倒是一些友人常常来向鲁迅临时借款,这其中有的人,如宋琳(子佩),也就是鲁迅后来的"债主",早年却是经常请鲁迅"汇划"学费的(就是先由鲁迅垫支,然后让家里汇款给鲁迅)。但从1919年下半年起,鲁迅借债的记载开始频繁出现。1919年11月13日日记:"上午托齐寿山假他人泉五百,息一分三厘,期三月。"齐寿山是鲁迅在教育部的同事和好友。他家境较好,出面借款相对容易。这次所借是高利贷,而且为期三个月,条件还是比较苛刻的。仔细梳理鲁迅日记就会发现,这一次借贷500元巨款的记载,正是鲁迅购买八道湾11号房产的当口,显然,这些借债是跟买房紧密相关的。然而这一次借贷之后就仿佛打开了"潘朵拉魔盒",从此借款就三天两头出现了。

为什么会是这样呢？这还要从当时的国家经济状况和鲁迅家的经济人口状况说起。

鲁迅1912年子身一人到北京教育部，打拼了几年，1917年把周作人介绍到北京大学任教。1918年鲁迅发表《狂人日记》后名震遐迩。同年，鲁迅周作人兄弟参加《新青年》的编辑工作，周作人发表《人的文学》，又以介绍日本的新村运动声名鹊起，经济上也有了明显好转。于是他们就商定出售绍兴老家的旧屋，全家迁居北京。1919年下半年，鲁迅开始四处寻找房屋，最后买定了北京新街口共用库胡同内的八道湾胡同11号。然后又是加以修葺，又是办契税等等，忙得不可开交。周作人则去东京接他的太太和岳父母来同住。为此，鲁迅花光了所有的积蓄，把卖绍兴老屋的钱都贴进去了，还要借债。

本来想着用一两年的时间就可以逐步还清债务。谁知天有不测风云，恰恰在这个时期，国家经济状况急剧恶化。由于北洋政府的黑暗腐败，国家连年战争，总统像走马灯一样变换，国家经济陷入困境。从1920年开始，所有公务机关都欠薪，教育部也不例外。鲁迅家的经济也顿时陷入困境。

1920年2月9日："下午收一月上半月奉泉百五十，还齐寿山所代假泉二百，息泉十一元七角。"2月份收到的是1月上半月的薪水，这表明欠薪已经开始了。鲁迅这时的月薪是300元，上半月"奉泉"就是150元。鲁迅刚发下来的半个月工资，还不够偿还借款和利息。同月16日："收一月分后半月奉泉百五十。还齐寿山所代假百元。"得到下半月的薪水，又是立即还债。17日，"下午支本月奉泉二百四十。还齐寿山所代假泉二百，利泉八。"这回总算拿到了本月的八成薪水，然而还是还债。前面所还200元，付利息11.7元，这次同样还200元，利息只有8元，估计利息是总体计算的，前一次是按照500元付利息，本金减少了，利息也下降了。不管怎样，到此总算在期限内还请了500元的借款和利息。

从1920年开始，接连几年，借贷成了鲁迅的家常便饭。

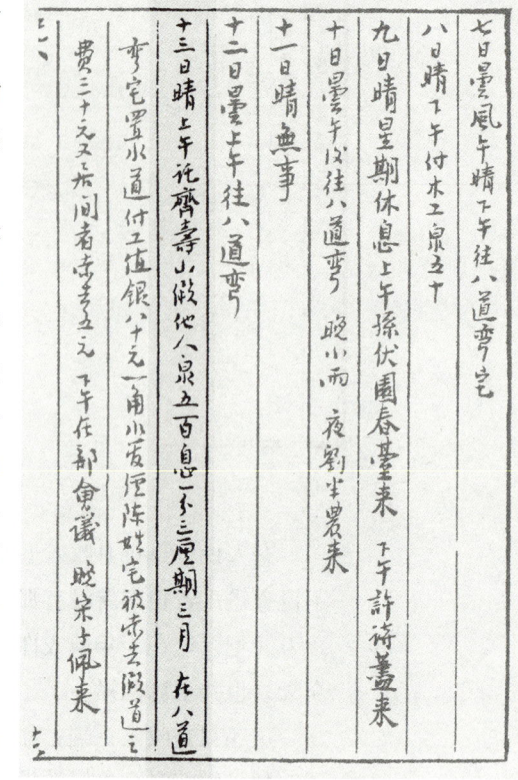

3月4日，鲁迅又"从齐寿山假泉五十"。到月底，还没有拿到薪水，只得又"从戴螺舲假泉百"。戴君也是鲁迅在教育部的同事兼好友。这次借款不久就还清了，4月10日"上午收三月上半月奉泉百廿，还戴芦（螺）舲百。" 4月21日"收上月所余奉泉百八十，还齐寿山五十。"可是刚把这批借款还清不久又出事了，5月20日，鲁迅三弟周建人的儿子丰二患肺炎住院治疗，鲁迅只得"托二弟从齐寿山假泉百。"（1920—522）这次丰二的病很重，住院很久，7月13日，病愈回家，刚过了两天，又腹泻，再进医院："上午往部，从戴螺舲假泉五十。夜在病院。"一直到19日，才回家。从1920年7月起到年底，鲁迅日记记载的借债达18次，共计650元整。这段时间的鲁迅，不借债已经没法对付日子了。

这也是为什么鲁迅好端端做着教育部的官员，每月300元（1921年起加年金30元）收入的优裕生活不过，而要从1920年8月起，先后去北京大学、师范大学以及女师大等八所大学以至中学任教，弄得筋疲力尽，一直到1926年离开北京的重要原因了。

鲁迅的"债主"，主要集中在这样几个人：

第一位就是齐寿山（1881—1965）。鲁迅日记中最早借债的记载就是从他开始的。齐寿山是河北高阳人，著名戏剧理论家齐如山的弟弟。他曾留学德国，也是鲁迅在教育部的同事，与鲁迅过从甚密。他们家族经营着义兴局粮号，经济上无忧，所以是鲁迅借贷的首选。鲁迅早年就在临时短缺时向他借款周转，自从购买八道湾房屋起，就经常向他借款了。按鲁迅日记的记载，到1926年离开北京前，鲁迅向他借款共26次，数额高达1990元。

第二位是许寿裳（1883—1948），这是鲁迅在日本留学时就建立起友谊的终生挚友，也是同乡，两人可谓肝胆相照的莫逆之交，按照鲁迅日记，鲁迅先后向他借贷670元，但还款的记载只有500元，估计有所遗漏。

第三位是宋琳（字紫佩，1887—1952），也是鲁迅的同乡弟子兼同事，与鲁迅过从甚密。辛亥革命成功后，鲁迅曾支持他和几位友人创办《越铎日报》《天觉报》和《民兴日报》。1913年宋琳到北京，鲁迅介绍他到京师图书馆，后来又任北京第一监狱教诲师，鲁迅北京故居的一些家具还是他代购的呢。鲁迅离开北京后，他曾帮助鲁迅照料北京的亲属，甚至代写书信等。鲁迅向他借钱也是经常的事，1924年5月13日，鲁迅借了200元，十一天后，还了100元，9月17日又还50元，但到10月30日又向他借了50元，然后直到1925年3月4日才又还50元，最后到1926年1月11日，将近两年才最后还清。

第三位是戴螺舲（1874—？），浙江余杭人，也是鲁迅在教育部的同事。鲁迅共向他借款3次170元。

第四位是李遐卿（1887—1931），也是绍兴人，与宋紫佩一同办《越铎日报》和《民兴日报》，1915年考入北大国文系，1918年毕业。后来曾多次帮鲁迅寻找、购买房屋，鲁迅西三条的房屋就是他帮忙找到的。鲁迅在1920年8月23日、26日和12月1日三次向他借款，总共50元，这时正是鲁迅最困难的时候。之前，鲁迅也曾多次向他借钱，但都是十元二十元的小数目，并且也总是很快就还回来。

第五位是鲁迅教育部的同事徐协贞（吉轩，1870—？），湖北钟祥人，曾任教育部佥事、科长，兼任历史博物馆馆长。他也曾在买房时帮助过鲁迅，鲁迅在1920年8月2日向他借款15元。

第六位是朱孝荃（？—1924），也是教育部同事，当时是主事，又曾兼通俗图书馆馆长，鲁迅与他交往不少。1920年12月29日，鲁迅向他借款50元，两天后就还了。

其实，当时好友们手头也都并不宽裕，各处都在欠薪，友人也都没有余钱，以致到后来借款只能是十元八元、十几二十元，甚至是五元。只有齐寿山家境较好，往往一借就是一二百元。当然，也有可能齐寿山是向亲友转借的，所以还要还不低的利息。鲁迅还曾多次用写信的方式来借钱，或许是当面开口不好意思的缘故吧。

由于借债不少，鲁迅几乎一拿到薪水，马上就要还钱。然后再向别人去借，真是拆东墙补西墙。如1920年7月15日："下午收下半月奉泉百五十，还戴螺舲五十。"9月24日，"收六月上半月奉泉百五十，还戴螺舲泉廿"，都是一拿到薪水当天就还债。11月16日，"上午收七月分奉泉三百"，也是当天就"还齐寿山二百"。

除了1920年，1921年也是鲁迅借债特别多的年份，共有12次，累计借款1000元。到后来，借款的利息就更高了。有一次通过齐寿山介绍，向义兴局借款达到了"分半"也即15%的利率，还有一次从大同局借款，月息达一分（即10%）。

借高利贷，这表明鲁迅家的经济状况确实到了山穷水尽的地步，只能不得已而饮鸩止渴。之所以这样，除了由于买房借债，教育部和几乎所有单位欠薪，家人先后生病也是一个原因。包括建人的儿子周丰二1920、1921年两次大病，鲁迅自己1920年生病，周作人从1921年3月到9月生病，以至住到西山碧云寺，这都花去了鲁迅大量的金钱。

1922年的情况，从许寿裳摘抄的片段来看，借债方面他基本没有关注。从1923年的日记看，7月间鲁迅与周作人失和后，于8月底搬离八道湾，暂住砖塔胡同，于9月22日向齐寿山借款200元，但不知什么原因两天后就还了，其间也并没有收入其他款项的记载。其原因，可能是当时鲁迅急于想买下前桃园胡同的一所房屋，借款作为预付房款的。但在24日与对方商量写契约时，条款没有谈拢，不欢而散，所以就把原本准备预付的钱还掉了。

到10月9日，房屋还没有买成，挚友许寿裳"来部，假我泉四百，即托寿山暂储"，就是说，托齐寿山家的"义兴局"暂储。大约因为很快还是要用于买房的，所以记作"暂储"。

到10月底，房屋终于买成了，就是西三条21号院。接着就得装修了，因为那房屋很破旧了，不装修简直没法住，还要根据自己的需要作些改建。1924年1月开始，鲁迅又到处借钱了，这一年先后于1月14日、19日、3月31日、4月25日、5月13日、7月4日、5日、10月30日借贷九次，共计906元。

1924年5月25日，鲁迅终于迁居西三条，逐渐安定下来。虽然教育部欠薪越来越厉害，教育部的薪水已经拖欠到将近两年半了，鲁迅还是在贫病交加中，努力还债，整个1925年，鲁迅日记再没有借贷的记载，而只有还债的记录了。先后于3月4日、28日、4月1日、28日、6月22日、24日陆续还款550元。但是还远没有还清，到1926年还在还，1月11日："紫佩来，还以泉五十，旧欠俱讫。"鲁迅向宋琳的借款数量很大，到这时才算全部还清。但欠许寿裳的还没有还清，后来分别于2月14日、8月7日两次各还100元，估计这时才完全还清，因为接着鲁迅就于这月26日离开北京南下了。

如果说，鲁迅在北京时期长期被贫和债所困，那么南下以后，鲁迅才算摆脱了那一堆烦恼，基本上没有再发生因经济危机而借债的事了。只有1930年10月27日和1931年5月14日两次向内山书店老板内山完造借过100元，第二次在次日就让许广平从中国银行取了钱还上，而第一次借的却没见还款的记载，估计是漏记了。因为接着就有接连向内山书店买书的记载，而且那些书的价格还都不便宜。

鲁迅最后一次借债，是1932年11月回北平探亲时，向宋琳借过100元（22日）。大约这时鲁迅为母亲治病，接连几次请盐泽博士上门出诊、买药，花了不少钱，所以临时向几乎视同家人的宋琳借用一点，也是很自然的。但竟不见还的记录，后来回到上海，无论日记还是书信，也都不见鲁迅再提这事。倒是25日日记有"午后往北新书局，得版税泉百。"同日在给许广平的信中提到，下午路过北平的北新书局，店员将鲁迅叫住，付给他100元版税，或许这正好用来还债了吧。

鲁迅的失窃

鲁迅夫人许广平曾经在《景云深处是吾家》一文中记述，鲁迅在上海景云里住的时候，经常通宵达旦工作。有一次，一个小偷悄悄潜入家中，准备趁夜行窃。但看到鲁迅还在工作，不敢动手，就躲在暗处，想等鲁迅休息了再偷，谁知鲁迅终竟不睡，一会去后楼烧水煮茶，一会去亭子间如厕。三点以后，鲁迅准备睡了，去漱口，小偷以为早起的人开始起床活动了，只好作罢。但为了报复，临走撒了满楼梯的粪便。鲁迅后来说："他（小偷）对我一点也没有办法，只好撤退了。"

小偷这次是没有成功，但鲁迅还是曾经多次遭遇失窃的，在北京、广州和上海都被偷过。

1927年6月，鲁迅在广州白云楼住。23日："晨睡中盗潜入，窃取一表而去。"这个贼似乎很了解鲁迅的生活习惯，休息得很晚，清晨正是鲁迅酣睡的时候，也正是梁上君子行窃的最佳时机。或许他也像许广平说的那个窃贼一样，早就潜入了，只是广州这个贼的韧劲比上海那位足，一直等到鲁迅入睡，这才动手，于是竟成功了。但鲁迅似乎并没有多少现金，所以小偷只偷到一块表。

到上海后，鲁迅至少有过两次失窃。第一次是1930年1月16日，这时鲁迅还住在景云里："晨被窃去皮袍一件。"行窃也是发生在早晨，但这次鲁迅没那么幸运了，估计还是因为鲁迅晚睡，早晨还在睡梦中，窃贼趁机而入。或许也是深夜潜入，一直等到早晨鲁迅睡了才下手的呢。这时正是寒冬，皮袍是当令用品，而且应该价值不菲，所以偷的也算是值了。

同年夏天，鲁迅又一次遭窃。这次是遭遇了上海滩上有名的"弄手"。鲁迅日记7月24日："午在仁济药房买药中钱夹被窃，计失去五十余元。"这时海婴只有十个月大，体弱多病，经常往医生处跑。那时还不认识须藤五百三，开始是到海婴出生的福民医院看病，这个月的4日、5日、6日、8日接连在福民医院看病，9日起又接连看小儿科医师坪井芳治，到20日竟然已经看了八次！22日就有去仁济药房买药的记载，24日又携海婴去看坪井医生，然后到仁济药房买药，在此遭了贼手。这仁济药房就在北四川路上，离鲁迅家不远，所以很多药都经常是这里买的，8月30日还记载："上午往仁济药房为海婴买药。"

上海滩上的"弄手"俗称"三只手"，是很猖獗的。鲁迅大约买药时神情专注，不小心被小偷得了手。这时的鲁迅已经被通缉，自己身体也不好，3月间刚刚拔完了最后一颗牙齿，正在安装假牙。时值暑热天气，接连带孩子看病，对鲁迅来说既是疲于奔命，多少也要冒点风险，一次被窃50余元，可谓雪上加霜。

就在这次被窃之后一年多的1932年初，震惊中外的"一·二八"战事爆发，鲁迅在友人的帮助下脱离火线，在外躲避了整整五十天之后，才回到家。由于战争，房屋没人看守，鲁迅虽然也托日本友人代为照管，但究竟不能日夜驻守，所以被窃也就在所难免了。鲁迅在3月14日日记记载："略有损失耳。"什么叫"略有损失"呢？实际上，是发现窗户被炸穿四处，玻璃破碎十一块，衣服什物也有许多被窃去：

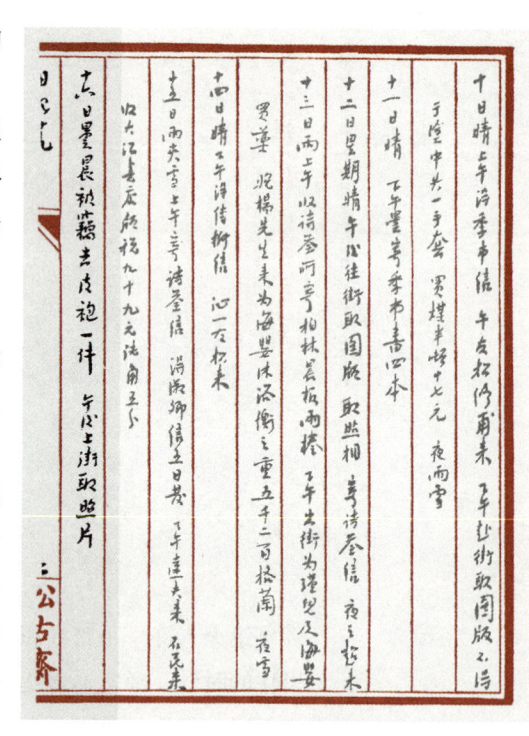

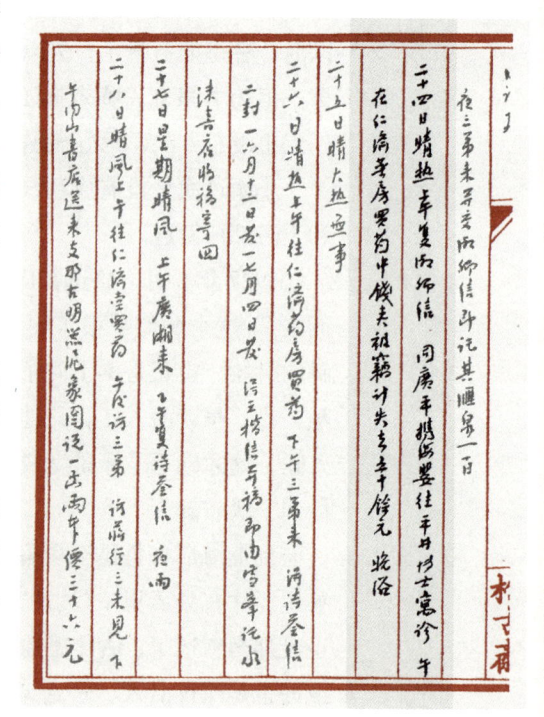

- 162 -

有许广平的衣服三件、海婴衣裤袜子手套等十件（都是许广平用毛线编织的）、厨房用具五六件、被子一条，床单五六条，雨伞一把，合计大约要70块大洋。两个女佣的东西也被拿走了一些，价值二三十元。但小偷对鲁迅的书却毫不感兴趣，一本也没有偷。鲁迅后来苦笑着告诉好友许寿裳："一切书籍，肖然俱存，且似未尝略一翻动，此固甚可喜，然亦足见文章之不值钱矣。"

鲁迅又一次被窃是在北京（当时改称北平）了。那是1932年11月，鲁迅从上海到北平探亲（据说其实是有伺机去苏联的打算的）。到北平后，接连作了几次演讲，后来被称为"北平五讲"。但由于他的讲演太受欢迎，到处请他去讲，动静太大了，引起当局的注意，后来便不再考虑去苏联的事了。25日日记："下午游西单牌楼商场，被窃去泉二元余。"这回还是买东西时被窃。当晚鲁迅在写给许广平的信中说了这件事：

我今天出去，是想买些送人的东西，结果一无所得。西单商场很热闹了，而玩具铺只有两家，"雪景"无之，他物皆恶劣，不买一物，而被扒弄窃去二元余，盖我久不惯于围巾手套等，万分臃肿，举动木然，故贼一望而知为乡下佬也。

来自十里洋场上海的大文豪，到了北方竟被看成乡下佬而成为扒窃对象，也是奇事。虽然损失不算多，但说明鲁迅确实不太注意防范，而扒手似乎在北方也一样猖獗。

2008年12月31日

两个月理一次发？

　　研究鲁迅研究到头发，这或许为人所诟病。但在鲁迅的时代，头发及其样态却曾经是关系国民民生、民权的大事：曾经人人都面临"留发不留头，留头不留发"的生死抉择，可见其严重性。鲁迅有一篇小说题为《头发的故事》，就是讲头发与辫子的，在鲁迅自己的生活和杂文中，还有不少有关头发的话题和议论，所以"头发问题"决不是无谓的事。

　　读鲁迅的日记，发现鲁迅日记虽然简单，可是对理发的记录却是经常的，可见理发问题在鲁迅心目中还真不是小事。例如记录似乎比较全的1914年，共记载六次理发，平均两个月一次。这个间隔周期，在今天看来，显然长了点，一般人恐怕是一个月左右一次。但在当时也许并不算长，那时人们刚剪去辫子不久，一般男子头发都留得比较长；也许是理得比较短，到下次理的时候，长过现在男子头发的普通长度。

　　但看鲁迅日记对理发的记载，显然有遗漏，例如1936年竟然只有4月15日一次理发的记载（这年6月6日到29日因病未记日记，其间是否理过发，不得而知）。估计因为这年鲁迅身体一直不好，而工作又紧张，所以理发减少，这类琐事也就不记入日记了。事实上，我们看到1936年10月2日鲁迅在大陆新村住所门口所拍的照片上，头发似乎是新剪过的，这表明，鲁迅可能是漏记了。

　　但之前的二十多年日记对理发的记载大体上是清楚、连贯的。理发这样的事记得这么清楚，说明鲁迅做事的认真细致。

　　根据现有记载，鲁迅一般每隔两个月左右理一次发，有时更长。其中，

1923年7月21日到10月29日之间竟然长达整整100天没有理发,这大概是最长的间隔了。日记中理发最短的间隔也要一个半月。根据现有的日记记载,鲁迅的理发基本上是连接得上的,也就是说,遗漏并不多。因为如果在相邻两次理发的间隔中再嵌进一次,周期就会变得太短,不合鲁迅的生活规律了。

这么长的理发间隔,鲁迅是怎么过的呢?根据前人的回忆,鲁迅一向不太修边幅,礼帽的边沿破了,也还戴着,露出里子。对于鲁迅的发型,很多人说是"怒发冲冠",也有人说"比较长"。鲁迅老友沈尹默说鲁迅"毛发蓬蓬然,有人替他起了个绰号,叫作猫头鹰"(《鲁迅生活中的一节》)。鲁迅弟子董秋芳说鲁迅的发型:"和尚头,而头发却又长又硬,看去恰像一个黑的棕树头,……"(《我所认识的鲁迅先生》)。被鲁迅戏称为"吾家彦弟"的作家鲁彦则说鲁迅:"……不常修理的粗长的头发下露出方正的前额和长厚的耳朵"(《活在人类的心里》)。后来成为著名学者的范文澜说:"他的头发很长,脸上刻着很深的认真和艰苦的皱纹"(《怀念鲁迅先生》)。其实同乡后辈陶元庆给鲁迅画的碳笔画像也显示出他的头发长得颇有点像刺猬。最有趣的是《语丝》社同人章衣萍的记载:"鲁迅先生在街上走着,一个挑着担沿门剃头的人,望着鲁迅,说:'你剃头不剃头?'"(《谈鲁迅》)

在所有人的回忆中,凡提到鲁迅,没有不说他头发长的,现在从他的日记上确实可以得到印证。但奇怪的是,我们现在所看到的鲁迅照片,头发大多并不太长。年轻时在日本留学,回国前拍的照片头发很短,1922年与爱罗先珂等合影,就更短了。他1925年为俄文译本、英文译本《阿Q正传》拍的照片,和1930年9月那张五十岁寿辰留影,头发都不长。而他在北师大演讲的照片,则显得头发很长了——上一次是10月8日理的发,到演讲时(11月27日)已经一个半月以上没有理发了。

有时是拍照片的时候,刚好理过发。例如1914年5月20日"下午四时半儿童艺术展览会闭会,会员合摄一影",照片上鲁迅头发很短,实际上他刚在6天前理过发。1933年5月6日照的"标准像",头发不长,因为刚刚在5月1日理过发。至于是否特地要为拍照片而理发,这倒不一定。从日记上看,鲁迅的理发记载本身是有规律的,没有到要理发的时候特地去理发,缩短间隔的现象,基本没有出现。鲁迅其实并不很在意头发的长短,但有时候本来头发已经很长,正巧要拍照片,于是去理个发,这种情况倒不能排除。例如,1928年3月16日,上午鲁迅理发,当天晚上《良友》画报编辑梁得

- 165 -

所就专程前来给鲁迅拍照片，一连拍了好几张，后来这其中一张照片就刊登在《良友》画报上。

有趣的是，从日记的记载并结合照片来推断，鲁迅的头发似乎长得特别慢。1923年4月15日鲁迅与爱罗先珂等合影中，鲁迅头发显得不长不短，其实这时他离上次理发已经足足一个月了！还有一个证明，1927年1月4日鲁迅离开厦门前与师生合影，其中鲁迅头发也很短，而这时离上次理发已经26天了。

还有一个例子更有意思。1927年8月19日鲁迅在广州与许广平等合影，照片上的鲁迅头发很长，真有些"棕树头"的"毛发蓬蓬然"状，而到9月11日又与许广平、蒋径三合影，头发却变得很短。查鲁迅日记，他在8月31日刚刚理了发！而上一次理发则在6月8日。也就是说，鲁迅8月19日合影中的头发，已经有两个月零十一天没理了！同样，1927年11月16日，鲁迅到上海光

1927年8月19日 鲁迅在广州与许广平、何春才、廖立峨

1927年9月11日 鲁迅在广州与许广平、蒋径三

- 166 -

民国上海的理发店

华大学演讲时拍的照片上，头发很长，但也并没有到太过分的地步，实际上这时离上一次理发已经两个半月了！而鲁迅1930年9月25日所照的那张典型的"横眉冷对"的照片上，头发看上去简直像新剪的一样，而实际上他的头发已经一个月零一天没理了！可见鲁迅的头发长得令人难以想象的慢！

就像为《良友》拍照片而理发一样，1931年7月28日，为释母念，鲁迅与许广平、海婴拍了全家福准备寄给母亲，但照片被洗坏了。鲁迅就索性于30日理了发，再次拍了一张三人合影。在现存的这张照片上，鲁迅的头发极短。这也正证明了鲁迅在理发的时候是理得很短的，然后就会很长时间不理，所以会出现三个月不理发的现象。

古语云："有力长发，无力长甲"，意思是，身体好头发就长得快而指甲就长得慢，身体无力指甲却会长得更快而头发长得很慢。鲁迅头发长得慢，显示他的身体状况不佳，看来确实是没有疑义的了。

鲁迅日记中的搬家

在现存鲁迅日记之前,鲁迅的生活经历没有留下记载。那时的鲁迅单身在外漂泊,从绍兴到南京,又从南京到日本。在日本期间从东京到仙台,又从仙台到东京,再从东京回国到杭州,后又回到绍兴。民国临时政府成立后,鲁迅从绍兴到南京,不久又从绍兴到北京。由于不断地漂泊,不断地迁徙,对鲁迅来说,搬家乃是家常便饭。

1912年5月5日鲁迅到北京后,第一天住在"长发"旅馆,第二天住进南半截胡同的绍兴县馆,住在馆内的"藤花馆"。这里条件极差,睡了不到半小时,就发现床上爬了三四十只臭虫,根本无法睡觉,只好睡到桌子上。第二天,让"长班"即长工给换了一副床板,这才睡安稳。

但好景不长,朝南的两间房里,住进了一群福建客人,经常大声喧哗、吵闹,弄得鲁迅几乎无法工作和安睡。鲁迅出去交涉了几次,才稍稍收敛一点。11月23日,鲁迅日记:"院中南向二小舍,旧为闽客所居者,已虚。拟移居之,因令工糊壁,一日而竣,予工资三元五角。"吵闹的福建客人走了,鲁迅决定搬到那屋子里去住。28日:"下午移入院中南向小舍。"

但这里也并不安静。到了1916年5月6日:"下午以避喧移入补树书屋住。"这是绍兴县馆内一个偏僻冷静的独院,院里有一棵槐树,相传曾经有一个女人在这棵树上上吊而死。这就是鲁迅后来在《呐喊·自序》中说的"S会馆里有三间屋,相传是往昔曾在院子里的槐树上缢死过一个女人的,现在槐树已经高不可攀了,而这屋还没有人住;许多年,我便寓在这屋里钞古碑"的那所屋子。鲁迅在会馆院内的其他几处房子住来住去,都觉得烦,最后搬到这冷屋子里,一直住到1919年,才搬到八道湾。

这所房子没有邻居,特别冷清,虽然宜于钞古碑、做学问,但也带来了十分的寂寞。后来与钱玄同的"铁屋子对话"就发生在这里。

就在鲁迅搬到补树书屋后的第二年春天,鲁迅的二弟周作人到北京大学来任教了。他自然是跟鲁迅住在一起,这样,寂寞减轻了不少。本来这样相安无事也罢,但仅过了两年,又不得不改变主意。原来周作人不像鲁迅,一个人在外久了,习惯得很,而周作人是离开家就无法生存的人,想把他的日本太太和亲属,也迁居到北京来。于是鲁迅决定,把绍兴老家的老屋卖了,全家迁居到北京。这样,鲁迅从1919年2月11日开始,"午后往报子街看屋",但"已售";两天后"往铁匠胡同看屋,不合用";之后到广宁街、鲍家街、辟才胡同、蒋街口、护国寺等处,看过至少十五处房,都不合用。一直到7月10日,"约徐吉轩往八道弯看屋",这次似乎比较中意,即于15日"午后往八道弯量屋作图",购买的意向已经很明确了。到23日"午后拟买八道弯罗姓屋,同原屋主赴警察总厅报告",终于决定购买了。31日"往护国寺理房屋杂务",8月2日"午后往西直门内横桥巡警分驻所问屋事",似乎已经在办理具体入住的相关事务了。4日"托子佩买家具十九件。子佩、企莘、退卿又合送倚子四个",显然与迁居有关。到8月10日:"午后二弟、二弟妇、丰、谧、蒙及重久君自东京来,寓间壁王宅内。"显然,房屋还需要加以修理,所以,虽然周作人夫妇及三个孩子,以及羽太信子的弟弟重久一块从东京来北京,只能在会馆隔壁一户姓王的人家借屋暂住,等八道湾房屋修葺完成再搬进去。

与此同时,房屋的手续还在加紧办理。18日"往市政公所验契",就是检验对方的房契是否真实有效。第二天,"买罗氏屋成,晚在广和居收契并先付见泉一千七百五十元,又中保泉一百七十五元。"购买房屋的价格是3500元,先付一半,中保费为房款的5%,175元。之后鲁迅于9

绍兴县馆

- 169 -

月3日收到三弟周建人寄来的1000元，又于19日收到600元。这是在筹措买房的另一半款项。在9月6日鲁迅就领到了"买房凭单"，于是开始找人准备修理了。18日有"同齐寿山、徐吉轩及张木匠往八道湾看工"，就是去对修理人的工作估价，到10月5日，"午后往徐吉轩寓招之同往八道湾，收房九间，交泉四百。"这是在收房后又交了400元房款。八道湾房屋，共两进三排，第一排两间，第二排三间，第三排四间。第二天鲁迅就去警察厅申报修理房屋事宜，那时这类事情都是找警察厅。大约修房就从这时开始，10月27日，"付木工见泉五十。下午往自来水西局，约人同往八道湾量地"，看来房屋修理已经基本完毕了，开始约自来水公司的人来丈量所需自来水管的长度吧。到11月4日，"往八道湾会罗姓并中人等，交与泉一千三百五十，收房屋讫。"前面已交400元，现再交1350元，加上之前付的1750元，总价3500元。到这时，房屋才完全属于鲁迅。

为了修理房屋，鲁迅共支付木工费425元，税费180元。直到这时，还要节外生枝。11月13日，"在八道湾宅置水道，付工值银八十元一角。水管经陈姓宅，被索去假道之费三十元，又居间者索去五元。"虽然被勒索去不少钱，但总算也办好了。又配了窗玻璃。14日，就开始收拾东西准备搬家了，亲友纷纷赠送贺礼，21日，鲁迅和已经在隔壁人家住了三个月的周作人及其眷属一起搬入八道湾新居。其实，房屋修理的事情这时也还没有完全办好，到月底付完木工费和玻璃费，才基本办好。

一切就绪后，鲁迅就请假回绍兴去接老母、朱安及三弟建人夫妇来京了。12月1日出发，4日到绍兴老家，收拾完一切，24日踏上返程，29日到京，即入住八道湾新居。后来，新居里又添买了一些木器，1920年1月10日"晚本司同事九人赠时钟一、灯二、茶具一副"，16日又"买家具"，17日"同僚送桃、梅花八盆"，以示祝贺。

这之后，本来应该可以安定生活了，谁知仅仅三年半，兄弟俩就分道扬镳了。1923年7月19日，冲突发生，兄弟摊牌了。这使鲁迅异常郁闷，他立刻决定搬出这个家。7月26日鲁迅"上午往砖塔胡同看屋。下午收拾书籍入箱"。当时大约因急于搬出八道湾，也不遑细究，砖塔胡同的房子一看就定下来了，接着马上开始整理书籍准备搬家。到29日"终日收书册入箱，夜毕"。30日："上午以书籍、法帖等大小十二箱寄存教育部。"因为砖塔胡同房屋太小，根本放不下那么多藏书，只好寄放在教育部。之后两天是收拾行李，8月2日，鲁迅终于从那个亲手购买、装修，花费了大量心血、写作了《阿Q正传》的八道湾迁出。回首往昔，寄予着"兄弟怡怡"聚族而居的设想成了泡影，这对鲁迅的打击太大了。8月2日，"下午携妇迁居砖塔胡同六十一号"，鲁迅与朱安两个人搬了过去。在搬家前，鲁迅问朱安："你是留在八道湾，还是回绍兴朱家？如果要回，我一定按月给你寄钱的。"朱安坚定不移地说："八道湾我不能住，你搬出去，娘娘（指鲁迅母亲）迟早也要跟你去的，我独个人跟着叔婶侄儿侄女过，算什么呢？……绍兴朱宅也不想去。你搬到砖塔胡同，横竖总要人替你烧饭、缝补、洗衣、扫地的，这些事我可以做，我想和你一起搬出去。"这样，朱安也一起搬去了。鲁迅的母亲则常去看他们，鲁迅也给母亲留了一间房，她有时也去住上一阵子。

关于鲁迅与周作人失和导致这次搬家的深因，有各种说法。从许寿裳抄

八道湾二号院内

录的1922年鲁迅日记的一条记载可以为我们提供新的研究线索。早在1922年10月19日,鲁迅日记就有"晚往西单牌楼左近觅寓所"的记载,这离开真正的分裂还有整整九个月。这表明,事实上,家庭的矛盾其实早就有苗头了。

砖塔胡同的房子是租的,鲁迅并没有打算在这里久住。再说,母亲本来也想搬出来与鲁迅同住,而砖塔胡同住所太小了,没法安置母亲。于是,刚刚安顿下来,他就开始寻找新的住所。从8月16日开始,一直到10月底,先后到菠萝仓一带、贵人关、西单南一带、宣武门、都城隍庙街、西直门内、石老娘胡同、前桃园、南草厂、半壁街、德胜门内、针尖胡同、达子庙以及砖塔胡同四周,看了数十次房。协助或介绍鲁迅看房的友人,有李茂如、吴月川、王仲猷、杨仲和、李慎斋、袭子元、潘企莘、林月波、秦姓者等。10月30日:"午后杨仲和、李慎斋来同至阜成门内三条胡同看屋,因买定第廿一号门牌旧屋六间,议价八百,当点装修并丈量讫,付定泉十元。"最后终于看定阜成门内西三条胡同21号,当下就谈定价格,丈量范围,并付定金十元。当夜,鲁迅亲手绘制了房子的三张平面分布图,至今这三张图还保存在北京鲁迅博物馆。

第二天起,鲁迅又开始了与当时买八道湾房子时同样的程序,报警署、验房契、办手续。原房主名叫连海,11月18日,鲁迅邀李慎斋同往连海家,约了他家人一起去验看房契,12月2日:"午在西长安街龙海轩成立买房契约,当付泉五百,收取旧契并新契讫,同用饭,坐中为伊立布、连海、吴月川、李慎斋、杨仲和及我共六人,饭毕又同吴月川至内右四区第二分驻所验新契。"伊立布是原房主连海的中人,吴月川、李慎斋、杨仲和都是鲁迅方面的中人。至此,买房事这才最后完成。当时付款500元,到1924年1月2日正式交房时,

砖塔胡同61号

北京西三条21号鲁迅故居

付清最后300元。这房比起八道湾来，要小得多，八道湾是九间，这里是六间。而且破得多，鲁迅多次在日记中称之为"破屋"，所以价格就便宜多了。

可是，正因为破，所以，修房的事就麻烦多了。从12月开始，鲁迅就为修理而奔忙了，日记上每月都有十几次记载，工费也不少，付李瓦匠425元，油漆工41元，裱糊匠12元，还有水管钱，借道钱等等，一直到1924年5月24日才修理停当，当日便收拾行李，第二天就又一次搬家了——"晨移居西三条胡同新屋"。鲁迅的母亲也于6月6日搬过来同住，之后就有"往山本医院为母亲取药"（6—11、18），"同母亲往山本医院诊"（6—23）等记载，表明母亲已经住在西三条了。

但房屋修整的事情还没有最后完工，完工后还要报建筑完工、验收，再量尺寸、交税等等。然后就是买家具。6月10日，鲁迅在离开八道湾将近十一个月后，再次踏进八道湾，想取回自己的书。不料周作人夫妇冲出来打骂，一场冲突后，鲁迅最终还是取了自己的藏书回去。不过，还是有部分留在了八道湾没能拿回去。鲁迅后来谈到部分留在八道湾的书籍时，说"悉委盗窟中"，可见还是有不少书被周作人拿去了。

在西三条，鲁迅住在一个自己设计的空间——老虎尾巴。这是在原三间北屋的中间堂屋后部隔出来的半间，向后延伸出去一段，成为一间小房间。前间做堂屋，兼作餐厅，东屋是母亲，西屋是朱安。从平面上看，鲁迅自己这间小屋是向北突出的，他戏称之为"老虎尾巴"。

但鲁迅日记有两条记载很奇怪。一是1925年10月22日"晚迁往北屋"，另一条是第二天"下午迁回原屋"，令人费解。按此记载推理，他原本不住北屋，临时住一晚，次日即搬回原处，那么，这原屋应该是南屋——书房了。但是却没有搬回老虎尾巴的记载。

1926年8月，鲁迅离京南下，又一次离开了他亲手置办的家。经上海，9月4日中午一点到达厦门。因厦门当地人说话在鲁迅听来简直就是外国话，所以只能先入住中和旅馆，然后马上打电话给先期到达厦门大学任教的林语堂。林立即和同在厦门大学的沈兼士、孙伏园来旅馆迎接鲁迅，一行人马上雇船帮鲁迅移入厦门大学，住进生物学院三楼的国学研究院空闲的陈列室。当时学校解释说，因为教员住室尚未造好，还有至少一个月才能完工，所以先安排住在这里。从这里去上课，要走96级台阶，来回192级，喝开水也很不容易。鲁迅觉得虽然上下不大方便，但是景观却很好，所以也并不计较。

过了三个星期，9月25日"下午从国学院迁居集美楼"。因为陈列室要陈列物品了，就得搬。而新的住所在图书馆的楼上，只有24级台阶，省力得多，也比先前安静多了，房子也大，有两个窗，可以看见山。隔壁是孙伏园和张颐教授，另一面是装订工场，鲁迅觉得还满意。但在这里也只是暂住，说不定什么时候还会要搬。不过最后终于没动，一直住到他离开厦门。

1927年1月16日，鲁迅坐"苏州"轮，从厦门港出发，18日午后到达广州黄埔港，"雇小舟至长堤，寓宾兴旅馆"。第二天早上，已经在广州的孙伏园和许广平一起帮鲁迅移入中山大学，住进大钟楼二楼。当时，这钟楼是中山大学的标志性建筑，这里实际上是办公室，说白了，鲁迅是住在办公室里的。鲁迅住房的隔壁就是会议室。"四一五"之后，鲁迅召开教务处紧急会议商量营救学生事宜，就是在这里。

但是那次紧急会议召开时，鲁迅已经搬出大钟楼了。原因是住在学校里，来访的人太多，且被捧得很高，令人难受。从早上十点到晚上十点都有人来找，鲁迅觉得自己"竟如活在旋涡中，忙乱不堪，不但看书，连想想的工夫也没有"。《莽原》又急催稿件，所以鲁迅决定搬出中大。3月16日："午后同季市、广平往白云路白云楼看屋，付定泉十元。"已经看定了房子并付了定金。20日又"同季市、广平往白云楼看屋"，但不见守屋人，白跑了一趟。到29日，就"移居白云路白云楼二十六号二楼"了。白云楼在靠近小河边的拐角上，这里前临小港，远眺青山，地处清幽，确实避开了喧闹的学校。在后来

广州的白色恐怖中，也相对隐蔽。鲁迅在白云楼是与许寿裳、许广平三个人租了一套三间房，各人一间，而合伙用餐。一直住到9月底离开广州。

其间，6月5日许寿裳因辞职离开广州而迁出。由于鲁迅坚决辞职，许寿裳与鲁迅取同一步调。6月9日"上午许菊仙来运季市什物去"，表明许寿裳完全迁出白云楼。实际上，这里的入住手续到8月11日才办好："午后同广平往前鉴街警察四区分署取迁入证。"但这时鲁迅已经在准备离开广州了。鲁迅在这里本来是代办北新书局在广州的门市部"北新书屋"的业务，现在要离开了，于是8月13日鲁迅同许广平往共和书局商量移交北新书屋的书籍。15日上午，请几个学生帮忙，向共和书局点交完成，就开始准备北上了。9月27日，鲁迅和许广平乘"山东"轮向上海进发。

10月3日午后，"山东"轮抵达上海港，两人下船后，先入住爱多亚路靠近外滩的共和旅馆，然后就去走亲访友。10月6日开始，寻找可以长期居住的房屋。当时鲁迅的三弟周建人住在闸北景云里10号。这里西距宝山路仅50米，东距北四川路也仅200多米，一些熟人都住在这条弄堂里，如茅盾住11号半，叶圣陶住11号，冯雪峰也在这里住。对面的23号刚好有空屋，于是决定就在景云里赁屋居住。10月8日搬出共和旅馆住进景云里23号，在旅馆共住了5天。

刚到上海的鲁迅感到与熟人在一起非常愉快，而且在刚到上海的第三天，就发现从弄口的东横浜路几乎直通，走到北四川路的路口，就有一家日本人开的书店，就是内山书店，这尤其对鲁迅的口味。于是就在这里与许广平一起正式过起了同居生活。

但是过了不久，鲁迅就发现这所房屋有个严重的缺点：吵闹。鲁迅最怕居住在吵闹的地方。鲁迅住的23号，是景云里一弄弄底最后一家，与隔壁弄堂"大兴里"仅一墙之隔。与较多文化人居住的景云里不同，"大兴里"住着很多底层市民，经常有人彻夜打麻将、唱京戏、唱小调、放留声机，以至打架斗殴、泼妇骂街，吵得鲁迅没法静下心来写作读书。终于忍无可忍，1928年8月6日鲁迅日记："晚同三弟往四近看屋。"过了三天，又"晚同三弟往邻弄看屋"。但这些都没有成功，最后还是在本弄找到了空屋，这幢房子共七户，从17号到23号，9月9日"下午移居里内十八号屋"。18号是同一幢房最外边的第二家。实际上，这时鲁迅许广平与周建人一家是合租的。这时，周建人与王蕴如已经有了两个孩子。

1929年2月21日，又有"晚移至十九号屋"。但是按照许广平的记载，应该是17号。因为鲁迅希望的是尽量往外，离开隔壁里弄的嘈杂声远一点。所以，搬到最外面的17号可能性大。

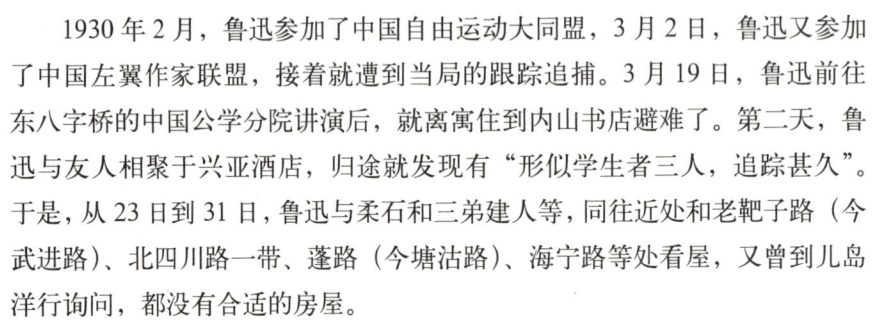

北四川路 拉摩斯公寓

1930年2月，鲁迅参加了中国自由运动大同盟，3月2日，鲁迅又参加了中国左翼作家联盟，接着就遭到当局的跟踪追捕。3月19日，鲁迅前往东八字桥的中国公学分院讲演后，就离寓住到内山书店避难了。第二天，鲁迅与友人相聚于兴亚酒店，归途就发现有"形似学生者三人，追踪甚久"。于是，从23日到31日，鲁迅与柔石和三弟建人等，同往近处和老靶子路（今武进路）、北四川路一带、蓬路（今塘沽路）、海宁路等处看屋，又曾到儿岛洋行询问，都没有合适的房屋。

直到4月8日："下午看定住居，顶费五百，先付以二百。"这就是当时北四川路底194号的拉摩斯公寓A三楼四号屋，离原来的景云里住所也不出半里。所谓顶费，通俗地说，就是房屋使用权转让费。当一个人向房东顶下房屋时，需要支付一笔顶费，然后还要交房租。顶下来的屋，是不能退的，但你可以转租，那样，你就是所谓"二房东"了。这屋原来是一个海员的住所，海员走了，还留下了一套家具。鲁迅友人内山完造就以自己书店里的职员鎌田诚一的名义租下了这个带着现成家具的套房。5月10日，"下午将书籍迁至新寓"。12日："午后移什器。……夜同广平携海婴迁入北四川路楼寓。"

大陆新村鲁迅故居

这还没完,第二天又"买厨用什器",18日"下午修电灯,工料泉六元半"。这才算完成了在上海的第三次搬家。

到了次年,仍有一条跟景云里住所有关的记载:5月12日,刚好是鲁迅搬家一周年,"晚蒋径三来,并交王育和信及旧寓顶费五十五元"。这里所说是景云里23号屋的顶费。1928年鲁迅搬出23号后,就由王育和、柔石住了进去,但是顶费却没有给鲁迅。直到1931年初柔石被捕牺牲,王育和也将离开那里,这才将顶费交付给鲁迅。

但是,鲁迅在拉摩斯公寓住得也并不安稳。先是1931年柔石等人被捕后,鲁迅不得不外出避难一个多月,到了1932年初,又遇"一·二八"事变,陷于战火,又出外躲避一个多月。于是鲁迅又开始考虑搬家了。1932年9月28日,鲁迅"午后往文华别庄看屋",10月5日"往大陆新村看屋"。这两处房都在山阴路(当时叫施高塔路)上,两处房都不合适,鲁迅停了一段时间,到1933年3月1日,又找人陪同或自己独自往施高塔路一带、东照里等处看屋。21日"决定居于大陆新村,付房钱四十五两,付煤气押柜泉廿,付水道押柜泉四十。"定下来后,25日"夜理书籍",27日"下午移书至狄思威路"。狄思威路即今溧阳路,鲁迅在这里租了二楼一间房,专门用来藏书。从这时开始,鲁迅的藏书不再放在家里,家里只放新买的书和日常要用的书,以及工具书。

1933年4月11日:"是日迁居大陆新村新寓。"这是鲁迅在上海最后一次搬家,也是他一生中最后一次搬家。大陆新村是一个新式里弄小区,共六排62栋。鲁迅所住第一排,也即第一弄,共十户。鲁迅家是弄底倒数第二栋,9号。楼房共三层,总面积近180平米。每层有个一朝南房间,二层三层各有一个朝北的小房间。煤卫独用,有三处卫生间,一层半楼梯拐角处朝北是一个大卫生间,配有浴缸。一楼后间是厨房,配有煤气。二楼半拐角处朝北就是通常说的亭子间。

4月19日:"往大马路石路知味观定座。下午发请柬。"这是鲁迅特地约请友人聚会,以庆祝迁居。可以看出,鲁迅对这次搬家还是比较重视也比较满意的,郑重其事地发了请柬。20日:"下午寄电力公司信。寄自来火公司信。"这是联系电力公司和煤气公司,登记用户资料。22日:"晚在知味观招诸友人夜饭,坐中为达夫等共十二人。"这都是一些最亲密的友人。23日再次请客:"晚在知味观设宴,邀客夜饭,为秋田、须藤、滨之上、菅、坪井学士及其夫人并二孩子、伊藤、小岛、鎌田及其夫人并二孩子及诚一、内山及其夫人、广平及海婴,共二十人。"这次主要是请外国友人,实际上都是日本人,基本是内山书店人员和几个医生。4月25日,鲁迅又"买椅子一、书橱二、价三十二元。"30日"晚交还旧寓讫。"这是把迁居和原住所的事务料理完毕了。

　　5月2日,鲁迅日记有一条记载很有价值:"付坂本房租六十,为五月及六月分。"这是鲁迅在大陆新村唯一一次记载付房租的情况。之前,在3月21日决定租此房时,就交付了"房钱四十五两",这里的房钱,实际是指顶费,鲁迅是使用黄金支付的。当时黄金是打成金条的,分为多种规格,每条十两的称为"大黄鱼",每条一两的称为"小黄鱼",看来鲁迅用了四条"大黄鱼",五条"小黄鱼"。但是付了顶费,还得付房租。从记载看,鲁迅这套房的月租费是30大洋,这是鲁迅唯一一次记载在大陆新村支付房租,后来就再也没有付房租的记载了。

　　自此直到去世,鲁迅再也没有搬家。但这不等于他没想过搬家,实际上他有多次动了搬家的想法。从1935年开始就想搬,但那时因为中日关系紧张,风传中日将要开战,很多人都想搬到租界去,所以房租突然暴涨,鲁迅就没有搬。等到传闻平息下去,房租回归正常,鲁迅就又想搬家了。直到他去世前的几天,还曾去法租界看房,1936年10月11日:"同广平携海婴往法租界看屋。"当时鲁迅连租房用的假名字"周裕斋"都刻了印章,就等办手续了。如果鲁迅不是突然去世,很可能不久他又要搬一次家了。鲁迅逝世一个多月后,许广平和海婴就搬到了法租界淮海路淮海坊,不知道这是否为当初鲁迅看好的房屋呢?如果鲁迅还活着的话,或许不久将会从居住了九年的虹口第一次搬到法租界去生活。真要是那样的话,鲁迅的生活状况将会完全不同罢?这是一个令人玄想的话题。

鲁迅日记中的民俗

鲁迅日记虽然简略，而且以文化活动为主，银钱来往之类也较多，但其中却也记载了不少鲁迅自己参与的民俗活动。

日记中最早记到的民俗是端午节。其实鲁迅有一篇小说就叫《端午节》，是1922年写的，不过那是写北京索薪风潮的，也许正是巧合，风潮发生在端午前后。但鲁迅对端午节是早有体验的。1912年6月19日日记："旧端午节。……夜铭伯、季市招我饮酒。"特别显眼的是鲁迅写作"旧端午节"，这说明，在民国初建，万象更新的时代，端午节属于旧节日。但是两个同乡挚友邀请他一块喝酒，他也就去了。之后基本上每年端午节都有记载，但多是记载放假一天。也有友人之间相互馈赠节礼的，如1915年6月17日："晴。旧端午，夏假。……下午许季市来……又烹鹜一器，乃令人持来者。"过端午节，好友许寿裳托人送来很多东西，其中有一罐鸭子，就是端午节的当令食物了。1916年的端午节是往季市寓午饭，1917年又是"季市遗肴二品，以饮麦酒，睡至下午"。1918年端午，鲁迅写道："夏节休假。无事。"1919年又是"铭伯先生赠肴二皿"。1920年也是"又旧端午，休息"，因为母亲等已经全都迁居北京，所以全家在一起过节，就没有别人的馈赠了。1921年也照样，而1923年则是鲁迅邀请孙伏园、孙惠迪父子吃饭了。1924年以后，只记一个"旧端阳节"，而没有过节的活动了。到1928年就连提也不提了，1930年才又提了一下"亦旧历端午"。1931年未记，1932年没有记"端午"字样，却有"内山夫人来，赠枇杷一包"。吃枇杷也是端午风俗之一，内山夫人虽是日本人，却也知道端午节风俗。1933年也只简单提了一下，到1934年6月

16日,才又过了一次端午节:"旧历端午也,广平治馔留诸人夜饭,同坐共八人。夜坪井先生来并赠长崎枇杷一筐。"这同坐的八个人,除鲁迅一家三口外,还有周建人夫妇和两个孩子,加上下午来访的青年作家徐梵澄。这是鲁迅从1919以来第一次比较正式地过端午节,也是最后一次过端午节。实际上在三天前的6月13日"午后蕴如来并赠角黍一筐"已经是过节的记载了,角黍就是粽子。1935年又是简单提了一下,而1936年则是正在大病中,连日记都暂停了,更谈不上过节了。

春节是中国最大的传统节日了,但鲁迅关于年俗的记载并不多。早年在除夕的时候鲁迅也曾参加绍兴县馆内的祭祖活动,但后来就不大有兴趣了。1920年,因为刚搬了家,八年来第一次全家过了个团圆年。2月19日:"旧历除夕也,晚祭祖先。夜添菜饮酒,放花爆。"这种情况极其少见。1923年2月15日就只记载"旧除夕也,夜爆竹大作,失眠。"自己没放爆竹,还因为别人放爆竹而失眠了。此后,直到1933年1月在上海过春节,才有"治少许肴,邀雪峰夜饭,又买花爆十余枚,与海婴同登屋顶燃放之……"的过年氛围,这也是鲁迅最后一次像模像样地过年了。

春节之后的第一个节是元宵节,早年鲁迅曾以吃元宵来过节。1924年2月19日"晚寄母亲汤圆十枚"。当时鲁迅已经搬到砖塔胡同,而老母还留在八道湾。1925年2月7日"是日休假,云是元夜也",那时的元宵节就实行放假了。不过看这口气,似乎鲁迅对此节日并不很在意。除此之外,鲁迅过元宵的记载极少。1930年12月31日有"王蕴如来,并赠元宵及蒸藕"。这里的元宵是指汤圆,时值公历岁末,虽然还没到元宵节,但有的人家已经提前开始包汤圆,吃汤圆了。

相比之下,鲁迅日记中还是对中秋的记载比较多。1926年9月21日:"旧历中秋也,有月。语堂送月饼一筐予住在国学院中人,并投子六枚多寡以博取之。"这是在厦门大学,亲属都不在身边,只有一帮外来的教授们在一起过节了,却是用掷骰子的方式来分配月饼,也算是别有风味。1927年是在广州过的中秋节,

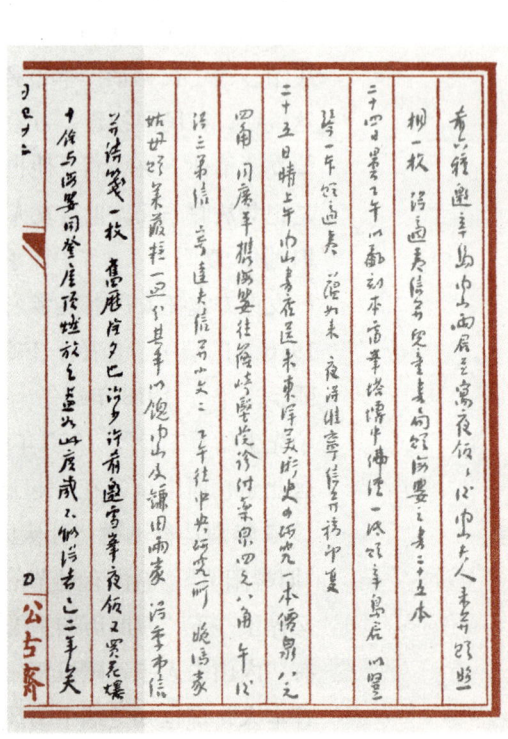

9月8日"晚黎仲丹赠月饼四合",这是准备过节,到10日才是"旧历中秋",看来是吃了黎仲丹赠送的月饼。

1929年在上海,9月17日:"中秋也,午及夜皆添肴饮酒。"这一天鲁迅难得午晚两餐都饮了酒。1930年10月6日:"是日为旧历中秋,煮一鸭及火腿,治面邀平甫、雪峰及其夫人于夜间同食。"这次有好几个青年朋友在一起过节,氛围温馨。可是,就在这次聚会后四个月,柔石(平甫)就被杀害于监狱中了。第二年的中秋是9月26日:"传是旧历中秋也,月色甚佳,遂同广平访蕴如及三弟,谈至十一时而归。"这时鲁迅已经搬到了北川公寓,周建人一家还住在景云里,离鲁迅家不远。他们或许会谈到去年在一起过节的柔石吧。之后几年,都没过中秋。直到1936年,鲁迅已经来日无多,也无心思过节,但是他还是在9月30日中秋日记中记了两个字:"中秋。"

鲁迅对自己的生日也是不怎么在意的。从1912年起到1936年结束,日记中记载自己的生日只有两次,但这两次生日都是过得有点隆重的样子。1930年9月17日:"友人为我在荷兰西菜室作五十岁纪念,晚与广平携海婴同往,席中共二十二人,夜归。"其实这时鲁迅真正的生日还没有到,"左联"借此高调营造左翼文化氛围,将为鲁迅庆生作为"左联"的一次重要活动。到了9月24日:"今日为阴历八月初三日,予五十岁生辰,晚广平治面见饷。"因为是五十生辰,所以大家都很隆重对待,鲁迅自己显然也是颇为重视的,在日记里特别记载了两笔。

1933年9月22日:"是日旧历八月三日,为我五十三岁生日,广平治肴数种,约雪方夫妇及孩子午餐,雪方见赠万年笔一枝。"五十三岁生日虽然是所谓"小生日",但是显然这次生日还是过得很郑重的。夫人做了好几种菜,还请了最密切的友人冯雪峰(雪方)一家一起聚餐。冯雪峰还赠送了一件珍贵的生日礼物——一支自来水笔,这是一支"派克"金笔,至今还收藏在上海鲁迅纪念馆里。

除了自己的生日,鲁迅对自己家人的生日记载最详细的是1916年回乡为母亲祝六十大寿。这年,鲁迅特地请了假,从北京赶回绍兴。12月3日就出发,在前门坐火车往上海。次日晚九点到上海,5日耽搁一天买买书,6日一早从上海沪杭车站登车,午后到杭州南星站,没停留就渡过钱塘江,雇船前往绍兴,船走一

冯雪峰赠送给鲁迅的金笔

夜,7日早晨才到家。从11日开始,"午后客至甚众",祝寿的序幕就拉开了。第二天:"下午唱'花调',夜唱'隔壁戏'及作小幻术。"显然是很隆重的,从下午到晚上,不停地在演出。"花调"是一种由盲女弹三弦演唱的曲子。"隔壁戏"则是一种口技,用布幔把演员遮挡起来,演员模拟各种声音,表演简单的情节。而幻术就是魔术表演了。

这还不是正日子。13日才是"旧历十一月十九日,为母亲六十生辰。上午祀神,午祭祖。夜唱'平湖调'"。这天的祝寿很隆重,晚上唱的平湖调,是绍兴的一种地方说唱,通常由五个人同台演出,一个人拉三弦并说唱,其余四人用乐器伴奏,乐器通常是胡琴、琵琶、扬琴、洞箫。14日,日记上没什么记载,但是客人显然还都在。到15日,才有"客渐渐散去"的记载,整整热闹了一个星期。但此后再也没有类似的隆重了。1926年母亲七十大寿,鲁迅在厦门,一点也没有记载。

另外一个比较隆重一点的庆生活动,就是儿子海婴的周岁了。1930年9月24日,鲁迅自己过五十大寿,第二天就开始为海婴周岁做准备了。25日,"午后同广平携海婴往阳春堂照相",这是为海婴拍生日照片,后来照片印出来,鲁迅曾在照片上题写"海婴与鲁迅,一岁与五十"。26日"平甫来并赠海婴以绒制小熊一匹",这是柔石送给海婴的周岁生日礼物。到27日就有:"下午三弟赠海婴衣料两种。王蕴如携烨儿来,因出街买糯米珠二勺、小喷壶两个赠二孩子。今日为海婴生后一周年,晚治面买肴,邀雪峰、平甫及三弟共饮。"这是生日当天周建人一家三口来共庆,弟弟送了衣料,弟媳带了女儿来,鲁迅就自己跑到街上去买小零食和小玩具给海婴和建人的女儿周烨。晚上又与三弟、冯雪峰、柔石一起畅饮。显然,因为海婴的周岁生日,鲁迅特别兴奋,日记的字里行间不难看到鲁迅的喜悦之情。海婴三周岁时同样很隆重。这是1932年9月29日:"补祝海婴三周岁,下午邀王蕴如及孩子们,晚三弟亦至,并赠玩具帆船一艘,遂同用晚膳。临去赠孩子们以玩具四事,煎饼、水果各一囊。"海婴的生日是27日,因为过了两天,所以是补祝。三弟一家来,吃饭后还附送水果点心。

此外日记中还有两三次对别人生日的记载。如1920年4月10日:"高阆仙母生日,送公份三元。"这是教育部同事之间的礼尚往来。1931年9月26日:"增田之女周晬,以前年内山君赠海婴之驼毛毯一枚赠之。"这天恰好是一连在鲁迅家几个月讨教中国小说史翻译问题的日本青年学者增田涉的女儿增田木实周岁生日,鲁迅就把两年前另一位日本友人内山完造赠送的毛

- 182 -

毯转赠给增田，这在当时也是不薄的礼物了。

对清明节，鲁迅似乎是不大在意的，不过也偶有记载。1925年4月6日："补昨清明节假。"这是说教育部放假。因为4月5日是清明，但刚好是星期日，所以第二天补休一天。1931年4月4日："午请文英夫妇食春饼。"这年清明节是4月6日，这时节江南有吃春饼的习俗。春饼是一种烙得薄薄的面饼，用它卷着菜蔬吃，从立春开始，直到到清明前后都可以吃。

此外还有一些民间风俗，鲁迅日记也有记载。1927年8月2日，"晚同广平、月平往高第街观七夕供物"。每年农历七月初七，是中国传统民间风俗"七夕"节，起源于"牛郎织女"的故事，这可以说是尽人皆知的了，之后就有了"乞巧节"又称"七巧节"。各地乞巧节的风俗各有不同，广州的乞巧节独具特色。节日到来之前几天，姑娘们就要用彩纸、通草、线绳等编制成各种有趣的小手工，到七夕拜神时作为供物。另外还把谷种和绿豆放在小容器里用水浸泡，等谷子和豆芽长到二寸多长时，也作为拜神的供物，称为"拜仙禾"和"拜神菜"。从初六晚开始准备，初七凌晨要沐手熏香，跪拜星空"迎仙"，从三更到五更，要连拜七次。这天是农历七月初五，鲁迅和许广平及其妹妹月平一同前往许广平家所在的高第街观看"七夕供物"，就是观看那些姑娘们编制的小玩艺儿，准备在第二天晚上七夕拜星时用的。

1933年5月6日日记："午保宗来并赠《茅盾自选集》一本，饭后同至其寓，食野火饭而归。"这位"保宗"，就是著名作家茅盾，当时他就住在大陆新村鲁迅家后面第三排的29号。这时鲁迅刚从北川公寓搬过来不到一个月，茅盾中午来鲁迅家串门，鲁迅就留他吃饭，吃完饭，鲁迅又随茅盾去他家串门，并吃"野火饭"而归。这种"野火饭"是什么东西呢？其实这是江南民间的一种习俗，就是在立夏时节要吃一种在野外做的菜饭。在乡间，常是在野外挖一个小坑，或用砖石等在田头搭出一个小灶台，然后从家里搬来铁锅，用野外的柴火来烧饭。烧的是蚕豆、笋丁和其它切碎的蔬菜等和着大米或糯米煮的菜饭。有条件的还可以加一些咸肉丁、虾米、白果等。由于用柴禾烧煮，吃起来特别鲜香。据说吃了这种饭还有养生保健的作用。

但茅盾家和鲁迅一样是在城市中心，没有做通常的野火饭的条件，鲁迅记载的野火饭，显然不是在乡间烧的。或许是在自家院子里搭个小灶烧煮，或者简直就是在厨房里，用煤气灶烧煮吧。鲁迅上茅盾家吃野火饭的这天，恰恰是立夏日，虽然我们无法知道那天的实际情形，但是鲁迅的简略记载却给人留下了美好的想象空间。

1932年11月，鲁迅回北平探望母亲的病，其间曾应邀做了一次讲演，题为《今春的两种感想》，其中说到上海"一·二八"战后，上海的日本兵突然紧张起来，"后来才打听到是因为中国人放鞭炮引起的。那天因为是月蚀，故大家放鞭炮来救她。在日本人意中以为在这样的时光，中国人一定忙于救中国抑救上海，万想不到中国人却救的那样远，去救月亮去了。"这里说的情形，在鲁迅1932年日记上并没有记载。但是在1928年6月3日却有类似的记载："夜月食，闻大放爆竹。"虽然没有记录1932年"一·二八"战后的情形，但这一条记载也印证了鲁迅所说月食时中国人大放鞭炮的民间习俗。

此外鲁迅日记中记载的民俗现象还很多，此不一一。

2013年1月22日

从日记看鲁迅的生活情趣

有人把鲁迅描绘成泼皮无赖，成天挥舞大棒敲人；有人把鲁迅说成学阀文霸，动辄讽刺骂人；也有人把鲁迅看成圣人，不食人间烟火。但鲁迅实在是人，一个普通的人和一个不普通的文人。他不但有常人的七情六欲，还有常人的生活情趣。而且，从鲁迅的日记上看，他还真是个极有生活情趣的人呢！

北京时期：心忧身闲

鲁迅在北京早期，教育部无所事事，他便把注意力投放到主业以外。除了收藏、阅读、看戏等外，在日常生活中，鲁迅的生活情趣也显露无遗。从日记中可以看到，鲁迅的生活是多样化的。

游览

1912年9月5日："上午同司长及数同事赴国子监，历览一过后受午饭，饭后偕稻孙步至什刹海饮茗，又步至杨家园子买蒲陶，即在棚下啖之，追回邑馆已五时三十分。"先到某处公干，然后吃饭，饭后去喝茶，又散步到一个葡萄园吃葡萄，傍晚十分回到会馆。这样度过了一天，生活还是很悠闲的。1913年1月5日："……季市招出游，遂同赴前门内临记洋行购茶食二种，又合买饼饵果糖付协和，以贻其孺子。赴青云阁饮茗，将晚回邑馆。"又是一整天在游览闲暇中度过。

鲁迅晚年在上海几乎不去公园，可早年在北京时却是经常去公园游览。

尤其是中央公园,那里的来今雨轩、水榭等几个景点,是鲁迅他们经常喜欢去的。后来他与齐寿山一起翻译《小约翰》,也是在来今雨轩,每天在那里一坐就是好几个小时。这与其说是游览,不如说是把那里当成了书房。除此之外,鲁迅还游览过先农坛、天坛、什刹海、北海、动物园(当时叫万牲园)等。日记中还曾两次记载去游览钓鱼台,1925年4月11日,他与母亲等骑驴去游览一次,后来又在1926年3月7日与许寿裳、王品青、李小峰等九人"骑驴同游钓鱼台",一行人浩浩荡荡,还是颇为壮观的一支旅游团队呢!

酒逢知己千杯少

鲁迅常与好友在一起饮酒聚餐,很是自在。1912年8月22日,教育部发布任命令,鲁迅被任命为佥事。当晚,鲁迅和好友许寿裳、钱稻孙一起去广和居饮酒,实行AA制,每人出资一元。回家的路上,鲁迅见到"月色甚美,骤游于街",感到身心愉快。

1915年8月7日:"前代宋子佩乞吴雷川作族谱序,雷川又以托白振民,文成,酬二十元,并不受,约以宴饮尽之,晚乃会于中央公园,就闽菜馆夕餐,又约季市、稻孙、维忱,共六人。"这次聚餐,钱款尚未用完,于是在9月2日中午,再次"邀白振民、吴雷川、王维忱、钱稻孙、许季市至益錩饭,仍用作宋氏谱叙款。"还是那笔稿酬,大家尽欢而散。

1915年9月10日:"晚齐寿山邀至其家食蟹,有张仲素、徐吉轩、戴芦舲、许季上,大啖饮,剧谭,夜归。"好朋友邀去吃螃蟹,大吃大饮,热烈交谈,深夜才返回。

1923年6月26日:"上午往伊东寓拔去一齿。往禄米仓访凤举、曜辰,

崇效寺

并见士远、尹默、二弟已先到,同饭,谈至傍晚始出。至东安市场,见有蒋氏刻本《札朴》,买一部……"。上午拔去了一颗牙,却不回家休息,而是走访好友,几个人边吃边谈,一直谈到傍晚才离去。而且还不回家,去东安市场又买了一摞书,这才喜滋滋地回家了。

话不投机半句多

请看三处记载,1913年5月5日:"下午同许季市往崇效寺观牡丹,已颇阑珊,又见恶客纵酒,寺僧又来周旋,皆极可厌。"5月10日:"午后以法源寺开释迦文佛降世二千九百四十年纪念大会,因往瞻礼,比至乃甚嚣尘上,不可驻足,便出归寓。"次日:"上午得戴芦舲简招往夏司长寓,至则饮酒,直至下午未已,因逃归。"本来是去观牡丹,却是花已将谢,客人又闹酒,和尚还来纠缠不清,让人兴致全无甚至很讨厌,这是鲁迅所不喜欢的。又过了几天,释迦牟尼的纪念大会,应该是很严肃的场合,却也是一片混乱,无法立足,鲁迅赶紧逃离了。第二天,司长有请,去了却是喝酒。老实说,鲁迅本来并不讨厌喝酒,可是从上午一直喝到下午还没有停盏的意思,对这种无聊的应酬鲁迅终于忍无可忍,再次逃回。

"当官"的态度

鲁迅感到身体不适的时候,就不去上班了,甚至随便找个理由就不去了。1913年3月24

日:"大风,懒不赴部。"1912年7月22日:"大雨,遂不赴部。"可这天晚上,却和几个朋友到陈仪家喝酒,实际上是与几个同乡挚友为蔡元培饯行——蔡氏刚刚辞去教育总长职务,拟去德国游历。这天的菜竟然全部是素的。夜里,鲁迅作诗《哀范君三章》,是为悼念范爱农。

练书法

鲁迅买书出手很爽,但这一次不为买书。1912年12月21日,"……觅得《晚笑堂画传》一部,甚恶,亦以七角银致之",既然"甚恶",就是说书品很糟,那买来干什么呢？——"以供临习",原来是作临习书法用的,可见鲁迅的闲情逸致。

收集信笺纸

鲁迅喜欢买自己用的文房四宝,所用稿纸、信纸都很讲究,1913年3月30日就收到周作人寄来的"乌丝阑纸三帖"。后来鲁迅还对搜集信笺纸产生了浓厚的兴趣,与郑振铎一起编辑了《北平笺谱》《十竹斋笺谱》。他甚至还自己印制稿纸,他创办的刊物,也开始用专用的稿纸。只有砚台是不讲究的,家里的砚台还是学生时期用的,后来有人赠送砚台,他就用人家送的。

厦广时期:闲人不闲

1926年秋,鲁迅南下到了厦门,四个月后又到了广州。在南方,鲁迅总体上比较空闲。厦门地处偏僻,交通不便,信息不灵。鲁迅又与学校当局不甚融洽,于是就比较空闲了。我们看9月5日的日记,便知道当时的状态了:"同伏园往语堂寓午餐,下午循海滨归,拾贝壳一匊。"鲁迅去厦门本来就是林语堂邀请的,孙伏园又是同乡弟子兼好友。鲁迅坐船从上海到达厦门是9月4日,第二天就到林语堂家吃饭。下午沿着海边返回,一路拾着贝壳,回到宿舍已经是满满一捧了,鲁迅当时的心绪之好可见一斑。第二天傍晚,吃完饭鲁迅自己"至海滨闲步",说明昨天的感觉甚好,所以又去一次,也说明鲁迅那时的确闲暇。

由于刚到,还没开学,面对厦门的海岛美景,鲁迅游兴甚浓。三天后,"午后访陈定谟君,同游南普陀"。南普陀山上有南普陀寺,后来鲁迅还应邀前去出席欢迎太虚法师的聚会,并与好友多次在南普陀寺聚饮。11月13日"夜同丁山、伏园往南普陀寺观傀儡戏,食面",庙里居然还有这样的演出活动。细心的读者可能会记得,鲁迅曾经跟几个青年在南普陀山的坟堆里拍过照片,甚至鲁迅的论文集《坟》的封面画，也令人联想到南普陀山。

除了南普陀山，鲁迅也喜欢到厦门市区去走走，11月10日，"同伏园往厦门市买药及鞋、帽、火酒等，共泉二十二元。……信封百，笺五十"。12月11日："上午丁丁山邀往鼓浪屿，并罗心田、孙伏园，在洞天午餐，午后游日光岩及观海别墅，下午乘舟归。"鼓浪屿是厦门岛外的一个小岛，游览需要坐船。这天同在厦门大学任教的丁山邀约了鲁迅、罗常培（心田）和孙伏园，在厦门岛码头附近的"洞天"用餐，然后去日光岩参观了郑成功操练水兵的遗址，又去海边的观海别墅一游。这观海别墅，是紧靠海边一栋造型别致的建筑，类似城堡，八角形，可以看到海滨美景，确是个幽静优雅的去处。一行人玩了一整天，可说是兴致勃勃。

鲁迅到广州时，许广平、许寿裳、孙伏园也都在广州，他们经常一起游公园、喝茶、看电影。1927年1月23日："午后梁匡平等来邀至大观园饮茗，又往世界语会，出至宝光照相。夜同孙伏园观电影《一朵蔷薇》。"半天的活动可谓丰富多彩。1月31日晚，还同孙伏园、许广平一起观市容。2月4日与几个学生一起游毓秀公园，四十六岁的鲁迅竟然像孩子一样顽皮，"从高处跃下"，以至扭伤了脚。有时，鲁迅晚上也会去逛书店，比如4月19日与朋友吃完晚饭，便与许寿裳、许广平一起去书店，还买了书。其实，这几天发生的事情并不愉快，因营救在"四一五"事变中被捕的中大学生不果，鲁迅已萌去意，4月22日上午中大文科学生代表四人来访挽留，鲁迅怒而不见，转而赴许广平之邀，游北门外田野，并与友人许寿裳、江绍原中午在宝汉饭店吃饭，晚饭则在"新北园"吃，直到晚上才回。这天下午，中大秘书黎翼墀来鲁迅处两次试图挽留，友人蒋径三也来访，都没有遇上。可见鲁迅当时情绪低落，故意回避学校当局。

心情虽然很不好，但不能整天愁眉苦脸，而是在沉静中抬起头来，一面揩干心头的血迹，一面沉入历史。这时期他购买了《四部丛刊》《广雅丛书》《太平广记》等，甚至看起了《六醴斋医书》和一部蛀坏了的《唐土名胜图会》。

他仍然外出演讲、写稿、编书、照相，甚至给对门的邻居看稿。有人送他一筐荔枝，他分给北新书屋同人一半。他还跟许广平姐妹一起到许家所在的高第街看七夕供物。表面看似乎心情很不错，实际上恐怕要另作解读："泪揩了，血消了；屠伯们逍遥复逍遥，……我于是只有'而已'而已。"万般无奈而已！只有面对顾颉刚要求他"听候开审"的来信时，他积压的郁闷才突然爆发出来，露出了金刚怒目的一面。

上海时期：忙里偷闲

鲁迅到上海以后，因为不再从事教学，所以成了自由职业者，生活全靠著述。也因此压力比较大，生活节奏大大加快。但是，他的生活情趣并没有消减，反而大为提升。

巧选信笺

早年鲁迅有个不大玩的嗜好，到上海后兴趣渐浓，这就是收集信笺。鲁迅晚年的书信，也常用富有情趣的信笺纸。1929 年 3 月 8 日"得钦文信并信笺四十余种"，这时许钦文在杭州，一次竟寄来四十多种信笺，一定是了解鲁迅兴趣的。同月 28 日又"往松古斋及清閟阁买信笺五种，共泉四元"。除了朋友寄，自己还主动去搜罗。

但那时候鲁迅还没有编《北平笺谱》的想法，写信也一下子用不掉那么多信笺纸啊！他这样集中搜集，一定有某种特别的目的。再看 1929 年 5 月 23 日："从静文斋、宝晋斋、淳菁阁蒐罗信笺数十种，共泉七元。"这时，鲁迅正在北平探望母亲，而许广平已身怀六甲，鲁迅到那些著名的文玩老店去，兴致十足地搜购了大量富有特色的信笺纸，接下来在写给许广平的信中，鲁迅就巧妙地选用了一张带莲蓬的笺纸，暗喻许广平怀子有孕。许广平接到信后，心有灵犀，悟出了其中用意，兴奋不已。之后鲁迅书信使用这类笺纸的很多。

大概是鲁迅特别喜欢北平的笺纸，1932 年 11 月第二次往北平探望母亲时，23 日"往留黎厂买信笺四合，玩具二事"。25 日"至松古斋买纸三百枚，九角"。这回似乎是普通的八行信笺纸，鲁迅晚年写信有不少是使用这种信笺纸的，中缝有"松古斋"三个红色的楷体字。

种花草

少年时的百草园给鲁迅印象深刻，早年在故乡鲁迅就喜欢种植花草，还

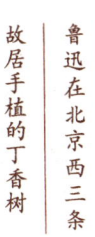

写下了《莳花杂志》，描绘《花镜》等。日记中记载了他在八道湾十一号庭院里种植丁香树，他搬到西三条胡同后，又在庭院里种了两棵丁香。到上海后，尽管生活节奏很快，但1929年6月19日："买花草两盆，共五角。"这时鲁迅何以热心买花草呢，没有别的理由，只因许广平正怀着孕。再看同年9月28日，许广平生海婴后第二天，鲁迅"买文竹一盆，赠广平"，并送到许广平的床边，真是一个体贴入微又有情趣的丈夫。

1930年6月29日："下午出街买纹竹二盆，分赠陈君及内山。"第二天"下午买麦门冬一盆，六角"。当时鲁迅住在北川公寓的三楼，大约是摆放在阳台上。1931年8月23日"大风吹麦门冬一盆坠楼下，失之。"可能是台风来袭，吹落了花盆。1934年12月19日"内山夫人赠松梅一盆"。"松竹梅"是岁寒三友，但竹子是不大好栽种盆景的。看来内山夫人是知道鲁迅爱好的。

看电影

很多人都知道鲁迅喜好看电影，我们这里不谈鲁迅看了哪些电影，只说说他看电影的各种花絮。1931年11月13日："夜微雨，访三弟，值其未归，少顷偕同蕴如来，遂约同广平往国民大戏院观电影《银谷飞仙》，不佳，即退出。至虹口大戏院观《人间天堂》，亦不佳。"四个人看了一半电影，觉得不好看，就中途退场，另找了上海最老的电影院又看一场，但还是觉得不好看，可见他对于电影的兴趣。1935年4月20日："午后蕴如携阿菩来，遂邀之并同广平携海婴往光陆大戏院观米老鼠儿童影片。"这是陪着小孩子一起看米老鼠电影。

1935年12月11日："晚同广平携海婴往国泰大戏院观《仲夏夜之梦》，至则已满坐，遂回寓，饭后复往，始得观。"根据莎士比亚剧本改编的这部电影显然很热门，鲁迅携妻儿一起去看，去了两次才看到。国泰大戏院在淮海路，离虹口鲁迅家很远，两番来去可不是省力的事。鲁迅还常邀青年作家去看电影，例如1929年7月19日邀朝花社同人柔石、崔真吾、王方仁及许广平一同去看电影；1936年3月28日："邀萧军、悄吟、蕴如、葦官、三弟及广平携海婴同往丽都影戏院观《绝岛沉珠记》下集。"鲁迅一家，邀了萧军、萧红、周建人夫妇及其女儿一起去看。1936年10月4日，鲁迅逝世前半个月，日本的鹿地亘及其夫人来，"下午邀之往上海大戏院观《冰天雪地》，马理及广平携海婴同去。"

出街闲步吃冷饮

鲁迅在上海，没有像北京时期的琉璃厂那样的地方供他流连，也没有那样的空闲，因此只能偶然出街"闲步"，作为一种精神调节。1929年6月15日："夜同方仁、广平出街饮冰酪。"天热，工作到夜间，几个人一同外出喝冷饮，也是很好的调节。同年6月26日："夜同三弟及广平往内山书店……途经北冰洋冰店饮冰而归。"看来这家"北冰洋冰店"离鲁迅家不远。7月19日："同雪峰、柔石、真吾、贤桢及广平出街饮冰。"这天上午，鲁迅刚刚去看了牙医，割治牙龈，到了晚上就和大家一起上街去吃冷饮。7月25日夜，鲁迅和柔石、崔真吾、王方仁及许广平往百星大戏院看电影，归途"在北冰洋冰店饮刨冰而归"。奇怪的是，鲁迅在这一年夏天特别喜欢吃冷饮，我怀疑不是鲁迅爱吃，而是正在怀孕的许广平想吃。

这年10月13日："夜往街闲步。"这时儿子海婴刚出世半个月。就是在这天，一个日本青年画家为新生的海婴画油画，"海婴生后十六日像"，至今这幅画还挂在鲁迅故居内。这之后几年中，鲁迅就基本没有外出散步的记载了。孩子太小，看来没有那个闲心思了。但到1932年，又出现了一个小高潮：3月20日："午后头痛，与广平携海婴出街闲步。"24日："午后同广平携海婴出街闲步并买饼饵。"7月14日："夜同广平携海婴散步并饮冰酪。"7月16日："夜同广平携海婴散步。"这时的散步，与以前的散步有很明显的不同，增加了海婴而没有了外人。8月7日："夜同广平携海婴坐摩托车向江湾一转。"这一定是为哄海婴高兴而安排的。10月17日带海婴去看病，归途"又至鹊利格饮牛乳"，也是对患病的海婴的抚慰吧。

餐美食，饮越酒

1930年3月15日："因有绍酒越鸡，遂邀广湘、侍桁、雪峰、柔石夜饭。"这时鲁迅还住在景云里，有了绍兴老酒和家乡鸡，就找几个来往密切的青年人吃饭，实际是招待他们。1932年10月23日："下午三弟及蕴如携婴儿来，留之晚餐并食蟹。"这天是星期天，因周建人经济比较拮据，所以鲁迅总是在周末让弟弟一家来吃晚饭，有了螃蟹，当然更忘不了弟弟。1933年2月6日："午后蕴如来并赠年糕及粽子合一筐，以少许分与内山君，于夜持去，听唱片三出而归。"这时是春节，弟媳妇送来年糕等，他分给内山一部分，晚上亲自送到内山家去，在那里还一起听了一会唱片。1936年4月3日："晚烈文来。萧军、悄吟来，制葱油饼为夜餐。"从这记载中，可以感觉到鲁迅和年轻人在一起的融洽和愉快，也可见鲁迅的生活情趣。

鲁迅固然是战士，但战士也并不时时刻刻都在战斗，鲁迅说过："譬如勇士，也战斗，也休息，也饮食，自然也性交。""其实，战士的日常生活，是并不全部可歌可泣的，然而又无不和可歌可泣之部相关联，这才是实际上的战士。"从鲁迅的日常生活中，可以看到鲁迅的为人和性格。

鲁迅与喝茶

鲁迅虽然调侃地说"有好茶喝，会喝好茶，是一种'清福'"，而且说："我们试将享清福，抱秋心的雅人，和破衣粗食的粗人一比较，就明白究竟是谁活得下去。"对有闲工夫而且善于品茶的"雅人"，表示了不敬。不过，鲁迅自己却也是喜欢喝茶的。人们都知道鲁迅嗜烟，但其实鲁迅之嗜茶，恐怕不亚于抽烟。

喝茶

从作品上看，鲁迅的小说中写到喝茶是无所不在的。而从鲁迅日记上看，从一开始就明显显现出喝茶是他每天的必须。1912年5月，这是现存鲁迅日记最早的月份。26日就有"下午同季市、诗荃至观音寺街青云阁啜茗"，观音寺街在北京前门大栅栏，是热闹地带，青云阁是有名的茶庄。鲁迅在小说里经常描写的那种"坐着喝茶"的情景，常常在鲁迅自己的生活中上演。8月14日又是"午后同季市至廊房头条劝工场饮茗"，这劝工场也在大栅栏。那个时期，鲁迅经常爱去的喝茶处所，就是在大栅栏一带。

后来，鲁迅也常到中央公园去饮茶。在1924年5月2日："下午往中央公园饮茗，并观中日绘画展览会。"这之后就经常去这里饮茶了。8日、11日、23日、30日都有到中央公园饮茶的记载。5月8日那次还特别有意思："晚孙伏园来部，即同至中央公园饮茗，逮夕八时往协和学校礼堂观新月社祝泰戈尔氏六十四岁生日演《契忒罗》，归已夜半也。"这天晚上，友人孙伏园邀他一起去中央公园喝茶，目的是等晚上8点去看新月社为泰戈尔祝寿的演出，半夜才回。11号是鲁迅自己拜访孙伏园，一直坐到下午，两个人才一起出去喝茶，又遇到别的友人，一直喝到很晚。一天就这么消磨过去了。当时鲁迅在教育部确实有些无聊，遂养成了经常外出喝茶的生活习惯。以至于1924年7月到西安讲学期间也"往公园饮茗"（18日）。有一次还跟几个年轻朋友一起"入一小茶店闲话"（1925-2-27），不知名的小茶馆也不在意。到1926年，鲁迅多次去中央公园，是跟齐寿山一起翻译《小约翰》，两人翻完一段，就去喝茶。1926年8月3日，鲁迅即将离京南下，这天"得丛芜函约在北海公园茶话，晚赴之，坐中有李寿恒女士、许广平女士、常维钧、赵少侯及素园"。这次改在北海公园喝茶，即将离开自己居住了14年的北京，想来有很多感想吧，学生们也显然依依不舍。

1926年8月30日，这时鲁迅已离开北京，途经上海遇到友人郑振铎等人，"下午得郑振铎柬招饮，与三弟至中洋茶楼饮茗……"这是与上海友人在一起喝茶。1926年11月20日在厦门，"下午赴玉堂邀约之茶话会"。在厦门出外喝茶的次数看来并不很多，倒是在广州更频繁。1927年1月18日到达广州，22日晚上吃过晚饭后就"往陆园饮茗"，这之后，陆园就成为鲁迅去喝茶最多的地方了。此外鲁迅还去过大观园、大新公司、拱北楼、山泉、在山茶店等处喝茶。在广州8个多月，有记载的喝茶就有13次以上。

1927年10月到上海后，外出喝茶的频率显然还是减少了，可能因为组成了家庭，经常在家里喝。以后认识了内山老板，就经常到内山书店喝茶了。在上海的9年多时间里，有记载的喝茶仅9次，当然1928年夏天与许广平去杭州旅游期间多次往茶店饮茶是个例外。1928年7月12日鲁迅和许广平坐火车半夜到达杭州，13日："午介石邀诸人往楼外楼午餐，午后同至西泠印社茗谈。"介石是另一友人郑奠，他听说鲁迅来，就邀请鲁迅夫妇和许钦文等一起去西湖孤山下的著名餐馆楼外楼午餐，吃完上小孤山的西泠印社喝茶聊天。15日，又"游虎跑泉，饮茗，沐发，盘至晚归寓"。"虎跑品茗"是旅游杭州的一大兴会，鲁迅等在此喝了茶，还用泉水洗了头发，可见兴致之高。

鲁迅在上海时，多半是有事前往茶店，而不是纯粹的休闲。例如1928年两次往新雅茶店，是与陈望道合作编《大江》月刊有关。1934年以后也有为数不多见的几次到茶店喝茶，但是好像多半是外国茶店，例如1934年5月18日在路上"遇叶紫及绀弩，同赴加菲店饮茗，广平携海婴同去"。到咖啡店喝茶，在鲁迅晚年生活节奏明显加快的状况下，多半是有事要谈，或者不方便在家里见面。同年6月9日又有"午后同猛克及懋庸往ASTORIA饮茶",这是到一个白俄人开的咖啡馆喝茶,是有些"左联"的相关事务要商谈。1935年7月21日:"下午同广平携海婴往乍孙诺夫茶店饮茶。"这才是忙里偷闲的休憩,明显也是白俄人的咖啡馆,比较隐蔽些。

其实,鲁迅更多是在家里喝茶。上海山阴路大陆新村的鲁迅故居卧室里,在书桌旁放着一张藤躺椅,据许广平先生告诉上海鲁迅纪念馆的老职工,鲁迅平时喜欢在晚上写作,开始写作前,先泡上一壶茶,在这藤躺椅上躺一会,闭目养神,打打腹稿,然后开始写作。在冬天,由于他要写到下半夜,甚至到天明,为了怕茶凉,许广平特意为他缝制了一个棉茶壶套,夜里套在茶壶上,这样茶就不容易凉了,苦心孤诣,颇为难得。

买茶

在家里喝茶,就不免要自备茶叶。江南人家,居家喝茶,其实是有传统的,只要不是穷得揭不开锅,家里就总会备有茶叶。从鲁迅的日记看,早年就有买茶叶和亲友往来互赠茶叶的记载。例如1915年4月24日:"宋子佩从越中至,持来笋干一包,茗一包。"这个宋子佩是鲁迅的小老乡,他回绍兴老家时便带来绍兴土特产给鲁迅,包括茶叶。这时刚刚过了清明节,一般送的是新茶,如果是清明节前采摘的"明前"茶,那么是正当时令的好茶了。鲁迅日记中亲友赠送茶叶的记载很多,而亲友所赠多半是比较好的茶叶,有"明前",也有"雨前","明前"是产于清明节前的早茶,是茶叶的嫩芽,最为金贵;而"雨前"则是产于谷雨前即4月5日到20日之间的茶,虽然比不上明前,但也是杭州龙井茶中的上品。

鲁迅自己买茶的记载也很多。早年在北京,他常往"稻香村"买茶叶,还到"鼎香村"等处买,每斤价格基本上在1元左右。从鲁迅买茶叶的频率看,他每月喝茶约一斤。例如:

1924年1月17日:"买茶叶二斤,每斤一元。"
2月23日:"买茗一斤,一元。"
4月1日:"买茗一斤,一元。"
5月6日:"买茗一斤,一元。"
5月31日:"下午往鼎香村买茗二斤,二元。"

从中可见鲁迅喝茶相对一般人来说是偏多的。只不过鲁迅并不经常记录买茶叶。

晚年在上海，鲁迅喝茶更加厉害了。从日记上看，上海时期买茶叶已经不是一斤两斤地买了，而是十斤八斤甚至更多。

1928年7月15日："晚又至翁隆盛买茶叶、白菊等约十元。"这时鲁迅刚到上海不满一年，难得有空与许广平一起到杭州游览。将回上海时，到著名茶庄翁隆盛买茶叶，一下子就买了大约10元的。除了茶叶，"白菊"其实就是"杭白菊"，也是一种茶类饮品，清凉败火，虽称杭白菊，但在杭州附近的桐乡特别盛产。差不多这些茶都是1元左右1斤的，杭白菊应该不会比茶叶更贵。10元左右大概就是10斤了。1929年1月1日："上午马巽伯来，未见，留矛尘所寄茶叶二斤。"这个马巽伯是鲁迅老友的儿子，"矛尘"也就是鲁迅的小老乡章廷谦，他这时住在杭州，常为鲁迅代买茶叶，正好小马要去上海看鲁迅，就托他带点茶叶去。同年3月13日："下午吕云章送来矛尘所代买茗三斤。"这个吕云章，是鲁迅在女师大的学生，当时在杭州的国民党省党部工作，就是不久后就"呈请"国民党中央党部通缉鲁迅的那个衙门。她从杭州回北京，路过上海来看鲁迅，顺便带来了章廷谦代鲁迅买的茶叶。

基本上从1929年顷，鲁迅买茶就越来越多了。1929年10月19日："夜出市买茶叶两筒。"这两"筒"不知道是什么容器。现在鲁迅故居里有两个像煤油桶一样的方形茶叶桶，每个大约可以装10来斤茶叶，莫非是指这个桶？无论如何，鲁迅家买茶叶已经不是一二斤、两三斤地买了。

1930年6月21日："下午买茶叶六斤，八元。"这买的什么茶，没说。但看1931年2月11日有"赠内山明前一斤"，而这时当年的"明前"茶还没有长出来，必定是上年的旧茶。6斤茶叶8元，显然也是比较贵的，因此应该就是明前茶了。

1931年5月14日："以泉五元买上虞新茶六斤，赠内山君一斤……"这上虞茶不如杭州龙井有名，所以是比较便宜的。紧接着第二天又"买上虞新茶七斤，七元"，这回是通常的价格，估计是比较好的茶。两天里就买了13斤茶叶。这还不算多。1933年5月24日："三弟及蕴如来，并为代买新茶三十斤，共泉四十元。"一次就买30斤茶叶！而且价格还不便宜！

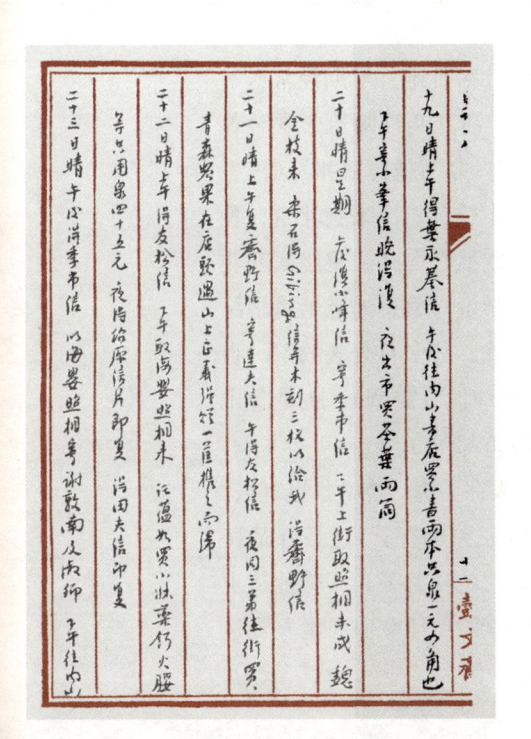

赠茶

鲁迅又不是做生意，何以要买这么多茶叶？就是自己喝，也喝不了这么多啊！上面那次买30斤茶叶的第二天，一条日记帮助我们解开谜底："以茶叶分赠内山、鎌田及三弟。"鲁迅买了茶叶是要送人的！原来，这时内山完造在内山书店门口设立了一个施茶桶，向路人免费供应茶水。需要大量茶叶，鲁迅是这个善事项目的支持者和赞助者，所以买了好多茶叶赠送给内山。

第二年的5月16日，鲁迅又如法炮制："上午蕴如来，并从上虞山间买得茶叶十九斤，十六元二角。"这回的茶比较便宜，仅合每斤0.84元左右，大约是因为王蕴如正是浙江上虞人，到山间去买的吧。茶叶的去向则显然还是除了自己喝、送人和施茶之用。1935年的一条记载写得更明确，5月9日："以茶叶一囊交内山君，为施茶之用。"这种情况到1936年也仍然照常进行，5月16日："晚蕴如携晔儿来，并为买得茶叶廿余斤，值十四元二角。"这回越加便宜了，只合到7毛左右一斤。尽管这时鲁迅已经病得很重，半个月后鲁迅就病倒了。但是因为天越来越热了，施高塔路内山书店门口的施茶桶要为路人提供免费茶水，这事，鲁迅是记得很清楚的，按时免费提供茶叶，鲁迅是不含糊的。

鲁迅日记还记载了不少与友人相互赠茶的事。

从早年开始，鲁迅的亲友就常常赠送或寄赠茶叶给鲁迅。早期经常送茶叶的是宋琳（子佩），他是鲁迅的同乡，又是学生，浙江两级师范学堂时曾受教于鲁迅，后在绍兴府中学堂与鲁迅同事。在绍兴办《越铎日报》《民兴日报》《天觉报》，都得到鲁迅的鼎力支持，此后终生感念。后来到北京，鲁迅为他介绍到京师图书分馆任事，还兼任北京第一监狱教诲师。鲁迅离开北京后，一度托他打理家事，他非常尽心尽力。这个学生与鲁迅的感情可谓深厚。日记上多次有他赠送茶叶、火腿、笋干等的记载，其中有合装的茶，也有包装的新茶。另一位与宋琳差不多同样的弟子李仲侃（霞卿），也是鲁迅在绍兴府中学堂的学生加同事，也曾赠送茶叶（1926-1-3）。

三弟建人也多次带来茶叶。鲁迅去厦门后，建人在上海，曾给鲁迅寄茶。1926年12月15日："收茶叶二斤，印泥一合，皆三弟购寄。"这茶叶是特地买了邮寄的，估计是浙江出的龙井，因为福建多的是乌龙茶，不劳他从上海邮寄。由此可见，鲁迅还是更习惯喝龙井。1932年8月6日，建人曾送给鲁迅红茶，那可能是他从安徽带回来的祁门红茶。因为"一·二八"战后，

鲁迅的日记

因商务印书馆被炸,他失业了,鲁迅托人介绍去安庆安徽大学任教,暑期他回来给鲁迅带来茶叶,应是安徽的红茶。

另一位经常赠茶叶的人是许钦文。他也是鲁迅的亲密弟子,关系深厚。他坐牢,鲁迅还曾出钱出力设法营救他,他的妹妹许羡苏还曾为鲁迅打理家事。那时许钦文在杭州工作,但是经常到上海鲁迅处走动,并常常带来茶叶和杭州的干果等特产,有一次还带来三株兰花。还有一次,是托他的妹妹许羡苏寄来茶叶和杭白菊。他寄赠的茶叶都是合装的,估计多数与杭州茶有关,但也赠过红茶。

还有一个女作家葛琴也特别,1933年她写了一本书《总退却》请鲁迅作序,然后他的丈夫华岗被捕请鲁迅帮助营救,鲁迅都鼎力支持她。之后,她1934、35、36每年夏天都

鲁迅家藏的茶砖

来信并寄茶叶给鲁迅,每次寄的茶都是用包而不是盒。最后一次已经是鲁迅去世前两个多月。

此外,福建人赠的茶,常是用瓶装的。如在鲁迅将离开厦门的时候曾受"赠茗八瓶,烟卷两盒"(1927—1—9),有一次鲁迅老友林语堂来访未遇,留赠红茶四瓶(1927—11—7),林语堂是福建漳州人,他送的这些用瓶装的茶,多半是乌龙茶,福建也是著名茶乡,尤其安溪的铁观音是最著名的。

此外赠送茶叶给鲁迅的人,在鲁迅日记上记载的还有未名社弟子台静农、厦门大学的同事毛瑞章、岭南大学学生张秀哲、林语堂的三哥林和清、许广平的亲戚陈延炘、北新书局老板李小峰、青年作家蒋径三等等。

1936年3月23日,鲁迅日记记载"下午史女士及其友来,并

各赠花，得孙夫人信并赠糖食三种，茗一匣。"这是鲁迅病重的开始，史沫特莱陪同美国记者格兰尼奇来访时，带来了宋庆龄的慰问品，包括一合茶叶，看来鲁迅的嗜茶在朋友圈中是尽人皆知啊！

鲁迅当然每天都离不开茶，但是他也不只是自己喝，他也喜欢把茶叶分赠给别人。除了上面说的送给内山书店大量茶叶作为施茶之用，还赠送给别的友人。包括内山书店的店员鎌田诚一和三弟建人（1933-5-25）等。1933年5月30日："夜同广平携海婴访坪井先生，赠以……茶叶一斤。"实际上，茶叶是中国人交往中常常相互赠送的价廉物美的礼物，不像现在发展到过度包装好像豪华厚礼了。

鲁迅日记中的饮酒

1928年,创造社在与鲁迅等发生"革命文学论争"时,骨干社员冯乃超有一篇文章《艺术与社会生活》,说鲁迅"常从幽暗的酒家的楼头,醉眼陶然地眺望窗外的人生",这是说鲁迅喜欢喝酒,看来鲁迅的好饮酒已经出了名。那么,鲁迅到底有多喜欢饮酒呢?从别处都很难判断,比较真实的还是看他自己的日记吧。

在鲁迅刚到教育部的时候,因为是一个人单身在北京,住在会馆里,形单影只,餐饮无定,其实很是孤独的。再加上国事混沌,前景渺茫,所以就与一班同事天天在一起聊天消磨时间,而最好的聊天方式,当然就是饮酒。所以,早年饮酒的记载可说比比皆是。到北京第三天(1912-5-7)就独自到南半截胡同的广和居饮酒,第四天就到另一家"致美斋"饮酒,由同乡、蔡元培的从弟蔡元康作东。光是1912、1913两年,几乎每个月都有五条以上的饮酒记载。这就是说,至多五六天,就会喝一次酒。还有很多次,虽然没有说是喝酒,只说吃饭或聚餐,但是显然其间是喝了酒的。这其中有的是别人请客,也有的是鲁迅请客(如1913年2月16日"晚招子英、协和饮于广和居");有时候是很多人同饮,更多是三五好友小聚(如1912年5月31日"夕谷清招饮于广和居,季市亦在座");也有与许寿裳、齐寿山或是别的人,两两对酌的情况(如1912年7月17日"晚饮于季市之室",1912年8月10日"晚小饮于季市之室");还有很多次是独自饮酒(如1912年6月29日"夜饮少许酒")。

这时期鲁迅饮酒最常去的餐馆是广和居。这个饭馆就在鲁迅住的南半截胡同绍兴县馆附近，北半截胡同口上，号称北京"八大居"之首，菜肴渊源是宫廷菜。鲁迅常去这里的首要原因恐怕还是因为近便。除此之外，自己的寓所、许寿裳住所和其他人家中也是经常喝酒聚餐的场所。当时的社会教育司司长夏曾佑家（1913-2-18，5-11），留日学友、同乡陈公猛家（1912-7-22），都曾去过饮酒。教育部的茶话会上也有喝酒（1913年1月4日"上午赴部，有集会，设茗酒果食，董次长演说"）。

在一起喝酒最多的人是许寿裳、许铭伯、钱稻孙、张协和、蔡国青、陈子英等。这些基本上都是同乡、同学或同事。鲁迅还有两个上司兼"酒友"特别有意思。

一个是董鸿纬（1877—1916），字恂士，浙江杭州人，钱念劬的女婿，曾与鲁迅同时在日本留学，当时任教育部秘书长。鲁迅到北京后一星期，他就来看鲁迅，并一起喝酒，晚上就住在绍兴县馆，鲁迅让他睡在桌子上。又过了一个星期，他又来一起喝酒，这回是住在许寿裳处。以后就常常来喝酒聊天。1912年7月29日，他被任命为教育部次长，即副部长，之后他也曾主动请大家喝酒。1913年1月4日上午教育部集会，设茗酒果食，董鸿纬作为次长还发表了演说。不久因为对教育部部长陈振先不满意，愤而辞职。后陈振先被迫辞职，董受到大家拥戴复职。可惜此人1916年早逝，鲁迅等很是悼叹。

另一个是司长夏曾佑（1865—1924），是鲁迅的顶头上司。他是浙江杭县人，很有学问，鲁迅很尊敬他。1913年2月18日："下午同沈商耆往夏司长寓，方饮酒，遂同饮少许。"同

- 202 -

年5月11日:"上午得戴芦舲简招往夏司长寓,至则饮酒,直至下午未已,因逃归。"从上午一直喝到下午,鲁迅实在受不了了,只能逃跑回家。实际上,这年3月18日,"夜颇觉不适,似受凉",第二天"头痛身热,就池田诊,云但是胃弱及神经亢奋耳……"鲁迅连续病了好几天,直到22日才好,可是24日、26日都有喝酒的记载,到29日又去看医生了。4月间身体不太好,不大喝了,但到4月28日又跟钱稻孙、许寿裳饮于广和居,还"小醉"了一回。5月1日晚,同乡好友陈子英来,鲁迅又"招之至广和居饮,子佩同去。夜齿大痛,不得眠。"喝酒喝到犯牙病,这以后,5月7日"晚稻孙以柬来招饮于广和居,赴之,唯不饮酒……"看来这次病后确实喝得少了。所以11日在夏司长家才会忍受不了长时间喝酒而逃避回家了。

　　鲁迅喝的是什么酒呢?他自己一般不说,只有喝啤酒的时候才加以说明。读者大约不用猜就会说:"黄酒!"从各种记载看,应该说大体如此,但也不绝对。北京出产的酒,最出名的是二锅头白酒,但鲁迅来自绍兴,自然对黄酒情有独钟。黄酒当时在北京不叫黄酒,而叫"苦南酒"。1924年7月25日:"午后盛热,饮苦南酒而睡。"这就是黄酒。

　　但是鲁迅也喝别的酒。除了啤酒,我们看到鲁迅还得到别人赠送的薄荷酒、杨梅烧酒、五加皮酒、佳酿酒、汾酒、威士忌酒等等,应该认为鲁迅都是喝过的。

　　鲁迅的酒量,似乎并不大。从日记上看,喝醉的次数不少。第一次醉酒的记载是1912年7月14日:"下午偕铭伯、季市饮于广和居,甚醉。"看不出喝了多少,也看不出别人是否醉,但从日记表述看,似乎别人没醉。第二次是不久后的8月1日:"午后稻孙来,在季市之室……晚饮于广和居,颇醉。"从叙述上看,似乎是一个人喝,但他们三个人是一起去琉璃厂的,又和季市本来住在一起,所以一起喝酒是顺理成章的。这次又是"颇醉"。1913年2月26日与戴芦舲"晚同往广和居饮。夜胃小痛,多饮故也。"又是喝酒造成不舒服。虽说是"多饮",但是究竟喝了多少,并不明确。终于有一次明确的记载是在1913年3月2日:"子英云已移居延寿寺街花枝胡同,晚同往视之,饮酒一巨碗而归。……夜大饮茗,以饮酒故也,后当谨之。"这是在同乡好友陈濬的新居,喝了"一巨碗"酒,但是好像并没有大醉,只是猛喝茶而已。这一大碗什么酒呢?不像是白酒,用大碗盛的,基本可以印证是黄酒。

　　奇怪的是,从1914年起,饮酒的记载陡然少起来。一是饮酒的记载大大减少,二是喝醉的记载更少了,但这并不表示鲁迅就不饮酒了。实际上,酒是仍然饮的，只是很少记载了。这是鲁迅记日记的有趣现象，除了必记内容如天气、星期日等外，在一段时间内，所记内容具有类同性。刚到北京的时候，鲁迅记饮酒比较多，后来这类事多了，就不怎么记了，因为太经常了。一类内容经常集中在一段时间内记载，而在另一段时间，就不记了。有一则记载，可以说明鲁迅显然参加了招饮而没有记录。1914年3月9日："……得来雨生招饮柬。"这里只是得到了请柬，但是后面却没有赴饮的记载。一般来说，如果鲁迅不去，会在日记中记一笔"不赴"之类，但这里显然是漏记了。这段时间鲁迅饮酒的记载减少，但喝咖啡吃西餐的记载渐渐多起来。1913年9月2日"午同齐寿山出市，食欧洲饼饵及加非，又饮酒少许"；11月4日"午同钱稻孙饭于益錩，食牛肉、面包、略饮酒"。而且这段时间鲁迅也有较多谢绝饮酒邀请的记载。

不过，从1915年起，饮酒的记载又多起来，但比之前还是少很多。1919年底，绍兴老家的旧屋卖掉后，母亲、朱安、作人一家、建人一家都搬来北京，共居于八道湾11号。这时国家经济形势急转直下，各处都欠薪，家庭经济骤然拮据起来。再加上作人及其儿女、建人的太太和儿子相继生病，鲁迅的经济捉襟见肘，这段时期饮酒就明显少了。连日记的内容也简略了很多，到1921年，连日记的字数降到了最少，常常是一天只有一句话，出现了大量"无事"的记载。

由于1922年的日记丢失，看不到全豹，只看到许寿裳抄录的一条，1月27日："旧除夕也……柬邀孙伏园、章士英晚餐，伏园来，章谢。夜饮酒甚多，谈甚久。"这是和同乡小弟子谈得很投机。1923年5月10日："晚与二弟小治肴酒共饮三弟，并邀伏园。"这时，三弟建人即将去上海谋职，鲁迅特地安排三兄弟在一起喝一次酒，还请了孙伏园。但这却是某种意义上"最后的晚餐"，从此以后，三兄弟再也没有在一起呆过，更不用说喝酒了！

这以后，情况开始有所变化。虽然从7月开始兄弟反目，心情不佳，但是，从另一种角度说，也是一种解脱。这段时期，似乎喝闷酒比较多。就在三兄弟喝酒后的第九天，5月19日："夜得三弟信，十六日上海发。重装旧书三部，共十二本讫。饮酒。"建人于14日前往上海，19日鲁迅得到来信，或许是想到三弟离开北京时其实是很不愉快的，因为周作人妻嫌建人不赚钱吃白饭，给他看脸色，所以建人才去上海谋生。晚上，鲁迅自己动手，装订完了三部旧书后，独自喝起了闷酒。两个月后，鲁迅与作人兄弟反目，看来不是没有缘由的。

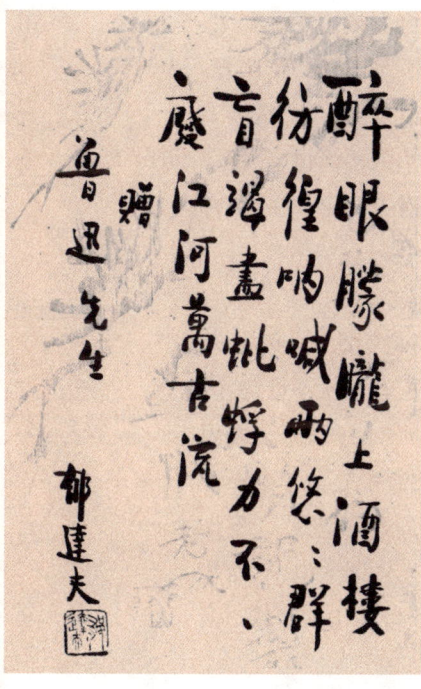

两人闹翻后两个月，1923年9月19日："夜半雷雨，不寐饮酒。"这条记载真是令人为之一震！夜半窗外电闪雷鸣，暴雨如注，室内鲁迅孤灯独对，闷闷饮酒。似乎依稀可见鲁迅愁眉不展，愁肠百结，不停抽烟。这是什么样的心境啊！看来鲁迅的心情是非常恶劣的。

1924年2月4日："买酒及饼饵共四元。……旧历除夕也，饮酒特多。"回想去年此时，"夜爆竹大作，失眠"，那时还是欢乐景象，而今年却是孤家寡人，所以喝起了闷酒。到了6日，是正月初二："夜失眠，尽酒一瓶。"而去年正月初二那天中午，鲁迅跟作人一起，邀请了郁达夫、张凤举、徐耀辰、沈士远、沈尹默、沈兼士、马裕藻、朱希祖等一帮好友谈了一下午的天，其乐融融。一年后经历如此大的变故，鲁迅的心情可想而知！从酒量来说，整整喝了一瓶酒，不知是一瓶白酒还是黄酒！无论如何都是不少的，鲁迅日记准确记录自己一个人喝了一瓶酒，仅此一次。

这以后鲁迅喝酒似乎有所节制了。直到1925年4月11日，与狂飙社青年们一起喝酒："夜买酒并邀长虹、培良、有麟共饮，大醉。"这或许是在鲁迅与高长虹等创办的《莽原》创刊前夕，为即将诞生的刊物庆祝吧，大概好久没有这样开怀畅饮了。

从这次畅饮之后，直到到达上海，鲁迅再也没有这样喝到大醉的机会。似乎在与许广平的接触中，许广平曾劝鲁迅少饮酒，鲁迅答以喝酒的害处我是很清楚的，所以当会控制云云。此后果然很少再醉了。这两年中，只有别人赠送酒的记载，却几乎没有饮酒的记载。有一次，高长虹来并赠作品五本，汾酒一瓶，鲁迅受其书而还其酒（1925-9-26）。汾酒是中国十大名酒之一，是高度白酒，鲁迅还酒，看来他可能是不怎么喝白酒的，或者也许是听了许广平的劝告吧。

但1927年10月与许广平一起到了上海后，竟就接连醉了好几回。先是10月23日："夜同许希林、孙君烈、孙春台、三弟及广平往近街散步，遂上新亚楼啜茗，春台又买酒归同饮，大醉。"这是刚到上海半个月，同几个青年好友一起，在景云里新居中喝得大醉。11月9日又"夜食蟹饮酒，大醉"，没说跟谁在一起喝，看上去是独自喝，不过，根据当时的情况，应该

郁达夫《赠鲁迅先生》手迹

是跟周建人、许广平一起吧。12月31日："晚李小峰及其夫人招饮于中有天，同席郁达夫、王映霞、林和清、林语堂及其夫人、章衣萍、吴曙天、董秋芳、三弟及广平，饮后大醉，回寓呕吐。"这都是一群十分亲近的友人，竟然喝到回家呕吐！这接连几次喝醉，可能不光是超量饮酒，恐怕跟心情也有关系，一方面是高兴，另一方面也是感慨吧！更可怪的是，这几次许广平都在跟前，却好像并没有力劝他少喝，不然恐怕不会到这样地步。

这之后，鲁迅在上海定居，生活安定了，但是还喝醉过几回。

一次是1929年4月18日："夜饮酒醉。"这次似乎真是独饮。但不知道为什么，在此之前之后，从4月10号到28号间，竟然接连有七次不见访客，鲁迅似乎心情不大好。这时候，"革命文学论争"已近尾声，应该不会成为心情不悦的根源。只有不久后发生的与北新书局李小峰的版税之争，或许可能有关系，别的都不足以使他如此心情恶劣。看4月30日有一记载："晚张友松、夏康农招饮于大中华饭店，与广平同往，此外只一林语堂也。"品其语气，似乎谈什么特别的事。而不久后发生的版税案，都与这几位有关，很可能是商谈向北新书局交涉版权的事。

还有一次是1932年"一·二八"战后，2月16日："夜全寓十人皆至同宝泰饮酒，颇醉。"1月28日战事发生时，鲁迅陷于火线中，2月6日脱离火线到达租界，15日已经与许广平偕同三弟建人夫妇往四马路的同宝泰酒家饮酒，第二天竟然再次带两家所有人包括孩子和保姆去该店。当然，饮酒的应该不包括孩子们，而醉的只是鲁迅自己。这时，鲁迅心情显然是很不好的，在租界住了十来天，战事还没有结束，不知道何时才能重返居所。喝醉以后，又接着去四马路青莲阁茶肆喝茶，这里有卖唱的，鲁迅还出一元钱让卖唱的女孩来略坐了一会，鲁迅心情之糟可想而知。直到3月19日他们才返回寓所。30日这天，已经搬到善钟路（今常熟路）的三弟夫妇来看望大哥，还为他买来两本书，鲁迅遂留他们在北川公寓自己家里吃饭。席间看来是喝了不少，当晚他在日记中说："自饮酒太多，少顷头痛，乃卧。"

鲁迅最后一次醉酒的记载是1934年12月29日："略饮即醉卧。"这天是周六，三弟建人夫妇照例前来看望大哥并一起吃饭。看来，随着年龄的增长，身体越来越差，鲁迅越发不胜酒力了。

2013年2月11日

鲁迅怎样过年

鲁迅的故乡绍兴，过年有很多民俗节庆形式，少年时期的鲁迅，对这些形式印象极为深刻，所以在他的《故乡》《祝福》《阿长与〈山海经〉》《五猖会》等小说和不少散文中，都生动、详实地描写到过年的情形。

但是自从他离乡背井，去南京求学，继而留学日本后，就很少再过旧历年了。后来回国，再回绍兴，应该还是随俗的。但只待了一年，1912年5月随教育部到北京后，就不再按旧俗过年了。但不按旧俗过年，对于孤身一人飘泊远方的游子来说，"每逢佳节倍思亲"，那况味可真不是好受的。

1913年2月6日日记："旧历元旦也。午后即散部往琉璃厂，诸店悉闭，仅有玩具摊不少，买数事而归。"这是鲁迅到北京后的第一个春节。大年初一，鲁迅还照常上班。民国政府当时还没有确定春节为国定假日，但下午就放假了。到琉璃厂看看，店铺都关闭了，开着的只有玩具店，就买了几样。他没有孩子，买玩具干啥？看来有点百无聊赖。年初二，也只与几位友人去饭馆晚餐。

第二年，在除夕的日记中记着："今是旧历十二月三十日也。夜耕男来谈。"（1914-1-25）

这位"耕男"姓车，是鲁迅绍兴家乡的远房亲戚，当时正好在北京。第二天："旧历元旦也。署中不办公事。卧至午后二时乃起。"（1914-1-26）这时教育部已有规定：春节放假一天，鲁迅竟然睡到下午才起来，可见其寂寞无聊了。初二上班，只有一个同事规规矩矩上班，其他人都溜走了。鲁迅呆了一会，就去琉璃厂逛书店，这是鲁迅在北京几乎唯一的消遣。

1915年的春节，鲁迅和几个太炎弟子一起去看老师章太炎，在章寓盘桓一天，到晚才回寓所。初二他又去逛书店，但连琉璃厂也"人众不可止，便归"。1916年春节他写的是："旧历丙辰元旦，休假。午后昙。无事。"

1917年春节的日记更道出了他的寂寞感："旧历除夕也。夜独坐录碑，殊无换岁之感。"（1917-1-22）当时鲁迅正在集中心思抄古碑，"我的生命却居然暗暗的消去了"，"独坐录碑"那种孤寂的况味，不是身历，是难以体味的。

鲁迅后来在一篇文章中说："我近来对于年关颇有些神经过钝了，全不觉得怎样。其实，倘要觉得罢，可是也不胜其觉得。大家挂上五色旗，大街上搭起几坐彩坊，中间还有四个字道：'普天同庆'，据说这算是过年。大家关了门，贴上门神，爆竹毕剥砰訇的放起来，据说这也是过年。"（《华盖集续编·杂论管闲事·做学问·灰色等》）

在鲁迅眼里，过年早已失了原有的味道，与他不相干了。1917年4月，二弟周作人到了北京，鲁迅的心情肯定好了一些。但开始几年也还是以逛书店为主，不过到了1920年春节，情况有了变化：鲁迅刚刚在1919年12月将绍兴老家房屋出售，全家迁居北京。鲁迅与母亲、朱安、周作人一家、三弟建人一家，聚居于北京新街口公用库八道湾11号院。1920年2月19日除夕，鲁迅日记有："休假。旧历除夕也。晚祭祖先。夜添菜饮酒，放花爆。"多年不过旧历年，这年却罕见地祭了祖先，还放了花爆。这恐怕也是为了给刚刚安定下来的全家增添几分喜庆的气氛。

1921年却没有再这样，而是在写作中度过

- 208 -

了春节。初一这天上午，鲁迅向《新青年》投出了一篇小说稿，《故乡》。正是在这篇小说里，鲁迅饱含着对故乡的深情，描绘了那个在过年时来鲁迅家帮忙的少年闰土。鲁迅在春节前夕写这样一篇小说，怕是即将到来的春节引起了他的乡思吧。

1922年鲁迅日记丢失了，好在有许寿裳的摘抄节录本。从中可以看到：1月27日："旧除夕也，晚供先像。柬邀孙伏园、章士英晚餐，伏园来，章谢。夜饮酒甚多，谈甚久。"这是说，再次举行了祭祖（"供先像"应是"供奉先祖像"之意），还请了同乡后辈兼好友孙伏园来叙谈。而另一位亲戚、鲁迅族叔周秉钧（心梅叔）的女婿章士英却谢绝了，不知道什么原因。但这天鲁迅显然很兴奋，喝了不少酒，说了很多话。参加谈话的人，除孙伏园外，估计还有周作人、周建人等。实际上，这天鲁迅还向许寿裳借了《嵇康集》准备对它作校勘，初二就编好了《爱罗先珂童话集》。

类似的情形还出现在1924年春节。2月4日是除夕，鲁迅"饮酒特多"，这时鲁迅已与周作人失和，迁居砖塔胡同64号，显然心情不太好。到2月7日（年初三）就完成了《祝福》的写作。而《祝福》恰恰又是以故乡绍兴过年情景为背景的。1925年的情形竟与前两年惊人地相似：1月24日是大年初一，鲁迅在日记中记的是"自午至夜译《出了象牙之塔》两篇"，而实际上，这天他还写了一篇小说《风筝》，而这篇小说又是以故乡为背景，虽然时间换了早春，却正是沿着"过年"延伸而来的。第二天（正月初二），中午鲁迅又邀请了不少同乡友人在家里聚餐。根据日记，有陶元庆、许钦文、孙伏园，而鲁迅母亲出面又请了"俞小姐姊妹三人及许小姐、王小姐"。陶是画家，许是作家，孙是编辑、记者兼作家，俞小姐姊妹三人则是鲁迅的邻居俞芬、俞芳、俞藻，许小姐是许羡苏，王小姐是王顺亲。这些人无一例外全都是绍兴同乡。看来思乡的情结在鲁迅还是挺重的呢！

1926年春节仅在2月13日记下"旧历丙寅元旦"几个字，其余就与过年毫不相关了。

之后，鲁迅就奔向南方了。1927年的春节，鲁迅是在广州与许广平一起过的。除夕上午，许广平就来看鲁迅。晚上，中山大学委员会委员朱家骅在寓所请客，把鲁迅也请去吃年夜饭，鲁迅记着："夜往骝先寓夜饭，同坐八人。"（1927—2—1）年初一中午，许广平又来，并带来食品四种。之后直到去世，就都与许广平在上海一起过年了。

有爱人的陪伴，鲁迅的心情自然会好很多，但上海被鲁迅称为"棘地"，环境是日益恶化，鲁迅过年的心境反而更不如之前了。1928年的除夕还算好，看了一场电影："夜同三弟及广平往明星戏院观电影《疯人院》。"(1928—1—22) 已经完全不是旧式的过年了。其后的两年，情形更糟，几乎什么过年的氛围都没有。1931年除夕是2月16日，当时鲁迅正因柔石等人的被捕而避居花园庄旅店，他"托王蕴如制肴三种，于晚食之。径三适来，因留之同饭"。王蕴如是周建人夫人，原来和周建人一起，与鲁迅许广平同住在景云里，鲁迅许广平在1930年5月搬到北川公寓后，他们还住在原处。除夕日，鲁迅请建人夫人做了几个菜（但看不出是与建人、王蕴如一起吃，还是就与许广平两人吃），适逢广州时期的友人蒋径三来访，就留蒋一起吃。鲁迅当时心情是很沉重的，前一段"左联"作家柔石等被当局秘密逮捕，生死不明。这天晚上，鲁迅还支付了营救"左联"五烈士的五十元捐款，但事实上是柔石等已在十来天前被秘密枪杀了！

到1932年春节情势更为恶劣：遭遇了"一·二八"战事。1月28日战事爆发时鲁迅还住在北川公寓，日本宪兵队冲进来搜查抗日人员，一颗子弹打进鲁迅家玻璃窗，形势危急。1月30日，是旧历腊月二十三，赶早的人家已经开始送灶君上天了，这天鲁迅一家却不得不冒着炮火避居内山书店楼上，"仅携衣被数事"。窗户都用棉被遮挡，黑暗中随时会有炸弹落下来，在这样的险境里熬了六天。第七天正是大年初一，下午鲁迅一家和周建人一家由一位内山书店的店员陪同，冒着危险，离开内山书店，沿着北四川路向南移动，进入租界，住进了四川中路上的内山书店中央支店楼上。鲁迅这天的日记记着："旧历元旦。昙。下午全寓中人俱迁避英租界内山书店支店，十人一室，席地而卧。"其状有如难民。这恐怕是鲁迅一生中最为惊心动魄的过年了。

到1933年，形势相对稳定了。这一年，左翼文化发展蓬勃，鲁迅还与宋庆龄、蔡元培等筹组了中国民权保障同盟，营救革命者的活动开展得有声有色，鲁迅心情相对轻松。1月25日是除夕，鲁迅日记有这样的记载：

晚冯家姑母赠莱菔糕一皿，分其半以馈内山及鎌田两家。得季市信并诗笺一枚。旧历除夕也，治少许肴，邀雪峰夜饭，又买花爆十余，与海婴同登屋顶燃放之，盖如此度岁，不能得者已二年矣。

冯家姑母是许广平的亲戚，她送来一盒点心，鲁迅把它分赠给帮助过他的内山书店主人和在战争中护送鲁迅一家脱离火线的内山书店店员鎌田诚一家。晚上弄了几个菜，请冯雪峰一起吃年夜饭。冯当时是中共江苏省委宣传部长，负责中共与鲁迅的联络。作为职业革命者，冯的生活飘泊无定，行动隐秘。当时他住在鲁迅家这栋北川公寓大楼的半地下室，生活状况比鲁迅困难得多。所以，鲁迅特地让他一起吃顿年夜饭。晚上，鲁迅又和四岁的儿子海婴一起，到北川公寓楼顶上燃放烟花。鲁迅当然不是"老夫聊发少年狂"，而是借此排遣心中的闷气。第二天大年初一，鲁迅还心情很好地为友人书写了多条诗幅，颇有新年的氛围。

1934年春节，鲁迅过得很平淡，看日记中他没有任何过年的举动，只是有一位好友远行，鲁迅托他带给另两位远方友人火腿等礼物。可第二天鲁迅却写了一篇题为《过年》的文章说："我不过旧历年已经二十三年了，这回却连放了三夜的花爆，使隔壁的外国人也'嘘'了起来：这却和花爆都成了我一年中仅有的高兴。"鲁迅住的北川公寓，隔壁确实都是外国人，但那几天鲁迅日记中并没有放花爆的记载，倒似乎说出了他1933年春节的心境。1934年春节前，当局曾禁止市民燃放爆竹，鲁迅似乎故意说自己放了三天花爆，或许是有意给当局难堪？

但随着白色恐怖的加剧，国民党当局军事围剿和文化围剿同步铺开，1934、35年左翼文化运动走向低潮，鲁迅的心情也越来越压抑，身体状况也急剧下滑。1935、36两年的春节，鲁迅都是在极度压抑中度过的。这期间冯雪峰去苏区，瞿秋白被害，左翼人士大批被捕被害，民权保障同盟被扼杀，书报查禁严厉，"左联"内部出现矛盾，鲁迅内心的焦虑日益加剧，他知道自己的日子已经不多，再也没有燃放花爆的心情了。

1936年5月31日，友人请来美国著名肺科专家邓医生为鲁迅诊断，他的结论是：照此下去，过不了年！

不幸，邓医生的话应验了：鲁迅再没能活着过下一个年。仅仅五个月不到，鲁迅就撒手人寰了！

鲁迅日记中的日本生活方式

鲁迅在日本生活了七年半，而且正是二十几岁可塑性很强的青年时期，七年半的日本生活方式，对他的影响可说是根深蒂固。以致于他回国初期仍难适应国内的生活方式，还因他的"洋"装束而被呼为"假洋鬼子"。

现在已经看不到鲁迅刚回国时在上海、杭州以至绍兴的生活方式的详细记载。但从1912年开始的日记上看，确实可以清晰地看到鲁迅的生活方式里有着较多的国外元素。这表现在：第一，买日文书、读日文书；第二，吃日本食物；第三，用日本用具；第四，写、说日语；第五，参与日本人的社交活动。在记载频率上，第一项最多，后期尤其多；第二项次之，也以后期更多；第三项较少；第四项以回国初期和晚年在上海为多；第五项也以上海时期为多。

日记中最早的相关记载是1912年6月11日："上午至日租界加藤洋行购领结一，六角五分；革履一，五元四角。"这时鲁迅刚到北京教育部任职，但是北京并没有日租界，也少有日本货物供应，鲁迅这里记载的是天津。当时鲁迅正好去天津考察新剧，天津虽然离北京很近，但是鲁迅在北京任职期间也就去过这么一次（以后每次都只是途经，短暂停留一夜或换车）。他一去，就到天津日租界去买领结和皮鞋，显然这时鲁迅的装束是西装革履，而且是戴领结不是领带，这是典型的西欧作派，在日本也是流行的。

同月16日："上午赴青云阁购袜子、日伞、牙粉等共二元四角。"这时已经从天津回到北京。他所购买的日用品，都是外来风格的，透露了鲁迅外来生活方式的痕迹，而这种外来生活方式主要来自日本生活的影响。这里说的"日伞"不知道是什么样式，或许是遮阳伞吧。当时刷牙用的不是牙膏，而是牙粉。同年12月31日："午后同季市至观音寺街购齿磨一……"齿磨也就是牙粉，这是日语。显然鲁迅习惯了用日语称呼外来的物品。还有例如"叶书"即明信片，"时计"即钟表，把火车称为"汽车"，把汽车称为"自动车"，以及"记念""连盟"，都是日语的表达方式。把纸张、票据都以"枚"为计数单位，也都是日语的用法。

1913年6月，鲁迅第一次返乡探亲。经过长途跋涉到达上海后，仅停留一天，他就"往虹口日本饼饵店买饼饵二匣，一元八角"，显示他对日本食品的喜爱。这也许还有一个原因，当时鲁迅的弟弟周作人及其日本太太已经从日本回到绍兴生活，鲁迅或许是买来送给他们的吧。

等到鲁迅从绍兴返回北京的途中，坐船到了上海，不知道什么原因，没有客栈肯接待。不得已，鲁迅自己雇了两辆人力车，去到比较远的虹口，投宿在日本人开设的松崎洋行。看来鲁迅后来定居在虹口，不是没有原因的。一个人为什么要"两辆"人力车呢？看来是携带的行李比较多吧。

1916年12月，鲁迅又一次从北京回故乡探亲时，曾在上海乍浦路名为"梅月"的糕饼店买"饼饵"，似乎这家糕饼店也是日本风格的。同一天还"往东京制药会社为久孙买药三种，量杯一具"。这个"久孙"，就是鲁迅《狂人日记》主人公的原型。鲁迅买的也是日本医药器具。

在鲁迅日记中，记载日本生活方式最多的，是上海时期。如果说早年还不是记载太多的话，也是因他的生活环境所限制。在北京时，由于周围日本人较少，鲁迅已经逐渐回归和适应国内的生活方式。虽然早年有购买领带等记载，但后来逐渐减少。然而到了上海以后，由于居住在日本人聚居区域，鲁迅的日本生活方式骤然被唤醒了。

鲁迅从广州到上海第三天就邂逅了内山书店，此后该书店成为他的生活必需。以至于几乎每天都要去转一圈，开始还记上"往内山书店……"，后来就直接写"买……书几种"，而不说是在哪里买的，实际上就是在内山书店买的。甚至到后来，去内山书店这件事，基本上就不记入日记了，特殊情况下甚至一天去两次，记不胜记了。他在上海九年多，买的日文书有九百多种。看日文书，已经成为鲁迅的日常功课。1925年鲁迅写文章曾主张青年多看外国书，而少看或不看中国书，其实那时候鲁迅自己看的还是中国书居多。到了上海后，看日文书似乎超过中国书了，当然也没有全然不看中国书。另外，鲁迅在日记上极少记，而在杂文里却提到"看日本报纸"，实际上，鲁迅是经常看日文报纸的。当时上海有三家日本人办的报纸：《上海每日新闻》《上海日日新闻》《上海日报》，这些报纸也都对鲁迅的活动进行过报道，鲁迅经常去内山书店，内山老板是订日本报纸的，鲁迅也从这些报纸上获取各类信息。

其次，吃日本食物的记载也很多。在鲁迅日记里，从到达上海第三天发现内山书店后，就三天两头往那跑了。但内山完造的名字第一次出现却是要到1928年4月，而第二次出现，即1928年11月11日，就是内山招饮于日本料理"川久料理店"。之后也是经常相互请饭，吃的大都是日本料理。同年12月30日有"午后内山完造赠宇治茶及海苔细煮各一合"，这是将日本宇治地方出产的茶叶赠送给鲁迅。宇治是内山夫人的家乡，海苔细煮是一种用海苔切细后烹治的带汁食品。1930年5月19日有"内山赠海苔一罐"，后来还多次赠送海苔，别的友人来时也曾赠送海苔，看来这也是日本人喜欢吃的食品。

1930年10月19日又有"夜往内山书店食松茸"。松茸的学名叫"松口蘑"，别名松蕈，又称松蕈、松菌，是一种营养丰富的野生山珍，日本盛产。在内山书店里吃松茸，这一定是内山的亲友从日本带来的了。1933年10月19日："森本君寄赠松蕈，内山君夫妇代为烹饪，邀往其寓夜饭，广平携海婴同去。"这是日本住友保险公司的森本清八赠送的，鲁迅就请内山夫妇在家里做了，鲁迅一家前去与内山夫妇一起吃饭。后来还有"盐煮松茸"（1931-10-19）、"松茸奈良渍"（1935-10-22）、"酱松茸"（1933-10-25）、松菌（1935-9-21）、"酱油渍松茸"（1935-12-13）等等记载，可见松茸可以加工成各种食物，鲁迅也是很喜欢吃的。有一次鲁迅还被"增田君邀往花园庄食松茸饭"（1931-10-21），这是日本石锅饭的一种，是将松茸切成长薄片，与其他茎类蔬菜、大米在锅中煮成的菜饭，香鲜可口。

对这些食物我是不太懂的，曾向日本友人、原内山书店职员儿岛亨先生的公子佐藤明久（入赘佐藤家）请教，他告诉我，松茸是日本人喜爱吃的山珍，有各种做法。但没听说过用盐煮，一般是用酱油浸泡的，他估计鲁迅是因其味咸而认为是用盐所煮。其制作方法是将松茸切成长薄片后放入锅中并加入酱油等调味品烧煮至汁干。酱松茸、酱油渍松茸，都是"佃煮松茸"的一种，将松茸整支浸在酱油中一年以上而成。奈良渍则是奈良地方的食物名称，"松茸奈良渍"就是将松茸一切为二，或者大的松茸切为三等分，浸在酒糟中而成。"奈良渍"一般使用瓜类，很少使用松茸。

1931年4月23日："增田君来，并赠羊羹一合。"羊羹是一种茶点，用豆类制作的果冻状食品。其实最早是在中国发源的，是用羊肉制成肉冻，后来由日本僧人传到日本去，由于僧人不食肉，就改用豆类制作，并变成日本广为流行的美味茶点了。

1931年5月25日："内山君赠麦酒一瓶，ポンタン饴一合。"在中国，说到麦酒很容易联想到是酒酿。但在日本，麦酒就是指啤酒。"ポンタン饴"则是文旦饴，类似高粱饴的一种糖果。

1932年3月10日："上午鎌田君自日本来，并赠萝卜丝、银鱼干、美洲橘子。"这个鎌田君，就是前不久护送鲁迅从火线下突破重围的内山书店店员鎌田诚一。战事以后，他回日本去了。返回上海时，给鲁迅带来一些日本食品。这些虽然并非是日本独有的食物水果，却是从日本带来的，不仅远渡重洋，而且也是日本人常吃的吧。

1932年5月11日："午与田丰蕃君来，并赠煎饼及油鱼丝各一合。"这又是一位患难之交，就是1931年1月柔石等人被捕后鲁迅避难的花园庄的主人。5月时，鲁迅已经回到了北川公寓的家中，与田丰藩来看望鲁迅，并赠送食品，看来由于鲁迅在他店里住了一个多月，两人已经交了朋友了。这里的"油鱼丝"应该是指鱿鱼丝。因为虽然有"油鱼"这样一种鱼，但是有毒，现在日本已经禁止食用了，似乎当时也不会食用这种鱼吧。

1932年9月15日："晚内山君邀往书店食锄烧，因与广平挈海婴同去。"说"锄烧"，中国人可能不懂是什么东西，但是换个名字"铁板烧"，就了解了。或许较早时，那烧烤用的铁板就像一块锄头，甚至简直就是农人用锄头来烧烤，才因此得名的吧。这是内山在自己的书店里现做的，因为店里有厨房，还有专门做饭的中国工人。此外，鲁迅还几次应日本友人之邀往日本酒店吃鹌鹑（1934-1-25，1936-2-11），"食鹌鹑"当然不仅吃鹌鹑，想必还要饮酒并有其他菜蔬。

此外，日本友人赠送的食物还有椒芽蒩（1933-5-16，山椒的嫩叶调味而成的食品）、鱼饼（1935-2-14，将鱼肉泥放在板上加热而成）、新潟酱菜（1935-4-11）、盐煎饼（1935-5-20）、海胆脏（1936-5-28，日本的三大珍品之一，在海胆的肠内放入麹子做成的咸味发酵食品）等。1936年8月18日还"得内山夫人笺并乡间食品四种，为鹿地君之母夫人所赠"。我们不知道是什么样的乡间食品，但是鹿地亘的母亲所赠。从这里可以知道，鲁迅对日本食品是很能适应的，也经常食用各种日本食物，鲁迅甚至拿来转赠友人。1935年2月14日,"内山君赠鱼饼四枚,以二枚分赠仲方。"仲方即茅盾。

1934年6月12日:"内山君赠长崎枇杷一碟。"这时正是端午时节,枇杷成熟的季节,过去有端午吃枇杷的习惯,但这是来自日本的长崎枇杷,却有些难得。

1934年6月19:"晚斋藤君赠麒麟啤酒一箱。"麒麟啤酒是一种日本啤酒,估计是从日本运来的。

除了食物,鲁迅还经常收到日本友人赠送的日本工艺品。例如1931年4月24日:"下午内山君赠海婴五月人形金太郎一座。"这是日本著名的儿童玩具,来源于端午节。每年5月5日,是日本的端午节。从江户时期开始,日本民间在这一天,每家每户要在门口挂上一面鲤鱼旗,上面以黑鲤鱼代表男孩,红鲤鱼代表女孩,以祈祷孩子健康成长。有些人家则做一些纸制或竹木制的兜铠,并逐渐发展为武者人形(人偶)。因为是每年五月端午的节令物品,所以叫做"五月人形",其造型以佩盔甲的武士为主,金太郎是其中最常见的传说人物。他从小生长在山中,与动物为伍,力大无穷,后来成为著名的勇士。他的原名叫坂田金时,"金太郎"之称大约就是从此而来。后来人们慢慢把金太郎与鲤鱼结合起来,做成金太郎钓鲤鱼的人偶,形象生动可爱。五月人形种类繁多,做工华丽精致,堪称日本传统工艺中独具一格的代表作。现在这座"五月人形金太郎"就收藏在上海鲁迅纪念馆。

1935年3月10日:"夜内山夫人来并赠云丹一瓶,又交漆绘吸烟具一提、浮世绘二枚,为嘉吉由东京寄赠。"按照中国的传统说法,云丹就是所谓"仙丹",是太上老君炼丹炉里出来的宝贝。不过这里当然不是说的那种"灵丹妙药",实际上就是前面说的一种食物:"海胆"。内山夫人还转交内山完造的弟弟内山嘉吉从东京寄赠的漆绘烟具和两幅浮世绘。嘉吉知道鲁迅爱抽烟,所以送他一副日本式的吸烟器具。而浮世绘也是鲁迅在提倡新兴版画时关注的参考艺术,因为浮世绘也是版画,有很高的艺术价值。鲁迅自己不仅收藏了一些浮世绘作品画册和研究书籍,甚至还收藏了一些浮世绘原作。

此外,鲁迅还参加过一些具有日本民族特色的社交活动。1929年4月9日:"午后同柔石、真吾及广平往六三公园看樱花,又至一点心店吃粥,又至内山书店看书。"四月初,是上海的日本樱花盛开的时节。按照日本樱花"满开"的规律,是从南到北蔓延。开到东京附近大约在四月初,一般东京的"观樱会"常常在4月8日左右。鲁迅和许广平约了柔石、崔真吾一起到附近的"六三公园"看日本樱花,应该正是樱花盛开的时候。这个"六三公园"又称"六三园",

1936年鲁迅与内山完造（右一）、山本实彦（中）摄于上海新月亭

是日本人白石六三郎开设的日本式园林。其中有不少樱花，还有个小酒馆，鲁迅也曾与友人前去吃过饭。在这里赏樱，想必会引起鲁迅对三十年前在日本赏樱的况味回忆吧。实际上，鲁迅曾多次与中外友人前往六三园，有时是会友，有时是吃饭，而附近的"新公园"即后来的虹口公园，虽然也是近在咫尺，却是基本上不去的。

1932年10月12日："晚内山夫人来邀广平同往长春路看插花展览会。"插花是日本特有的民间艺术。长春路离内山书店和鲁迅家都近在咫尺。内山夫人对于插花是行家里手，经常在家里插花，遇到这种插花展览会，便来邀请鲁迅夫妇一起去观看。鲁迅对于艺术也是极有感悟的，对这类展览虽然不是常去，但也难得偶有兴致前往观看。日记里这类记载虽然不多，却也反映了鲁迅生活的一个侧面。

从上面的举例，可以看到，鲁迅的生活方式含有不少日式生活的因子。从日常接触的人，所到的地方，所吃的食物，所买所读的书，收藏的工艺品，使用的生活器具，墙上挂的画，孩子的玩具，都可以看到日本元素。

但是，鲁迅并非离了这些日本物品就不能生活，也并没有任何依赖。这主要是由于他的生活环境相比任何其他地方都更具有日本特色，因此，他每天邂逅日本元素的机率很高，而鲁迅又是能够适应和习惯的。但是看他家里的摆设、家具、衣物、基本食谱，以及烟与酒等等，都是纯中国的。而鲁迅的日常起居方式、饮食方式、休闲方式、卫生习惯等，也都是中国式的。因此，日本生活方式对于鲁迅来说，总体上仅仅是一种生活的调剂，经常的小插曲，"聊借画图怡倦眼"，这也时常让他回忆起当年的留学生活吧。

2013年2月3日

鲁迅日记中的亲情（一）

鲁迅是个内敛的人，他的日记也很少抒情。但是，这不妨碍他在日记中对亲情的记载。

鲁迅日记里没有记载他的祖父。因为鲁迅保留下来的日记最早是1912年，而祖父早已在十一年前去世了，但是日记中却有一次提到了祖父。1912年9月21日："季市搜清殿试策，得先祖父卷，见归。"这是他的好友许寿裳偶然有机会看到清朝的殿试试卷，发现了鲁迅祖父周福清的殿试试卷，就拿回来送给了鲁迅，鲁迅怀着兴奋的心情收藏了起来。这是日记中唯一一次记到他的祖父。

鲁迅的父亲没有在日记中出现，因为他死得更早。而日记中记到母亲就非常多了。尽管母亲硬塞给他一个"母亲的儿媳妇"，让他陪着做一世的牺牲，但他对母亲还是十分孝敬。记载母亲六十大寿，记载母亲从八道湾到砖塔胡同、到西三条来看望鲁迅，记载他陪母亲去医院看病，笔端都带着温馨的亲情。

早期日记中记载最多的，首数周作人。1912年5月19日，鲁迅刚到北京半个月，"苦盼二弟信不得"，23日"又得三弟信，云二弟妇于十六日下午七时二十分娩一男子，大小均极安好，可喜"。这是说周作人的大儿子周丰一出生，鲁迅的喜悦心情跃然纸上。

1917年4月1日，"夜二弟自越至，携来《艺术丛编》……翻书谈说至夜分方睡。"当时蔡元培当了北京大学校长，就想招揽人才，通过鲁迅请周作人来任教，作人就来了。兄弟两人见面后的兴奋，可想而知，聊天到半夜才睡。

5月12日，作人病了，鲁迅把他送到首善医院。第二天，干脆"延Dr.Grimm诊，云是瘄子，齐寿山译。……夜寄鹤顾先生信，为二弟告假"。鲁迅自己患病，还没有把医生请到家里来，可是弟弟病了他就请德国医生来家里诊治，还请友人齐寿山当翻译。当晚，鲁迅写信给北大校长蔡元培，为作人请假。16日"午后自请假。下午延Dr.Grimm为二弟诊，齐寿山来译"。连自己也不上班了，看这重视的程度！鲁迅的挚友许寿裳也给予了热情的关心，21日"晚季市以菜汤一器遗二弟"，24日"午季市遗鱼一器"，26日"午后季市持药来"，28日"季市遗肴一器"，6月4日"晚季市遗肴一器"。这些都是给作人补营养的。许寿裳在日本留学时也与作人相熟，但他与鲁迅更亲密，他对作人的友善，也是由鲁迅而来。这次作人生病的经历，后来被认为是鲁迅的小说《伤逝》的故事素材。

1918年9月10日："夜二弟到京，持来茗一大合，干菜一筐，又由上海购来书籍六种十三册，合券十二元，目在书帐。……谈至夜分睡。"周作人回乡探亲，再次回京，又是"谈至夜分睡"，可见感情之深。

1921年那次周作人生病，鲁迅更是尽心尽力，无微不至。周作人于1920年底患肋膜炎，到次年3月病情转剧，鲁迅日记3月29日"下午二弟进山本医院"，这是住院了。第二天鲁迅"往山本医院"看望。之后分别于4月2日、5日、6日前往看望。12日"往山本医院视二弟，带回《出曜经》一部六本。下午托齐寿山从义兴局借泉二百，息分半"。这是说，周作人住院期间还要看书，鲁迅把他看完的带回，再拿别的书给他看。这时，鲁迅家经济已经捉襟见肘，不得不托人告贷，利息达15%，这是高利贷。

以后的记载，4月27日："往山本医院视二弟，持回《起世经》二本，《四阿含暮抄解》一本。"30日："往山本医院视二弟，持回《楼炭经》一部。"5月10日："视二弟，持回《当来变经》等一册。"5月间，周作人病稍愈，需要静养，于是鲁迅设法托人在西山碧云寺找了一间房让他在那里养病。5月24日："上午齐寿山来，同往香山碧云寺，下午回。"这就是为周作人租房去了，27日"清晨携工往西山碧云寺为二弟整理所租屋，午后回……"30日"午二弟出山本医院回家"。6月2日"下午送二弟往碧云寺，三弟、丰一俱去，晚归"，这就是住到寺里去了。十天后，12日"晨往西山碧云寺视二弟，晚归"。14日下午又"往卧佛寺购佛书三种，二弟所要"，伺候的周到真是无以复加。

以后每个星期天都要去西山看望作人，并带去新买的佛经等书籍。7月10日："星期休息。晨往香山碧云寺视二弟。下午季市亦来游，傍晚与母亲及丰乘其汽车回家。"其乐融融之状可掬。

在此期间，周作人养尊处优，悠哉游哉，看看书，写写文章，鲁迅则跑前跑后，买书寄信、寄稿寄物、代领工资，并支付碧云寺房费等等，事无巨细，全都代办。直到9月21日"夜二弟自西山归"。谁知道这样亲密的兄弟，竟然于两年后反目！

再看鲁迅日记中的三弟周建人。鲁迅早年交流更多的是二弟作人，与三弟年龄差距八岁，共同语言较少。但后期却是与三弟的接触更多，因为他们同住在上海。不过早年也不是毫不关心，鲁迅在北京，也时常与三弟通信，他们的来往书信也是编号的。1916年冬，鲁迅回乡探亲，适逢母亲六十大寿，13日刚为母亲做寿，15日建人的日本妻子羽太芳子就生病了，鲁迅请了医生来为她诊治。到21日晚上，突然"三弟妇以大病卧哭，五时始睡"。看来是因为她的病，闹得鸡犬不宁，全家都没法睡觉了。

1919年冬，鲁迅最后一次返乡，把全家都迁居到了北京，临行前还去绍兴城外逍遥溇祭扫了祖墓。之后，建人夫妇自然也随之到了北京。12月29日到达北京，没过半个月，鲁迅就忙开了：接连于次年1月10日、12日、16日"往池田医院为沛取药"，这个"沛"，就是建人的儿子周丰二，又称"土步"。这时还不满周岁。1920年5月16日，"沛周岁，下午食面饮酒"。虽是侄儿，鲁迅也做得很隆重。谁知刚过了三天，19日"沛大病,夜延医不眠"，20日："黎明送沛入同仁病院，芳子、重久同往，医云肺炎。午归，三弟往。下午作书问三弟以沛状，晚得答，言似佳。"鲁迅为了这个侄儿通宵不睡，天亮后又送孩子入医院。原来是孩子生了肺炎，直到中午才回家。孩子的父亲建人看来是上午在睡觉，而中午才替换鲁迅到医院值守。接下来的几天，鲁迅天天在医院。这时，正是家里经济最紧张的时候，赶紧"托二弟从齐寿山假泉百"，23日"在病院，上午一归，晚复往"。匆匆回家一次，晚上又去。24日"沛病甚剧"，鲁迅更是守在医院寸步不离。25日在医院呆了一整天，晚上才回家。

可是"夜半重久来，言沛病革，急复驰赴病院"。半夜里建人的妻弟回来报告说孩子的病危急了，鲁迅又赶紧赶到医院。26日"沛转安"，鲁迅"上午往部，夜在病院"。之后天天夜里都在医院，直到6月2日后，鲁迅不在医院过夜了，但还是每天去看望。一直到7月13日"上午往同仁医院，下午沛退院回家"。可是仅隔一天，15日又"沛腹写，延山本医生诊"，16日"晨沛复入同仁病院"。18日碰到直皖战争形势紧张，当时段祺瑞执政府所倚仗的皖军溃败，试图窜入北京，"消息甚急，夜送母亲以下妇孺至东城同仁医院暂避。"19日"上午母亲以下诸人回家"。但是之后鲁迅还两天一次往山本医院为孩子取了好几次药，比孩子的亲生父亲还尽力。1921年7月21日丰二又"以下痢入山本医院"，直到8月11日才回家。连续两三个月地忙活，替鲁迅想想都精疲力尽！

1922年5月22日，建人的大女儿周鞠子（又叫马理子）"入山本医院割扁桃腺，晚往视之，赠以玩具三事"。这个马理子，是周建人与羽太芳子所生，后来在上海时期还曾到鲁迅家借住过一段时间，鲁迅待之视如己出。1936年8月18日："晨三弟挈马理子来，留马理子居三楼亭子间。……夜三弟为马理取行李来。"原来，这是马理子从北京来上海，寄居在鲁迅家。20日，"上午马理赠笺纸一合"，马理子跟大伯父还是很亲的。

看得出，鲁迅对每个侄儿侄女都非常疼爱。1921年12月30日"下午买玩具十余事分与诸儿"，因为过公历年，当时家里经济极困难，但是鲁迅再苦不愿苦孩子们。1922年2月2日又"买泥制小动物四十个，分与诸儿"，这天是农历新年正月初六。

周建人在北京住着，心情并不好，妻子羽太芳子怪他不会赚钱，于是1921年9月他去了上海的商务印书馆工作。1923年4月30日"夜三弟归，赠我烟卷两合"，建人从上海回来，第二天"三弟以外氅一袭见让，还其原价十四元"。鲁迅还是体谅弟弟经济紧张，没有白收他的大衣。5月10日，建人将回上海，鲁迅"晚与二弟小治肴酒共饮三弟，并邀伏园。"伏园是他们的同乡弟子兼友人，过从甚密。三天后，鲁迅又单独"至中央公园会三弟及丰丸，同饮茶"。看来两人有些话没有当着作人的面说，而是单独面谈了。

三弟走后两个多月，鲁迅与周作人失和。

实际上，建人不在北京，建人的家属也都倚赖鲁迅的照料。建人太太和孩子病了，鲁迅也常去医院看望。1924年5月20日："得三弟信，十六日发，属以泉十元交芳子太太。晚往山本医院视芳子疾，并致泉十，又自致十。"这时候，鲁迅已经与周作人失和，搬出八道湾了；但还是去看望三弟妇，不仅遵嘱交付了10元钱，而且自己又额外给了10元。6月21日："至滨来香食冰酪并买蒲陶干，又购饼六枚持至山本医院赠孩子食之。"这个"孩子"就是建人的儿子丰二。8月13日又："往山本医院视三太太疾，赠以零用泉廿。赠重君蒲陶干一合"。三太太就是建人太太羽太芳子，重君就是芳子的弟弟羽太重久。可以看到，鲁迅虽然与作人夫妇闹翻了，但是对其他亲属包括羽太家的其他人，一如既往地予以关心照料。

1927年后，鲁迅和周建人都住在上海。鲁迅的生活由于摆脱了北京的羁绊，日见宽裕，而建人由于就业不太顺利，还要负担上海和北京两边的眷属，家境总是有点困窘。这时，大哥就经常接济三弟了。从鲁迅日记上经常可以看到每逢周六，鲁迅就邀建人王蕴如一家来聚餐，几乎每周都不落空。后来建人的孩子多起来，而且搬到了静安寺，也是照样每周来大哥家叙谈。1929年11月22日："阿菩周岁，赠以食用品四种，午食面饮酒。"这阿菩，就是建人的女儿周瑾。建人的女儿生日，鲁迅的隆重不下于自己的儿子。1931年7月29日"夜煮干菜鸭一只，邀三弟晚饭"。8月16日："邀三弟来寓午餐，下午同赴国民大戏院观电影《INGAGI》，广平亦去，夜并迎阿菩来同饭。"这种亲密无间，是无处不在的。

鲁迅甚至直接赠款给弟弟。1929年11月25日："以商务印书馆存款九百五十元赠克士。"克士就是建人，大约当时北新书局赔偿给鲁迅不少钱款，而建人经济困难，所以鲁迅一下就送给他950元大洋！这可不是小数字！1930年12月27日："……并邀三弟来饮，并赠以《溃灭》校阅费五十。"鲁迅用这种比较不伤自尊的方式给予资助，真是体贴备至。还有多次直接赠与金钱，1931年2月8日："上午分与三弟泉百。"同年6月1日："下午得小峰信并五月份版税四百，晚分与三弟百。"1932年1月5日："晚访三弟，赠以泉百。"1934年1月26日："晚蕴如及三弟携晔儿来，赠以诸儿学费泉百。"连孩子的学费都是大伯给的。

鲁迅还经常为三弟买书。1928年12月27日："往内山书店买……《生理学粹》一本，四元四角，以赠三弟。"1930年12月30日："内山书店送来《生物学讲座》（十二）一函六本，即赠三弟。"1931年2月22日："下午往内山书店取《生物学讲座》（第十三回）一函七本，计直六元，即赠三弟。"这套书一共有十八辑，每辑一函六册左右。之后还有补编、补正、补遗、增补等。建人是研究生物学的，所以鲁迅买了送给他。1934年11月14日："内山书店送来英文《动物学》三本，四十二元，即以赠三弟。"这英文书很贵，鲁迅知道建人自己不会买，就买了送给他。

赠物的记载更多。1928 年 12 月 31 日："三弟为代买 CIMA 表一只，值十三元。"这西马表，还是比较好的。鲁迅为什么会买一只表赠送给建人呢？这年刚好是建人四十岁，生日刚过不久，或许是作为生日礼物吧。鲁迅日记上常有这样的记载。例如 1928 年 4 月 11 日："买小踏车一辆赠烨儿。"这"烨儿"就是建人和王蕴如的大女儿周烨。1930 年 12 月 23 日："又添玩具四种赠阿玉、阿菩。"1935 年 12 月 27 日："晔儿十岁，赠以衣料及饼干。"这样的事情简直司空见惯。

从日记中可以看到，建人也对大哥非常倚重。工作也多次是依靠大哥安排，去民权保障同盟参加活动也是两人同进退。有了什么好吃的也总是带来给大哥一家吃。1932 年 5 月，他去安庆安徽大学任教，6 月回来，还给大哥带来"茗壶一具，又与海婴茶具三事，皆从安庆携来，有铭刻"。1932 年 1 月 18 日："同蕴如携晔儿至篠崎医院割扁桃腺，广平因喉痛亦往诊，共付泉二十九元二角。"建人的女儿生病，鲁迅带去日本人的医院诊治，不仅翻译，钱也都是鲁迅出的。

鲁迅多年前"兄弟怡怡"的理想在周作人身上破灭了，而在建人身上重现了。

还有一个人，自然是联系非常密切，感情至深的，这就是母亲鲁瑞。仅从鲁迅与作人失和后，母亲的态度看，就反映得特别清晰。1923 年 7 月 19 日兄弟反目，8 月 2 日鲁迅搬出八道湾，住进砖塔胡同。8 月 5 日，"晨母亲来视"。母亲虽然没能跟大儿子一起搬出去，但是她的心牵挂着大儿子。之后，8 月 19 日"上午母亲来"，干脆就不走了，在砖塔胡同住了两天，21 日"午后母亲往八道弯宅"。26 日"上午母亲遣潘妈来给桃实七枚"，29 日"上午母亲来"，又住了两天，31 日"上午母亲往新街口八道湾宅去"。这段时期，很显然母亲是两边轮流住,虽然鲁迅住处拥挤。9月12日,"上午同母亲往山本医院诊。往山本医院取药",16日"往山本医院取药",18日"同母亲往山本医院诊。母亲往八道湾宅",27日"晨母亲来"。实际上,鲁迅的肺病已经从24日开始复发了,这次母亲在鲁迅这里住了半个月。

10月间母亲回八道湾后,对鲁迅还是非常牵挂,11月4日:"上午母亲令人持来书二部,鸭肝一碗,花生一合。"6日:"三弟寄来卫生衣一包,即取得并转送于母亲。"这是三弟建人从上海寄来的,鲁迅赶紧转交给母亲了。三天后,"午后回寓,母亲已来,因同往山本医院诊,云是感冒。"此后母亲就在鲁迅处住了将近一个月才去八道湾。这段时间母亲经常来来去去两边住,还经常相互送食物。直到1924年5月25日鲁迅迁居西三条后,母亲于6月6日也搬来跟鲁迅常住。

因为住在一起,所以对母亲的记载就少了,但还是经常为母亲买药,陪母亲看病。鲁迅离开北京后,也经常给母亲写信。日记中经常可以看到这样的记载:"寄淑卿信,并九及十两月家用三百。"(1929—9—24)每逢有母亲爱看的书,常买了托人送去,包括《海上花列传》《啼笑因缘》《金粉世家》《美人恩》等等。

1929年和1932年,鲁迅两次北上探望母亲,都显示了很浓的亲情。鲁迅一到,就找医生来给母亲治病,抓药,好像大家都忘记了她在北京还有一个儿子。而母亲对这个长子也是疼爱有加。1928年8月13日:"午后璇卿自北京来,并持来母亲所给果脯两种。"这时鲁迅在上海,母亲趁同乡熟人陶元庆来上海的机会,托他带来果脯。1935年3月27日:"得母亲所寄干菜、芽豆、刀、镊、顶针共一包,分其半与三弟。"1936年1月8日:"得母亲所寄酱鸭、卤瓜等一大合,晚复。"这类记载多不胜数。连这么细小的东西都寄赠,真是舐犊情深。鲁瑞还经常给孙子写信,鲁迅日记上经常有"得母亲信并与海婴笺"的记载,当然不是老人家自己写信,而是找人代笔的,老人对第三代的亲情跃然纸上。

鲁迅日记中的亲情（二）

从日记中反映亲情，最浓郁的当然还是对许广平和海婴，但是用语却更平实，在平常的语言中透露深深的情感。

鲁迅在日记中第一次提到许广平，是1925年3月11日"得许广平信"，这是他们故事的开始，这封信至今还保存着。第二天，鲁迅就回信了。当时谈的都是对社会的不满，处世的态度和方法等问题。以后就接连不断地通信了。到4月7日，鲁迅就开始寄刊物给许广平了。4月12日，许广平第一次上门来拜访鲁迅（与她的同学林卓凤一起）。4月28日，许广平开始向鲁迅投稿，当时鲁迅正在编《莽原》。7月13日鲁迅日记，"得广平信"，第一次称许广平为"广平"，之后就"广平""许广平"相间了。到8月14日"我之免职令发表"，前来看望慰问的人很多，许广平也来了，之后却好久没有记载。到9月7日才有"得许广平信并稿"。原来这中间有两个星期，许广平在鲁迅家避难，因为当时女师大风潮正酣，因恐当局抓人，所以到鲁迅家南屋躲避。这之后，本年只有11月8日有许广平和陆秀珍一起来访的记载。

1926年，直到2月3日才有记载，这回却是口气又一变，"得广平兄信"，口气进一步亲近了。这个月又直到月底最后一天才有记载，2月28日"夜得害马信"，这个"害马"的雅号，就是指许广平，因为在女师大风潮中，许广平是个带头人，被当局视为"害群之马"，所以鲁迅就这样戏称她了。但这是必须彼此非常亲昵，才可以开这样的玩笑的，可见两人感情的升温。

到3月6日，这条记载就更耐人寻味了："夜为害马剪去鬃毛。"这当然不是真的在为什么马剪鬃毛，而是说为许广平剪头发。当时女学生都流行剪短发，鲁迅为许广平这位"害群之马"剪发，当然是剪"鬃毛"了。在日记里这样调侃，可见其亲密无间的关系。这以后，却也是好久没记载，到4月18日才有很亲密的"下午广平来"，这是她第一次单独来，之前基本上都是与别人一起来的。除了鲁迅被免职那一天，记载她单独来，但是那次来来去去人特别多，所以几乎没有单独相处的时间。这次却是可以单独呆一个下午，直到晚上才有许羡苏来。

这段时间来往的记载少了，不等于没有接触。我们看6月21日，"午后托广平往北新（书）局取《语丝》，往未名社取《穷人》"，就知道已经是关系非常密切，可以随便托她办事了。

1926年8月鲁迅南下后，他们关系的特殊性愈益表现出来了。11月29日鲁迅在厦门："午后收广平寄毛线背心一件，名印一枚，十七日付邮。"这时许广平在广州，毛衣显然是她为鲁迅打的了，这种举动通常是女性向男士表明心迹和身份的标志。

1927年1月18日，鲁迅刚刚达到广州，一上岸，住进旅馆，晚上就去访许广平了。之后许广平差不多天天来陪伴鲁迅。当然，从这以后，日记就再也不用全名"许广平"了，只用"广平"。24日："广平来并赠土鲮鱼四尾，同至妙奇香夜饭，并同伏园。"这种鱼只在华南、西南出产。过了几天，30日："广平来并赠土鲮鱼六尾。"大约鲁迅吃了觉得这鱼好吃，所以又送来。鲁迅到香港，她也一同前往——为他当翻译。

5月17日："广平为购牙雕玩具六种，泉三元。"这个也记了下来。1928年9月2日："午后同三弟往北新书局，为广平补买《谈虎集》（上）一本，又《谈龙集》一本……"周作人的书，许广平要看，鲁迅就放在心上，特地去书店买。

1929年9月26日："下午送广平入福民医院。夜在医院。"这是许广平马上要生产了。27日："晨八时广平生一男。午后寄谢敦南信，寄淑卿信。"上午许广平生了孩子，下午鲁迅就向亲友报喜了。谢敦南是许广平好友常瑞麟的丈夫，淑卿就是许羡苏，当时正在北京鲁迅家里帮助照料家务，给她写信就是向母亲报喜。

第二天："上午往福民医院。秋田义一来，不见。……买文竹一盆，赠广平。泽村幸夫来，未见。"这天鲁迅在医院看望妻儿，友人来也不见了。上午来的是日本画家秋田义一，鲁迅曾去参观他的画展并买其作品，后来就是这个秋田，还给出生刚16天的海婴画了一幅油画像。下午来的是日本学者泽村幸夫，但是鲁迅也顾不上见了。还买了一盘文竹，放在产妇床头，可说极有情调。29日："午后往福民医院，并付泉百三十六元。"费用还是很昂贵的。10月1日："下午往福民医院，与广平商定名孩子曰海婴。"之后连日去医院看望。7日："午后往福民医院。……夜与三弟饮佳酿酒，金有华之所赠也。"这年鲁迅四十八岁，按旧时观念，可谓老来得子，兴奋之情溢于言表。

1929年10月10日："上午往福民医院付入院泉七十，又女工泉廿，杂工泉十。下午同三弟、蕴如往福民医院迓广平及海婴回寓。金溟若来，不见。"其实医院离景云里一箭之遥，几分钟就走到。又付了不少钱，友人来也一律不见。

之后还接连携孩子往福民医院检查，"无病，但小感冒。下午赴街买吸入器及杂药品。"着实忙了好多天。22日："下午取海婴照相来。托蕴如买小床、药饵、火腿等……。"又"以海婴照相寄谢敦南及淑卿"（23日）。24日："晚访久米彦治医士，为广平赠以绸一端。"这位久米医师是福民医院的妇产科医生，就是他为海婴接生的。到11月，鲁迅又为不让产妇和婴儿着凉，特地"装火炉，用泉卅二"（17日）。可见鲁迅对这个孩子的出生是如何看重了。

鲁迅又常常给海婴拍照片，拍了就分赠亲友。从医院出来六天，10月16日就"请照相师来为海婴照相"。1930年1月4日："海婴生一百日，午后同广平挈之往阳春[春阳]馆照相。"1930年3月27日："海婴满六阅月，午广平携之来，同往福井写真馆照相，照讫至东亚食堂午餐。"怎么是"广平携之来"呢？原

来，这时鲁迅因遭到国民党当局的追捕，正在内山完造家避难。但是这也挡不住鲁迅冒着危险带儿子去照相。4月11日："以海婴照片一枚寄母亲。"1933年12月6日"下午海婴与碧珊去照相，随行照料。""碧珊"就是冯雪峰的女儿冯雪明。"碧珊"是她的昵称"小瘪三"的谐音。两个小孩出外照相，鲁迅竟然亲自随行照料！

海婴多病，日记独多为海婴治病的记载，常常是夫妇俩一起抱着孩子上医院去。1930年2月6日："上午同广平携海婴往福民医院诊视牛痘，计出三粒，极佳。"可谓喜形于色。1932年，因遇"一·二八"战火，鲁迅一家和建人一家都在租界的内山书店支店避难。3日13日，"晨觉海婴出疹子，遂急同三弟出觅较暖之旅馆，得大江南饭店，订定二室，上午移往。三弟家则移善钟路淑卿寓。"因为这病在小孩之间是会传染的。1934年3月，海婴得了腮腺炎，3月8日，"为海婴施芥子泥罨法，不能眠"。"芥子泥罨法"是民间用来治疗腮腺炎的方法，用河泥搅拌了药物敷贴在患处，十分有效。到18日"须藤先生来为海婴诊，云已愈"，鲁迅这才如释重负。

鲁迅还不停地为海婴量体重，连几克都记得非常精确。1929年11月26日是"双满月"，量体重是3870克；到12月4日又称重，是4116克；到1930年1月13日再次称体重是5200克；到1935年1月1日："衡海婴，连衣服重四十一磅。"

孩子满一周岁的时候:"今日为海婴生后一周年,晚治面买肴,邀雪峰、平甫及三弟共饮。"之后两周岁、三周岁都加以特别庆祝。海婴稍长,要玩玩具了,鲁迅总是给他买到位。1933年10月19日:"携海婴往购买组合,为买一火车。"这当然不是真买"火车",而是玩具火车。其实,别人送的玩具火车家里还有两辆呢! 1934年6月30日:"为海婴买玩具枪一具,一元四角。"1935年5月9日:"下午为海婴买留声机一具,二十二元。"这时海婴还不满六岁,这架留声机现在还保存在上海鲁迅故居。

1933年9月1日:"上午海婴往求知小学校幼稚园。"这时海婴不满四岁。尽管孩子多病,但到1936年1月18日"上午海婴以第一名毕幼稚园第一期",可以看出鲁迅的兴奋之情溢于言表。

最后我们来看一看鲁迅日记对人们印象中鲁迅并不感兴趣的人的记载:这就是朱安。

在鲁迅日记中,对朱安的正面记载,只有两次。第一次是1914年11月26日:"下午得妇来书,二十二日从丁家弄朱宅发,颇谬。"究竟鲁迅为什么这么大的火气说她"颇谬"呢?这个很难考辨。根据乔丽华博士《我也是鲁迅的遗物——朱安传》的分析,可能是指当时朱安在绍兴的住房发现一条白花蛇,或许因为鲁迅属蛇,因此朱安心绪不宁,写信给鲁迅,使鲁迅觉得十分荒谬。按照朱安的心理,这一说法未必不可能,但也没有更有力的证据,姑且聊备一说。另一次是1923年8月2日"下午携妇迁居砖塔胡同六十一号"。此外就再没有直接提到朱安的地方了。1919年鲁迅回绍兴把全家都接到北京,鲁迅是怎么面对朱安的呢?看日记:1919年12月24日"下午以舟二艘奉母偕三弟及眷属携行李发绍兴",明明朱安也在船上一起赴京,可鲁迅偏就是不提她。把她归入"眷属"含糊一下就算完事了,可见鲁迅有多不想提到她。

但是,鲁迅虽然对朱安确实终生都"不感冒",只当它是"母亲的礼物""母亲的儿媳妇",实在没有什么感情可言。可她毕竟是自己名份上的妻子,因此,在作为亲属的身份认同上,鲁迅并不否认她的存在。最突出的是鲁迅与朱家人的关系。首先是朱安的弟弟朱可铭。虽然他1931年就去世了,但鲁迅日记对他的记载仍达23次。其中大多是来信,也有来访。后来他生病,鲁迅还寄钱给他。直到1931年5月他去世后,鲁迅于5月28日"午后得朱稷臣信,言其父(可铭)于阴历四月初十日去世",第二天鲁迅"上午由中国银行汇朱稷臣泉一百",显然是表示奠仪了。应该说这也是比较厚重的礼了。

实际上,鲁迅与朱家的联系并不仅止于朱可铭,对于朱可铭的两个儿子,也就是朱安的亲侄儿,他始终保持着联系。1930年9月6日"托三弟由商务印书馆汇绍兴朱积成泉百",这朱积成(朱稷臣),就是朱可铭的长子,后改名朱吉人。这时朱可铭还在世,这笔钱估计与他的贫病有关。朱可铭去世,鲁迅汇去奠仪后,6月3日就收到朱积成的来信,估计是表示感谢。到6月9日,就有"朱稷臣赠鱼干一篓,笋干及干菜一篓,由三弟转交"的记载。按说朱可铭已经去世,后面似乎就没有什么瓜葛了,实际上此后鲁迅就与朱积成和他的弟弟朱积功联系了。当年9月21日又"汇寄绍兴朱宅泉五十",9月29日由朱可铭的次子朱积功回了信。11月21日又"收朱宅从越中寄赠海婴之糕干及椒盐饼共一合"。1932年6月12日"蕴如来并持来朱宅所送糕干、烧饼、干菜、笋豆共两篓",都是绍兴土特产。同年12月29日"上午寄绍兴朱宅泉八十"。紧接着,1933年1月18日又"得积功信",省去了姓氏,显得亲近。这信不知道说了什么,到31日"下午寄绍兴朱宅泉五十"。这距上次寄钱才刚刚过一个月。不知道为什么,鲁迅多次寄钱给他们。1935年1月26日,鲁迅接到"朱可铭夫人寄赠酱鸭二只,鱼干一尾"。直到1936年2月1日,"三弟来并持来越中朱宅所赠冬笋、鱼干、糟鸡合一篓。"这都是年节的礼物,虽然是通过三弟,但也仍然是保持着联系,这时离鲁迅逝世只有8个多月了。

从这些记载看,鲁迅虽然对朱安本人很"不感冒",但是,对朱家的这门亲戚,他还是认的,并且始终保持了联系,也显然给予了多次接济。而且似乎他对朱可铭父子并没有像对朱安那样流露出冷漠的甚至讨厌的神色。连朱可铭夫人送的土特产都记入了日记,这也反映出鲁迅在旧道德上的坚守。

鲁迅日记中的思乡情结

鲁迅曾说，他离开故乡是"走异路，逃异地"，是怀着"逃"一样的心情离开的，因为他对那里的人们"连心肝也有些了然"了，深深地了解并深恶痛绝，不想再见到了。但是，在他的作品里，又分明写着"思乡的蛊惑"，他的小说《故乡》中又分明透露出深深的乡情。说"思乡"的时候，是在小说里、散文诗里，或许有创作的成分；说"逃"的时候，是在自述里、回忆里，似乎更真实些。

不过，这些毕竟都是给人看的，毕竟都有创作的成分，很难说哪一种更真实些。要说真实，那日记当然更真实。我们就从日记来看看究竟鲁迅对故乡是恨还是爱。

鲁迅留存的日记，开始第一天就是离乡背井——已经是从南京向北京的迁徙途中，并且是旅途的尾声，当天就到达了北京。在北京，鲁迅除了与远在故乡的弟弟们通信，还与故乡的学生弟子联络。这首先表明他不是讨厌故乡所有的人，至少有那么几个人或者说一些人，还不令他讨厌。

到北京仅一个星期后，我们就看到一条关于故乡的记载出现了，1912年5月13日："午阅报载绍兴于十日兵乱，十一犹未平。不测诚妄，愁绝，欲发电询之，终不果行。夕与季茀访燮和于海昌会馆。"显然他是在教育部上班的时候，看见了报纸的报道，还与几个同乡好友讨论这事。关于绍兴兵乱的报道竟然使他"愁绝"，这两个字把鲁迅对故乡的思念，全盘透露出来了。当然，这里愁的首先当然是家人的安危，但是怎见得不是对故乡的思念之情体现呢？家人安危当然与故乡的乱或安不可分割。第二天鲁迅"晨以快信寄二弟，询越事诚妄"。他没有询家人安危，而是询"越事诚妄"，可见并不只是从家人的安危考虑了。19日又"苦望二弟信不得"，因为已经快一个星期了，音信全无，一个"苦"字把他的焦虑不安描画得淋漓尽致。

其实，到此鲁迅的思乡之切，已经表露得极为充分，不必再加证明了。当时之"逃"只是说明当时的心境，而时过境迁，饱受羁旅之苦的鲁迅，毕竟抵挡不住思乡的蛊惑！

到8月7日："见北京报载初五日电云，绍兴分府卫兵毁越铎报馆。"这个"越铎报馆"，是在鲁迅的支持下，几个青年办起来的，鲁迅还给他们写过《越铎出世辞》，现在被绍兴军政府的卫兵砸毁，怎不让鲁迅着急？

其实，鲁迅刚到北京时的思乡之情最为殷切。看9月25日的日记真是令人动容："旧历中秋也。下午钱稻孙来。收二十日《民兴日报》一分。晚铭伯、季市招饮，谈至十时返室，见圆月寒光皎然，如故乡焉，未知吾家仍以月饼祀之不。"这天来访的、招饮的，都是同乡好友，收到的是故乡的报纸，并且是他所支持的青年所办的报纸。而聚饮后看到中秋圆月时的感叹，更是有些凄然了！思念之情已经无以复加。

第二天，又有一条这样的记载："七时三十分观月食约十分之一，人家多击铜盆以救之，似为南方所无，似较北人稍慧，然实非是，南人爱情漓尽，即月真为天狗所食，亦更不欲拯之，非妄信已涤尽也。"这段议论虽然是对故乡所在的南方人有所贬抑，但实际上不过是所谓"爱之深，恨之切"的表现而已。同时可以看到，鲁迅是把"南方及故乡"放在议论主体的位置上，显示了故乡在心目中的中心地位。

11月8日有"是日易竹帘以布幔，又购一小白泥炉，炽炭少许置室中，时时看之，颇忘旅人之苦"。这"旅人"二字，体现了他把自己作为南方人的身份认同，当他用"旅人"一词时，意识已经飞回到故乡了。次年2月15日："前乞戴芦舲画山水一幅，今日持来；又包蝶仙作山水一枚，乃转乞所得者，晴窗披览，仿佛见故乡矣。"看来他所见的画都是以故乡或江南山水为背景的，所以当他观看图画的时候，便油然而生思乡之情。

1913年3月24日："晚何燮侯招饮于厚德福，同席马幼渔、陈于龛、王幼山、王叔梅、蔡谷青、许季市，略涉麻溪壩事。"这些在一起喝酒的，都是绍兴老乡加上同事，何燮侯刚就任北京大学校长，他们在一起，就难免谈及故乡。他们所谈的"麻溪壩事"，就是当时绍兴一桩闹得很大的风波。麻溪坝位于进化镇鲁家桥村，为明代所筑。因对坝内外山阴、萧山两县水利与水害，两县村民为该坝存废争讼数百年。1913年2月，山阴天乐乡四十八村村民群起拆除该坝，引起风波。鲁迅他们所谈的，就是这件事。这件事后经乡绅汤寿潜调解，最终以建麻溪桥而达到两全其美的效果。可见，故乡的任何动静，作为游子的鲁迅等人都是十分关注的。

1913年6月，鲁迅到北京后一年有余，终于得到了第一次回乡探亲的假期。于6月19日出发，经过5天奔波回到绍兴，在故乡呆了一个多月，7月27日登上回京的路程。这时候，一种离愁别绪攫住了鲁迅，这天鲁迅日记这样记载："下午乘舟向西兴。以孑身居孤舟中，颇有寂聊之感。"孤独寂寞难耐之状历历可见。

鲁迅思乡的情绪，在他到北京的第一年表现最为强烈。奇怪的是，1913年回乡探亲后，思乡的情绪忽然减弱了许多！之后的二十多年时间里，竟然再也不见鲁迅在日记中流露思乡之情了！

看来这与鲁迅回乡探亲有关。一方面，回乡后，思乡之情得到释放，有所缓解。之后，与同乡的交往还是照常，与绍兴家里人的联系也照样继续，但是在日记里不说了。至于后来绍兴家眷都迁移到北京后，就更是这样了。这种变化的原因，可能与这次回乡的观感有关。或许他回到故乡，感觉那已经不是他心目中的故乡了，所以再回京后，就不那么强烈地被思乡之念所困扰了。

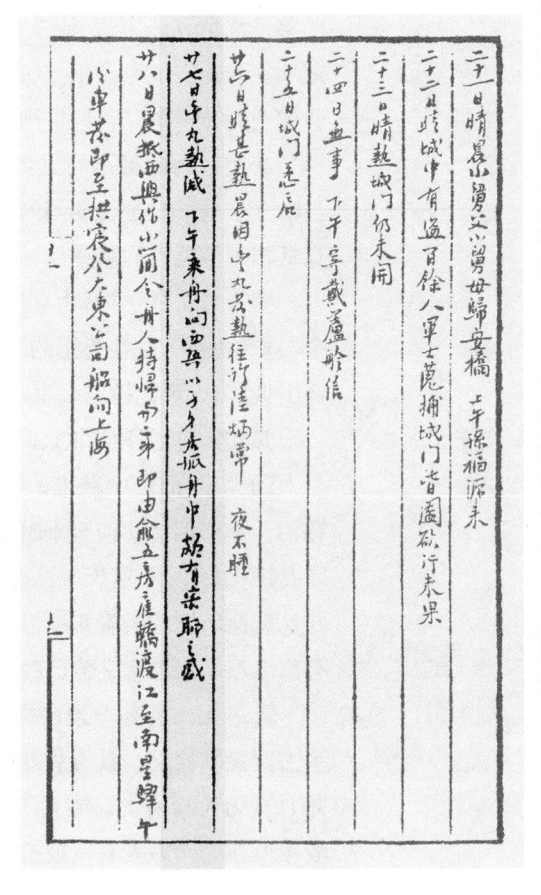

旅行生活（一）

在一般人印象中，鲁迅好像不大旅行的。其实在他的日记中记载的旅行生活还不少。

实际上，现存的鲁迅日记第一天就是旅行生活。1912年5月5日："上午十一时舟抵天津。下午三时半车发，途中弥望黄土，间有草木，无可观览。约七时抵北京，宿长发店。"他是从上海坐船，经青岛、大连到天津，再换火车到北京正阳门东车站。京津铁路是1903年通车的，当时叫津卢铁路，是从天津到卢沟桥，然后延伸到北京城区的。当时京津间还非常荒凉，满目只见黄土，偶有一些草木。坐在车上，鲁迅的心情有些悲凉吧！

第二次旅行是1912年6月，这时鲁迅刚刚在教育部上班不久。部里让他去天津考察"新剧"，当时又叫"文明戏"，实即早期话剧。在教育部，这属于鲁迅所在的社会教育司管理范畴。6月10日，鲁迅和同事、好友齐宗颐（寿山）"赴天津，寓其族人家"。当晚因下雨，新剧没看成，只看了个旧剧，第二天晚上才又去观看新剧，那晚上演的剧目是《江北水灾记》，鲁迅的评语是"勇可嘉而识与技均不足"，第三天两人就回京了。

第三次旅行是1913年6月返回绍兴探亲。这时鲁迅已经在教育部工作了一年余，第一次回故乡探亲。6月19日："午后理行李往前门外车驿，……下午四点四十分发北京，七点二十分抵天津，寓泰安栈，食宿皆恶。"天津给鲁迅的印象很差。

第二天："上午十点二十分发天津。车过黄河涯，有孺子十余人拾石击人，中一客之额，血大出，众哗论逾时。"当时黄河铁路大桥位置在泺口，称泺口黄河桥，刚刚于1912年11月29日通车。但是经过时开得很慢，所以被河边孩子的石头扔中了旅客。几句话，就把一幅惨象图，活生生写了出来。

接着的旅程就轮到鲁迅自己的遭遇了："夜抵兖州，有垂辫之兵时来窥窗，又有四五人登车，或四顾，或无端促卧人起，有一人则提予网篮而衡之，旋去。"这里已是山东靠近曲阜了。显然，这批辫子兵有点乱来，扰乱旅客，看来是想劫掠点什么，没有找到目标，悻悻而去。鲁迅的厌恶和鄙视，在轻巧的叙述中跃然纸上。从这个记载中，我们还得知，鲁迅旅行的用具是一只"网篮"。这种用具现在已经看不见了，是一只大提篮，上面用一张绳网罩住，过去旅行时用来装物，很是方便。当然，一般来说装在浮面上的物品是一目了然的，但是底部放什么物品是不一定能看到的，而要打开则要看网罩的固定方式了，如果罩得很结实、复杂，打开也是要费点事的。大概那个"辫子兵"本来想劫夺一点什么，提起来看看不像有什么值钱的东西，如果费力打开后还是没什么，就不值得了，所以掂量了一会，还是放弃了。这倒使鲁迅幸免于难了。

6月21日，"上午一时发兖州，下午一时抵明光。车役一人跃车，不慎仆于地，一足为轮所碾，膝已下皆断，一足趾碎。"又是一幅惨象图。明光在安徽境内，滁州以北。这时火车从兖州出发已经足足12小时了。当时大约列车员在火车将停或刚开时是要跳车的，不小心摔倒，酿成了惨剧。

接着，"三时抵滁州，大雨，旋止。四时半顷抵浦口。又大雨，乘小轮舟渡长江，行李衣服尽湿。暂止第一楼。楼为扬州人所立，不甚善。"当时京沪间铁路并不直通，北方来的称津浦铁路，到浦口就结束了。南方的从上海到南京，称沪宁铁路。浦口就在南京的长江北岸。由于当时南京长江上没有大桥，南京长江大桥迟至1968年底才通车，所以必须坐船渡江。那时连火车渡江的能力也

- 236 -

没有，只好提着行李坐小船过江，恰逢大雨，全淋湿了，实在狼狈。幸亏是夏天。

在第一楼只是暂时停留，鲁迅即"往润昌公司买毛毡、烟卷等"。恐怕因为衣物淋湿了，不得不另买毛毡。这时看来鲁迅的烟瘾已经不小，途中就需要买烟了，也许是烟也被淋湿了吧。当晚，又接着赶路。"夜往沪宁车站，十时半发南京，盖照旧日早半小时云。车中对坐者为一陈姓客，自云杭人，昔在杭州中学与杨莘士同事云云。"从这里看，鲁迅坐的是硬座。第二天早上7点才能到上海，通宵坐车，这样的旅途真是不轻松。所幸碰到了聊天对手，坐在鲁迅对面的一个陈姓旅客与鲁迅攀谈起来，碰巧他与鲁迅曾经的同事杨莘士也是老同事，这样聊聊天，漫长的旅途才不至太疲倦吧！

22日，"上午七时抵上海，止孟渊旅舍，尚整洁，惜太忙耳。令役人往车站取行李不得，自往取之。理事者云，以号数有误，故非自往认者不与。"这个孟渊旅舍，地址在上海市中心的汉口路，而车站当时在北站。路不算太远，但是来来回回，总是很累的，而且耽误时间。旅馆的人似乎并没有认真为鲁迅去取行李，有点以"号码错误取不到行李"为由搪塞鲁迅的味道，鲁迅只得自己亲自去拿。

之后，鲁迅又去中华书局等处买书和办事，下午就在旅馆"大睡至晚"。晚上，"夜出三马路，买巴且实一房，计二十八斤，价一元半。"鲁迅住的旅馆就在三马路（汉口路）上，实际上是就在附近转了转，"巴且实"就是芭蕉。

23日，鲁迅从上海出发。"晨赴沪杭车站，七时三十分发上海。上午雨，少顷霁。午后十二时四十分抵南星。有兵六七人搜检行李，胶纸包二三破之。"当时上海的沪杭车站在上海南市的火车南站，火车一早从这里出发，午后火车抵达杭州郊区南星桥，车行5小时10分钟，这恐怕还不算慢的。在这里又碰到了如狼似虎的搜查兵丁，又是把旅客的行李随便乱翻，鲁迅恐怕也只有敢怒而不敢言吧。好在火车坐完了，只剩两段水路。即"雇轿渡钱江，水流甚急，舟甚鲜。行李迟三小时始至。遂由俞五房雇舟向绍兴，舟经萧山，买杨梅、桃实食之。"等行李就等了3个小时，再由一个叫做"俞五房"的船运公司雇了一艘船去绍兴，这就快到傍晚了。这是正是杨梅和桃子成熟的时节，鲁迅买来吃了，坐船向家乡进发。第二天早上7点半才到家。这一趟回乡，行程达5天，仅是在几个大城市间旅行，就这么辛苦，当时交通的不便，于此可见。

1913年7月27日，鲁迅出发返回北京。本来22日就要走，因为有土匪骚扰，绍兴城门紧闭3天，到25日才全开。27日"下午乘舟向西兴。以矛身居孤舟中，颇有寂聊之感。"西兴是杭州钱塘江南岸萧山一侧的码头所在。再次离开家乡，孤身一人奔向遥远的京城，心情不禁被寂寞所笼罩。28日，"晨抵西兴，作小简令舟人持归与二弟。即由俞五房雇轿渡江至南星驿。"鲁迅写了一封信让船老大带回绍兴给二弟，想来是把途中所感告诉他吧。

这回，鲁迅选择坐火车仅到拱宸桥，就改坐船了。"午后车发，即至拱宸，登大东公司船向上海。"第二天："晨抵嘉兴，遂绕朱家角，抵沪时下午五时。当舟至码头时，绝无客栈招待，舟人、车夫又朋比相欺，历问数客店，均以人满谢绝，遂以重值自雇二车至虹口松崎洋行投宿。夜以邮片一寄二弟，告途中景况。"这一路也同样不太平。问了多家旅馆都被拒绝，只得独自雇了两辆人力车，跑到比较远的虹口去住日本旅馆。

30日，"终日在旅店中。午后小雨即止。下午寄二弟一叶书。"第三天："仍终日枯坐旅馆中，购船票又不得，闷极。"鲁迅决定不坐火车回京，但是想坐船却难以买到票，真是郁闷！

直到8月1日，总算买到票了，"旅店为购得向津房舱票一枚，价十元。舟名'塘沽'"。

8月2日下午，"二时登'塘沽'船，房甚秽陋。有徐翘字小梦者同居，云至青岛。"旅途漫长，一个船舱里似乎只有两个人，鲁迅大约又与那位徐翘有些聊天吧。

这次旅途好像比较平静，8月3日"夜十二时抵青岛"，4日下午3点从青岛出发，5日下午3点到大连。6日上午9点从大连出发，7日上午8点半抵达天津，在富同栈暂歇。"下午二时赴天津西站登车，二时半发车，六时半抵北京，七时到寓。"这一趟旅程终于结束。从7月27日发出，到北京家中已经是8月7日傍晚，行程足足11天！比回去的时间翻了一倍！所谓舟车劳顿，一点不假。

这是鲁迅对自己旅程最详细的一次记载。之后，他于1916年12月回绍兴探亲并为母亲做六十大寿，1919年又回乡举家搬迁往北京，都没有这么详细的记载，且带有感情色彩。

1916年12月3日，鲁迅返乡探亲，并为母亲做六十大寿。这是鲁迅的第四次旅行。日记的旅程记着："归省发程，晨八时半至前门车驿登车南行。"途中全无描述，第二天："夜九时到上海，住中西旅馆。"这比上一次快多了。在上海耽搁一天，6日："晨至沪杭车驿乘车，午后抵南星驿，渡江。雇舟向越城。"7日:"晨到家。"记载非常简略,几乎没什么情节,而且时间短了,只有4天就到家了。

次年1月3日开始返回北京:"夜雇舟向西兴,至柯桥大风,泊良久。"4日:"午后抵西兴,渡江。住钱江旅馆。"5日:"拂晓乘车,午后抵上海,止周昌记客店。"这是一个小客栈,耽搁一天,6日:"拂晓至沪宁车驿乘车向北京。午后渡扬子江换车。"这回,鲁迅还是恢复了坐火车,因为上回坐船实在太慢了。7日:"晚至天津。换车,夜抵北京正阳门,即雇人力车至邑馆。"这样,也仅4天就到京了,比之前快了一天。看来是火车的车速加快了,以前在南京要耽搁多时,现在不用了,直接渡江换车。

1919年冬,鲁迅第三次、也是最后一次返乡探亲,这是鲁迅的第五次旅行。

11月26日:"上书请归省。"提前请好了探亲假。12月1日:"晨至前门乘京奉车,午抵天津换津浦车。"2日:"午后到浦口,渡扬子江,换宁沪车,夜抵上海。车中遇朱云卿君,同寓上海旅馆。"3日:"晨乘沪杭车,午抵杭州,寓清泰第二旅馆。"在杭州耽搁了一天,一方面访问友人,一方面到捷运公司去询问返程全家搬迁北京时大量行李的托运问题。4日:"上午渡钱江,乘越安轮,晚抵绍兴城,即乘轿回家。"以前鲁迅从绍兴到杭州,坐白篷船,到西兴就要一整天,再渡江,很费时。现在有了小火轮,就快多了。整个旅程比以前缩短很多,路上没那么乱,故事也没那么多了。

这次,鲁迅在故乡呆的时间最短。只住了三个星期,12月24日"下午以舟二艘奉母偕三弟及眷属携行李发绍兴"。

鲁迅第六次旅行是从北京到西安。

1924年7月,陕西省教育厅和刚建成不久的西北大学合议筹办"暑期学校",邀请国内名流到该校作短期讲座,鲁迅也应邀前往。7月7日,"晚晴,赴西车站晚餐,餐毕登汽车向西安,同行十余人。"这里的"西车站",是指"正阳门西车站",是京汉铁路的起点,就在正阳门的西南隅,与京津铁路起点站"正阳门东车站"相对。从北京到西安2000多公里,全程汽车是不可想象的。这里的"汽车",是日语,指火车。8日:"下午抵郑州,寓大金台旅馆。"当晚与四五旅伴游城内。9日:"上午登汽车发郑州。夜抵陕州,张星南来迎,宿耀武大旅馆。"当时,陇海铁路刚刚修到陕州(即今三门峡市)观音堂镇。鲁迅等在这里下车后,住了一晚,就开始坐船沿黄河西进了。10日:"晨登舟发陕州,沿河向陕西。下午雨。夜泊灵宝。"由于是逆流而上,行进缓慢,又逢下雨,实际上一天下来仅走了二三十公里。11日的行程就更困难了:"晨发灵宝。上午遇大雨，逆风，舟不易进。夜仍泊灵宝附近。"船行一天，几乎毫无任何进展！

12日，找了四个纤夫来拉纤。"晨发舟，仍逆风，雇四人牵船以进。夜泊阌乡。腹写。"这就是我们常见的黄河上的纤夫拉船的方式。四个纤夫辛苦了一天，才前进了十几公里，阌乡今属灵宝县。雪上加霜的是，鲁迅的肚子还不争气，这就更难受了。13日，天晴了，继续前进。"晨发阌乡。下午抵潼关。夜宿自动车站。腹写，服Help两次十四粒。"从阌乡到潼关，也就30公里。但总算到达了船行的终点。但是没有地方可宿，只好住在汽车站上。"自动车"也是日语，指汽车。这时鲁迅的腹泻更厉害了，他开始猛吃药。14日，"晨发潼关，用自动车。午后抵临潼，游华清宫故址，并就温泉浴。营长赵清海招午饭。下午抵西安，寓西北大学教员宿舍。"从潼关到西安坐的是汽车（自动车），这次艰苦的旅行终于抵达目的地。一路上从火车到船到汽车，全都坐过了。总算苦尽甘来，还参观了鲁迅早就想参观的华清宫，体验了一把贵妃洗过的温泉浴。

鲁迅等8月4日踏上返程，又换了方式。"晨乘骡车出东门，上船，由渭水东行，遇逆风，进约廿里即泊。"来时西行遇西风，归时东进却又遇东风！5日"小逆风，晚泊渭南。"从西安到渭南，水路也就50公里。两天才到。6日"逆风，夜泊华州。"华州即今华县，离渭南水路也就30公里。7日更糟："逆风，向晚更烈。遂泊，离三河口尚十余里。"三河口，就在潼关附近。来时坐汽车，从潼关到西安，中间还游了临潼，洗了温泉浴，吃了饭，下午也就到了，回时坐船竟走了3天还没到！8号才"午抵潼关。买酱莴苣十斤，泉一元。午后复进，泊阌乡"。又回到了阌乡。9日，又是逆风，"午抵函谷关，略泊。与伏园登眺。归途在水滩拾石子二枚作记念。下午抵陕州，寓耀武大旅馆，颇有蜇虫，彻夜不睡。"函谷关实际上就在灵宝境内。鲁迅这次旅行虽然想重访杨贵妃唐明皇故址，但最终没找到写作灵感，倒是他在函谷关与孙伏园登临一眺，想必有了不少感想，恐怕这正是后来他写作《出关》的灵感之由吧。晚上仍住三门峡，但是却没睡好，因为有臭虫！鲁迅是最怕臭虫的，他刚到北京的时候，第一晚住在长发店，睡了不到半小时，发现好多臭虫，就"不睡至曙"！

好在，最艰苦的旅程已经结束了。10日，上午鲁迅寄了几封信，下午就跟大家一起"乘陇海铁路车启行，午后抵洛阳，寓洛阳大旅馆"。下午，鲁迅还跟孙伏园一起稍稍转了一下洛阳城，买了汴绸一匹，土偶两枚。11

日,"晨乘火车发洛阳。上午抵郑州,寓大金台旅馆。"但他们并没有住下来,只是暂时歇息。鲁迅午后同孙伏园一起走访了友人,还"阅古物店四五家",看到"所列大抵赝品",然后"晚发郑州"。12日,旅程又出现了波折。"黎明车至内丘,其被水之轨尚未修复,遂步行二里许,至冯村复登车发。"内丘在邯郸和石家庄之间,离邯郸80公里。还好,有惊无险,步行两里地就顺利上车重新出发。但是,这样一来,到北京就已经是半夜了。"夜半抵北京前门,税关见所携小古物数事,视为奇货,甚刁难,良久始已,乃雇自动车回家。""小古物"就是鲁迅在西安和途中所买,包括"弩机"。到达已是半夜,再折腾这么半天,已经是下半夜了,鲁迅就租了一辆车回家。这时鲁迅已经搬到阜成门西三条胡同去住,离开前门比原来远多了。

旅行生活（二）

早期鲁迅在北京住了十四年，生活还算安定，旅行只是插曲。而1926年以后，旅行可就不仅是旅行，而大多是迁徙了。

1926年8月，鲁迅应邀前往厦门任教，这也是鲁迅第七次旅行。从8月25日就开始"收拾行李"，26日，"子佩来，钦文来，同为押行李至车站。三时半至车站，淑卿、季市、有麟、仲芸、高歌、沸声、培良、璇卿、云章、晶清、萍梅来送，秋芳亦来，四时二十五分发北京，广平同行。七时半抵天津，寓中国旅馆。"鲁迅离京，引起周边友人震动，来送行的达十余人，3个小时又5分钟到车天津。27日："午登车，一点钟发天津。"28日："午后二时半抵浦口，即渡江，寓招商旅馆。"这也并不是过夜的。"下午以明信片寄淑卿。季市。同广平阅市一周。夜十时登车，十一时发下关。"当时的南京火车站就是下关站。

坐了一夜火车，29日："晨七时抵上海，寓沪宁旅馆，湫小不可居。访三弟，同至旅舍，移孟渊旅社。"这里就是以前鲁迅曾经住过的地方，比较整洁。虽然曾经因为"太忙"，而且让鲁迅自己去车站拿行李，让鲁迅很不满，但是毕竟还比较干净。许广平则住到她的亲属家去。

鲁迅在上海耽搁了两天，会晤了众多友人，买了一些书。9月1日，"夜十二时登'新宁'轮船，三弟送至船。雨。"当晚没开船，2日"晨七时发上海"。3日都在船上，日记只写了，"昙。无事。"4日："下午一时抵厦门，寓中和旅馆。以明信片寄羡苏及三弟。语堂、兼士、伏园来寓，即雇船移入厦门大学。"其实，在鲁迅9月4日给许广平的信里，就谈到很多旅行中的事了。他告诉许广平："我于九月一日夜半上船，二日晨七时开，四日午后一时到厦门。一路无风，船很平稳。这里的话，我一字都不懂，只得暂到客寓，打电话给林玉堂，他便来接，当晚即移入学校居住了。""我在船上时，看见后面有一只轮船，总是不远不近地走着，我疑心是广大。不知你在船中，可看见前面有一只船？"

至此，鲁迅完成了第一阶段的南下迁移。给三弟信是告知平安，羡苏是鲁迅的同乡弟子，这时在北京为鲁迅打理家事的，鲁迅给她写信，实即给母亲的平安信。

年底，鲁迅决定离开厦门前往广州中山大学任教。从12月10日"买皮箱一口"，就可以知道鲁迅打算再次旅行了。实际上，鲁迅在11月11日就得到了中山大学的聘书，但一直拖到了1927年1月才成行。1月10日"下午同真吾、方仁往厦门市买箱子一个，五元，中山表一个，二元。"又买了一个箱子，临行的准备基本充分了。15日："午后坐小船上'苏州'轮，方仁、真吾、学琛、矛尘送去。""下午送者二十余人来。"这里的"来"是指到船上送鲁迅。16日："午发厦门。"17日："午抵香港。"18日："晨发香港。午后雨，抵黄埔。雇小舟至长堤，寓宾兴旅馆。"19日："晨伏园、广平来访，即为移入中山大学。"一路记载都很简单。但在给许广平的信里，他叙述的比较详细："现在是十七夜十时，我在'苏州'船中，泊在香港海上。此船大约明晨九时开，午后四时可到黄浦，再坐小船到长堤，怕要八九点钟了。""这回一点没有风浪，平稳如在长江船上，明天是内海，更不成问题。"这封信，在鲁迅到达广州时，许广平也不会收到，所以，实际上类似于日记。

鲁迅在广州呆了八个多月，于9月底离开广州前往上海，这是鲁迅第八次旅行。9月18日鲁迅"始整行李"。24日："午后往西堤广鸿安栈问船期。往商务印书馆汇泉。……买网篮一只归。"这就是在紧张筹备旅行了。27日："午同广平由广鸿安旅店运行李上太古公司'山东'船，立峨相送。下午发广州，夜半抵香港。"这次，因为鲁迅处于半隐居状态，所以知道他走的人并不多，只有一个自认"干儿子"的廖立峨相送。船走得也不快。28日："昙，泊香港。"在香港停留一天半，到29日："下午发香港。"30日："晴。午前抵汕头，下午启碇。"在汕头只是稍稍停留，就前往上海。这回走了三天，似乎没在中途停留，直奔上海了。10月3日："午后抵上海，寓共和旅馆。"

鲁迅定居上海后，再没有迁徙了。但是却有三次外出旅行。一次是跟许广平一起到杭州"度蜜月"，另两次都是上北京（1928年6月20日改称北平）。

1928年7月12日，鲁迅与许广平一同去杭州旅游，这也是鲁迅第九次旅行。12日："晚同钦文、广平赴杭州，三弟送至北站。夜半到杭，寓清泰第二旅馆，矛尘、斐君至驿见过。"这是鲁迅与许广平正式结合后唯一的一次结伴旅行，也是他们的"蜜月"。他的同乡后辈许钦文陪同他们前往。不知道为什么，鲁迅选择在晚上动身，到杭州已是半夜。而鲁迅的两个同乡弟子章廷谦和孙斐君夫妇亲到火车站迎接。所住杭州清泰门的清泰第二旅馆离开火车站并不远，鲁迅以前回乡探亲途中也曾住过。

鲁迅许广平在杭州游览了4天，17日："清晨同广平往城站发杭州，钦文送至驿。午到寓。"记载很简单，只有许钦文一个人送到车站。鲁迅夫妇的蜜月旅行就这样结束了。

在上海的第二次旅行是1929年5月回北平探望母亲，也是鲁迅的第十次旅行。

5月12日："略集行李。"13日："晨登沪宁车，柔石、真吾、三弟相送，八时五十分发上海，下午三时抵下关，即渡江登平津浦通车，六时发浦口。"当日上午9点不到发车，6个多小时到南京，渡江后，坐的是浦口—天津—北平的联运车，下午6点已经从浦口发车了，这速度相比鲁迅以前的旅行要快多了。第二天一整天都在火车上，日记只记了"在车中"。但鲁迅在给许广平的信中却有比较详细的说明："在沪宁车上，总算得了一个座位；渡江上了平浦通车，也居然定着一张卧床。这就好了，吃过一元半的夜饭，十一点睡觉，从此一直睡到第二天十二点钟，醒来时，不但已出江苏境，并且通过了安徽界蚌埠，到山东界了。"看来沪宁车的座位是很不确定的，要看现场情况，不能预订座位的。而卧铺是可以定的，但也要碰运气。到第三天（15日）："午后一时抵北平，即返寓。下午托淑卿发电于三弟。"鲁迅在给许广平的信里说："今天午后到前门站，一切大抵如旧，因为正值妙峰山香市，所以倒并不冷静。正大风，饱餐了三年未吃的灰尘。"奇怪的是，1919年鲁迅从北京到上海，头天早晨出发，第二天晚上就到上海了；1926年鲁迅南下时，却用了两天半，第三天早上才到；而1929年从上海到北平，也足足用了两天又3个多小时。这可能与车次和已经分出快慢车有关。

鲁迅在北平呆了半个多月。但实际上5月28日就"往观光局问船价"，打算到天津坐船回上海的。鲁迅为什么忽然想到去坐船呢？原来，这时正发生蒋介石与桂系军阀李宗仁、白崇禧之间的战争，史称"蒋桂战争"，从这年的3月一直打到6月，最终，以蒋介石为代表的一方联合何键等，又策动桂系将领倒戈，最终打败桂系，战争以李宗仁、白崇禧通电下野、出洋为结局。在鲁迅前往北平的时候，战争正在进行中，但是战争主要是在中南部的湖南广东广西一带进行，在京津冀鲁苏沪一带还算相对太平，所以，鲁迅问的结果是不打算坐船了。

第二天，鲁迅给许广平的信中说："昨天下午去问日本船，知道从天津开行后，因须泊大连两三天，至快要六天才到上海。我看现在，坐车还很可以，所以想于六月三日动身，带便看看季巿，而于八日或九日回沪。如果到下月初发见不宜于坐车，那时再改走海道，不过到沪又要迟几天了。"问船的情况使鲁迅决定不坐船，仍坐火车，而且还可以顺便看望一下正在南京任职的老友许寿裳。所以5月31日："下午紫佩来，为代购得车券一枚，并卧车券共泉五十五元七角也。"这时，已经有了卧铺，购买的方法是在购买车票后另外购买卧铺票。这个方法在铁路上沿用了很久。鲁迅在6月1日给许广平的信中说："晚间，宋紫佩已为我购得车票，是三日午后二时开，他在报馆中，知道火车还可以坐，至多，不过误点（迟到）而已。所以我定于三日启行，有一星期，就可以面谈了……"6月3日鲁迅起程返回上海："携行李赴津浦车站登车，卓凤、紫佩、淑卿相送。金九经、魏建功、张目寒、常维钧、李霁野、台静农皆来送。……二时发北平。"这里说的"津浦车站"，似乎应该是"京奉铁路正阳门东车站"。因为津浦铁路只到天津，北平到天津这一段最初称"津卢"铁路，后来改"京津铁路"，但是跟奉天（沈阳）连通后就成了"京奉铁路"，其起点站就是正阳门东车站。这是通向天津方向的车站，也是鲁迅所乘坐的"平津浦通车"的起点。送行的人，有弟子、友人近十人。6月4日："在车中。"5日："晨七时抵浦口，即渡江改乘沪宁车，九时发南京。下午四时抵上海，即回寓。"当时还是要换车的。那是不同的铁路线，中间还隔着长江。

上海老北站

鲁迅回上海后，写信给未名社弟子李霁野说："在车站上别后，五日午后便到上海、毫无阻滞。"

鲁迅平生最后一次旅行生活，也即第十一次旅行，是他1932年11月赴北平探亲并做著名的"北平五讲"。

1932年11月9日日记有："夜三弟来，交北平来电，云母病速归。"鲁迅闻讯赶紧于第二天"上午往北火车站问车。往中国旅行社买车票，付泉五十五元五角。得紫佩航空信，七日发。下午内山夫人来并赠母亲绒被一床。……晚往内山书店辞行，托以一切。夜三弟及蕴如来，屏当行李少许"。当时宋子佩帮鲁迅打理北平的家事，他的航空信显然也是告知母亲的病况。鲁迅动作很快，一天之内就安排好了一切，准备出发。

11月11日："晨八时至北火车站登沪宁车，九时半开，晚五时至江边，即渡江登北宁车，七时发浦口。"这时已经不叫津浦车，而是作为从南京（宁）开往北平的车，所以称北宁车。12日一天"在车中"，13日："午后二时半钟抵前门站，三时至家，见母亲已稍愈。"鲁迅在信中告诉许广平："我已于十三日午后二时到家。路上一切平安，眠食有加。"后来又告诉她："……车头至廊坊附近而坏，至误点两小时，故至前门车站时，已午后二时半矣"。说到母亲的病："母亲是好的，看起来不要紧。自始至现在，止看了两回医生，我想于明天再请来看看。"原来，鲁瑞只是"年老力衰，饮食不慎，胃不消化，则突然精力不济，遂现眩晕状态"，家人担心有失，故急召鲁迅回北平。由于鲁迅返回北平的消息遍传北平文化界，于是到处有人来请鲁迅演讲。他先后做了五次演讲，是为"北平五讲"。

鲁迅在北平呆了半个月，11月28日踏上返程。"下午静农相送至东车站，矛尘及其夫人已先在，见赠香烟一大合。晚五时十七分车行。"送他上车站的有未名社弟子台静农，而另一弟子章廷谦夫妇已经在车站上等候了。29日："在车中。夜足痛复作。"足痛是因为鲁迅在北平时，19日："午后因取书触扁额仆，伤右踣，稍肿痛。"他在信里告诉许广平说："昨下午取书，触一板倒，打在脚趾上，颇痛，即搽兜安氏止痛药，至今晨已经全好了。"但是，在火车上却又痛起来。这已经离砸伤10天了，不知为什么有点反复。

鲁迅后来写信告诉台静农，说这次旅行："车中相识的人并不少，但无关系，三十日夜到了上海了，一路均好。"30日："晨八时至浦口，即渡江登车，十一时车行。下午六时抵上海北站，雇车回寓。"这是鲁迅一生中最后一次旅行。

鲁迅日记中的避难生活

　　鲁迅一生，生活在动荡中，曾多次避难。最早的一次，当然是十二岁时因为祖父周福清的"科场案"，与周作人一起躲避到乡下皇甫庄和小皋埠，受尽了磨难和鄙视，在他心灵上留下了极大的创伤。但这次避难在现存的日记中没有反映，因为当时鲁迅还没有日记。自1912年有日记留存以来，关于鲁迅的避难，都可以从日记中看到具体的记载。实在说，关于鲁迅避难的记载，最直接最准确的依据就是来自他的日记。

　　从日记看，从1912年到1936年二十五年中鲁迅一共有六次避难。

　　第一次是1917年7月7日到14日，为躲避张勋复辟之难。历时8天。

　　这年，不甘心清朝灭亡的张勋决心起兵拥戴溥仪重新"登极"，7月1日，张勋正式宣布拥戴溥仪"登极"，当时的进步人士纷纷抗议，教育部一批官员提出辞职以示抗议，鲁迅也是其中之一。7月3日，鲁迅到教育部与同事告别，这就是当日日记上的"上午赴部与侪辈别"一语的来历。同一天，北洋军阀段祺瑞宣布讨伐张勋，在北京马厂誓师拥护共和，然后起兵向京郊逼近。风声越来越紧，6日起，城内居民纷纷避难。7月7日上午10点，段祺瑞动用驻扎在北京南苑的航空学校航空队飞机，飞抵紫禁城，向皇宫内投掷炸弹三枚。城内一片慌乱。鲁迅日记记载："上午见飞机。午齐寿山电招，同二弟移寓东城船板胡同新华旅馆，相识者甚多。"很多好朋友也在那里躲避。第二天一整天他们都躲在旅馆，第三天鲁迅向绍兴家中发去电报报了个平安。这天夜里，还可以听到枪声。第四天还是没动，第五天鲁迅的学生宋琳来看望鲁迅。

第六天，战事又激烈起来，鲁迅日记记载："晨四时半闻战声甚烈，午后二时许止。事平，但多谣言耳。"由于局势尚不明朗，谣言四起，人心惶惶，造成"觅食甚难"，直到晚上，鲁迅"同王华祝、张仲苏及二弟往义兴局觅齐寿山，得一餐"，连吃饭都发生了问题。那时同事兼好友齐寿山家里在东城裱褙胡同开着"义兴局"米号，当然不愁没饭吃，所以鲁迅等人就去了那里。

第七天（13日），鲁迅日记记载："上午同二弟访许铭伯、季市，餐后回寓所小句留。……下午仍回新华旅馆宿。"似乎是连着去齐家觅饭有点不好意思，为了吃饭，鲁迅与周作人一起去同乡前辈许铭伯和密友许寿裳住处。在他们那里吃了饭，然后到南半截胡同绍兴县馆自己的寓所休息了一会，最后仍然回到新华旅馆住宿。

第八天（14日），时局稍微稳定了一些。日记记载："时局小定。与二弟俱还邑馆。"一场风波终于初定。

第二次是 1926 年 3 月 26 日到 5 月 2 日，为躲避段祺瑞政府的通缉。前后共 31 天。

1926 年 3 月 12 日，两艘日军战舰以护卫张作霖的奉军为由，开进大沽口，炮击冯玉祥的国民军，国民军炮击将其逐出大沽口，日方认为国民军破坏了《辛丑条约》，联合英美等八国向北洋政府发出最后通牒，要求 48 小时内承诺拆除大沽口国防设施，否则以武力解决等相威胁。

1926 年 3 月 16、17 日，国共两党在北京开会，国民党执行委员会代表徐谦和中国共产党北方区委代表李大钊决定组织各学校和群众团体在天安门集会。

3 月 18 日上午，北京八十多所学校和各界人士共约五千多人在天安门集汇召开反对八国通牒的大会，然后到铁狮子胡同的执政府门前请愿。执政府卫队荷枪实弹全副武装严守大门，双方对峙僵持，学生的情绪越来越激烈，最后军警悍然开枪，造成四十七人死亡、一百五十余人受伤的后果，这就是著名的"三一八"惨案。

惨案发生后，各界对执政府的暴行提出了强烈抗议。但执政府却变本加厉，反而对学生一方大加挞伐，说是有人在背后支持，于是发出通缉，首先是徐谦、李大钊等五人，同时秘密提出了一份黑名单，暗中追捕。当时执政府的特务手段还很不高明，刚开始行动，这份名单就被泄露出来，令所有人震惊。3月26日，《世界画报》首先披露，徐谦、李大钊、李煜瀛、易培基、顾兆熊等五人被通缉。紧接着就传出消息，实际抓捕名单上有近五十人，鲁迅和好友许寿裳等都是大力支持学生的骨干教师，当然是在名单上了。根据荆有麟回忆，当日鲁迅就住进了西城锦什坊街96号的莽原社。这是鲁迅一手创办的文学社团，当时莽原社仅有两间房子，一间是当时的莽原社工作人员荆有麟住，另一间作会客、办事、吃饭之用。这天中午，鲁迅突然造访这里，荆就把里屋让出来，鲁迅就在这里写作。第三天，忽然有三四个不相识的青年来访，说是因为崇拜《莽原》所以来访，看收不收外稿。由于他们不认识鲁迅，鲁迅就装作是个打杂的乡下人，什么也不知道，把这些人打发走了。3月29日一早，鲁迅又装作病人，转移到旧刑部街日本人山本忠孝开设的山本医院。这天鲁迅日记记载："上午入山本医院。"在避难期间，鲁迅写了一系列文章抨击制造"三一八"惨案的当局。3月18日，惨案发生当天，鲁迅就写了《无花的蔷薇之二》，25日写了《死地》，26日写了《可惨与可笑》，4月1日写了《记念刘和珍君》，2日写了《空谈》，6日写《如此"讨赤"》，8日写《淡淡的血痕中》。4月6日，鲁迅回家一趟，晚上仍然住医院，到8日出了山本医院。

据荆有麟记载，鲁迅出山本医院后似乎就去了德国医院，还写了字条让荆去德国医院找他。但从日记上看，似乎没有立即进去。根据许寿裳的记载，他们是听到友人齐寿山的报警，才进德国医院的。许寿裳的说法是：

> ……有一天下午，寿山来电话，说："张作霖的前头部队已经到高桥了，请立即和鲁迅避入D医院，一切向看护长接洽就得。"我就立刻去通知鲁迅，于是同时逃入了D医院中。(《亡友鲁迅印象记》)

从《周作人日记》上可以得到印证，他在4月15日记载"是日西北军退出北京"之前已多次记载联军炮火袭击。鲁迅日记15日："晚移住德国医院",看来这之前鲁迅住在家里,但是似乎一些物品还放在医院里,所以说"移住"而不像之前说"入"。

根据许寿裳的说法,一进德国医院就直接与很多人合住一个大屋子。荆有麟则说,鲁迅刚到德国医院时病了,是单独住的,过了几天病好了才和其他人一起合住,荆去看望鲁迅时他还在吃药。但鲁迅日记上这几天并没有生病的记载。荆第二次去看鲁迅的时候,看到房间里人乱轰轰,正在围听有人刚由外面带来的新消息,似乎是说,当局计划搜查被通缉的教授们的家。鲁迅听了也很焦急,当场有人建议马上想办法把母亲等人转移出去。于是鲁迅交给荆有麟50元钱,请他去帮忙办。荆在东长安街东安饭店定了一个房间,然后将老太太及朱安接到饭店里暂住。对这事,鲁迅日记有记载,4月17日"夜往东安饭店",18日"上午往东安饭店"。接连两天去东安饭店,显然是为安顿老母及朱安。

这样,鲁迅本人在德国医院,而老母亲及朱安则在东安饭店避难,家里就由荆有麟代为看守。但搜查的事后来并没有实行,而两位女士住不惯旅馆,住了几天就回家了。鲁迅本人在德国医院住了七八天,在23日也回家了,原因是德国医院的医生不大愿意没病的人在医院多住。又过了三天,26日,被通缉名单中的重要人物邵振青(即中共秘密党员邵飘萍)被杀害,鲁迅又立即转移到法国医院。30日回家一次,第二天又回医院。5月2日,下午回家看了看,觉得没有太大的问题了,第二天就回家住

鲁迅北京时期避难的法国医院(左)和德国医院

鲁迅避难时使用的网篮

了。但是他避难的行箧——一只装衣物的网篮和一些生活用品——还在法国医院，在3日、6日分两次取了回来。

但是有人对鲁迅这次避难提出了异议，认为当局实际上并没有真正通缉鲁迅，真正遭到通缉的只有五个人。认为鲁迅的避难迹近庸人自扰，甚至有作秀之嫌，这种说法是不负责任的。首先，不管事实上是否真的通缉了，传闻已经满天飞，这是事实。既然有了传闻，为什么不许人家躲避呢？难道一定要等到被抓了才有躲避的必要吗？其次，躲避的并不止鲁迅一个。荆有麟和许寿裳的回忆不约而同都说在德国医院有一批名单上的人都躲在那里。何况4月9日《京报》上已经刊登了黑名单，4月16日鲁迅揭露当局通缉内幕的《大衍发微》一文也发表在《京报》上。这就更有躲避的必要了。其三，有人说，同在被通缉名单上，何以周作人没有外出躲避呢？对此，我们来看看周作人的日记。就在鲁迅刚到莽原社躲避的第二天，3月27日周作人在日记中记着："……下午平伯、绍原、玄同来。晚饭后因风声紧，急相率散去。九时玄同亦去，同川岛送至共用库口外。"可见也是风声鹤唳，够紧张的。周作人虽然没有出避，但紧张是一样的。钱玄同不在通缉名单内，川岛是寄住在八道湾的。

还有一个说法，是说4月9日刊登了"黑名单"后，明确确认通缉的是五个人，其他人应该不必惊慌失措到处躲避了，鲁迅还有什么必要在4月15日躲到德国医院去呢？但我们根据荆有麟的记载是这样：

……这时节，有人传出消息，说不特执政府对于教授们不愿追究了，连奉军当局，也表示不愿追究了。于是大胆的教授们，便开始向东交民巷以外的地区走动了。鲁迅先生因神情不安，难于工作，再加以经济上无法支持下去（先生因避难已借贷数百元），便决定仍回到西三条胡同的本寓去。在五月的一个早晨，太阳刚刚放出红光，先生已由东交民巷赶到西三条二十一号，"碰碰碰"在打自己的大门了。（《鲁迅回忆片断》）

这段记述告诉我们什么呢？除了告诉我们鲁迅这段避难是怎样结束的以外，逆向上推，就可以知道，在这之前，人们除了曾担心段祺瑞执政府的追究，还曾担心正在占领北京城的奉系军阀的追究。就是说，段政府虽然很快倒台了，但新上台的奉系军阀还是执行相同的政策，甚至更烈，因为这批人正是反对庇护奉系的日军暴行的，所以革命党人并不因为政权更替而可以高枕无忧了。我以前也曾以为段政府倒台就没有通缉一说了，看来是太天真了。

第三次是1930年3月19日到4月19日，因参加中国自由运动大同盟和"左联"后被通缉。前后共26天。

1927年10月鲁迅到上海，头几年还算太平，到1930年春参加自由运动大同盟和"左联"后，形势就急转直下了。"自由运动大同盟"是一个公开向当局"叫板"要求自由的政治性组织，所以刚一成立就被取缔，当局还发了通缉密令"缉拿其首要分子"，鲁迅当然是"首要分子"，也就当然在被通缉之列。3月19日，鲁迅在几个学生陪同下前往中国公学分院演讲，然后就出外避难了。当时鲁迅还住在景云里，这天日记有"离寓"的记载。第二天，鲁迅友人魏金枝从杭州来，晚上鲁迅和冯雪峰夫妇及柔石一起邀请魏金枝往北四川路的兴亚饭店共进晚餐，回来的路上，他们发现"有形似学生者三人，追踪甚久"，鲁迅没有回家，直接去了内山家。从第二天起，可以看到鲁迅每天都记着"广平来"或者携海婴来，有时还跟好友一同来。到4月1日，鲁迅回家，日记有"夜回寓"。之后几天就没有"广平来"了，到4月6日，又有"夜寄宿邬山生寓，为斋藤、福家、安藤作字"，"邬山生"就是内山完造。之后就又有"广平来"，显示鲁迅一直住在内山家。直到4月19日，鲁迅参加李小峰的妹妹李希同与赵景深的婚礼，在那里吃了晚饭，直接回到自己家，日记有"夜回寓"的记载。

当时鲁迅是住在内山书店的老板内山完造家中。这时内山书店刚从魏盛里搬来施高塔路北四川路不久，鲁迅自己的家则在横浜路景云里。这次避难后，仅过了三个星期，鲁迅就为防范不测而迁居到北川公寓了。

第四次是1931年1月20日到2月28日，因柔石等被捕而躲避当局追捕。历时39天。

这年1月17日前后，因为反对中共六届四中全会的左倾路线，一批文化界骨干在上海汉口路东方旅社召开秘密会议。不料事泄，被当局先后抓捕，总共抓走二十四人，其中包括柔石在内的几名"左联"成员。不巧的是，在柔石身上搜出一张合同，是鲁迅与明日书店合作的合同，上有鲁迅签名。于是，鲁迅立即被列为重点追捕对象，当局要柔石说出鲁迅的住址，柔石坚不吐实。

这些革命者一被捕，地下党便立即组织营救，鲁迅也被告知险情。1月20日下午，鲁迅得到消息，就马上"偕广平及海婴并许媪移居花园庄"。28

鲁迅避难的花园庄

1931年柔石等被捕后

日晚，鲁迅"付花园庄泉百五十"。2月7日，正是柔石等被害的当天，鲁迅还没有得到消息，还在捐款营救"黄后绘"，有人推测这是另一位左翼作家黄素。2月16日又捐款营救"南江店友"，这可能就是为营救柔石等。直到2月28日，"午后三人仍回旧寓"，看来一场劫难暂时过去了。

第五次是1932年1月30日到3月19日，为躲避上海"一·二八"战事。历时47天。

1932年1月28日下午，鲁迅正在北川公寓窗下写作。忽然，斜对面的日本海军陆战队司令部气氛紧张，如临大敌。入夜，气氛更加紧张，只见人头攒动，一辆辆军车向南疾驰而去。突然，电灯熄灭了，不久听到枪声大作，炮弹横飞，战争打响了。一颗子弹穿窗而入，正打在鲁迅的椅背上，幸亏当时鲁迅没坐在椅子上。鲁迅在日记里写道："下午附近颇纷扰。"第二天，战争更加激烈，炮火连天。鲁迅当日记："晴。遇战事，终日在枪炮声中。夜雾。"一派浓重的战争气氛。据记载，这天日军与中国军队发生了激烈的冲突。30日一早，鲁迅家还没起床，突然有人猛烈敲门，伴着日本人的大声喊叫。开门后，日军进来搜查一通，没有发现什么，便悻悻地走了。后来，内山老板托人打听后，才知道，日本人认为这楼里有人向日本海军陆战队开枪，是所谓"别动队"，所以来搜查。这楼里只有鲁迅一家中国人，其他都是外国人，如果再次发生类似的事情，就会认为是鲁迅家干的。由于处境危险，鲁迅立即转移到不远处的内山书店楼上。鲁迅在在当天日记中写道："晴。下午全寓中人俱迁避内山书店，只携衣被数事。"第二天，是1月31日，这天的日记竟没有记，这是鲁迅现存二十四年日记中唯一漏记的一天。从2月1日起，连续五天，都是写着"失记"，这也是鲁迅日记中绝无仅有的现象。

1932年2月6日，是大年初一。这天下午，鲁迅一家在内山书店职员镰田诚一的护送下，从火线下冒险转移到苏州河南面，英租界四川路上的内山书店中央支店。这个店面在铃木洋行的二楼，鲁迅在日记里写道："旧历元旦。昙。下午全寓中人俱迁避英租界内山书店支店，十人一室，席地而卧。"鲁迅和周建人两家及保姆共十人。

一·二八战争中鲁迅
避难的内山书店支店

这时，远在北平的老母，各方的好友，都对鲁迅十分挂念，为他的安全担心。连几十年前的老同学也在登报寻找他。因此，第二天起鲁迅赶紧写信给亲友报平安。之后接连拜访了北新、开明等各相关书店和郁达夫、陈子英等友人。

在避难期间，鲁迅除与文化界同人联名发表抗议日军侵略的宣言外，文章写得很少。他的时间主要花在买书、读书上，先后买书32册，拓片10枚。

在脱离险境后，鲁迅和全家人都松了一口气，曾经全家一起到同宝泰饮酒，有一次还请了一个歌妓来略坐。对此，还有人指责鲁迅居然狎妓，道德有亏，也有人为鲁迅辩解说是去作社会调查。实际上，只要稍微对鲁迅的日记仔细读一读就可以明白，那些说法都不免有些过度解读了。鲁迅是这样记的："（二月）十六日……夜全寓十人皆至同宝泰饮酒，颇醉。复往青莲阁饮茗，邀一妓来略坐，予以一元。"鲁迅写得很清楚：这次活动是全寓十人"皆至"，是一起去的，人们从何读出他是单独去青莲阁的？其次，在青莲阁这样的茶馆里，人们能见到什么样的"妓"？很显然，是卖唱的歌女而非卖身的妓女。其三，鲁迅写得明白：略来坐，只是坐了一会儿。在茶馆这样的公众场合，在众多亲人面前，鲁迅做了什么？——他给了她一块钱。说社会调查有点夸张了，但鲁迅对社会底层歌女的同情也是显而易见的。有人借此指责鲁迅的

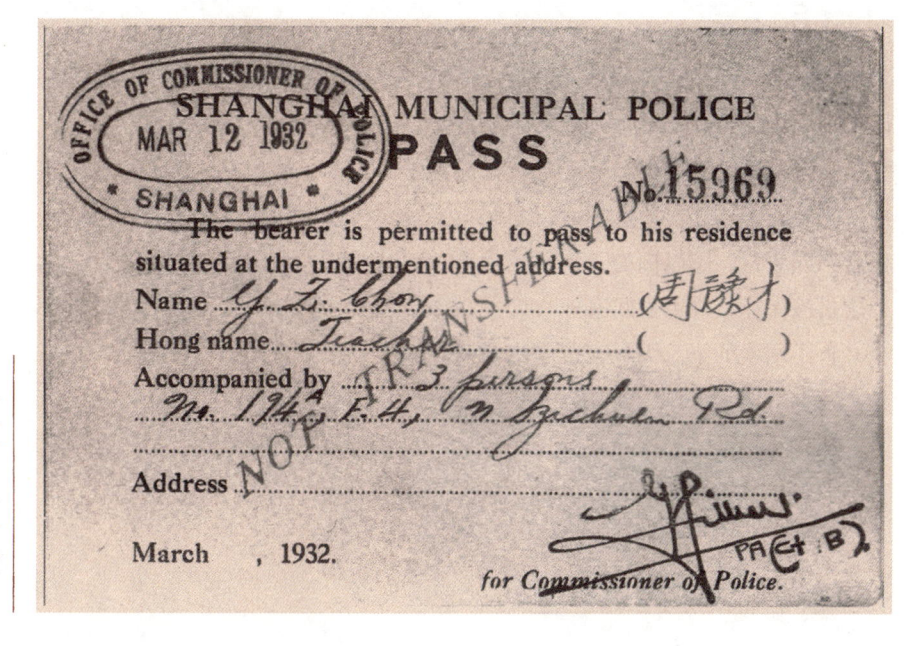

鲁迅在一·二八战争中使用的通行证

人格，没有半点蛛丝马迹就说鲁迅因为"颇醉"而"招妓"，未免太"八卦"了。

在避难期间，鲁迅还为内山书店中央支店的三名员工垫付了工资，共45元，每人15元，这是当时上海一个普通技术工人的标准工资。

避难后期，3月13日早晨，海婴突然出疹子，鲁迅赶紧和周建人一起外出寻找暖和一点的旅馆。海婴出生以来，一直住在朝北的房间，避难期间又住在阴冷的房间里。鲁迅当天在日记里写道："晨觉海婴出疹子，遂急同三弟出觅较暖和之旅馆，得大江南饭店订定二室，上午移往，三弟家则移寓善钟路淑卿寓。"疹子是要传染的，尤其是孩子。所以要赶紧分隔开。但是，大江南饭店也没有暖气，当晚日记就有："晚雨雪。大冷。"看来房间还是很冷的。

这时战争局势已经较为平缓了。第二天，鲁迅就赶紧回自己家查看了受损情况："上午三弟来，即同往内山支店交还钥匙，并往电力公司为付电灯费。午后……赁摩托赴内山书店，复省旧寓，略有损失耳。"3月19日，"海婴疹已全退，遂于上午俱回旧寓。……夜补写一月三十日至今日日记。"这次总共47天的避难生活到此告一段落。至此，鲁迅已经连续三年有避难生活了。

第六次是1934年8月23日到9月18日，为避内山书店员工被捕的牵连。历时27天。

- 255 -

1934年8月22日夜，内山书店的两名中国员工张荣甫和周根康，因为参加进步活动而被当局拘捕。当时，内山完造立刻想到鲁迅的安全，他怕那两个员工说出鲁迅的地址引起鲁迅的危险，就将鲁迅接到千爱里3号自己家里住。过了几天，内山老板要陪妻子美喜子回日本去治病，他特地吩咐店员中村亨等夜间陪伴在鲁迅身边，以确保万无一失。9月2日，鲁迅日记有："内山君归国省母，赠以肉松、火腿、盐鱼、茶叶共四种。"直到9月18日，两个店员被保释，鲁迅才回家。

　　鲁迅回家的第二天，有"内山君及其夫人见赠海苔、黍糖各一合，梨五枚，儿衣一件。"可见是内山夫妇刚从日本回来。

　　从鲁迅日记所记载的避难史看，二十四年中，总共避难6次，总计178天，差不多等于半年。

日记所见的牙病

鲁迅晚年,是戴了全口假牙的。他从小牙就不大好,自己在《从胡须说到牙齿》一文中说:"我从小就是牙痛党之一,并非故意和牙齿不痛的正人君子们立异,实在是'欲罢不能'。听说牙齿的性质的好坏,也有遗传的,那么,这就是我的父亲赏给我的一份遗产,因为他牙齿也很坏。于是或蛀,或破……"这种牙病于传统中医简直是束手无策,直到后来鲁迅去日本留学,到长崎去找了牙医,给他刮去了牙齿上的结石,这才不再出血了,花去的医费是两元,时间是约一小时以内。

但是鲁迅的牙病并没有根除。回国以后,不但时时犯病,而且还变本加厉了。从日记上看,1912年到北京不久就有了治疗牙病的记载。

1913年5月3日:"午后赴王府井牙医徐景文处治牙疾,约定补齿四枚,并买含嗽药一瓶,共价四十七元,付十元。"这个徐景文,他的价格开得比日本牙医高好几倍,但是看来医术并不怎么高明。隔了一天,鲁迅又"上午往徐景文处治牙",5月10日第二次"晚往徐景文处治齿",5月11日第三次"晚往徐景文寓补齿毕,付三十七元",这次牙算补完了。但是到了12月20日,"午后往王府井大街徐景文医寓,令修正所补三齿。"仅过了半年,补过的四颗牙,三颗出了问题。鲁迅用一个"令"字,表达了对其医疗质量的不满。第二天又"往徐景文医寓理齿讫,酬以二元。"明明是"保修期"内的事,鲁迅还是给了他两块钱报酬。鲁迅在《从胡须说到牙齿》里说:"现在虽然很有些什么'西法镶牙补眼'的了,但大概不过学了一点皮毛,连消毒去腐的粗浅道理也不明白。以北京而论,以中国自家的牙医而论,只有几个留美出身的博士是好的，但是，yes，贵不可言。"这位徐景文医士，不知道是否留美的博士，可是他不正是"西法镶牙补眼"的吗？但医术也实在不大高明啊！

好景不长。1915年6月13日又有"夜齿痛，失眠"的记载。在鲁迅一生的"失眠"记载中，因为牙痛而失眠的还不多见，所谓"牙痛不是病，痛死无人问"，鲁迅是深有体会的。还是在《从胡须说到牙齿》中曾描述："如果牙齿健全的，决不会知道牙痛的人的苦楚，只见他歪着嘴角吸风，模样着实可笑。"这还算说得轻松的，到夜里痛得无法入睡的时候，怕不会有这样幽默吧！到7月24日，大约忍无可忍了吧："午后往徐景文寓疗龋齿。"之后，26日、31日、8月6日、13日接连四次去徐医师处治疗，总共支付十三元大洋。规范的补齿，是要去好几次的，先要钻孔，然后杀掉牙神经，然后还要分次地消毒，保证牙齿和填充物之间没有细菌继续腐蚀，那样才能补得结实。但是价格也真够贵，差不多是一个熟练工人一个月的薪水了。

但是，又仅仅维持了四个月，牙病又复发了。1915年12月18日："夜齿大痛，失睡至曙。"又一次因牙痛失眠！鲁迅还从来没有把这经历写进文章里呢！第二天："至徐景文处疗齿，取含嗽药一瓶。"还是龋齿惹的祸，接着又是好几次去求医。12月24日、26日、31日、次年1月2日、7日、14日，接连七次前往，连医带药总共付了八元。到3月18日又"往徐景文寓治齿，付一元讫"。此后，这个徐景文就从鲁迅日记里消失了。不知道真实原因是什么，但是，他给鲁迅治病的记录实在不怎么好看。在将近三年的治疗中，鲁迅总共支付了71块大洋，牙病却不见好，换一个病人怕不见得有这么好的耐心！

1917年12月11日，又有"齿小痛"，到29日就有："下午以齿痛往陈顺龙寓，拔去龋齿，付泉三元。归后仍未愈，盖犹有龋者。"30日："复至陈顺龙寓拔去龋齿一枚，付三元。"看来陈医师的水平也没有好到哪儿去。第一天拔了一颗牙，回来却仍然觉得痛，第二天再去拔。可是，谁知道头天拔的是好牙还是坏牙啊！但从鲁迅日记上看，以前都是治疗龋齿，好像以补为主，没有拔掉，这次却是直接拔了。接连两天，拔了两颗牙，这是鲁迅日记上拔牙记录的开始。

1919年4月1日日记："牙痛，就陈顺龙医生治之。"接着，3日、7日、10日又是接连几次去疗齿。14日又去时，陈医生正巧外出未遇，15日："往陈顺龙寓补齿讫，计见泉五元，又索药少许来。"还是补齿。又过了半年，10月14日再次"夜齿痛"，但这次拖了很久才去诊治。11月22日："往陈顺龙牙医生寓，属拔去一齿，与泉二。"疼了一个多月，最后还是拔。这是第三颗了。

又过了一年，1920年12月7日："午后同母亲至八宝胡同伊东牙医院疗齿。"这回是看日本牙医了。从表述上看，是跟母亲一起看牙病。但这次看过后没多久，1921年3月27日"夜落门齿一枚"，这回不劳医生拔，自己掉了，这是第四颗了。

1922年的日记丢失，从许寿裳抄录的部分看不出医牙的记载，但估计应该不会没事的。到1923年1月19日又见"午后往牙医陈顺龙寓，切开上腭一痛，去其血。"这次看来是在牙根部位起了个包，肯定疼痛难忍的。谁知鲁迅对"国产"牙医还没彻底丧失信心，或许外国牙医费用太昂贵吧？

到3月25日，雪上加霜又出了故事："黎明往孔庙执事，归途坠车落二齿。"这在《从胡须说到牙齿》一文中专门谈到："民国十一年秋，我'执事'后坐车回寓去，既是北京，又是秋，又是清早，天气很冷，所以我穿着厚外套，带了手套的手是插在衣袋里的。那车夫，我相信他是因为瞌睡，胡涂，决非章士钊党；但他却在中途用了所谓'非常处分'，以'迅雷不及掩耳之手段'，自己跌倒了，并将我从车上摔出。我手在袋里，来不及抵按，结果便自然只好和地母接吻，以门牙为牺牲了。于是无门牙而讲书者半年，补好于十二年之夏，……"所谓"执事"，就是在孔庙的祭祀演礼中作为工作人员传递物品，这是教育部当时的例行公事。在路上，因车夫摔倒，把鲁迅也摔了出去，磕掉两颗门牙。按现在规矩，恐怕是要车夫赔偿损失的，但当时，鲁迅竟毫无索赔的意思，自己去补上。鲁迅文章中说的是"民国十一年秋"，根据日记却是"民国十二年春"，差了两个季节。不知会不会上一年（1922年）也碰掉了两颗牙呢？也许没那么巧，如果真的那样，鲁迅也会在文章中提到的吧？无论怎样，日记中已经掉了六颗牙了。

又没过多久，1923年6月16日："午齿痛。"到19日："晚齿又小痛。"这病真的太磨人了！于是20日："上午至伊东寓疗齿，拔去二枚。"还是拔了痛快！这是第七、八枚。刚拔了两颗，28日又"上午往伊东寓补龋齿一"，30日"往伊东寓补龋齿二"。这以后的7月25、28日、8月1日、8日、10日、25日又好几次到伊东寓看牙，特别是8月8日："往伊东寓治齿并补齿毕，共资泉五十。"又是治齿又是补齿，这里的补齿，不是补龋齿，而是装假牙，就是鲁迅说的"补好于十二年之夏"了，所以后来又两次去让医生"修正所补齿"。

这以后，1925年1月22日是"同母亲往伊藤医寓治牙"。到1926年7月3日"往伊东医士寓拔去三齿"，一下竟然拔去三颗牙，这是第九、十、十一颗了，也不再找中国牙医了。第二天又去一次后，10日"午后往伊东寓补牙讫，泉十五。"这么贵，看来这又是补假牙了，但不知道补了几颗。

鲁迅就这样带着一口残缺不全的牙离开了北京。在厦门其间竟没有什么牙病的记录，到了第二年8月26日在广州牙痛过一回，他"服阿司匹林片二粒"对付过去了。这年9月离开广州往上海，整个1928年间并没有任何关于牙病的记录。到1929年5月23日才有"往伊东寓拔去一齿"。当时鲁迅已定居上海，这时刚好北上探亲借机看牙。看来因为多次治疗，认识了这个牙医，对他比较信任了。过了几天，27又"往伊东牙医寓。……晚再往伊东寓补一齿，泉五元。"这就是说，每补一个牙是五元。前面拔了三颗，十五元补的应该也是三颗了。

6月3日鲁迅回上海后，7月19日"上龈肿，上午赴宇都齿科医院割治之，并药费三元。"这宇都齿科医院，是日本人办的，址在文路（今塘沽路）吴淞路附近。第二天又去了一次。

但是，鲁迅的牙病总是纠缠不清。12月1日又牙痛，到1930年3月24日，最后的决断终于来临："下牙肿痛，因请高桥医生将所余之牙全行拔去，计共五枚，豫付泉五十。"牙痛实在难以忍受，这回干脆是全部拔去，每个要价十元！这个齿科医院，也不是上次的宇都齿科医院了，而是就在内山书店杂志部旁边、原内山书店斜对面的上海齿科医院。这个高桥医生，是上海齿科医院的医生。可怜这时鲁迅还不到五十岁，就要安装全口假牙了！之后，接连于25日、27日、29日、30日、31日前往治疗。29日是"除去齿槽骨少许"，看来是为安装全口假牙做准备了。4月7日、14日继续前往,到 21 日"午后往齿科医院试模,付泉五十",这很明显是在试假牙的模型了。三天后又试了一次模,26 日又前去"补齿",这个"补齿"应该是指安装假牙吧。以后,又于 28 日、30 日和 5 月 2 日、3 日、5 日、7 日去齿科医院后,鲁迅就不再有治疗牙病的记载了。(1935 年 12 月 27 日有一条记载:"往高桥齿科医院付治疗费六元,三弟家十元。"而鲁迅并无本人前往该院治病的记录,估计是家人治牙病。)困扰鲁迅几十年的牙病,从此卸去沉重包袱,然而,距他去世也只有六年了!

两年后,由于牙齿全部拔去后,牙床萎缩,所装的义齿需要修理调整,鲁迅又找了另一家日本人开的齿科医院,前园齿科医院修理。1932 年 4 月 23 日:"上午往前园齿科医院。……晚复往前园医院,以义齿托其修理。"24 日:"下午……往前园医院取义齿,未成。……晚仍往前园取义齿,仍未成。"25 日:"午前往前园齿医院取义齿,付泉五元。"因修理,将义齿在医院放了两天,就急不可耐,鲁迅已经一天也离不开这付义齿了!

"濯足"是性暗示吗？

前些年，一些研究者对鲁迅日记上关于"濯足"的记载众说纷纭。本来，"濯"就是洗涤，足就是脚。濯足当然就是洗脚，这很简单。或许正因为如此，过去所有鲁迅亲友或研究者都没有提到过这个茬。但是，现在有人对它发生了兴趣，认为这不是洗脚那么简单，这可能是某种其他不便明示的活动的暗喻，例如性活动。

本来，洗脚有什么好研究的？可是现在有了这么一个"发现"，事情就变得"暧昧"起来。有这方面兴趣的人就来仔细研究了。有的旁征博引，有的拆字分析，但总不得要领。最后分成两派，一派否定，一派继续猜测。

本来我对这种在我看来纯属扯淡的问题实在没有兴趣讨论，而且公然来讨论这种极端隐私的事，也真是对鲁迅先生和相关先人的大不敬。但是有人既然已经谈得煞有介事，还争得面红耳赤，深恐谬说蔓延，为正视听，最好还是拿出个可靠的说法来，也就顾不得许多了。

然而要做出完全可靠、正确的判断也并非易事。最好还是先看看鲁迅日记中对于"濯足"的具体记载。粗略统计，鲁迅在他留存的二十四年日记中（从1912年至1936年，总共二十五年，其中1922年丢失），关于"濯足"的记载总共约80次，平均每年3.3次。倘是指性活动，这就已经有点不靠谱了。但这只是"平均"，鲁迅一生有很长时间处于事实上的单身状态，也可能在单身时期根本没有记载，而在婚姻存续期中或许并不少呢？所以光说"平均"是不对的。

那么我们就来看看见于日记中这两种生活状态下的不同记载：

1912 年　　无

1913 年　　1 次（4-23）

1914 年　　1 次（1-22）

1915 年　　无

1916 年　　1 次（5-3）

1917 年　　2 次（10-19，12-31）

1918 年　　无

1919 年　　无

1920 年　　4 次（2-6，5-12，9-28，12-11）

1921 年　　4 次（1-18，2-26，4-2，9-8）

1922 年　　无（因日记缺失，许寿裳抄本不全，不计入）

1923 年　　5 次（4-28，5-16，6-3，8-26，9-13）

1924 年　　5 次（3-10，4-29，5-31，10-9，12-25）

1925 年　　3 次（3-21，6-8，12-11）

1926 年　　5 次（1-15，2-27，6-14、28，7-7）

1927 年　　4 次（3-5、28，11-10，12-16）

1928 年　　8 次（2-29，3-26，4-18，6-5、13，8-21，9-5，11-22）

1929 年　　8 次（2-1，3-1，4-10，5-17，6-16，7-4，9-18，12-31）

1930 年　　4 次（2-9，9-26，11-12，12-21）

1931 年　　1 次（12-30）

1932 年　　2 次（5-21，9-24）

1933 年　　4 次（2-11，5-1，6-22，9-17）

1934 年　　5 次（1-1、29，3-3、24，12-6）

1935 年　　8 次（1-9，2-21，3-14，4-9，5-25，6-7，9-28，10-29）

1936 年　　5 次（1-11，7-30，8-18，9-21，10-12）

　　根据上述的情况，鲁迅 1912 至 1919 年是单身在北京，其中有三次探亲。此外还有 1926 年 8 月至 1927 年 10 月在厦门、广州期间，1929 年 5 月和 1932 年 11 月两次回北平探亲期间也是单身（例如 1929 年 5 月 17 日，他当时在北平）。在他单身期间，共有 8 次濯足的记载，这是无法解释的。此外，还有许广平怀孕期间，尤其是临产期间的 1929 年 9 月 18 日（9 天后许广平就生产了），也是无法解释的。除非他公然在外寻花问柳。

　　再看具体时间。鲁迅通常记载"濯足"多为"夜濯足"，多半是工作完后，也即半夜时分或下半夜。但也有上午的，如 1925 年 6 月 8 日。

再看季节和气候，这 80 次记载按月分布是这样的：

1 月	7 次
2 月	8 次
3 月	9 次
4 月	7 次
5 月	8 次
6 月	9 次
7 月	3 次
8 月	3 次
9 月	10 次
10 月	4 次
11 月	3 次
12 月	9 次

其中，两个低点出现在 7—8 月和 10—11 月，以冬、春为主，夏秋较少。但 9 月却是全年最多的。因此，总体上基本没有明显的规律。用"春发夏长、秋收冬藏"来解释，也是不通的。还有，许广平是 9 月 27 日生产的，以该日为准，则受孕应在元旦前后（前后 15 天内），而这段时间却并无此记载。事实上从 1928 年 11 月 22 日到 1929 年 2 月 1 日（也即元旦前 39 天，元旦后 32 天）都没有记载。可见现有"濯足"记载与许广平受孕完全没有关系。

综上所述，可以排除鲁迅濯足与性生活的关联。理由是：

一、在 1912—1919 年单身期间也有记载；

二、在许广平孕期单身北上探亲，与许广平分别期间也有记载；

三、在许广平临产期也有记载，而在受孕期反而没有记载；

四、在上午也有记载；

排除了与性生活的关系，那么可能是指什么呢？——其实还能指什么呢？依我看，就是洗脚而已！

但对此感兴趣者所关注的，是"濯足"这种写法的特殊意味，尤其是：洗脚这样的事竟也值得写出来吗？日常生活中比洗脚大的事多了去了，为什么都没有记而偏偏把洗脚这样真正的琐事也写出来呢？这也难怪有人感到奇怪而要刨根问底了。

这里确实有一些似觉吊诡的地方。

首先是，如果是洗脚，那么为什么一年中仅有那么几次？1918—1919两年间竟然没有洗过一次脚？即使最频繁时，每月也不到一次，又该如何解释呢？其实，答案要说简单也简单：鲁迅洗脚可能确实不太多，再加鲁迅日记本来就不是事无巨细的流水帐簿，遗漏在所难免。另外鲁迅之所以写作"濯足"，或许确非一般所说的洗脚，或者其中有些医学上的讲究或特指。按《辞海》的解释，濯字连用有"光秃""光泽""清朗"的意思，如此则"濯"应该是一种比较彻底的洗涤。即使排除像现在常见的中药浸泡洗脚方式，或许是一种包括洗、剪、扦以至脚部按摩等过程在内的泡脚、洗脚方式。比如，1936年夏天的两次，都是"拭胸背，濯腰脚"，"濯"就明明白白是"擦洗"的意思（当时在重病中）。考虑到此事多在深夜，且以冬春寒冷季节为多，从医学角度说，睡前暖脚有利于睡眠，鲁迅的濯足或许与此有关，我以为。

失眠

鲁迅虽然睡眠较少，但似乎睡眠质量总体上还是比较好的。在他所存二十四年的日记中，记载"失眠"的次数很有限，而且多有客观原因。

第一次关于失眠的记载是1923年9月19日："夜半雷雨，不寐饮酒。"从字面上看，似乎并没有多惊人。但仔细品味，半夜里雷雨交加，鲁迅在煤油灯下独饮独酌，情景还颇阴飒飒的呢！这时，鲁迅刚刚与弟弟周作人决裂不久，从北京八道湾搬了出去，跟朱安一起暂住在砖塔胡同，他正在四处看屋，想重新落实定居之所。连日奔波，茫无端绪，灯下独酌，心事重重，因而一夜饮酒，没有睡。这实际上不能算是"失眠"，根本就是没上床！

鲁迅第一次真正有"失眠"的记载是在1923年12月18日，那原因令人惊讶，是两个女佣半夜吵架！鲁迅记道："昨夜半以两佣妪大声口角惊起失眠，颇惫，因休息一日。"也许鲁迅记载不全，但在北京生活了十四年，经历的大小事件也不少了，而记载失眠的竟然只此一回，也算难得了。其实，这恐怕也与鲁迅当时的心情有关，这时鲁迅正是大病初愈，正在购买西三条胡同房屋的过程中。

鲁迅日记第二次记载失眠是在广州。那是1927年4月19日："骝先来。失眠。"这时，正是广州"清党"之后的第四天，鲁迅出席中大各主任紧急会议，营救被捕学生失败，鲁迅为营救学生捐款十元。中大校务委员会委员朱家骅前来看望鲁迅，显然是为安抚鲁迅，但鲁迅仍然气忿难平，看来是话不投机的，第二天，鲁迅就决定辞职了。鲁迅辞职，虽然有多重原因，但是大批学生无辜被捕，至少是导火索。

第三次记载失眠，就是到上海以后了。1928年3月1日："夜失眠。"这时鲁迅刚到上海半年，最初还想与创造社联手合作，没想到风云突变，1928年1月，创造社突然创办了《文化批判》月刊，全刊有一大半篇幅把矛头对准鲁迅，鲁迅被弄糊涂了。开始时，任凭创造社怎么骂，鲁迅只是默默地静观事态发展，不作一声。到第二个月，《文化批判》照样火力不减，鲁迅终于奋起还击了。他在2月23日写了《"醉眼"中的朦胧》一文，但要到3月12日才在《语丝》上发表，这时还没有正式交火。3月1日这天，鲁迅中午起来，午后回了几封信。青年同乡艺术家陶元庆来访，送来一只火腿。傍晚鲁迅出门拜访了一个老朋友，教育部时代的老同事，这时已经高升为国民党中执委的顾孟余。回来大约已经比较晚了，这天晚上，外面刮大风，鲁迅失眠了。这或许与这次争论有关，也或许与拜访老友有关，总之现在已无从查考了。但那前后几天鲁迅的睡眠质量似乎都不是很好。到10日，又一次记载"失眠"了，看来鲁迅对创造社的变卦还是耿耿于怀的。

但失眠也不尽是由于心烦，有时太兴奋了也会失眠的。1928年7月，鲁迅与许广平到杭州度"蜜月"一星期。从12日到达杭州，连日游览，到16日晚已经很累了，次日就要返回上海，这天夜里鲁迅却失眠了。估计是太兴奋了，反而睡不着了。

下一次记载"失眠"要到1929年初了。这年1月19日："晴。晚真吾来。失眠。"一天的日记就这么简单。这天只有朝花社成员崔真吾在晚上来访，不知道他们谈些什么。从当时情况看，朝花社刚刚起步不久，那天鲁迅

- 267 -

刚编完了《奔流》第八期，接着就开始编《艺苑朝华》的第一辑《近代木刻选集》，第二天又"交朝华社泉五十"，这是组建朝花社的资金。也许鲁迅因朝花社的顺利组建而兴奋？但似乎又不至于，或许纯属偶然吧。

但到了夏天，景云里住所周围就很不安静了。据许广平记载，景云里隔壁的里弄叫"大兴里"，住的多是市民，经常是白天放留声机，晚上搓麻将，弄得鲁迅无法工作，也无法休息。后弄堂里还有顽童玩火，甚至还曾发生绑匪跟警察枪战的事，所以鲁迅早有搬开之意。冬天还能紧闭门窗，到了夏天，就无处躲避了。1929年8月6日鲁迅记载："闷热，四近喧扰，失眠。"说的就是这种烦扰的环境。

再加上，当时鲁迅的心情很不好——他的弟子李小峰在他的一力扶持之下创办和发展起来的北新书局，竟然也开始克扣他的版税了！鲁迅发现了这件事，对他打击很大。就在前一天，李小峰和他的哥哥李志云来请鲁迅吃饭，试图缓和鲁迅的不满，但鲁迅拒绝了！他决心已定：请律师出面交涉。可能，这些都是使鲁迅不能安睡的原因吧！

1930年，是风云激荡的一年，在鲁迅生命当中也是非常重要的一年。这年他参加了中国自由运动大同盟（2月）和中国左翼作家联盟（3月）两大组织的发起，因而遭到当局通缉，不得已出外躲避一个多月，又因而搬了家。这一年他记载失眠最多。就在鲁迅外出避难回家后不久，4月27日，他失眠了。到5月8日，又一次失眠。鲁迅何以接连失眠呢？这时估计鲁迅已经得到国民党浙江省党部"呈请"国民党中央党部通缉他的消息了，再加上5月7日他刚刚与当时的中共中央第一号人物李立三见面，李立三要求鲁迅发宣言支持他的"一省或数省首先胜利"的左倾盲动主义立场，而鲁迅明确拒绝，双方不欢而散。又因为那几天鲁迅的儿子海婴接连生病，鲁迅夫妇三天两头带着孩子往医院跑，也使他心情烦躁，难以入眠。于是他干脆不睡了，把刚刚翻译完成的苏联普列汉诺夫的《艺术论》校对完了，又接着写了《〈艺术论〉译本序》7500字的长文。文末他写道："一九三〇年五月八日之夜，鲁迅校毕记于上海闸北寓庐。"

《文化批判》

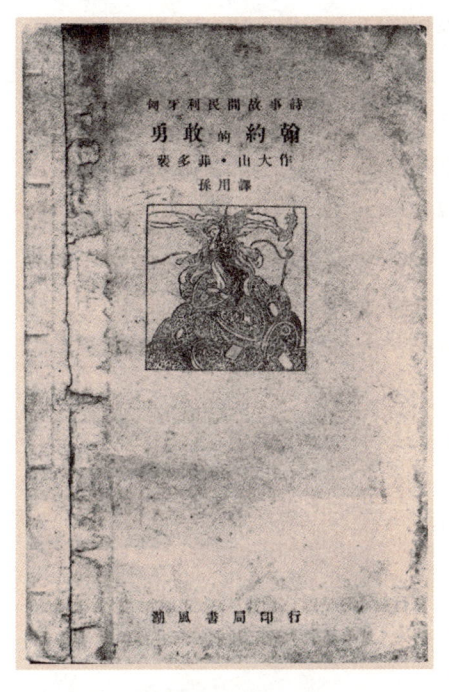

这年春天，鲁迅迁居到了北川公寓，条件略有改善。7月21日，这天日记写着："晴。大热……夜热不能睡。"看来纯粹是由于天气太热而无法入眠。

1931年虽然也是痛苦的一年，发生了"五烈士"事件，但到九月，已经渐趋平静了。13日，鲁迅记载："夜雨，校正印稿之后，继以孺子啼哭，遂失眠。"这里说的"印稿"就是孙用翻译的《勇敢的约翰》校样。孙用当时是杭州的一名邮局职工，他业余翻译了这本书，寄给鲁迅请教，鲁迅就帮他设法出版了。鲁迅完全是义务劳动！《勇敢的约翰》是匈牙利革命家、诗人裴多菲的长诗，鲁迅从早年开始就激赏他的革命精神，认为他是弱小民族反抗民族压迫的典范，极力向中国人推介。也许当鲁迅再次读到裴多菲的时候，情不能抑，比较兴奋。再加上当时即将满两周岁的海婴生病，夜里啼哭，无法入睡。

海婴确实是体弱多病。在1934年3月7日，他又患腮腺炎，接连两天请须藤五百三医生（就是后来为鲁迅治病，直到鲁迅去世，引起人们猜疑的那位）为海婴看病。大概是西医不见效果，到了8日晚上，鲁迅自己采用中医的办法，为海婴"施芥子泥罨法"，这是用土法治病，大体上是用河泥，拌入芥子，敷在脖子上的患处，效果很好。但对小孩来说，患病发烧很难受，所以，连带大人也"不能眠"了。

这以后，一直到1936年鲁迅去世那一年，才又见有失眠的记载。1936年2月23日，鲁迅日记："为改造社作文一篇，三千字。不睡至曙。"那天上午鲁迅参观了苏联版画展览会，下午到附近内山书店坐了一会，晚上萧军萧红夫妇来访，照例是要聊到很晚才走的。他们走后，鲁迅就写了《我要骗人》那篇文章。后来发表在日本人编的《改造》月刊4月号上。但写三千字的一篇文章，对鲁迅来说，也是一挥而就的事，并不需要通宵来写。"不睡至曙"，明白说就是"不睡"，并非躺在床上睡不着，看来是有点亢奋的。

鲁迅日记最后一次记载失眠是在1936年4月30日："作杂文一篇。失眠。"这篇杂文，就是《〈出关〉的"关"》，后来发表在《作家》月刊5月号上。

鲁迅为孙用校正的《勇敢的约翰》

- 269 -

鲁迅写这篇杂文，是有点生气的，因为当时张春桥说话太不负责任，对萧军的批评太苛刻了。但这也不至于气得一夜不睡，恐怕还是身体的原因吧。

  鲁迅虽然记载的失眠并不多，但实际上估计会更多一些。没有记载失眠不等于真的没有失眠。《狂人日记》中鲁迅借狂人之口说："我横竖睡不着，仔细看了半夜……"虽然不是写实，却也显示着鲁迅的生活方式。有很多人喝了茶就难以入睡，但鲁迅似乎并非如此。鲁迅写文章时，常是先泡上杯茶，边喝边写。那样的话，说明鲁迅总体上对茶并没有过敏，喝茶通常并不影响他的睡眠。但特别亢奋，或者太悲愤、烦躁的时候，也会失眠的，那是人之常情。

2011 年 11 月 6 日

鲁迅日记最吊诡的事

鲁迅日记中，最吊诡的事，莫过于鲁迅写的大量被收集成书的文章，在日记里根本没有记下篇名；而一些记下了篇名的文章却没有留下文本！

鲁迅写了那么多文章，可是在日记中记下篇名的并不多，粗略统计，总共记下了文章 18 篇，翻译和古籍整理书籍 4 种，演讲 3 篇。很多后来被收集的杂文，在日记里只记作"杂文一篇"、"稿一篇"，几乎从不提篇名。而被提到的篇名，留存下来的却并不多。尤其是演讲，鲁迅一生做演讲 60 多次，在日记中记下讲题的只有 3 篇，可偏偏这三个演讲稿全都没有留存下来。这就是 1912 年的《美术略论》、1928 年的《老而不死论》和 1931 年的《流氓与文学》，这是巧合还是故意为之？至今并不清楚。

《美术略论》

1912 年 7 月，鲁迅刚到北京教育部两个月，就开始到暑期学校去做讲座，题目是《美术略论》，鲁迅在日记里写下了题目。第一次记载是 7 月 10 日（7 月 5 日有一个记载，"下午四时赴讲演会，讲员均乞假，听者亦无一人，遂返"，显然这次没有演讲），"上午九时至十时诣夏期讲习会述《美术略论》，听者约二十余人"，讲了一个小时。一个星期后又去讲了一次，这次是"初止一人，终乃得十人，是日讲毕"。当时的教育总长蔡元培提倡美育，但民国刚刚建立，民智未开，响应美术教育的人寥寥无几，所以鲁迅的讲座，几乎没什么人听。第一次讲，听众有二十多人，第二次开始时仅有一个人，到最后也仅有十个人。这次讲座的内容，不见于鲁迅著作。但在这前后，鲁迅有过两篇与此相关的文章，一篇是《拟播布美术意见书》，这是根据蔡元培的意见撰写的一份美术教育方案，这篇文章现收入《集外集拾遗补编》；还有一篇是翻译日本上野阳一的《艺术玩赏之教育》。推想鲁迅的演讲内容，当与上述文章观点相近。但是《拟播布美术意见书》只有几百字，非常简单地阐述了一些理由，没有充分展开论述。而《美术略论》分两次讲了至少两个小时，按照一般语速，一个小时讲话应该一万字左右，即使语速慢一些也有八千字，两个小时就有一万六千字，再怎么简练，至少应该是一篇万言长文。可惜我们终于无法得见鲁迅早年对于美术的详细见解，相信与后来他提倡新兴版画运动的理念非常有关。

《异域文谭》

1914年6月3日鲁迅日记，"写《异域文谭》讫，约四千字"，次日又记："寄季市信并《异域文谈》稿子一卷，托转寄庸言报馆人。"这里不仅写明了字数，也写明是寄给好友许寿裳，托他转寄天津《庸言》的人。可是遍查《庸言》，也不见有鲁迅的片言只字，至今是一个谜。

说起《庸言》，也是中国近代风云一时的大牌媒体。它的创办人是梁启超，1912年12月创刊于天津日租界旭街17号，当时梁启超就住在天津。《庸言》是个刊物而不是报纸，创刊开始是半月刊，从1914年第二卷第一号改为月刊，但是到这年6月出完二卷六号也就停刊了。它的封面上英文名字是"Justice"，"正义"，中文名字"庸言"可解作中正的言论。刊物内容多是时事政论，封面上公开打出"新会梁启超主干"的旗号，明显是新党喉舌。

从鲁迅写下的篇名来看，这篇文章显然是谈论国外的文化或文学创作情况的，类似的内容也没见鲁迅在同期的其他文章中提到。《庸言》是时事、政治、文

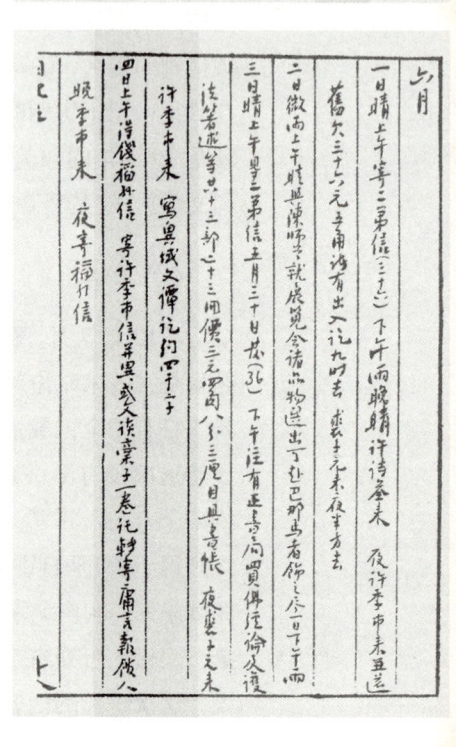

化甚至军事都涉及的,其中还有专门谈论文字发展历史的,例如第一卷第十五号就有《中国文字之起源(续)》,显然前面还有上文。当时鲁迅从日本回来不久,对日本情况了解较多,他的文章应当会涉及日本文化。但从篇名来看,鲁迅所谈应该不止日本一国文化。而且,《庸言》上的这类文章,如果较长,完全有可能采用连续刊载的方式发表。

但是,我曾经专门找来这刊物,从头到尾翻遍,也不见鲁迅的文章,既没有鲁迅或以鲁迅笔名署名的文章,也没有找到与"异域文谈"相关或可能类似的内容。估计鲁迅这篇文章没有被该刊采用。但是,鲁迅日记里也再没有相关记载,确实是一件十分令人困惑的事。恐怕由于鲁迅寄这稿去时,该刊正要停刊,所以也就没了下文。但是既不见退回,也不见转发。至今没有人能解开这个谜。

《老而不死论》

1928年5月15日《鲁迅日记》记载:"陈望道来,同往江湾实验中学校讲演一小时,题曰《老而不死论》。"在此前后,鲁迅也曾到各大学做过多次演讲,都是日记记载了演讲而没有记下讲题,后来的杂文集也收入了几篇演讲辞。而这篇记下了讲题的演讲却没有收入鲁迅的文集。

对这次演讲,陈望道先生曾经

有过回忆。他在《关于鲁迅先生的片断回忆》一文中说："……鲁迅先生在1928年就曾到复旦大学和江湾实验作过演讲。那时,文化教育界的黑暗势力极为猖狂,不但对于'五四'以后宣传的马列主义思想进行'围剿',就是对于'五四'以后盛行的白话文也十分仇视,企图加以消灭。当时复旦大学和江湾实验中学的进步师生为了在同黑暗势力的斗争中得到指导和支持,就由我去邀请鲁迅先生作演讲。这次演讲就是在复旦大学现在的600号大楼中举行的。关于演讲的题目和内容,我已经记不清楚了。但是,这件事在《鲁迅日记》1928年5月15日有记载:'……往江湾实验中学讲演一小时,题曰《老而不死论》。'后来,鲁迅先生在一九三〇年他翻译《毁灭》的附记里也讲到了这次演讲所发挥的意思。我记得,当时鲁迅先生的演讲极有声势,他幽默而泼辣地指斥当时的黑暗势力,每当讲到得意处,他就仰天大笑,听讲的人都跟着大笑,那满屋的大笑声直震荡了黑暗势力的神经,给复旦和实验中学的广大师生以有力的声援和激励。"

鲁迅自己在1931年的《〈毁灭〉第二部第一至三章译者附记》中也曾谈到这次演讲:"欧洲的有一些'文明人',以为蛮族的杀害婴孩和老人,是因为残忍野蛮,没有人心之故,但现在的实地考察的人类学者已经证明其误了:他们的杀害,是因为食物所逼,强敌所逼,出于万不得已,两相比较,与其委给虎狼,委之敌手,倒不如自己杀了之较为妥当的缘故。所以这杀害里,仍有'爱'存。……前年我在一个学校里讲演《老而不死论》,发挥的也是这意思,但一个青年革命文学家将这胡乱记出,加上一段嘲笑的冒头,投给日报登载出来的时候,却将我的讲演全然变了模样了。"鲁迅这里说的是《申报》本埠增刊副刊《艺术界》刊登的《鲁迅与创造社》一文,其中提到一些鲁迅演讲中的内容。但是鲁迅认为那已经"全然变了模样了"。所以,鲁迅这篇演讲的真实面貌,终于还是不得而知。

《流氓与文学》

鲁迅日记1931年4月17日记载:"……午后……往同文书院讲演一小时,题为《流氓与文学》,增田、鎌田两君同去。"对这次演讲,有人说其内容即《流氓的变迁》一文的主旨,这恐怕不实。一则因为那是1929年所作,而演讲是1931年,鲁迅不大可能把两年前的文章内容在两年后的演讲里重复。而且,据当时听讲的日本学生回忆说,鲁迅在演讲中提到1931年2月被杀害的"左联"五烈士事件,曾经用了"甚至于活埋"的用语,这些是1929年《流氓

鲁迅的日记

东亚同文书院

的变迁》中所没有也不可能有的。

1990年，日本《飚风》杂志刊登了当时同文书院学生笠坊乙彦听鲁迅演讲的笔记，从中看出，与《流氓的变迁》还多少有点关系。其中一开始就谈到流氓的来源，一是孔子之徒，一是墨子之徒。

为了让读者了解这次演讲的内容，姑且附录演讲记录以供参考。

流氓与文学

(1931年4月17日在上海东亚同文书院演讲，
远藤进和堀川静笔记)

流氓是什么呢？流氓等于无赖子加上壮士、加三百代言。流氓的造成大约有两种东西，一种是孔子之徒，就是儒；一种是墨子之徒，就是侠。这两种东西本来也很好，可是后来他们的思想一堕落，就慢慢的演成了所谓流氓。

司马迁说过，"儒以文乱法"而"侠以武犯禁"，由此可见儒和侠的流毒了。太史公为什么要说这样的话呢？因为他是道家，道家是主张"无为而治"的。这种思想可以说是"癞蛤蟆想吃天鹅肉"，简直是空想，实际上是做不到的。

儒墨的思想恰好搅乱道家"无为而治"的主义。司马迁站在道家的立场上，所以要反对他们，可是也不可太轻视流氓。因为流氓要是得了时机，也是很厉害的。凡是一个时代，政治要是衰弱，流氓就乘机而起，闹的乱七八糟，一塌糊涂，甚至于将政府推翻，取而代之的时候也不少。

- 275 -

像刘备从前就是一个流氓，后来居然也称为先主；刘邦出身也是一个流氓，后来伐秦灭楚，就当了汉高祖。还有朱洪武（明太祖）等等的都是如此。

　　以上全说的是流氓，可是和文学又有什么关系呢？就是说流氓一得势，文学就要破产。我们看一看，国民党北伐成功以后，新的文学还能存在么？嘻！早就灭亡了。为什么呢？就是因为他们没有新的计划，恐怕也"无暇及此"，既然不新便要复旧，所谓"不进则退"就是这个意思。

　　本来他的目的就是要取得本身的地位，及至本身有了地位就要用旧的方法，来控制一切。如同现在提倡拳术，进行考试制度什么的，这都是旧有的。现在又要进行扩大，这岂不是复旧么？为什么在革命未成功的时候，镇日价提倡新文化，打倒一切旧有的制度，及至革命成功以后，反倒要复旧呢？我们现在举一个例来说。比方有一个人在没钱的时候儿，说人家"吃大菜，抽大烟，娶小老婆"是不对的，一旦自己有了钱也是这样儿。这样是因为他的目的本来如此。他所用的方法也不过是"儒的诡辩"和"侠的威胁"。从前有《奔流》、《拓荒者》、《萌芽月刊》三种刊物，比较都有点儿左倾（赤色），现在全被禁止了。听说在禁止之前，就暗地里逮捕作者，秘密枪毙，并且还活埋了一位。嘻！你瞧！这比秦始皇还厉害若干倍哪！

　　兄弟从前作了一本《呐喊》，书皮用的红颜色，以表示白话俗语儿的意思。后来有一个学生带着这本儿书到南方来，半路上被官家给检查出来了，硬说他有赤色的嫌疑就给毙了。这就和刘备禁酒一样。刘备说凡查着有酿酒器具的就把他杀了。有一个臣跟他说："凡是男子都该杀，因为他们都有犯淫的器具。"可是他为什么行这种野蛮的手段呢？就是因为他出身微贱，怕人家看不起，所以用这种手段以禁止人家的讥讪诽

- 276 -

谤。这种情形在从前还有，像明太祖出身也很微贱，后来当了皇帝怕人家轻视，所以常看人家的文章。有一个人，他的文章里头有一句是"光天之下"，太祖以为这句的意思是"秃天子之下"，因为明太祖本来当过和尚，所以说有意侮辱他，就把这个人给杀了。像这样儿还能长久么？所以说"马上得天下，不能以马上治之"。

（根据日本《沪友》杂志1983年第50号堀川静记录稿和《飓风》杂志1991年12月第26号远藤进记录稿，赵英译，童斌校，载《鲁迅研究月刊》1992年第3期）

从日记看鲁迅的国际交往和世界影响

鲁迅并不是一个张扬的人,也不会在文字上自我吹嘘。可是我们从他的日记里,还是可以通过他的交往和文化活动,看到他的世界影响。

鲁迅日记中最早体现他的对外交往和世界影响的记载,大概是1920年11月日本著名汉学家青木正儿的来信。当时青木在日本同志社大学任教,9月,在他所编《支那学》杂志第一至第三号上连载了一篇文章,题为《以胡适为中心潮涌浪旋着的文学革命》,文中这样说:

> 在小说方面,鲁迅是一位属于未来的作家。他的《狂人日记》(《新青年》四卷五期)描写了一个迫害狂的惊恐幻觉,从而踏上了中国小说家迄今未能涉足的境地。

11月27日,青木来信向鲁迅致意,鲁迅日记记载:"得青木正儿信,由胡适之转来。"过了半个多月,12月14日鲁迅复信致谢,这封信现在收入《鲁迅全集》中。青木是日本影响力很大的评论家,在鲁迅刚刚发表了几篇小说,连《阿Q正传》还没有发表的时候,青木就敏锐地发现了鲁迅的文学潜能和作品的价值,他的评论也说明鲁迅很早就赢得了国外文学界的注目。

在这之前,1919年8月起鲁迅翻译了日本作家武者小路实笃的剧本《一个青年的梦》,并陆续发表。12月,武者小路实笃得知自己的作品被翻译,但不知道译者是谁,他在给周作人的信中附上了一篇《给支那未知的友人》,向译者表示感谢。当时周作人由于专程去日本考察"新村运动",与武者小路实笃有所接触,并有通信,但武者小路实笃并不知道译者就是周作人的兄长。

1922年以后,鲁迅与国际文化人的联系更多了,最著名的是俄罗斯的盲诗人爱罗先珂。爱氏初到北京,就住在八道湾11号鲁迅家里,他与鲁迅有很深入的交流。鲁迅翻译了他的《桃色的云》和其他一些文字,鲁迅的小说《鸭的喜剧》也是写他的,鲁迅还翻译了《盲诗人最近时的踪迹》,介绍爱罗先珂。

除了文学圈,鲁迅还与媒体记者有很多接触。鲁迅日记1923年1月7日记载:"下午丸山君来,并绍介一记者,桔君名朴。"丸山就是丸山昏迷,是日本人在北京出版发行的日文杂志《北京周报》的记者。丸山昏迷在鲁迅日记中第一次出现就介绍另一个记者给鲁迅,显然他已不是第一次来访。他从1922年开始担任该报记者,还曾在北京大学旁听过鲁迅的讲课。由于鲁迅1922年日记丢失,我们不知道他最初与鲁迅接触的情形,但在许寿裳抄录的鲁迅1922年日记中,还能看到一点线索。12月6日:"夜以日文译自作小说一篇,写讫。"接着在次年1月出版的《北京周报》第47期上,就刊登了鲁迅小说《兔和猫》的日译本。这也证实当时他们已经有了深入的交往。在1923年间丸山昏迷经常来访鲁迅。

之后,《北京周报》还译载过鲁迅的《说胡须》,以及《关于猪八戒与本

鲁迅(前右三)与爱罗先珂(前右四)、周作人(前左三)等

年干支的关系》《"面子"和"门钱"》《教育部拍卖问题真相》等谈话录。

1923年4月,《北京周报》又登载丸山昏迷的《周树人氏》一文介绍鲁迅,并给予很高的评价:"在现代中国,鲁迅的小说,无论是在文章的艺术魅力方面,还是在文章的洗练简洁方面,都远远超过了其他许多作家。……他是作家,同时也是改革家,他的作品表现出了强烈的改革情绪。"1923年12月11日,鲁迅的《中国小说史略》出版。23日,丸山就在《北京周报》上刊登《鲁迅先生的〈中国小说史略〉》专题介绍,并预告该刊将于1924年初开始连载丸山昏迷翻译的《中国小说史略》。后来果然如约,到11月刊载完上卷。而这时丸山已经去世两个月了。该刊对鲁迅几乎同步的信息跟进,可见鲁迅在他们心目中的地位和影响。

就在1923年1月7日丸山来访的当日上午,井原(不知名字)、藤冢邻、永持德一、贺嗣章四人来访,前三位都是日本人,后一位是翻译。其中的永持德一是在北京税务专门学校任教,两天前他为招待日本学生竹田复,在陶园宴请并引见各方人士,同席共九人,包括蔡元培和鲁迅。这也说明鲁迅当时的影响,几与蔡元培等相近。

与丸山同时和鲁迅保持联络的《北京周报》同人还有记者兼撰稿人清水安三和主编兼发行人藤原镰兄。他们都对鲁迅抱有深深的敬意,鲁迅日记里常有与他们往还的记载。

还有一位日本汉学家也是值得提到的——今关天彭。他1923年到中国,在北京建立了今关研究室,从事中国文化和中日关系史研究。根据鲁迅日记,他于这年2月11日在翻译贺嗣章的陪同下拜访鲁迅,并赠《北京的顾亭林祠》一书。后来,鲁迅到了上海,1929年6月18日他到内山书店见鲁迅,20日内山完造在北四川路的陶乐春菜馆请吃饭,鲁迅和今关天彭都应邀前往。席间,今观特地送给鲁迅一本他自己的著作《日本流寓之明末名士》一书,似乎他事先就知道鲁迅也会到场。以后他经常与鲁迅通信,寄书给鲁迅,还多次到上海会见鲁迅。鲁迅也关注他的研究,有时在内山书店看到他的新作,也会买来看看。他们的友谊一直延续到鲁迅去世。

1920年代初,鲁迅在北京各大学任教时,开设文艺理论课程,所用教材是日本厨川白村的《苦闷的象征》。1924年,鲁迅将这本书译成中文,交由北京新潮社出版。1926年1月26日记载:"以书籍分寄厨川白村纪念会、山本修二……"到3月13日,又有"上午得厨川白村会信"。这里,鲁迅寄出的书就是厨川白村的《苦闷的象征》和《出了象牙之塔》。从日本厨川白村纪念会的复信来看，他们对鲁迅还是很陌生的："……我们虽是初次得识先生芳名，但对译书出自尚未闻名的先生之手，深感欣幸！我们认为，与其出自名人手笔，远不如通过未知的年轻的您，作为未名丛刊介绍给贵国，这是一件值得庆幸的事情。"也许是因为"未名丛刊"的关系，他们认为鲁迅是尚未闻名的年轻人。其实鲁迅这时在中国已经名声卓著，被誉为"思想界先驱""青年导师"，而且已经四十五岁，在当时的中国可以算作老人了。与身在北京的丸山等人完全不同，他们对鲁迅还不了解，这也说明，日本对鲁迅的了解和认识是很不平衡。

还有一位敏感人物，也是在北京结识鲁迅的，这就是后来声名赫赫的日本驻中国公使、战后受审的甲级战犯——重光葵。当时，重光葵是日本驻中国公使馆的一等书记官，在日本人峰簸良充宴请朋友时与鲁迅相识，但似乎只是一面之交。1926年2月14日，鲁迅曾给他写过一封信，内容不得而知，以后就再也没有联系了。重光葵在后来"一·二八"战事中，被尹奉吉炸断了腿，战后代表日本政府在投降书上签字的就是他。

一般说来，鲁迅的国际声望和影响是从上海时期开始扩大的，但这在很大程度上得益于鲁迅在北京时期创作的作品及与国际友人的交往。

1926年，当时在北京大学、燕京大学任教的美国人巴特勒特（R.M.Bartlett）曾拜访鲁迅。1927年10月，他在美国《当代历史》月刊上发表《中国革命的知识分子领袖》一文，介绍了鲁迅和康有为、梁启超、陈独秀、李大钊、胡适、周作人等一批中国知识界的思想先驱人物。

1926年秋，鲁迅到了厦门，在这里他结识了德国教授艾锷风。鲁迅离开厦门时，送给他一本英译本《阿Q正传》。

1927年初,鲁迅到了广州。一个月后,一位日本记者采访了鲁迅,他就是山上正义。他和鲁迅就《阿Q正传》及很多文学、社会问题做了深入交谈。在他采访鲁迅的时候,已经对鲁迅有了一个基本的了解。1927年10月,鲁迅到了上海,两年后山上正义也到了上海,他又多次拜访鲁迅。1931年,他将《阿Q正传》译成日文,在翻译过程中得到了鲁迅的悉心指导,并为他写了85条注释,这份手稿至今还完整地保存着。山上正义写了《关于鲁迅及其作品》一文,这样评价鲁迅:

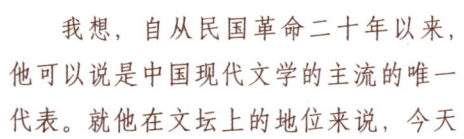

> 我想,自从民国革命二十年以来,他可以说是中国现代文学的主流的唯一代表。就他在文坛上的地位来说,今天也依然是当前文坛的泰斗。……可是,鲁迅二十年来对中国文坛所作出的功绩,是不能简单地用泰斗等言词来加以论断的。他在具有特殊的发展形态、而今尚在发展中的中国当前文坛上,作出了极为特殊的功绩。

1933年鲁迅与内山完造

山上正义对鲁迅的《阿Q正传》评价也很高:"读过这篇小说,难道不会发现鲁迅早在十年前就察知今天的事,并且预先道破了今天徒有其名的三民主义革命的罪过、失败的真实意义了吗?"后来的日本著名学者丸山升认为,山上正义的评价"意味着山上对鲁迅的理解达到了左翼方向的顶点,在日本对鲁迅的理解中是独具一格的"。

1936年鲁迅逝世后,山上正义写了《鲁迅的死和广东的回忆》,发表于日本具有相当影响力的《改造》杂志,引起很大反响。

1927年10月3日,鲁迅和许广平一同坐船从广东抵达上海。第三天,鲁迅在住所附近的北四川路上,发现一家日本书店,便进去看看,一下子买了好几本书。当时店主内山完造不在店内,后来听说了此事,等到过了一天鲁迅又去书店的时候,内山得知对方就是周树人,十分惊讶而欣喜,他早已听说鲁迅从南方来上海了,这表明鲁迅那时的名声已经很大了。这与上一年初日本厨川白村纪念会对鲁迅的态度形成了极大的反差。短短两年不到,鲁

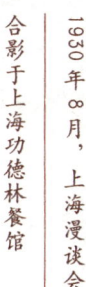

1930年8月，上海漫谈会合影于上海功德林餐馆

迅在日本人中从"尚未出名"，到"大名鼎鼎"，变化如此之快。这或许是出于偶然，但也并不是没有原因的。这时期，在一些日文报刊上，介绍中国文学和鲁迅的文章日益增多。

在上海，随着左翼文艺运动的开展，鲁迅作为"左联"的领袖地位日渐突出，人们对鲁迅的了解也不断加深，通过各种渠道，来到内山书店或直接上门拜访鲁迅的人越来越多。从内山书店的文艺漫谈会开始，很多日本人到上海的旅程中，拜访鲁迅成为他们重要的选项，内山完造也把鲁迅作为沟通书店和读者之间关系的一个品牌，甚至试图使"漫谈会"经常化。随着鲁迅影响的增加，日方友人来访，常常提出会见鲁迅的要求，内山总是热心地牵线，鲁迅也乐意交流，于是各种会见就日渐其多了。

日本的一些文化名人来访时，也多通过内山完造介绍希望会见鲁迅。例如著名革命家宫崎寅藏的儿子宫崎龙介，1931年与其妻子柳原烨子到中国旅行，特地拜访鲁迅。《朝日新闻》主笔原田让二，也于1933年9月23日，由内山完造介绍，拜访鲁迅并约鲁迅为其报纸1934年新年第一号撰写《上海所感》一文。还有改造社社长山本实彦，学者长谷川如是闲、盐谷温（及其女婿）、仓石武四郎、圆谷弘，作家横光利一、武者小路实笃，学者兼记者新居格等，先后会见鲁迅。更不用说当时还不太出名的学者增田涉等。其他学者、文学者、艺术家、教师、医生来访的更是数以十计。甚至镰仓圆觉寺的僧人铃木大拙和高畠眉山等，1934年到中国来参观佛迹时，也特地到内山书店会见了鲁迅。还有一个著名的日本歌舞伎团，团长是志贺廼家淡海，

- 283 -

1934年他带了演出团来上海演出，也会见了鲁迅。

　　1935年10月21日，还发生了由会见而引起的不愉快事件。这天，日本著名美术史家野口米次郎来访，《朝日新闻》上海支社负责人仲居特地在附近的"六三园"设席，请鲁迅、内山完造会见野口。开始气氛不错，但当鲁迅谈到中国的社会现状，野口竟然说出"既然中国政府这样腐败，不如像印度让英国托管那样，让日本来代管中国"的话，鲁迅闻言大怒，当即予以指斥，闹得不欢而散。后来，又有一个日本人长与善郎，他在会见鲁迅后，写了一篇鲁迅先生会见记，但文中的内容却违背了鲁迅的意思。这两件不愉快的事情发生后，鲁迅不悦地对介绍来访的内山完造说：这样的会见还是停止吧！但实际上还是不断有人请求见面，鲁迅也难以峻拒，所以还是继续会见。

　　西方对鲁迅的重视也不亚于日本。例如著名女记者艾格尼斯·史沫特莱，后来写了《红星照耀中国》的埃德加·斯诺，以及长期定居中国的路易·艾黎等。这些人士都是主动要求与鲁迅会见的，他们早已知道鲁迅的巨大声望，在与鲁迅的接触中也更加深了对鲁迅的理解和敬佩，并在各种场合传扬鲁迅的事迹。

　　1936年4月，埃德加·斯诺到上海，试图设法去陕北。26日下午，他在姚克陪同下来拜访鲁迅，当时鲁迅一家正巧不在家。第二天他又来，之后就与妻子海伦一起对鲁迅进行了采访。他们的谈话非常深入，问题提纲由海伦准备。后来海伦据此写了《中国左翼文学运动的历史》一文，并一直珍藏着这份采访记录，直到上世纪八十年代才发表。这样的采访充分说明了鲁迅在他们心目中的崇高地位。

　　但有一些会见，是在某种特殊场合，由于某种特别缘由而促成的。例如爱尔兰的萧伯纳，在其访华期间，宋庆龄等认为鲁迅可以与之一谈，故请鲁迅出面接待。英国反战人士马莱爵士、法国左派《人道报》主编瓦扬·古久列，

1933年鲁迅与萧伯纳、蔡元培

是因远东反战大会等机缘而与鲁迅见面的。这些会见,在鲁迅的日记中并没有多少明确记载。可能出于安全考虑,只是隐晦地提到。比如,鲁迅会见瓦扬·古久列是在苏州河边的河滨大楼,鲁迅只记了去河滨大楼,而没有写去干什么。还有,参加在功德林举行的文艺漫谈会,只写去功德林,不写漫谈会。另外,韩国有大韩民国临时政府领导人金九的部下金奎光,他是"左联"的外籍成员,也曾来拜访鲁迅。

有不少外国人士,鲁迅在会见他们之后,在日记中只做了简要的记载。例如1933年3月24日:"下午姚克邀往蒲石路访客兰恩夫人。"姚克是个才气横溢的青年作家兼翻译家,他当时正在帮助斯诺翻译鲁迅的小说,就是后来的《活的中国》。当时姚克接触一批外籍人士,这位客兰恩夫人,身份不详;姚克邀鲁迅前去拜访,具体情况也不明确,鲁迅在日记中也没有过多的记载。1935年11月22日,姚克还与另一位外籍女士"梵斯女士"来访,也不知谈论什么事。

1933年11月8日,"夜赴楷尔寓饮酒,同席可十人";还有鲁迅去江西路福州路口的汉弥尔敦大厦,都是去会见各国友人,但鲁迅都没有详细记载。一些当时会见过鲁迅的外国人士,后来在他们的回忆录或专著中提到会见的事,但我们已无法在鲁迅日记中得到印证和解读了。

1936年,反战人士鹿地亘夫妇来访。鲁迅直到去世前两天,还去看望鹿地夫妇,并神聊"女吊"的话题等,这应该是鲁迅最后一次会见外籍人士了。那天在场的还有日本牙医奥田杏花等,他们对这件事印象十分深刻。但这些都没有在鲁迅的日记中详细出现。正因为这样的接触,鲁迅逝世的当天上午,奥田立即赶到鲁迅家,为鲁迅制作了那具珍贵的带有鲁迅二十根胡须和两根眉毛的石膏面模。

根据我的粗略统计,鲁迅日记记载的日本人二百一十八人,朝鲜人十余人,西方人十余人。鲁迅与他们的接触,开始一般都是对方主动来访,以后如果谈得来,鲁迅也会适当主动会见。

除了直接的交往,还有通过中间人的间接交往。例如,留法学生敬隐渔到法国后多次去拜访罗曼·罗兰,谈及中国的文学,敬隐渔把《阿Q正传》译成法文给罗曼·罗兰看,罗曼·罗兰被阿Q的形象深深吸引,并推荐到《欧罗巴》杂志发表。这一段故事,在鲁迅日记上也有记载。1925年6月,敬隐渔给鲁迅寄来发表《阿Q正传》的那期《欧罗巴》杂志,并谈到曾有书信寄到创造社,希望鲁迅为他搜集一些中国新文学的书籍。鲁迅立即收集了三十余册图书,寄给在法国的敬隐渔。

鲁迅的国际交往和世界影响随着鲁迅的奋斗脚步,日益扩大。鲁迅逝世后万人空巷的送殡景象,感人至深,也是鲁迅声望和影响的最高体现。更难得的是,鲁迅身后,他的影响不仅没有消失,而是越来越深入人心。至今七十余年过去,鲁迅的文学成就和思想遗产仍然镌刻在中国和世界的文学史、思想史上。

敬隐渔

后记：醉心于鲁迅日记研究的人们
——鲁迅日记研究简史

鲁迅先生的日记，本来是不准备给别人看的。他说："我本来每天写日记，是写给自己看的；大约天地间写着这样日记的人们很不少。假使写的人成了名人，死了之后便也会印出；看的人也格外有趣味，因为他写的时候不像做《内感篇》外冒篇似的须摆空架子，所以反而可以看出真的面目来。我想，这是日记的正宗嫡派。……我的日记却不是那样。写的是信札往来，银钱收付……"（《马上日记·豫序》）他对于家乡的名人李慈铭在生前就让人传抄他的日记颇有微词，对胡适等人将日记出示给人看的做法，也不赞赏。这种不欣赏还包括对后来交游甚洽的郁达夫的日记。但鲁迅也不轻易否定别人，因此还是给予一定的客观评介。但正因为如此，他的日记就更不想给人看了。

然而，鲁迅这样有着巨大影响的一代名宿，注定是无法避免一切都被公开的命运的。早在鲁迅在世的时候，他放在北京旧居的日记就被寄居家里的远房亲戚车耕南偷偷翻看过。1932年鲁迅北上省亲，发现了此事，很不满，就将旧日记带回了上海。

鲁迅逝世后，先后有不少人看了他的日记。先是密友许寿裳为编撰鲁迅年谱，翻阅了鲁迅的日记并作了部分摘抄。之后是许广平为妥善保存鲁迅的日记，进行了整理和部分抄写。1941年底那场使鲁迅日记残缺的劫难，正是发生在许广平整理鲁迅日记期间。这样，查抄这批日记的上海极司菲尔路"76号"汪伪特务机关某负责人就成了鲁迅日记的第三个阅读者。

许广平历尽艰辛,终于索回了鲁迅日记。但是,1922年那一册就此失踪了,至今不见踪影。

1949年后,冯雪峰主持了鲁迅著作出版工作。显然,鉴于鲁迅日记遭劫导致残缺的教训,他做的第一件事,就是整理、影印出版鲁迅的日记。这样,冯雪峰成为第四个阅读鲁迅日记的人。1951年,鲁迅日记由上海出版公司影印出版。之后,进入公共阅读领域,读的人自然更多了。

早期阅读鲁迅日记的人们,虽然也带有研究的意向,却还不是学术研究。从学术研究的角度阅读鲁迅日记,最早要从张慧剑算起。1946年,张慧剑用"豪雨"的笔名在南京某报纸上连载发表《鲁迅日记研究》,内容都是鲁迅日记上关于生活和文化活动的史实。不过,他是怎么看到鲁迅日记的,尚不清楚。之后,有蒋锡金先生对鲁迅日记作了更为细密的研究,但由于蒋先生解放后长期被打成右派,没有机会发表他的研究成果。直到上世纪八十年代初,蒋先生才以《读〈鲁迅日记〉识小录》为题发表了部分研究成果。同样,从六十年代初起,被打成右派的山东济南市第一中学教师包子衍,在困境中对鲁迅日记做了长期研究,即使在"文革"中作为"牛鬼蛇神"的他也没有停歇自己的研究。他把鲁迅日记分为十大类编排,然后又对每日详情加以注释,编撰成了《鲁迅日记类编》手稿。1974年,"牛鬼蛇神"包子衍抱着一部厚厚的稿子到北京寻访并请教同为"牛鬼蛇神"的冯雪峰。他们两人年龄相差三十一岁,却一见如故,成了忘年之交。他们在毫无学术氛围的环境下,却以严肃的学术态度讨论了这部书稿。冯雪峰对包子衍的钻研精神表示肯定,但对他的编排方法提出了异议。他认为,把鲁迅日记打散了重新"编",对于研究者固然有用,但对一般读者意义不大,应该注重于"注",就是注释。这部手稿虽然没有出版,但在后来包子衍参加《鲁迅全集》日记部分的注释、编辑中,却发挥了重要作用。

1956—1958年,人民文学出版社出版了注释本《鲁迅全集》,遗憾的是,其中没有收入日记。这一方面固然与当时的出版思路是压缩精简有关,另一方面也与日记注释困难有关。但当时人们已经对鲁迅日记作了十分深入的研究。证据是:当时注释工作的参加者之一王士菁先生的妻子杨立平女士等人,经过广泛内查外调,编辑了一本十余万字的鲁迅日记人名索引草稿。说是索引,其实是包含了注释的,其中涵盖了大量信息。当时由于很多当事人还健在,通过调查,获得了大量第一手资料。尽管如此,在日记中出现的两千余人中,待查的人物还是达到了六百余人。1959年9月,人民文学出版社第一次出

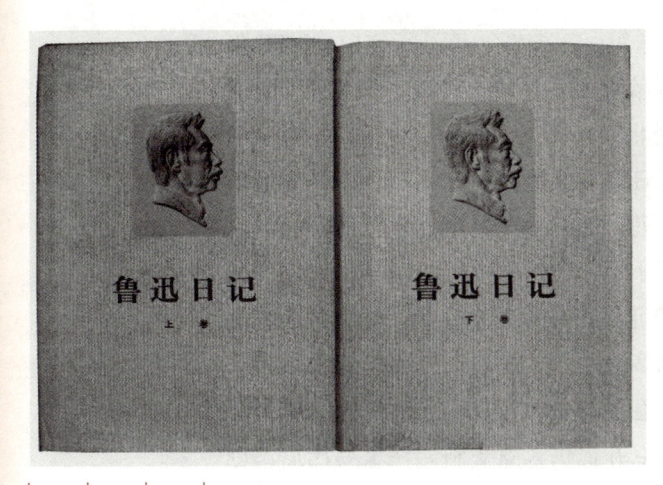

鲁迅的日记

版了排印本《鲁迅日记》（上下），装帧与《鲁迅全集》配套，大32开本，1961年又出版了大16开的版本，这两个版本都是精装，均没有加注释。

"文革"后期，由于1972年美国总统尼克松来访而突现的"《鲁迅全集》荒"，提醒了上上下下。1973年，人民文学出版社重排出版了1938年版《鲁迅全集》，但其中不包括鲁迅日记。从1976年开始，出版界就酝酿编辑注释新版《鲁迅全集》。1976年5月，国家出版总署在济南召开了鲁迅著作注释出版工作会议，全国部分大专院校派出代表参加了会议。负责《鲁迅日记》注释的分别是北京鲁迅博物馆和上海复旦大学。当时人民文学出版社再次重排了《鲁迅日记》，于同年9月出版。鲁迅博物馆负责上册（1912—1927.9），复旦大学负责下册（1927.10—1936.10）。那时的编注工作实行"三结合"的方式，即由"工农兵"与学校教师相结合开展注释工作。这样，就有一批来自企业、农村和机关的专业人员参加到阅读、注释鲁迅日记的工程中。参加复旦大学鲁迅著作注释组的共十人，组长陆树仑，副组长胡奇光。其中又分两个小组，《中国小说史略》组由陆树仑、丁锡根、黄强及一位来自浦东农村的工农兵研究生负责；日记组则由胡奇光、林琴书、黄乐琴、李兵和上海鲁迅纪念馆虞积华、上海电机厂魏星、上海第五钢铁厂王锡荣共七人组成。有一段时间，研究生林爱莲、郑祥安、王其国等，也参加了部分工作。北京鲁迅博物馆参加注释日记的人，就我所知，有王得后、孙瑛等。

从1977年起，注释者们对鲁迅的日记进行了全面细密的爬梳，并针对不同问题开展广泛的"内查外调"。这是对鲁迅日记的一次全面大梳理，也是到那时为止规模最庞大的一次史实调查。注释者们走遍全国各大图书馆，遍翻相关图书报刊，查找一切关于鲁迅日记中提到的人和事的史料。同时，开展了大规模的走访活动。因为鲁迅日记中记载的很多人都还活着，但都已垂老，他们用亲身经历做见证，是不可多得的活史料，必须赶紧抢救。到那时为止，鲁迅在日记中提到的人们尚在世的，大约有五六百人，还不包括仅仅见过鲁迅而没有直接接触的。于是注释组进行了十分广泛的调查，

《鲁迅日记》1959年版

- 289 -

总计大约拜访了三四百人，获得了大量第一手资料，填补了空白。1978年写出了注释初稿，1979年起又对注释稿做了多次修改统稿，到年底，统稿完成。1980年初，组成定稿组，齐聚北京人民文学出版社定稿。鲁迅日记定稿组由包子衍担任责任编辑，由于日记工作量大，借调王锡荣作为包子衍的助手。定稿组成员除包、王外，有蒋锡金（东北师范大学）、陈漱渝（鲁迅博物馆）、张伯海（人民文学出版社）、胡奇光（复旦大学）、虞积华（上海鲁迅纪念馆）。后来还有出版社的青年编辑胡玉萍也参加了部分工作。此外，林辰先生作为注释组的顾问，也多次到场"会诊"一些"疑难杂症"，对很多重要问题给出了不少关键性的意见。在定稿期间，注释组还得到了唐弢、戈宝权、周振甫先生的悉心指点并提供大量史料，注文写出后，也请他们审阅过。至于人民文学出版社鲁迅著作编辑室负责人王仰晨、李文兵更是倾尽心血。此外还得到了李何林（史料方面）、绿原（德文方面）、周丰一（日文方面）的指导。

1981年8月，《鲁迅全集》出版，鲁迅日记收在其中的第十四、十五卷，这是鲁迅日记的第一个注释本。在此前后，研究鲁迅日记的专著骤然多了起来。最早出版的研究鲁迅日记的专著是曾与鲁迅先生有过接触的许钦文先生，他于1979年8月出版了《〈鲁迅日记〉中的我》一书。紧接着香港张向天先生的《鲁迅日记书信诗稿札记》一书于1979年11月出版。半年后包子衍在1980年5月出版了《〈鲁迅日记〉札记》。三本关于鲁迅日记的专著如此密集地接连出版，真是令人惊异。这些研究成果的取得，并非短时期所得，而是学者们长期潜心研究的结果。如前所说，包子衍的研究开始于六十年代初，他的《札记》只是把自己之前几年间写成的若干论文再添写几篇集成一书而已。张向天则是早有深入研究，1972年他与香港胡菊人就鲁迅生平若干史实展开的那场大论战，就是围绕鲁迅日记相关史实展开的。最后，张向天先生以自己的渊博学识和雄辩的笔力击败胡某人。他的《札记》一书也是在对1976年排印版《鲁迅日记》及书信诗歌等解读的基础上展开的。老作家许钦文则是借助鲁迅日记，结合自己的记忆写出亲历的史实。但实际上，这些专著都还只是对鲁迅日记研究的部分成果展示，还不能说是对鲁迅日记全面系统研究的成果。

在这以后研究鲁迅日记的人多了起来。对于第一手资料的重视逐渐为人们所认同。一些人的研究专著虽然不以鲁迅日记为主题，但都参考鲁迅日记，还有不少直接以鲁迅日记中的记载为话题。例如朱正的《鲁迅回忆录正误》

(1979年10月湖南人民出版社)、陈漱渝的《鲁迅史实求真录》(1987年9月湖南文艺出版社)、蒙树宏的《鲁迅史实研究》(1989年8月云南教育出版社)等等。之后所有对鲁迅生平史实的研究大都充分利用了鲁迅日记的史料。不用说，很多新写的鲁迅传记也大量撷取了鲁迅日记中的记载。包括前几年引起很大争论的鲁迅死因探讨、鲁迅经济生活考察以及鲁迅生平疑案的探究，研究者也莫不充分研究和引用鲁迅的日记。

新世纪以来的鲁迅日记研究，最主要的成果首先是2005年版《鲁迅全集》中的鲁迅日记注释。这一版注释起步于2001年，由王锡荣和裘士雄共同担任责任人。其中裘士雄负责人物注释部分，其余正文注释、书刊注释由王锡荣负责。新版全集中，日记新增正文注释四百多条、书刊注释四十一条，新增人物注释多条，修改补注人物注释数百条。其中，有不少新发现和新突破。而这些新发现的取得，往往是得到各方人士的鼎力支持才获得的。例如关于德文刊物《左向》《左曲》，原来根本弄不明白是怎么回事，1981年版将《左向》注释为《Links-Richtung》，而《左曲》则无注。这次通过德国学者冯铁的不懈查找，终于圆满地解决了这个悬案——二者为同一个刊物《LinksKurve》，还找到了鲁迅翻译的德国左翼作家路德维希·雷恩的一篇文章的原文。此外，关于山东"鱼山书院"，81年版无注，遍查书院史料，并无此书院的记载。这次央得烟台老友吕福堂兄（原在北京鲁迅博物馆任职，1981年调烟台地方志办公室）亲自出马，终于在济宁查得确凿记载。而以前无注的汤尔和《东游日记》的相关资料则是李文兵先生找到的。这些都是很有价值的新发现。在人物部分，对很多人物的生卒年，裘士雄先生花了大量时间精力查证，获得不少新突破。

在注释以外，甘智钢的《鲁迅日常生活研究》值得注意。该书也是在对鲁迅日记深入研究的基础上，以鲁迅日记为主要线索和资料依据考察鲁迅的生平事迹。该书对于鲁迅日记的细密梳理，对于鲁迅日常生活的详赡考索，广泛涉及了鲁迅日记各个层面的研究，是近年对鲁迅日记较系统研究的成果。

在海外，日本的南云智出版了

《〈鲁迅日记〉之谜》一书，也可说是专门研究鲁迅日记的。书名虽然有点耸人听闻，实际上他主要是沿袭过去的说法，例如香港胡菊人的观点，认为鲁迅在1932年的"一·二八"事变中的日记有假。但这种观点其实在七十年代就已经被张向天先生批驳过了，是不能成立的。至于谈及鲁迅与萧红的关系等，也是别人已经谈论过的不怎么慎重的陈说，并没有多少新意。

回首望去，《鲁迅日记》自1951年影印面世以来，已过去了六十多年，阅读的人也从过去的极少数，逐渐扩大范围。至今，几乎专业的研究者都会去研读鲁迅的日记，甚至非专业研究者也会饶有兴味地翻阅它的。随着学术研究的深入，我觉得今后会有更多的人关注鲁迅的日记，阅读鲁迅的日记，谈论鲁迅的日记，它不再是人们印象中简捷到不能再简捷，阅之令人疲倦的流水帐，而是一部言简意赅的二十世纪前期中国历史"百科全书"。

2006年12月15日写，
2013年2月10日改。